浙江师范大学人文学院博士点建设经费资助出版

传记视野与文学解读
Biographical Perspective and Literary Reading

赵山奎 著

图书在版编目(CIP)数据

传记视野与文学解读/赵山奎著. —北京:北京大学出版社,2012.10
(文学论丛)
ISBN 978-7-301-21389-6

Ⅰ.传… Ⅱ.赵… Ⅲ.传记文学—文学研究 Ⅳ.I055

中国版本图书馆 CIP 数据核字(2012)第 238434 号

书　　　名：传记视野与文学解读
著作责任者：赵山奎 著
责 任 编 辑：李 娜
标 准 书 号：ISBN 978-7-301-21389-6/I · 2521
出 版 发 行：北京大学出版社
地　　　址：北京市海淀区成府路 205 号　100871
网　　　址：http://www.pup.cn
电　　　话：邮购部 62752015　发行部 62750672　编辑部 62767347
　　　　　　出版部 62754962
电 子 邮 箱：zbing@pup.pku.edu.cn
印 刷 者：北京世知印务有限公司
经 销 者：新华书店
　　　　　650 毫米×980 毫米　16 开本　16.75 印张　235 千字
　　　　　2012 年 10 月第 1 版　2012 年 10 月第 1 次印刷
定　　价：45.00 元

未经许可,不得以任何方式复制或抄袭本书之部分或全部内容。
版权所有,侵权必究　举报电话：010－62752024
　　　　　　　　　　电子邮箱：fd@pup.pku.edu.cn

目 录

引 言 1

第一章 传记诗学与西方传统 1
- 一 基督教文化视野中的西方传记 1
- 二 精神分析理论与西方传记 10
- 三 现代传记的忏悔叙事 26
- 四 传记伦理及其现代转向 36
- 五 古典诗学与诗化人生 49

第二章 自我意识与近代中国自传 58
- 一 单士厘、林纾等人的自传写作 58
- 二 《我史》：康有为的"个人神话" 71
- 三 梁启超："道德自我"的构建 78
- 四 义和团时期的三部日记 86

第三章 卡夫卡与他的书 98
- 一 理解卡夫卡的方式 98
- 二 卡夫卡的存在之路 104
- 三 卡夫卡的死亡想象 113
- 四 《致父亲》：通过父亲写自传 128
- 五 《日记》及其文学空间 141
- 六 《乡村医生》的解释 153

第四章 文学里的人生故事 182
- 一 卡夫卡与哈姆雷特 182
- 二 余华与卡夫卡的文学缘 196
- 三 福楼拜与《萨朗波》的欲望 206
- 四 《日瓦戈医生》中的拉丽莎 215

五　《林中之死》:美及讲述美的方式 …………………… 221
六　跟随伯纳德特读荷马史诗(上) …………………… 226
七　跟随伯纳德特读荷马史诗(下) …………………… 236

参考文献 ………………………………………………… 248
后　记 …………………………………………………… 258

引　言

　　传记是世界范围内古老而普遍的文类,至今仍是最重要的文类之一。人文学科的核心是人的问题,以人为核心的"传记"汇聚了以人为核心的人文学科的几乎所有重要问题。西方的人文学科在经历了近现代以来传统人文学科内部的大裂变——文学、历史学、哲学、宗教学、伦理学、心理学、社会学、人类学以及晚近的文化研究——之后,又重新出现了整合的趋势:包括"比较文学"在内的诸种"比较的"和"跨学科的"视野就是这种"整合"努力的具体表现。在这种背景之下,"传记研究"很可能成为进行这种整合的一个更方便的平台。事实上,这种"可能"在某种意义上已经成为事实——2001年出版的《传记文学百科全书》(*Encyclopedia of Life Writing*)有包括中国学者赵白生教授在内的400余人参与撰稿,可以说是自20世纪90年代以来国际学界"传记转向"的一个标志性成果;众多传记研究学术组织,如"国际传记文学学会"、"中国传记文学学会"、"中外传记文学学会"等相继成立,学术活动频繁;涌现出了一大批研究成果,其中可以见出传记研究自身学术视野的拓展以及与其他学科的融会贯通之势。可以说,传记研究已成为人文学术的核心领域之一。

　　"解释"是现代人文学术的重要理念。一般认为,现代意义上的"解释学"在"哲学领域"探讨"精神文化活动中的理解以及理解者这两个关键的概念的本质及其特点",其理论先导是海德格尔的《存在与时间》,集大成者是伽达默尔的《真理与方法》。① 但20世纪以来的现代解释学以及由此而来的各种"叙事"由于过于重视解释主体的重要性而失去了整体的人文视野——各种各样的人的"主体"带来了各种各样的"人文视野",进而导致精神秩序和价值尺度的失序和相对主义,表面上的"学术乱象"与此有着内在的联系。

　　"传记"因和特定主体的人性经验和各种主体的类型密切联系,能够为考察由现代解释学所带来的上述问题提供一个"理解模型"。"解释"也

---

① 参见耀斯:《审美经验与文学解释学》"译者的话",顾建光等译,上海译文出版社,1997,第2页。

是现代传记的重要理念①,作为"解释学"的核心问题亦即"理解与自我理解"的问题其实也是传记的核心问题:如果说"自传"的核心问题是自传作者的"自我理解","传记"就是传记作者"对传主自我理解的理解"。但在传记—文学视野中,人性经验的秩序和类型问题被凸显出来了。在传记—文学视野中,我们不但能够看到各种各样的人性类型,也能够从不同的传记—文学中看到这些类型所形成的自然秩序。

我们常说,文学是人学;我们也常说,文学是对人生/生活(life)的模仿。② 可以认为,在这两种说法中包含了文学、人学和人生三者关系的"朴素理解"。在这一理解中,文学处于三者的中间位置。也就是说,在文学的"背后"有"人学",在文学的"面前"有"人生"——先有"人生",文学才能够"模仿";有了"人学",文学才可能被揭示和解释。但另一方面,生活与文学的经验也告诉我们,"人生"也往往有意无意地模仿"文学",某个被写成"文学"的具体人生(现实的或想象的)往往会引导甚至塑造"人生"的想象:有的"人生"会模仿哈姆雷特,有的"人生"会模仿堂吉诃德或包法利夫人,或拉斯蒂涅,而堂吉诃德的人生则模仿阿玛迪斯,卡夫卡在一张旅馆住宿登记表中甚至把自己的名字写成了"约瑟夫·K"③。这样,"人生"似乎就躲到了"文学"的后面。同样,诸种"人学"往往也会跑到"文学"的前面去……

20世纪迄今或许是"文学"和"人学"种类最多的时代,这是我们时代的独特景观。根据亚里士多德的说法,这一景观对于我们文学研究者来说,或许算得上是"首要的东西"(what is first to us)和注定要面对的东西。但另一方面,同样根据亚里士多德的说法,每一个时代所注定要面对的那些独特的问题(idiosyncratic),或许对于生活在特定时代的"我们"来说是"首要的东西"的东西,并不一定就是"自然"意义上的"首要的东西"(what is first by nature)。美国学者米歇尔·戴维斯对此阐述说:"深化我们的思考就意味着消减独特性,以便以那些并不局限于我们的时代和地点的方式使那个令我们感到困惑的核心得以表述",而"思考就包含在这一运动中:从那种因为其新而令人惊奇的东西(对我们来说是首要的东

---

① 参见杨正润:《现代传记学》,南京大学出版社,2009,第118—143页。
② 赵白生教授指出,中文语境中"人生"、"生活"、"生命"这"三生"的差异在 life 这一对译英文词中难以区分,但这种差异对于理解"传记文学"来说却很重要。这一看法来自他在第15届"中外传记文学学会年会"(广州,2010)上的主题发言。
③ Franz Kafka, *Diaries*, ed. Max Brod. New York: Schocken Books, 1976, p.407.

西)转向那种只是单纯地令人惊奇的东西(simply wondrous)"①。可以说,那不受限于我们时代和地点的"令我们感到困惑的核心"和那"只是单纯地令人感到惊奇的东西"是一回事——或许这也是卡夫卡以"令人炫目的清晰性"(密伦娜语)所试图解释的那个"不可摧毁之物"。

  以一种更单纯或更朴素的方式去看,"人生"实际上占据着"人学、文学和人生"三者关系的核心位置,或更准确地说,"人学、文学和人生"三者关系的不确定性,只是以"文学"的方式去想象、解释"人生"所产生的文学效果,而种种"在前"和"在后"的"人学"则只是由于这种文学效果而产生的种种意见;按照这种理解,"人生"就得以置身于"人学、文学和人生"的关系之外,而成为那"令我们感到困惑的核心"。进而,"文学"就是被写出来的(其中就包含想象和解释)、以作品形式存在的人生与人学,也就是广义的"传记"(life-writing, life-written),而经由这种理解的"传记"或"自传",同时也是对这种文学的模仿。

  其实也可以认为,这种下降到"文学"中以便被文学所模仿的"人生",其自身也是被"制作"的,制作这种"人生"的人是"诗人"②。在荷马的诗篇《伊利亚特》③卷18中,可以找到一个"人生"被如此制作的模型,就是赫淮斯托斯为阿基琉斯所制作的新盾牌——在盾面上:"他又做上两座美丽的人间城市,一座城市里正在举行婚礼和饮宴,人们在火炬的闪光照耀下正把新娘们从闺房送到街心,唱起响亮的婚歌。……另一座城市正受到两支军队进袭,武器光芒闪耀,但意见还不统一:是把美丽的城市彻底摧毁,还是把城市拥有的全部财富均分为两半。……"(行490以下)两座城市总体上分别呈现了和平与战争两种人生/生活景观,战争中的城市充满着毁灭和死亡("争吵和恐怖跃扬于战场,要命的死神抓住一个伤者,又抓住一个未伤的人,再抓住一个死人的双脚拖出战阵,人类的鲜血染红了它肩头的衣衫",行535—538),但即便在和平生活中也有因"命案"而引起的"争端"和"裁断"(行497—508)。奇妙的是,一方面,盾面上的两座城市似乎是固定的图画,另一方面,画面内部又有着值得"惊奇地观赏"(行496)的永不停息的人的"行动",在荷马这里,诗与画的界限消失了,

---

  ① Michael Davis, *Wonderlust: Ruminations on Liberal Education*. Indiana: St. Augustine's Press, 2006, p. xiii.
  ② 参见柏拉图:《会饮》205b—c;《王制》(《理想国》)514a-515b。
  ③ 《伊利亚特》引文据罗念生、王焕生译文,人民文学出版社,1994。

行动与静观合二为一。整个《伊利亚特》的情节似乎是对这个盾面的模仿,而《伊利亚特》与《奥德赛》又是对盾面上的两座城市里的场景的交错模仿——奥德修斯的伊大卡王宫就由饮乐和欢宴演变成为"命案和裁断"。

进一步来看,荷马"花样翻新"的诗艺其实也在模仿他笔下农人的"第三次耕耘":"许多农人在地里赶着耕牛不断地来回往返耕地。当他们转过身来耕到地的一头,当即有人迎上去把一杯甜蜜的美酒递到他的手里。他们掉转身去继续耕耘,希望再次到达尽头。黄金的泥土在农人身后黝黑一片,恰似新翻的耕地,技巧令人惊异。"(行 541—549)

还可以说,荷马更"令人惊异的技巧"在于,他其实也在模仿诗篇中赫淮斯托斯的技艺:"最后他顺着精心制作的盾牌周沿,附上了伟大的奥克阿诺斯的巨大威力。"(行 607—608)一方面,荷马似乎如同赫淮斯托斯这个奥林波斯神一样,为人的生活划定了边界,如伯纳德特所说:"盾牌被奥克阿诺斯长河环绕,长河被放置于人的自然边界处,人不可能走到更远处",而"奥德修斯的旅行延伸到了奥克阿诺斯的尽头——人的绝对终点、哈德斯就在那里,也并非偶然。"[①]另一方面,奥克阿诺斯又是唯一不听从宙斯召集的神,是唯一处在宙斯权力之外的神。这样,荷马就在自己的诗篇内部宣称了他作为诗人的权威。赫淮斯托斯所制作的这块盾牌以及盾面上的图景就是那种"只是单纯地令人惊奇的东西"和"令我们感到困惑的核心"。

本书可以被看做是这样一种学习和尝试:既试图展示"传记/人生"这种"只是单纯地令人惊奇的东西"是如何转变成为"文学"这种"因为其新而令人感到惊奇的东西"的运动,同时也试图展示与上述运动方向相反的运动。这种双重展示的方法,不妨名之曰:"传记—文学解释学"。

---

① Seth Benardete, *Achilles and Hector: The Homeric Hero*. Indiana: St. Augustine's Press, 2005, pp. 113, 114.

第一章
传记诗学与西方传统

一 基督教文化视野中的西方传记

1. 天上的"传记书"

传记文学(auto/biography,或 life writing)是古老而普遍的叙事类型。杨正润教授注意到一个有趣的现象:"古代的一些文类完成了自己的使命以后就走向消亡",而"今天传记已经成为最重要的文类之一"①;2001 出版的《传记文学百科全书》主编玛格瑞塔·乔利也发现:"现在文学批评、人类学、社会学、心理学、历史学、神学、文化研究乃至生物学都在忙于对传记加以研究,试图解释人生为何变成了故事。"②在解释为何在我们这个时代传记如此重要时,乔利认为,这恰是由于我们这个时代的"解释的焦虑":

> 在现代之后的时代,人生故事需要以新的方式被加以解释。由资本所解放和重构的个人主义在沐浴了全球化和通讯革命的火焰之后,(传记)这种将个体生命塑造推向前台的文学写作似乎集中了这个时代的焦虑。……我们需要持续不断地对需要这种故事的需要进行探索,以确认或重新创造出已被生活过的人生指南。③

可以说,我们需要持续不断地对需要"传记"这种"人生故事"的需要进行探索,其深层动机正是来自于"人生"对"意义"进行解释的需要。对于这种解释,从传记实践与理论来说大体都可以辨认出两种方向:一种是

---

① 杨正润:《现代传记学》,南京大学出版社,2009,第 16 页。
② Margaretta Jolly, "Editor's Note", *Encyclopedia of Life Writing: Autobiographical and Biographical Forms*. London/Chicago: Fitzroy Dearborn Publishers, 2001, p. ix.
③ Ibid.

基于世俗人性经验的自我解释、自我言说,或许可以不太恰当地称之为"自下而上"的解释。在这一方向上,传记作者通过"讲故事"(自己的故事和他人的故事)一方面"从经验建构意义",不断拓展人生叙事形式的"库存",另一方面也"将形式和秩序赋予经验"①,不断深化对于人生经验的理解。这一方向上的探索构成了传记文学最重要的成就,也由此延伸出传记文学最重要的几个功能,如杨正润教授所概括的:人性的纪念、人生的示范和认知的快乐——传记"把人与人联系在一起,推动着人们的相互理解和人类之爱的实现";传记"给读者一种示范和教训:人应当这样,而不应当那样去度过自己的一生";传记所提供的是关于人和人类社会的全面的知识,这种认知"因为其充盈的人性而使读者感到温馨和满足"。②

也正是在通往这一"自下而上"解释的边界处,另一方向即"自上而下"的解释的可能性出现了。③ 在其自传《说吧,记忆》最后一章,纳博科夫甚至感到了这种"必须"的可能性:

> 每当我开始想到我对一个人的爱,我总是习惯性地立刻从我的爱——从我的心,一个人的温柔的核心——开始,到世界极其遥远的点之间画一根半径……我必须要让所有的空间和所有的时间都加入到我的感情中来,加入到我的尘世之爱中来,这样,爱的尘世边缘就会消散,就会帮助我去战胜十足的堕落、讥嘲与恐惧,在有限的存在中培养无限的感受和思想。④

沿着纳博科夫所描画的那根延伸到"到世界极其遥远的点"的半径,我们或许能进入奥古斯丁这位西方自传传统的奠基者的视角,窥见他所看到的那卷"天上的传记"了。在《上帝之城》第二十卷中,奥古斯丁解释了基督教《新约·启示录》。其中与论题有关的是约翰的一段话:"我又看见死了的人,无论大小,都站在宝座前。案卷展开了,并且另有一卷展开,就是生命册(the book of life)。死了的人都凭着这些案卷所记载的,照他

---

① "从经验建构意义、并将形式和秩序赋予经验"的说法来自美国人类文化学家格尔茨,译文采自杨慧林《宗教社会学研究的"意义建构"》一文,载《基督教文化学刊》第16辑·2006年秋,北京:宗教文化出版社,2007,第288—294页。
② 杨正润:《现代传记学》,第191—218页。
③ 杨正润在以司马迁为例论及"传记精神的极致"时对这一方向也有所提示:"司马迁在悲天悯人,这是传记家'究天人之际'所能达到的最高境界。"杨正润:《现代传记学》,第174页。
④ 转引自布赖恩·博伊德:《纳博科夫传》,刘佳林译,桂林:广西师范大学出版社,2009,第8页。

们所行的受审判。"(《新约·启示录》20:11—12)

奥古斯丁注意到这段话中提到两类书卷,"另有一卷"是单独命名的。他接着以"天问"的形式对这段话进行了有趣而缜密的解释:

> 如果这本书是物质的书,谁能推算它有多厚多长?其中记载了所有人的整个生命,要用多少时间才能读?或者那时候是否有相当于人的数目的天使,每个人听到自己的天使唱诵他的生命?也许不是所有人共有一本书,而是每个人有一本书。……这本书应该理解为某种神力,使每个人回忆起自己做的事,无论好坏,让心志以惊人的速度浏览,知道后可以控诉或放过自己的良知,所有人中的每个人就可以同时被审判。①

根据奥古斯丁的解释,这里的"生命册"也可以理解为"传记"(life),这一传记堪称"传记"的理想形式。每一个人都有一部这样的"传记",可以是他传,可以是自传,也可以是"集合传记"中的一部。这样一部天上的"传记"被想象为包含着所有可能的人生经验,储存着所有的人生意义和形式、经验和教训;它是"某种神力",又是可视可读的"书卷",因此是名副其实的"生命之书"和"元传记"(a life of all lives 或 The Life)。虽然从理想悬设的角度来看,《圣经》是以"人言"的形式加以"符号化"了的或者"象征化"了的"神言",但从基督教文化视角对西方传记文学进行探讨,作为"天上传记"之象征的《圣经》却是一个便利而自然的起点。

2. 从《圣经》到《忏悔录》

从传记史角度考察,西方传记文学虽然并非源于基督教,但在其发展的初始阶段就与基督教结下了不解之缘,后来成为基督教《圣经·旧约》的《希伯来圣经》中的"历史书"被认为"标志着传记的正式诞生"②,而罗马后期出现的基督教更是"决定了西方文化、包括西方传记发展的方向。"③《新约》开篇的"四福音书"与普鲁塔克、塔西坨和苏维托尼乌斯的传记作品一起标志着西方古典传记文学的最高成就,影响深远。在自传领域,基督教更对一种"深度主体性自传"(deep subjective autobiography)的发展有一种

---

① 奥古斯丁:《上帝之城:驳异教徒》下卷,吴飞译,上海:三联书店,2009,第196页。
② 杨正润:《现代传记学》,第2页。
③ 同上书,第66页。

塑型作用。正如彼得·阿博斯所言:"与大部分古典作品形成鲜明对照的是,《旧约》常常表达一种激烈的个人渴望,这种渴望拒不接受任何世俗的调解和安慰。比如,《约伯书》和《诗篇》就表达了一种焦躁不安、源于灵魂内部的追求以及一种对于整全和拯救(wholeness and salvation)的热切渴望。在《新约》中对于心灵的关注成为一种生活方式,一种和存在相关的期待和要求。在《新约》中,人对于生与死问题的急迫感赋予了以下问题特殊的重要性:直接见证、直言不讳、外部行动的内部动机以及分享希望与狂喜的经验,这些都是在后世的自传中有待于发展出来的传统。"①

《新约》的"四福音书"和保罗的书信在此应被特别提及。西方学者认为福音书可以被看做是希腊罗马传记的一个亚类型,即"辉煌行传"(aretalogy):叙述一个导师的事业,通常包括一系列奇迹故事,以此证明其超自然的能力,它也被用于道德教诲,其叙述基调正是传统颂扬体传记(encomium biography)的赞美风格。② 传主的"死亡"对于他人的影响在这一类叙事中占有重要地位,而福音书对于西方传记传统的推进也正体现在对传主"死亡"意义的深度推进。相对于苏格拉底的"我去死,你们去生。我们所去做的哪个事更好,谁也不知道,除非是神"③,耶稣"从死里复活"在福音书叙事里被确定为"更好"的"经验"和"知识"。这也决定了基督教的传记解释从一开始就采取了"自上而下"的视角。这一视角的确立对于西方传记文学的发展意味深长。

从对现代自传的回溯性理解来看,《新约》中保罗的书信可以说是最具有自传色彩的,也对西方自传叙事产生了最大的影响。他的书信对于我们理解西方式的自我观念、自传冲动及深层动机都颇有启发。他在书信中"不仅详尽叙述了他的多次历险和遭遇,也揭示了他人格深层中的矛盾冲突的因素,一种身体需要和精神需要之间的分裂,这种冲突意志没有力量加以解决",而且还显示出某种"远离外部形式的运动方向,以及伴随这一运动而来的对于忏悔和见证(confession and testimony)的坚持,就好像(或许有些矛盾地)没有这些外部的象征形式,那些内部的变化就失

---

① Peter Abbs, "Christianity and Life Writing", *Encyclopedia of Life Writing: Autobiographical and Biographical Forms*. London/Chicago: Fitzroy Dearborn Publishers, 2001, p. 211.

② Barry N. Olshen, "The Bible", *Encyclopedia of Life Writing: Autobiographical and Biographical Forms*. London/Chicago: Fitzroy Dearborn Publishers, 2001, p. 104.

③ 柏拉图:《苏格拉底的申辩》,吴飞译/疏,北京:华夏出版社,2007,第142页。

第一章　传记诗学与西方传统

去了所有意义。在保罗这里,就好像自传行为本身即是(其精神意义)获得某种社会性证实的唯一方式"①。

此外,在自传叙事方面,我们在保罗书信中可以清晰地辨认出某种"对比"模式,"这一模式显现在保罗被召唤之前和之后的生命之间的对比。这一模式和自传叙事的回溯模式很相近,在这一模式中,较早时期生命中的事件和活动的意义只有在回顾中才清晰地显示出来。"②并非偶然的是,保罗的书信对奥古斯丁产生深刻影响并部分地促成了他最后的皈依,而正是奥古斯丁"将早期基督教所产生的自传冲动转变成如今许多学者公认的第一部重要的自传"③。

随着基督教地位在西方社会的确立,"圣徒"成为新型"英雄","圣徒传记"成为中世纪西方传记文学的主要形式,并为世俗传记提供叙述规范。被称为"教会史"之父的凯撒利亚的优西比乌(Eusebius of Caesarea,约 260—339)在其《教会史》④中勾勒了基督教在前三百年间的兴起状况,其中包含了耶稣、众使徒和殉道者的传记资料,和《圣经》中的相关记述一起,成为后世"圣徒传记"重要的叙事资源。亚历山大的阿塔纳修(Athanasius,约 296—373)写了被认为是"早期基督教圣徒传经典代表作"⑤的《安东尼传》(Vita Antonii)。盎格鲁·撒克逊时期的历史学家比德(Bede,约 673—735)也是著名的圣徒传记作家,在其《英吉利教会史》中保留了不少生动圣徒故事。他的《圣库斯伯特传》在欧洲家喻户晓,是典范的圣徒传。古英语基督教作家埃尔弗里克(Aelfric,约 955—约 1012)著有《圣徒传记》(*Lives of the Saints*,1002—1005),叙述了许多圣

---

① Peter Abbs, "Christianity and Life Writing", *Encyclopedia of Life Writing: Autobiographical and Biographical Forms*. London/Chicago: Fitzroy Dearborn Publishers, 2001, p. 212. 保罗书信中的自传叙述这种近乎"强迫性"的"辉煌"行为在 20 世纪剧作家和小说家塞缪尔·贝克特《等待戈多》那里可以找到一个对比性极强的"黯淡"版本:"他们全都同时说话,而且都跟自己说话。……他们谈他们的生活。光活着对他们来说不够。他们得谈起它。"参袁可嘉等选编:《外国现代派作品选》第三册(上),上海译文出版社,1984,第 68 页,译文有改动。

② Barry N. Olshen, "The Bible", *Encyclopedia of Life Writing: Autobiographical and Biographical Forms*. London/Chicago: Fitzroy Dearborn Publishers, 2001, p. 104.

③ Peter Abbs, "Christianity and Life Writing", *Encyclopedia of Life Writing: Autobiographical and Biographical Forms*. London/Chicago: Fitzroy Dearborn Publishers, 2001, p. 212.

④ 优西比乌:《教会史》,保罗·L·梅尔英译,瞿旭彤译,北京:三联书店,2009。

⑤ 麦格拉思:《基督教文学经典选读》(上),苏欲晓等译,北京大学出版社,2004,第 82 页。

徒的事迹，传主范围覆盖英国和欧陆，还有一些是早期教会时期最古老的圣徒人物。

对西方圣徒传记及其对后世传记传统的影响，研究者一般都从现代"好"传记的标准出发给予负面评价，20世纪英国传记家哈罗德·尼科尔森就径直批评这一传记类型是"坏传记的源头"①。稍后的唐纳德·斯塔弗尔也认为除了少数"伟大的例外"，如比德等人的作品（"在其最好的篇章里，圣徒融化在人里面"），大多数圣徒传记是"僵化的"，"由于原始材料的缺乏，少量的奇迹库存被一再重复，有时也对流行的传奇故事进行改编"，"和后世传记叙事的方法关系不大"。② 但他对自己的观点也有所保留："在现代怀疑主义的视角和中世纪的轻信态度之间存在着巨大的鸿沟，因此讨论圣徒传记若不能在一开始就先承认中世纪传记家的真诚，就会徒劳无获。"③无论如何，圣徒传记发展出来的"模仿基督"的叙事模式一直延续到宗教改革时期的宗教传记，并为世俗传记的发展打上了鲜明的印记。圣徒传留给西方传记的文化遗产尚有待进一步解释和整理。在这一方面，威廉·詹姆斯对"圣徒性"的理解或可看做沟通中世纪传记和现代传记（或许也是中世纪人性和现代人性）的一个入口："一切圣徒具备的人类慈善，以及有些圣徒的过度，都是真正创造性的社会力量，试图将原本只是可能的种种美德变为现实。圣徒是善良的创作者，是善良的添加者。人类灵魂的发展潜力深不可测。"④有些吊诡的是，"在现代之后的时代"，圣徒传记传达出的人生意味竟像是"创新"的。

一般认为，从奥古斯丁的《忏悔录》开始，忏悔成为"西方社会一个重要的价值准则和话语模式"，⑤"忏悔录"则成为西方宗教自传或精神自传最重要的类型。据统计，奥古斯丁之后以"忏悔录"的名目出现的西方作品，"传世的估计在1 000种以上"⑥，其中不乏名作。14世纪彼特拉克的自传性作品《秘密》（*Secretum*）采用了与奥古斯丁进行对话的形式。16

---

① Harold Nicolson, *The Development of English Biography*. London: The Hogarth Press, 1968, p. 17.
② Donald A. Stauffer, *English Biography before 1700*. Cambridge/Massachusetts: Harvard University Press, 1930, p. 7.
③ Ibid., pp. 4—5.
④ 威廉·詹姆斯：《宗教经验种种》，尚新建译，北京：华夏出版社，2008，第257页。
⑤ 杨正润：《现代传记学》，第328页。
⑥ 杨正润：《现代传记学》，第328页。

世纪的特丽莎(Teresa of Avila,1515—1582)在其忏悔师的鼓动下写作了《忏悔录》。在 17 世纪的英国清教徒作家所留下的数以千计的精神日记和自传叙述中,保罗和奥古斯丁的影响也很明显,其中以 1666 年出版的约翰·班扬的《大罪人沐浴神恩》(Grace Abounding to the Chief of Sinners)最为重要。18 世纪末的约翰·卫斯理推进了早些时候的清教传统,其追随者被要求定期写作日记,许多精神性自传自 1778 年就陆续在期刊《阿米尼乌斯杂志》(The Armianian Magazine,该刊在 1798 年更名为《卫斯理杂志》[Methodist Magazine])上发表。这些作品所塑造的"在世界内旅行、经受诱惑、追求神性、实现拯救"的"朝圣者"形象在其后乃至当代的精神自传和游记写作中仍若隐若现。①

卢梭的自传沿用了奥古斯丁自传的书名,其《忏悔录》的开篇就大胆地站在了道德的至高处预想了末日审判的情形。颇有意味的是,他在此打算以自己写的这本"传记书"替代那部"天上的传记":"不管末日审判的号角什么时候吹响,我都敢拿着这本书走到至高无上的审判者面前,果敢地大声说:'请看!……我的内心完全暴露出来了,和你亲自看到的完全一样。'"②从奥古斯丁到卢梭,西方自传"忏悔"基调经历了一个戏剧性的"突转",这种"突转"显得卢梭的《忏悔录》像是现代西方自传的一个寓言或缩影。

3. 神学解释学与传记诗学

以鲍斯威尔《约翰生传》、卢梭《忏悔录》、歌德《诗与真》与富兰克林《自传》为标志,西方传记文学进入了现代阶段。现代西方传记文学的主体是世俗传记,注重真实性和对于传主个性的解释,基于卢梭式的自然人性观念的心理学在传记中产生了越来越重要的影响。和宗教改革后基督教在西方社会日渐世俗化的趋势相应和的是,传记中的宗教解释角度的内涵也发生了很大的变化。前述卢梭的《忏悔录》就是一例。这一点即便在"正统"的宗教传记领域也不例外。19 世纪欧内斯特·勒南所著《耶稣的一生》就描绘了一个人性化的耶稣,此人笔下的耶稣会在十字架上想起

---

① Peter Abbs, "Christianity and Life Writing", *Encyclopedia of Life Writing: Autobiographical and Biographical Forms*. London/Chicago: Fitzroy Dearborn Publishers, 2001, p. 212.

② 卢梭:《忏悔录》,黎星译,北京:商务印书馆,1986,第 1 页。

"加利利那常使自己清新爽快的清泉、他憩息于其下的葡萄树和无花果树,以及那些可能已答应了爱恋他的年轻处女们"①,这一因"对事业的爱"而"受难"的"无可比拟的英雄、自由良心权利的奠基者"②的耶稣形象看起来倒更像是罗曼·罗兰笔下的"名人"——或许在此就游荡着英国新传记作家斯特拉奇笔下"名人"的幽灵。

精神分析是推动20世纪西方传记革命的一个重要因素,1910年弗洛伊德发表了《达·芬奇及其童年的一个记忆》,精神分析心理学正式进驻西方传记。但在整体心理学框架内,基督教的符号/象征系统所提供的意义符号和象征仍为传记解释提供灵感,有时这种灵感反过来也会成为传记解释的结构性因素。比如,在弗洛伊德看来,在达·芬奇"秃鹫幻想"的背后有一个"圣母-基督"的幻想:在埃及神话中秃鹫只有雌性,他由此想象自己也没有父亲,母亲迎风受孕,生下自己,他借助这一幻想解释自己的神话般的命运;弗洛伊德有关摩西的传记研究一方面可以理解为他要通过解释摩西来重新理解一神教及基督教,另一方面我们从中也可以看到他理解自己及精神分析命运的某种宗教解释框架:他将精神分析理论理解为一种新宗教——基督教的替代形式。再如,在埃里克森《青年路德》中,一方面传记家通过对传主心路历程的探索,用自我理想和身份危机解释传主,另一方面我们也可以看到使徒保罗的"皈依"模式在此解释中的深度影响。又如,贯穿在艾德尔《亨利·詹姆斯》中的一个重要主题是兄弟竞争,传记家在此就借取了《圣经》中雅各和以扫的故事大做文章,将基督教文化资源和精神分析结合起来,饶有趣味且不乏深度。此外,在现代传记和自传中,由《圣经》和基督教文化所构建的一些叙事类型或主题经由精神分析的整合也获得了更为细腻的表现效果,如"忏悔"叙事即是一例,在这一意义上又可以说,"宗教形式的忏悔发展出了我们今天一般称之为文学形式的自传,而在西方世界中那种不断被世俗化的、获得个人拯救的特殊欲望也演化出了今天对于发展个性的一般心理需要。"③

在20世纪俄国著名作家梅列日科夫斯基那里,和精神分析的传记解释框架形成鲜明对照的是,我们看到了某种试图将心理学视角的传记解

---

① 欧内斯特·勒南:《耶稣的一生》,梁工译,北京:商务印书馆,2000,第264页。
② 同上书,第265页。
③ Peter Abbs, "Christianity and Life Writing", *Encyclopedia of Life Writing: Autobiographical and Biographical Forms*. London/Chicago: Fitzroy Dearborn Publishers, 2001, p. 213.

释纳入基督教总体框架中的努力。诚如刘小枫教授所说,梅列日科夫斯基的传记作品实际上是"圣灵降临"的叙事:"梅列日科夫斯基的主要著作大多是人物传记……似乎唯有如此才能表现圣灵入驻人心时个体生命重生过程和灵魂斗争的痕印。传记实际就是梅列日科夫斯基的神学论著——以象征主义手法描绘圣灵之国来临时的个体性痕印。"①梅列日科夫斯基的一系列传记论著,如《托尔斯泰与陀思妥耶夫斯基》《路德与加尔文》《诸神的复活:列奥纳多·达·芬奇》皆在"基督-敌基督"这一基督教神学总体视野中展开,既有对精神分析所关注的现代人性内部分裂这一共同主题的关注,又显示出迥异于精神分析传记的基于自然人性解释的解释路向和特殊深度。

但对于当代西方传记文学来说,基督教文化可以提供的更具启发性的资源或许来自当代神学解释学。经由后现代理论的冲击,传记的真实性问题、传记解释的限度问题、传记文类的边界问题、自传中再现自我的可能性问题都一再被追问,而如上所述,基督教文化中"天上的传记书"的悬设可能使得这些问题的深层结构被逼现出来。比如,奥尔森注意到,"有着优先权的、那个自传性自我的统一和连贯所需要的一个先决概念与圣经中那个统一和连续的上帝观念在结构上具有一致性,尤其当读者考虑到《创世记》中上帝按(自我的)形象创造了人","这一有着特权的优先视角取得了某种有趣的效果,即赋予了某种话语以权威性,而无需对那种非如此接受就不能进入的经验进行证实和解释。正是由于这些共通性,先知和使徒的告白就承载了某种私密性的对于自我的揭示,这一自我是圣经与现代自我启示模式距离最近之处。"②

但叙述角度的"同构"同时也彰显了叙述层次的差异,"最近"的距离也无法成为遮蔽最终"差异"的理由,这最终的"差异"就是"圣言"和"人言"的差异和分殊。由此而言,本体层面的"圣言"与作为圣言之符号化或象征的"圣经"有着差异,先知和使徒的告白与其所要揭示的"奥秘"之间有着差异,现代自我对其"私密"的解释与这个自我的"奥秘"之间也有着差异。在这诸多"差异"之间的空白处,神学解释学为自身也为人文学设

---

① 刘小枫:"中译本前言",梅列日科夫斯基《宗教精神:路德与加尔文》,杨德友译,学林出版社,1999,第 3 页。

② Barry N. Olshen, "The Bible", *Encyclopedia of Life Writing: Autobiographical and Biographical Forms*. London/Chicago: Fitzroy Dearborn Publishers, 2001, pp. 104—107.

定的任务恰是:"必须处理变化的语境对确定性意义的切近,必须找到理解的支点而无法逃向'空白'"。①

作为综合性的人文学科,传记应把"意义"置放在中心位置;作为现代传记/自传核心特征的"解释",其深层"意义"也正在于恰如其分地"守护"传主/自我人生的"意义"。在这一命题中,"传记/自传的真实性"已是题中应有之义,而有意地淡化和刻意地强化或许都意味对"传记/人生(life)"边界的僭越。人对其自身而言始终是个"奥秘",神学解释学要求"在确认人的有限性、语言的有限性和诠释本身的有限性的同时,确认'奥秘'的真实性"②。这也应是传记文学的追求。

二 精神分析理论与西方传记

精神分析作为一种富有科学色彩的对人性、人情、人心进行深度解释的方法,作为曾广泛应用的临床心理治疗实践,以及作为一场颇有声势、影响遍及各个学术领域的国际性运动,在20世纪人类精神发展史上留下了深深的印记,极大地推动了人类对自我的理解。从传记史的角度看,精神分析构成了20世纪传记最为重要的文化环境,也对后者产生了深远的影响。美国精神分析的专业杂志《美国意象》(*American Imago*)在1997年与1998年接连推出了两期和传记相关的专刊,其中谈到此前近一个世纪以来精神分析与传记的双向利用和相互启发。戴维·胡德森认为,精神分析与传记的关系在今日已经密不可分了,精神分析与传记是"构建生命叙事的两种平行的方式。精神分析家在重构、记录其病人的个案史时常常会进行传记式的研究,而当代的传记家则往往必须解剖、分析传主的精神生活。"③而阿德里安·哈里斯则从文体风格的相互影响这一角度指出:"许多文学类别,尤其是传记与自传,早已被精神分析技巧与观念浸透了;而我们如果在精神分析的病例写作中追溯一下文学惯例的话,其结果将把我们引入一个难以把捉的双重镜像之中。"④但客观地说,这一影响虽是相互的,但并非对等的。在过去的一个世纪里,传记从精神分析那里

---

① 杨慧林:《圣言·人言——神学诠释学》,上海译文出版社,2002,第240页。
② 同上。
③ David Hoddeson, "Introduction", *American Imago*, 54∶4, Winter 1997, pp. 324—325.
④ Adrienne Harris, "The Analyst as (Auto)biographer", *American Imago*, 54∶4, Winter 1997, p. 255.

所汲取来用以改变自身的因素,远比精神分析从传记那里所获取的东西更为明显。鉴于此,笔者将从精神分析对传记的影响这一角度,对一个世纪以来西方传记的实践进行总体描绘,并对精神分析的传记遗产做出评价。

1. 精神分析与传记的相遇

正如"现代"这一概念本身一样,"现代传记"首先是一个历史的、相对的、流动性的概念,对于传记的"现代性"也很难做出确切的界定。但就迄今为止的传记史而言,学界一般认为,现代传记大致上就是指20世纪传记,"传记作为一种现代文类源于20世纪20年代。当然它有其伟大的先行者,……但它基本上是一种20世纪的现象。"[①]我国学者杨正润在《传记文学史纲》中,也将20世纪传记作为一个整体划归为"现代传记",并认为现代传记"把表现心理真实看做更重要的任务"[②]。美国当代传记家詹姆斯·斯特劳斯对于现代传记也有很好的概括,他说:"现代传记在历史学与心理学、公共经验和私人生活之间的交汇点上找到了自己最好的位置。在过去,传记家将自己的注意力集中于公众经验,而对于传主内心的、情感的动力因素则甚少注意。"[③]通过考察传记在20世纪发生的重要变化,我们认为,现代传记之"现代性",在很大程度上就体现为心理学因素在传记中的凸现;作为西方现代学科意义上的心理学的重要分支,精神分析理论参与并推动了传记的现代化进程。

简单追溯一下西方学界关于传记的归属问题看法的基本脉络有助于我们进一步理解这一看法。1683年,约翰·德莱顿在英语中第一次使用了"传记"(biographia)一词,将其界定为"特定的人的生平的历史",它"更多地局限于行动、战争、谈判等其他所有公共事务"的领域。[④] 及至19世纪晚期以及整个20世纪,几乎在越来越多的学者开始强调传记作品的文

---

① Gail Porter Mandell, *Life into Art: Conversations with Seven Contemporary Biographers*, The University of Arkansas Press, 1991, p.209.
② 杨正润:《传记文学史纲》,南京:江苏教育出版社,第425页。
③ Jean Strouse, "Alice James: A Family Romance", Runyan, W. M,. ed., *Psychology and Historical Interpretation*, Oxford University Press, 1988, p.86.
④ John Dryden, "The Life of Plutarch", prefixed to *Plutarch's Lives*, see in James L Clifford ed., *Biography as an Art: Selected Criticism 1560—1960*. New York: Oxford University Press, 1962, p.17.

传记视野与文学解读

学属性的同时,许多学者也开始强调心理学的洞察力对于传记写作的重要作用。法国的文学批评家圣勃夫很重视作家的内心世界及其对作品的影响,把自己写作的以作家为传主的传记性作品称作"心理图像"(psychography)。德国哲学家狄尔泰首次将以人的精神领域作为研究对象的学科称作"精神学科"。狄尔泰非常重视传记,他尤其喜欢撰写思想家的传记,在他心目中,传记在很大程度上依赖于心理学,"心理学是诸精神学科中第一和最基本的学科"[①],而"传记是人类学和心理学在问题中的应用。它使得生命同一性、它的发展及其命运变得栩栩如生和可以理解。"[②]当代学者则更进一步认为,优秀的传记作品不一定使用心理学的概念,但必定具有深刻的心理洞察力。而由于传记在心理学方向上的发展,更有学者认为,现代传记在整体上可以被称为心理学传记。[③] 根据西方20世纪传记的实践情况,心理学对传记发生的影响,在很大程度上是指弗洛伊德的"无意识心理学",即精神分析的影响。

弗洛伊德发表于1910年的《达·芬奇及其童年的一个记忆》,标志着精神分析与传记的真正相遇,也标志着心理学对传记真正意义上的介入。弗洛伊德对传记有着浓厚的兴趣,但他不满意传统的圣徒传记,也不赞成对那些创造性艺术家进行纯粹病理学的研究,他要探索的是一种新型的传记形式。虽然从严格意义上来讲,《达·芬奇及其童年的一个记忆》算不上典型的传记作品,但它对后世的传记写作,尤其是精神分析传记写作的影响是巨大的,具有无可置疑的传记史意义。首先,《达·芬奇及其童年的一个记忆》将传统传记很少涉及的人生阶段(童年)、人性领域(性、精神病态)与心理层面(无意识动机、幻想或梦)纳入到研究视野之中,极大地拓宽了传记的表现范围,增加了传记的透视深度。其次,《达·芬奇及其童年的一个记忆》一反传统传记中重事实轻解释的倾向,将解释置于传记写作的核心,由此带来了传记写作的一个重大转向:从关注外部行为的真实到追求心理真实、深度真实。再次,在结构模式、叙述风格方面,《达·芬奇及其童年的一个记忆》更是开一代新风,为传记文学的艺术性

---

① 威廉·狄尔泰:《体验与诗:莱辛·歌德·诺瓦利斯·荷尔德林》,胡其鼎译,北京:三联书店,2003,第2页。

② 转引自谢地坤:《走向精神科学之路:狄尔泰哲学思想研究》,南京:江苏人民出版社,2003,第27页。

③ William Todd Schultz, 2004. See http://www.psychobiography.com/definitions.html.

呈现提供了宽广的空间。全书六章打乱了传统传记作品以时间为线索编织传记材料的直线形式,而是以"秃鹫幻想"这一中心图景组织全篇,形成一种放射状的结构模式,而对于传记材料的解释更常常是多元线索相交织。《达·芬奇及其童年的一个记忆》的意义正在于提供了一种崭新的传记写作方式的范例。

弗洛伊德之后,一种新型的传记形式,即精神分析传记(psychoanaly-tical biography)应运而生。从 20 世纪 20 年代到 30 年代,应用精神分析方法写作传记一时成为风尚,几乎所有重要历史人物都已经被精神分析"研究"了至少一遍。在这一时期,研究者被精神分析给传记发展带来的新气象和契机所鼓舞。他们相信,传主"行为背后的动机才是真正需要研究的"①,认为精神分析的介入将有助于传记家"从圣徒传记那里夺取自由"②。法国传记家安德烈·莫洛亚在 1928 年的讲演中说,弗洛伊德使我们"认识到人类的存在或人类参与的事件要比以前所相信的远为复杂。……他一往深处看,就会发现一种常常被忽略的神秘生活,而他正是这一生活的主人"③;美国批评家刘易斯·蒙福德(Lewis Munford)在《现代传记的任务》(1934)一文中也指出,对于现代传记家来说,一个最为重要的任务就是要做"对于无意识的研究者";历史学家哈里·艾尔莫·巴纳斯(H. E. Barnes)则不无偏激地认为,1900 年以前写的传记由于缺少"有效的心理学"而都是"花言巧语,一无是处"的。④

但这个时期绝大部分传记作品对于精神分析心理学的利用总体来看还是十分粗糙。其一是简化和僵化的倾向,诚如利昂·艾德尔所说,往往是"非常错综复杂的原材料被加以简单化,有创造力的个性被处理成了陈套"⑤;其二是作品中精神分析和病理学术语的滥用,这尤其表现在那些专业精神分析学家的作品中。历史学家雅克·巴曾对此批评说,传记家

---

① William Roscoe Thayer, *The Art of Biography*. Folcroft, Pa.: Folcroft Library Editions, 1920, pp. 34—35. 萨尔的主要传记作品包括《华盛顿传》、《西奥多·罗斯福传》等。

② Ernest Boyd, "Sex in Biography", James L Clifford ed., *Biography as an Art: Selected Criticism 1560—1960*. op. cit., p. 141.

③ André Maurois, *Aspects of Biography*, trans. S. C. Roberts. London: Cambridge University Press, 1929, p. 25.

④ W. M. Runyan, *Life Histories and Psychobiography: Explorations in Theory and Method*. New York: Oxford University Press, 1982, p. 194.

⑤ 利昂·艾德尔:《文学与心理学》,《比较文学研究资料》,北京师范大学出版社,1986,第594页。

对于精神分析的利用有些"饥不择食",他们"运用'神经症的'、'歇斯底里的'、'精神错乱的'这些术语,幼稚地认为这些就是解释了。"①弗洛伊德最早的法国学生之一勒内·拉福格(René Laforgue)写作的法国第一部精神分析传记《波德莱尔的失败》(1931),就被批评家讽刺为"一份疾病的纪录"②。

在20世纪20年代至30年代的精神分析传记中,奥地利作家斯蒂芬·茨威格以及英国著名"新传记"作家利顿·斯特拉奇的某些带有精神分析色彩的传记作品占有特殊重要的地位。茨威格的传记作品多注重对传主的心理探索。这和精神分析理论的影响密切相关。他在《三个描绘自己生活的诗人》中,用"俄狄浦斯情结"对传主进行了解释。在结识弗洛伊德之后写作的《玛丽·斯图亚特》等作品中,精神分析的色彩更为浓厚,艾德尔因而称茨威格的一系列传记作品"是把精神分析引入传记文学的最初尝试"③。尽管斯特拉奇在成名作《维多利亚时代四名人传记》中处理传主的主要方法不是心理学的,但在探索"真实内容"这一点上,其结论仍然是弗洛伊德式的,他虽没有深入传主的"原始场景",但给他的读者提供了关于传主隐秘一面的一种"半专业的、半弗洛伊德式叙述"④。而其后期作品《伊丽莎白女王与埃塞克斯伯爵》的精神分析影响已比较明显。

经过20世纪40年代短暂的停顿,接下来的50年代到70年代是精神分析传记发展的一个黄金时代。在由专业的精神分析心理学家所写的传记作品中,出现了琼斯(E. Jones)的《弗洛伊德的生平和工作》(1953—1957)、埃里克森(E. Erikson)的《青年路德》(1958)以及《甘地的真理》(1969);而在由文学批评家所写的作品中,派因特尔(G. Painter)的《马塞尔·普鲁斯特》(1—2卷,1959—1965)与利昂·艾德尔的《亨利·詹姆斯》(1—5卷,1953—1972),都堪称经典之作。

尤其是埃里克森的《青年路德》与艾德尔的《亨利·詹姆斯》,在传记史上更有其独特的地位。埃里克森的《青年路德》的重要意义在于他通过这部作品建立了一种不同于弗洛伊德专注于童年经验的对于传主的解释

---

① Jaques Barzun, "The Truth in Biography: Berlioz", James L Clifford ed., *Biography as an Art: Selected Criticism 1560—1960*. op. cit., p.158.

② J·贝尔曼-诺埃尔,《文学文本的精神分析》,李书红译,天津人民出版社,2004,第69—70页.

③ 利昂·艾德尔:《文学和心理学》,《比较文学研究资料》,第583页.

④ Reed Whittemore, *Whole Lives*, The John Hopkins University Press, 1989, p.107.

模式。在埃里克森的解释模式里,自我理想和身份危机代替了俄狄浦斯情结和性,他在强调生物学因素和家庭因素影响的同时也强调社会的影响,从而"将弗洛伊德主义看待个人的观点从重复延伸到成长"[①]。他的心理历史理论由于沟通了精神分析和传统的传记方法,对于传记家来说更容易理解和接受,因而也得到了更为广泛的应用,尤其在以历史人物为传主的作品中更成为一种经典范式。

利昂·艾德尔的《亨利·詹姆斯》所取得的成就更多地表现在精神分析与传记的文学传统的结合上。艾德尔对詹姆斯兄弟竞争主题的挖掘、对传主小说中人物名字深层意义的考察、对传主梦的解析以及对传主愧疚感的探索等,显然都受精神分析的影响。美国精神分析学家利希滕伯格报告了一个令人叹服的事实:"一个由精神分析学家组成的小组经过长达3年的研究后认为,艾德尔这部包罗万象的亨利·詹姆斯传记作品综合了传记家对于传主生平和作品透彻了解、对传记艺术的精到把握以及精神分析不断发展的核心关注和探索精神。"[②]西方学界给予这部传记以极高的评价,在第2、3卷出版的当年就获得普利策奖和国家图书奖,被公认为是20世纪西方最优秀的传记作品之一。

这一时期的传记研究者也试图对相关的方法论问题进行总结,如埃里克森所提出的"心理历史",艾德尔所主张的"文学心理学",法国批评家夏尔·莫隆为代表的"精神批评",以及美国新精神分析批评家诺曼·霍兰德倡导的"文学精神分析学"等,都具有重要的理论和实践意义。但对精神分析与传记的深层联系进行系统探讨,以及从精神分析角度对传记写作实践本身进行深入研究,都还是20世纪80年代之后的事。1981年北卡罗来纳大学教堂山分校召开了"传记的心理学"研讨会,1982年芝加哥精神分析学会召开了"精神分析与传记的跨学科研究",从精神分析角度对传记写作中的问题进行了大规模探讨。这两次学术研讨会的召开标志着对传记与精神分析关系的研究已经远远超越了一般方法论的争论。来自历史、文学和精神分析心理学等各领域的学者进行了前所未有的交流与合作,对传记与精神分析的关系的理解深入到了一个新的层面。通

---

① Ira Bruce Nadel, *Biography:Fiction,Fact, and Form*. London:Macmillan, 1984, p. 188.

② Joseph Lichtenberg, "Henry James and Leon Edel", *Psychoanalytic Studies of Biography*. Connecticut:International Universities Press, 1987, p.52.

过从"外部"引入精神分析学家这一角色,传记操作过程的主体因素以及传主与传记家的复杂关系首次以精神分析临床实验的方式得到颇具深度的揭示和理解;传记家对自己的主体因素在传主身上的投射现象也有了更为敏锐和清醒的认识,为传记家更加深入准确地描画传主的"个人史"与写作一种更为敏锐精细、富有心理学洞察力的现代传记提供了必要的前提。

到上世纪末与本世纪初,精神分析与传记的相遇作为一个"事件"基本上已经结束了,尽管探讨仍在继续。2003 年美国《精神分析年刊》杂志出版了一期"精神分析与历史学"的专刊,对自 20 世纪 50 年代以来的心理史学(其中主要是精神分析传记作品)的实践进行了总结,主编詹姆斯·安德森认为,在将"精神分析视野应用于传记写作"方面,"总会有新的方法出现,总会有新的改进和提高的空间"[①]。但在传记写作实践中,作为一种传记类型的精神分析传记写作,目前基本上已经被专业的心理学家所"归化",在这种情况下传记常常被看做进行心理学研究的"工具",并不具有完整的传记特征,而在那些将精神分析作为"工具"的当代传记家那里,也往往有意淡化精神分析的"理论"色彩,而更多地强调和其他心理学流派相融合,并有意引入诸如历史、社会、文化等因素进行多元阐释。有的作品甚至极力反对和消解传记中的精神分析的解释。

回顾精神分析与传记近一个世纪以来的相遇,有一点是可以肯定的,即经由精神分析的冲击和渗透,西方传记的整体面貌已经发生了重大的改变。重要的是,精神分析传记以自身独特的魅力塑造了读者对传记作品的期待,这就是对深度解释的强烈要求。

2. 精神分析与经典传记

在 20 世纪 80 年代前后,除以精神分析模式对传记过程中的主体因素进行深度探索之外,精神分析与传记的一般关系也得到了更为深入的思考。在这一问题上,精神分析家约瑟夫·利希滕伯格表现出了难得的"历史意识"。人们通常认为,在弗洛伊德之前,传记没有分享精神分析发现的好处(自然也没有背负这一发现的负担),但在弗洛伊德之后,传记家看待传主的眼光就被那些毫不含糊的(或者是将其引入歧途的)关于"无

---

① James W. Anderson, "Introduction", *The Annual of Psychoanalysis*, Vol. 31, The Analytic Press, 2003, p. 3.

意识领域动机"的观点丰富(或者污染)了。在对传记文学史上的一些重要作品进行分析之后,利希滕伯格争论说,像普鲁塔克的《希腊罗马名人传》、奥古斯丁与切利尼的自传以及鲍斯威尔的《约翰生传》等这样一些出现在精神分析发现之前的伟大的传记作品,都已经"以一种天才的方式分有了弗洛伊德精神分析的发现:这是对于人类冲突及其动机的卓越洞察"①。因此,精神分析虽然不能对过去传记杰作的内容有所贡献,但精神分析的理解力能够赋予当代读者以一种新鲜的视野,一把开启过去传记杰作所包含的洞察力的钥匙,"在阅读那些过去时代的经典传记和自传时,我们能够辨认出精神分析所关注的那些特殊问题,其原因在于:我们现在有了一种这样做的方法,即精神分析方法,而通过移情于传主,那些天才传记家以自己的直觉选择了那种我们被允许以更有效地使用这种方法来进行分析的材料"②。

比如,普鲁塔克虽然使用了当时传统传记的形式结构:出生、家庭、教育、性格、职业、后代以及影响,他以这种方式精心安排了线形的"事实",但在普鲁塔克的描绘里,传主的人生不是静止的,传主生活在冲突中,必须时时做出伦理的选择。这样,普鲁塔克看待人物的观点就像精神分析一样是动力学的,但他将这一动力模式限定在一个单一的问题上:即在善与恶之间的运动。和精神分析所强调的无意识冲突和动机不一样,普鲁塔克的重点在于对行为模式的意识层面上的选择。在精神分析可以讲述对传主内心生活产生影响的那些无意识斗争的地方,普鲁塔克由于将那些做出决定的因素局限于"自然的"、意识的以及理性的心理功能,而只能被迫采取将其他可能性的选择归于对照性的另一个人物这一有限制性的方法。比如,他希望展示出梭伦在制定法律过程中对其理想主义所能达到的效果的怀疑的时候,普鲁塔克不是描写梭伦怎样在他自己对现实的考虑与他更高的理想主义的希望之间挣扎摇摆,而是安排了梭伦与一个食客的交谈,后者"嘲笑梭伦竟然相信人们的不义和贪婪会被成文的法律所约束"。

利希滕伯格指出,以现代的眼光来看,普鲁塔克的心理学是"意识的

---

① James W. Anderson, "Introduction", *The Annual of Psychoanalysis*, Vol. 31, The Analytic Press, pp. 41—42.

② Ibid., p. 50. 在这一意义上,弗洛伊德的《歌德在自传〈诗与真〉中对童年的回忆》应该算作这方面最早的研究。

心理学"和"自恋式冲突的心理学"。也就是说,在普鲁塔克看来,清晰的意识和坚定的理性是一个人的最高道德品质,而"无法忍受的羞耻"就是当传主的行为突破了理性和意识的范围而给他带来的一种可怕的情感。但和现代传记不同,在普鲁塔克的作品中,由于性的冲突而导致的这种"无法忍受的羞耻"很少出现。比如西蒙和他的姐姐有乱伦行为,其不利后果只是表现在他的名声上,而并不是体现在他的心理和意识中;青少年时期的同性之间的吸引可能导向某种痛苦不堪的状态,但这既非一个道德问题也非一种病态的"激情","每个人的灵魂都被置放了爱的欲望,去感觉、去理解、去记忆,正和去爱一样是自然的天性",因此也无可指责;一个男人应"一月中至少有三次"和他的妻子的性交,这既是他的荣誉,也是他对妻子的爱的标志。但这些训诫都是被偶然提及的,而普鲁塔克的主人公们也没有一个由于在性方面的问题而败坏了理性。

　　理性当然也并非总是胜利。在普鲁塔克的作品中,非理性的存在也被辨认出来,但这种非理性并不是现代精神分析所发现的那些存在于情感疾病、症候、口误、笔误和强迫性的行动中的非理性,而是被归于"奇迹"的非理性,它们往往出现于"人们(常常是在危机中)急迫地需要在奇迹而非理性的行动中寻求拯救"的时候。在普鲁塔克的作品中,某种类似于灵魂出窍的非理性状态,如一个怪诞的梦境往往被用于做出预言,这些预言指示传主做出行为的选择,从而"合理化"了那些超越于理性认知的但又必须做出的行为。这些与现代精神分析的发现有着一种遥远的呼应。

　　再如,在《约翰生传》这一"在时间上距离精神分析的发现最近但最无弗洛伊德理论色彩"的传记经典中,鲍斯威尔极力避免将约翰生心理化,但这并不是因为他不具有心理学的辨识能力,而是出于相反的原因:由于非常理解约翰生寻求支持和肯定的心理需要,他便以精致而微妙的方式迎合了此一需要。在利希滕伯格看来,鲍斯威尔和约翰生之间形成了一个相互依赖的关系,鲍斯威尔为约翰生的理想化自我提供了一个"镜像"角色,而传记家则从他与约翰生及其所在圈子的交往中获得了极大的精神回报[1]。

　　利希滕伯格的解读很有启发性,他的解读给我们的最大启示就在于,

---

[1] Joseph Lichtenberg, "Psychoanalysis and Biography", *Introspection in Biography*, The Analytic Press, 1985, pp. 47—52.

以精神分析的视野来理解经典传记,不但能够丰富我们对经典的理解,也能够丰富对精神分析的理解;对于前者,现代的解读拉近了我们和经典的距离,古代的人性离我们似乎并不那么遥远,而对于后者来说,精神分析也获得了某种切实可触的历史感,让我们有机会触摸现代人性的古老根基。

与此思路相似,许多学者利用精神分析理论对经典的传记,尤其是自传进行了解读和揭示。比较有代表性的是美国学者查尔斯·克利吉尔曼从精神分析角度对奥古斯丁的自传《忏悔录》以及歌德的自传《诗与真》所作的解读。

克利吉尔曼注意到,在奥古斯丁《忏悔录》中多次提到维吉尔《埃涅阿斯纪》中女王狄多与埃涅阿斯的故事。于是他将埃涅阿斯和狄多的故事与奥古斯丁和他的母亲莫妮卡的关系之间进行了平行对照,发现二者存在诸多相似,从而认为"这一对应太过惊人因而不能认为是巧合:这是他童年幻想的强迫性重复"①。埃涅阿斯的故事对奥古斯丁具有深刻的个人意义,他一生中许多重大事件都可从这方面来理解,狄多就是他母亲,而他就是埃涅阿斯;奥古斯丁极其生动地描绘了她的母亲的美,这使克利吉尔曼相信童年时代的奥古斯丁必定感到自己挣扎在母亲性感的诱惑和对于性感的道德厌恶这一矛盾之间。莫妮卡"要求奥古斯丁放弃性欲以获得教会的称许,这意味着,在无意识的层面上,她认为他应该永远归属于她。"②克利吉尔曼认为,奥古斯丁最后对宗教的皈依就是他和自己的俄狄浦斯情结长期斗争的结果,奥古斯丁对于性冲突的解决方法是将其升华至精神领域。"教会"在这一领域中就成为母亲的象征,而在奥古斯丁生命中基本处于"缺席"状态中的现实的"父亲"就被基督教的"天父-上帝"所取代。

克利吉尔曼还延续了弗洛伊德对于歌德童年的研究。在《歌德:兄弟竞争与〈浮士德〉》(1987)一文中,他认为,歌德"这个最伟大与最复杂的人也可能无意识地受到少数几个问题的有力驱动,而童年时期兄弟之间对母爱的争夺就是其中一个决定性的因素"③。歌德在《浮士德》中给主人

---

① Charles. Kligerman, "A Psychoanalytic Study of the 'Confessions' of St. Augustine", *Journal of American Psychoanalytic Association* 5 (1957), pp. 469—484.

② Ibid.

③ Charles Kligerman, "Goethe: Sibling Rivalry and *Faust*", *Psychoanalytic Studies of Biography*. Connecticut: International Universities Press, 1987, p. 170.

公安排的两次情爱经历中,所生的孩子都夭折了。克利吉尔曼由此认为这"重演"了歌德童年对弟弟出世所感到的痛苦,孩子的毁灭"和他向窗外扔碟子的行为具有同样的内涵。……欧富良的死亡方式——从高空中摔落下来,表现出了和陶器幻想的某种类似性";他还将这一情节与歌德对拜伦的嫉妒联系起来:歌德将拜伦看做是那个孩子,他将继自己之后成为欧洲第一流的诗人。他一定还非常妒忌拜伦实现了他有意识的与无意识的冲动,比如说拜伦的性放纵以及同其姐姐(和拜伦生有孩子)的乱伦情事,而歌德自己的冲动则只限制在情感、幻想与创造行为中。他或许以一种暧昧的情感看待拜伦,"既将其看做一个美好的认同性形象,同时又看做一个年轻的竞争兄弟。"①而在《浮士德》的最后一幕中,一群无罪的孩子被选作来接纳浮士德的不朽灵魂去面见圣母玛丽亚,在克利吉尔曼看来,他们所唱的歌就是歌德内心冲突平息的象征:"当年幼的歌德经历了可怕的丧失弟弟的经验时,他一定会问:'他们发生了什么?他们到哪里去了?'他必定得到回答:'他们在天堂里。'"②而这一冲突就根源于兄弟争夺母爱而产生的破坏欲望。

克利吉尔曼还以歌德自传《诗与真》的开始部分所描绘的"里斯本大地震"为例,说明这一"毁灭"世界的行为实际上也是歌德内心怨恨的象征,而《浮士德》最后部分主人公填海造田这一"修缮"世界的行为则象征着与"永恒母亲-大地"的和解,他试图在这一行为中"表达与解除弑弟(其次是弑母)情感,与此同时恢复往日的自己的美好形象,恢复自己在母亲以及全世界眼中的受宠状态。"③克利吉尔曼由此探索了歌德强大的生命意志和丰富的创造活动背后的(无意识)心理动因,他的解读颇富文学的想象力。

美国学者阿德·凡·盖斯塔尔对《富兰克林自传》的精神分析解读也饶有趣味。从弗洛伊德的"性欲升华"和"性对象的替代"理论,盖斯塔尔对这一自传作品进行了考察,认为此作品中存在着对诸如女性、爱情、婚姻等私人关系不断强化的克服以至"删除"。在此过程中,富兰克林一步步地将本能冲动转化到阅读和公益活动中,并由此赋予了这些活动以本

---

① Charles Kligerman, "Goethe: Sibling Rivalry and *Faust*", *Psychoanalytic Studies of Biography*. Connecticut: International Universities Press, 1987, p.182.
② Ibid., p.188.
③ Ibid.

能冲动的色彩,如他的自传作品中常常出现 lovers of reading,admirers, agreeably,intimate 等暧昧字眼,即是一个明证。①

此外,对卢梭自传作品的精神分析研究更是吸引了众多学者。比如,有人就指出,卢梭对因自己的出生而导致母亲死亡这一点不能忘怀,他在无意识中积聚了沉重的罪恶感,认为自己的出生对于母亲的死亡负有罪责,后来他从被朗贝尔西埃小姐打屁股过程中体会到的幸福感,实际上就可以解释为他渴望受到惩罚的这一无意识愿望得到了满足。②

另一方面,精神分析家也从许多传记作品中获益,传记作品为精神分析的洞察力提供了佐证。比如乔治·普洛克在《童年时期的丧亲事件与创造性》一文中,就从精神分析心理学对传记作品利用的角度,考察了德·昆西、凯瑟·珂勒惠支、詹姆斯·马修·巴里、杰克·凯鲁亚克等人的传记资料,揭示出丧亲事件与艺术家的创造性之间可能存在的一种内在关联:"对富有天分的个体来说,同胞之死可能激发或者导向创造性。这一创造性作品还能成为一种回归性的和补偿性的东西来替代失去的对象。"③精神分析对传记的这一利用反过来又会对传记家的写作产生某种启示和引导作用。

在包括利希滕伯格在内的许多学者看来,精神分析自诞生之日起就对人的自我观念产生了深刻的影响,早已成为我们时代精神的一个部分。这就给传记家提出了整合精神分析经验的挑战和任务。他认为从这一角度看,精神分析为传记的发展提供了新的可能性,精神分析的发现"为成熟老到的传记家和读者提供了一种关于人类内心生活的最广大领域的系统知识和简洁表述——童年经验、无意识心理机能、幻想、梦想及口误的意义、罪感、焦虑、道德及理想形象在心理机能中的位置……如果传统传记家对于传主移情能力和选择材料时的非系统性的直觉能力能够被精神分析学家的系统性的洞察和方法上的探索加以补充,我们就能够预见一

---

① A. V. Gastel , "Franklin and Freud: Love in the *Autobiography*", *Early American Literature*, Vol. 25,1990, pp. 168—181.
② 参见 J·贝尔曼-诺埃尔:《文学文本的精神分析》,第 86 页;其他这方面的研究介绍可参看菲力浦·勒热讷:《自传契约》,杨国政译,北京:三联书店,2001,第 94 页。
③ George H. Pollock, "On Siblings, Childhood Siblings Loss, and Creativity", *Psychoanalytic Studies of Biography*. Connecticut: International Universities Press, 1987, p.165.

种更为完善、真实和令人愉悦的传记作品"①。

但利希滕伯格对于当时的传记质量并不满意,认为"上述期望并没有能够实现",因为在他看来,精神分析归根到底是产生于特定时代和文化语境的对于人性的洞察,但这种心理学的洞察必须与传统和历史结合起来才能获得对于传主人格的更好的解释。古代优秀的传记作品也具有深刻的心理洞察力,每一个伟大的传记家都是其时代精神的杰出代言人,并不能脱离一种考察人性问题的宽广的人文视野,而那些仅仅依靠精神分析的现代传记家恰恰脱离了传记植根在其中的伟大的人文主义传统,"传记家的传统方法和精神分析的技术并没有能够以任何一种简洁的方式被结合起来"②。应当说,这一批评对于过多地依赖精神分析理论的传记家是一个重要的警醒。

3. 精神分析与传记的未来

精神分析对于 20 世纪西方传记的影响是巨大、深远和整体性的。20 世纪西方传记的现代化与精神分析的介入密不可分,弗洛伊德及其追随者的传记实践在很大程度上推动了传记的现代化进程。精神分析开辟了现代传记叙事的新领域、新角度,现代传记对传主的童年经验、精神病态、梦、性欲等问题的重视,对传主的身份认同、个人神话、无意识动机和深层人格等问题的探讨,无不与精神分析的启发和灵感密切相关。在传记叙事和解释策略方面,精神分析对"时间"和"记忆"问题的一系列洞见也更新了传记家对"传记事实"和"传记证据"的看法,启发了现代传记家打破传统的传记叙事模式,在过去和未来、事实和虚构、现实和梦幻之间建立了复杂的关联,通过对传主"精神地形"的层层描摹,传记家对传主的人生做出了更为深入的解释。在现代传记的叙事伦理方面,精神分析解释了,或者说"合理化"了那些容易引发伦理论争的有关传主生活的主要方面,从而使得传统传记的伦理功能逐渐让位于现代传记对于复杂人性的理解,推动了现代传记叙事伦理的转向。此外,精神分析对传记作品及传记操作过程的研究和探讨也为理解传记家与传主之间捉摸不定的关系这一长期以来困扰传记理论界的问题提供了新的洞察力。所有这一切,都将

---

① Joseph Lichtenberg, "Henry James and Leon Edel", *Psychoanalytic Studies of Biography*. Connecticut: International Universities Press, 1987, p. 50.

② Ibid.

第一章　传记诗学与西方传统

一系列重要的传记理论问题的探讨推向了深入。

因此,毫不夸张地说,就西方传记在20世纪的新发展而言,弗洛伊德及其所代表的精神分析理论产生的影响是不可估量的。甚至有传记家说,"即使弗洛伊德不出现的话,我怀疑我们也必须创造一个他出来。"①

精神分析已经改变了20世纪西方传记的整体面貌,那么在新的世纪里,精神分析在传记中的位置在哪里?对于这一问题,精神分析学家约瑟夫·利希滕伯格的意见对我们仍有启发:

> 传记家要重视他自己伟大的人文传统的遗产,这一传统建立在一种关于人类的知识基础上,他总是和他身在其中的时代精神融为一体,而今天,随着精神分析的到来,这一新的看待人类心灵发展的洞察力已经改变了或者说已经构成了这一时代精神。②

利希滕伯格的意思是说,我们要站在人类关于自身的知识总体、时代精神以及整个人文遗产的层面上来理解精神分析对于传记实践及传记惯例的改变;精神分析在当代传记中应处的位置说到底其实也就是精神分析在当代的时代精神和人文知识传统、在人类关于自身的知识总体中所应处的位置。历代优秀的传记家所取得的成功也都是和他们充分汲取其所处时代的优秀文化精神分不开的,普鲁塔克是这样,鲍斯威尔是这样,艾德尔也是这样;而艾德尔的成功显然得益于他对精神分析的优秀成果的创造性利用,这归根结底是他和自己的"时代精神"融为一体的结果。

与利希滕伯格看待问题的角度不同,坎道尔(Paul Murray Kendall)则认为,优秀传记和所谓"时代精神"之间应该存在某种张力。他的看法是,一个时代的传记的质量取决于这个时代所能够达到的"心理意识水平"与这个时代所接受的关于生活的"陈旧观念"(established attitude)或"官方的"意识形态之间的关系,优秀的传记作品应该挑战与颠覆种种陈旧观念。③

我们认为,一方面,精神分析对曾经控制人类生活的种种"成见"作了

---

① James Strouse, "Alice James: A Family Romance", Runyan, W. M,. ed., *Psychology and Historical Interpretation*, Oxford University Press, 1988, p.87.
② Joseph Lichtenberg, "Psychoanalysis and Biography", *Introspection in Biography*. op. cit., pp. 62—63.
③ Paul Murray Kendall, *The Art of Biography*. New York: Norton, 1965. See in David Novarr, *The Lines of Life: Theories of Biography, 1880—1970*. op. cit., p. 144.

强有力的颠覆和瓦解,更新了我们看待人性和人生的"知识气候"[①],为我们的"时代精神"添加了新的要素,从而为传记家提供了探察人性的深刻眼光,极大地拓展了传记家对人类精神自由的理解,它的传记遗产理应为未来的传记家所继承和汲取;而另一方面,我们还要看到,随着它本身已经或正在形成种种"成见",精神分析也已经或正在对认识世界和我们自身状况的视野构成新的遮蔽。这在不少现代传记中精神分析方法对传记材料的模式化处理,某种"码砖式"的机械操作中早已表现出来。[②] 同时,精神分析作为一种相对于过时的时代精神的颠覆性力量,其本身也潜伏着对这一颠覆力量的抑制。对此法国哲学家德勒兹指出:"精神分析好像是一种将欲望拖入绝境……的虚幻之物。……是一种反生命的东西,一种死亡、戒律和阉割的颂歌,一种超验的渴望,一种教士的神职,一种教士的心理。"[③]他的观点有其特定的含义和指向,不无偏激、偏颇之处,但对于那些过度依赖精神分析方法的传记家仍不失为一个有益的提醒。优秀的传记家应当敢于突破他们自己也从属于其中的关于人性的现成观念而做出某种真正原创性的构想。

在当代,对于传记"科学性"的要求也日益强烈,我们讨论精神分析在传记中的地位时,这一问题也是不可回避的。杨正润先生认为,传记文学是科学和艺术的结合,而"精神分析对传记文学的科学性和艺术性的提高都是有益的"[④];高鉴国先生认为,有三种专业知识是传记作者需要掌握的,即"历史学、文学和心理学"[⑤];当代美国学者威廉·舒尔茨在论及弗洛伊德的传记写作时则特别指出,弗洛伊德的"成功之处恰恰在于,他结合了历史的、科学的和文学的方法来解释人的经验",而其他人没有做到

---

① 当代精神分析家乔治·莫里蒂斯说,"不管准确与否,一部好的传记作品都会成为一个相对稳定的理解构架,它们可以被用于我们试图把握世界和我们自己心灵深度的一个标志和参照。"在这个意义上,传记是我们自己也是"时代精神"的集中表达,"在我们的时代,我们通过那些特殊人物的生平来表达我们情感,界定我们对这个世界的理解。传记……反映了我们时代的知识气候"。Sumuel Baron et al. eds., *Introspection in Biography*, op. cit., p. 346.

② David Ellis ed., *Imitating Art: Essays in Biography*, Pluto Press, 1993, p. 3.

③ 吉尔·德勒兹:《哲学与权力的谈判》,北京:商务印书馆,2000,第 164—165 页。另参见杨正润:《文学的"颠覆"和"抑制"——新历史主义的文学功能论和意识形态论述评》,载《外国文学评论》,1994(3)。

④ 杨正润:《西方现代传记文学中的精神分析》,《外国文学研究》,1990(1),第 94 页。

⑤ 高鉴国:《关于传记文化及其意义》,《山东大学学报》(哲社版),1998(4),第 83 页。

这一点。①

但在精神分析的"科学性"问题上,长久以来存在着激烈的争论。《西方人文主义传统》一书的作者阿伦·布洛克认为,弗洛伊德在人文主义传统中的地位"由于他的思想与文学和艺术的亲近关系以及他对文学和艺术的影响而是有保证的",但他却没有把握对弗洛伊德在科学史上的地位做出同样的保证。② 实际上,围绕着心理学科的"科学性"问题,精神分析学派与非精神分析学派的心理学家们已经进行了延续至今的"百年大战":"差不多在弗洛伊德开始发展精神分析的时候,学院派的心理学家们正致力于将心理学弄得像是一门严格的科学"③。弗洛伊德拒绝以实验的方法验证其理论,而学院派的心理学家则认为精神分析的方法有失科学的尊严。

针对这种水火不相容、老死不相往来的状况,诺曼·霍兰德在《精神分析作为科学》一文中,为精神分析的"科学性"作了一些辩护,希望有利于打破这种尴尬的局面。他指出,从实验证据来看,大量研究证明了精神分析的许多重要结论(当然也有一些未获得支持);而从方法论来看,精神分析使用的是一种整体论的研究方法(holistic method),而这种研究方法在许多社会科学甚至"硬"科学领域(hard science)也广泛采用。他认为,争论精神分析到底是"科学"还是"解释学",或仅仅是"文学",其实这一划分本身表现出的就是一种建立在"二分法"基础上的错误观念④,他暗示,我们应该放弃这种无谓的论争,消除学派、学科之间的壁垒,将精神分析的敏锐洞察力与建立在严格实验证据基础上的研究成果,尤其是神经科学的研究成果结合起来。正如他在另外一篇论文中所说:"我能够想象出的精神分析文学批评的最好未来,乃是一种来自精神分析和神经系统科学洞见的融合。"⑤

这一看法也适用于传记的精神分析解释。新世纪的传记写作需要将

---

① 威廉·舒尔茨:《弗洛伊德与传记写作》,《荆门职业技术学院学报》,2004(4),第28页。
② 阿伦·布洛克:《西方人文主义传统》,董乐山译,北京:三联书店,1997,第219页。
③ Norman N. Holland, "Psychoanalysis as Science", PsyArt: A Hyperlink Journal for the Psychological Study of the Arts. See http://www.clas.ufl.edu/ipsa/journal/2004_holland08.shtml.
④ Ibid.
⑤ Norman N. Holland, "The Mind and the Book: A Long Look at Psychoanalytic Literary Criticism"(1998), see http://web.clas.ufl.edu/users/nnh/mindbook.htm.

包括精神分析在内的心理学成果融入传记的历史和文学传统中去,同时,也正是在传记的历史和文学传统以及当代科学所构成的"时代精神"中,精神分析才能找到自己的恰当"位置"。而一个世纪以来的西方传记文学实践也表明,越是成熟的影响,就越是隐蔽的影响,就越少模式化和教条性的因素。这里尤其要强调指出的是,那些优秀的、堪称20世纪经典的传记文学作品无不是充满创造性的,远非我们自以为熟知因而感到已失去新意,但实际上仍是一知半解的精神分析理论的条条框框所能包容。或许和所有充满生命力的理论一样,在新的时代精神的激励下,精神分析理论自身也具有某种自我发展的前景和与时俱进的潜能。我们相信,优秀的传记家应当有能力将这种潜能发掘出来,描绘出富有人性光泽的、令当代读者惊叹不已的人生图案。

我国的传记文学在20世纪出现了长足的发展,我们有理由期待21世纪中国传记文学的良好前景。有学者大胆预言,21世纪的中国传记文学将会"产生优秀的伟大作品,出现优秀的、伟大的传记文学家",但他同时也指出,要出现这样的诱人景象,中国的传记文学家必须"在借鉴国外优秀传记文学的经验的同时,克服自身存在的缺点与不足"[①]。而20世纪国外优秀传记文学的最大的"经验"之一就来自于精神分析的成功介入(当然也有不成功的实践所带来的反思和教训)。目前在我国传记界,也已经出现了一些具有明显精神分析心理学视野的传记作品。但总的来看,由于历史、文化传统的原因以及其他因素的影响,精神分析诸多合理因素还远未为我国传记写作者所充分吸收。在我国传记的现代化过程中,精神分析仍大有可为。我们需要总结并借鉴西方传记实践的成败得失,将我国优秀的传记传统与西方现代的传记方法结合起来,将传记的文学、历史传统和现代心理学,尤其是精神分析理论中经过时间和实践检验的优秀成果结合起来,积极推进、提高我国传记文学的健康发展与整体水平。

三 现代传记的忏悔叙事

作为普遍的情感体验形式,愧疚感、罪恶感在西方人性的发展中有长

[①] 桑逢康:《传记文学琐谈》,载中外传记文学研究会编《传记文学研究》,长沙:湖南文艺出版社,1997。

久的历史①,古代西方传记对此虽有所表现,但并不多见,并且传记家一般是在传主做出极端残酷的行为(如杀人、弑亲等)时才会涉及这方面的内容,也很少有深度的解释。普鲁塔克对亚历山大在狂怒之下杀死好友克雷塔斯之后的愧疚和悲痛的描述,以及塔西陀、苏维托尼乌斯在各自的作品中对尼禄弑母之后的恐惧和罪恶感的叙述都是如此。即便是被称为西方"最早探索人物行为的无意识动因"②的罗马传记家阿里安,对传主的忏悔意识也主要是通过对传主语言和动作的描写加以表现。③ 文艺复兴时期托马斯·莫尔的《理查三世传》中,对传主杀人后的愧疚和恐惧有了非常生动的描述,但仍谈不上解释。这一特征一直到18世纪末鲍斯威尔的经典之作《约翰生传》都没有大的改变。在精神分析理论影响下,西方现代传记对传主的愧疚感和忏悔意识有一种更为敏锐的关注和更深入的解释,这已经不同于古代及近代传记作品对传主愧疚感和忏悔行为的单纯描绘和记录,而将笔触探入到传主的意识深处乃至无意识层面。笔者下面主要从精神分析的发现对现代传记的启示这一角度切入,对现代传记的"忏悔叙事"及其意义进行评述和探讨。此处所谓"忏悔叙事",主要包括现代传记作品对传主的忏悔行为的"再叙述",以及对于传主的愧疚感或罪恶感的探索和深度解释。

1. 追踪"严酷的良知"

1784年,约翰生博士最后一次来到了他的家乡利希菲尔德,他向当地的牧师亨利·怀特忏悔了早年对父亲的一次"不孝"行为。克利福德的《青年约翰生传》和鲍斯威尔的《约翰生传》中都处理了传主晚年这一重要事件,但其处理方式却很不相同。鲍斯威尔采用的是"实录":

> 亨利·怀特是一个年轻的教士,约翰生跟他已经很熟识了,所以谈起话来也比较随便。他提到,亨利不能在一般意义上批评他是一个不孝顺的儿子。他说,"的确,是有这么一次,我不听话;我拒绝替父亲去乌托塞特市场。拒绝的原因由于我的骄傲,想起这件事是令人痛苦的。几年之前我渴望弥补这一过失;我在一个很坏的天气里

---

① 按照弗洛伊德在《图腾与塔布》中的看法,原始人对弑父行为的愧疚感是人类文明、道德和宗教的起源,在此意义上,愧疚感和忏悔意识和人类文明、道德和宗教是同时产生的。
② 杨正润:《传记文学史纲》,南京:江苏教育出版社,1994,第132页。
③ 阿里安:《亚历山大远征记》,李活译,北京:商务印书馆,1979,第30—31页。

去了乌托塞特,在雨中光着头站了很长一段时间,我父亲的货摊就曾在那里。我悔恨地站着,希望忏悔能够补偿我的过失。"①

这的确是一个非常动人的场景,但在鲍斯威尔的作品中,这却是对于约翰生的一个自传事实的单纯叙述,没有任何解释。约翰生何以对别人批评他是一个"不孝顺的儿子"如此敏感?一次简单的"拒绝"何以能够引发如此深远的内疚?鲍斯威尔语焉不详。

克利福德评论说,鲍斯威尔"所使用的仍是经验性的方法,依靠的是证据的长久累积,只是偶尔才出现稍纵即逝的阐释性片断"②。他在其《青年约翰生传》中对这一事件进行了重新叙述。他将约翰生对父亲的一次拒绝看做他青年时代中"最著名的一件事"③,并将鲍斯威尔作品中的"自传事实"转换成为一件"传记事实",用"严酷的良知"对约翰生的忏悔行为进行了解释:

> 有一天,迈克尔(约翰生的父亲)病倒在床上,他让大儿子替他去乌托塞特市场照看一下在那里的货摊。出于骄傲,萨姆拒绝了,在露天市场上卖东西对他这个牛津大学的大学生来说似乎是有失尊严的事情。他对父亲的请求置之不理,这一事件就这样结束了。但他严酷的良知从没有让他忘记这件事;对父亲的拒绝在他心灵深处引发了长久的内疚感。最终,50年后,他感到了一种要对这一忤逆行为进行赎罪的极其强烈的愿望。一天,他离开利希菲尔德的朋友们,走到乌托塞特露天市场他父亲的货摊曾在的地方,光着头,"站立在旁观者的讥笑与糟糕的天气之中"。④

约翰生的父亲在这件事情发生之后的6周后就去世了,克利福德认为,这在约翰生心中很可能造成了一种因果关系的幻觉,从而"强化了上述行为的不孝性质"及伴随产生的内疚感。⑤"良知"的残酷性在弗洛伊

---

① James Boswell, *The Life of Johnson*, Vol. 3, New York: The Macmillan Company, 1900, pp. 423—424.

② James L. Clifford ed., *Biography as an Art: Selected Criticism* 1560—1960. New York: Oxford University Press, 1962, p. xiii.

③ James L. Clifford, *Young Sam Johnson*. New York: McGraw—Hill Company, 1955, p. 135.

④ Ibid. p. 135.

⑤ Ibdi. p. 135.

德之前由莎士比亚、陀思妥耶夫斯基在《麦克白》、《罪与罚》及《卡拉马佐夫兄弟》等文学作品中作过惊心动魄的描绘,勇敢地"站立在旁观者的讥笑与糟糕的天气之中"的约翰生,尤其让人联想起在良知的追击下扑倒在干草市场的空地上亲吻大地的拉斯柯尼科夫,在那里同样有旁观者的"冷言冷语"和阵阵轻蔑的"笑声"。① 弗洛伊德则首次从心理学的角度对"良知"进行了系统性的探讨。"良知"在弗洛伊德的人格结构理论里属于超我的范畴,或者说是超我的一个性质:"超我支配自我会更严格——以良心的形式或可能以无意识的形式。……超我这种统治权力的源泉带有强迫特点的专制命令形式"②。他不仅指出了超我具有无意识般强大的"非理性"力量,而且他更进一步将超我的起源追溯到个体以俄狄浦斯情结为核心的与父母,尤其是与父亲的错综复杂的认同关系。他指出,我们在超我中所具有的那个高级本性是"我们与父母关系的代表",超我是"俄狄浦斯情结的继承者"。③

克利福德对约翰生这一旷日持久的、历经数十年而不衰的内疚感的解释正是建立在对他与其父亲之间的非常暧昧的关系的梳理与解说基础上的。他虽然并没有套用精神分析的理论来解释约翰生父子之间的关系,但他确实对二者关系的复杂性给予了很多关注。克利福德指出,由于父子两人年龄相差过大,迈克尔性格忧郁,沉默寡言,并且常常不在家,约翰生对父亲没有怀有多少亲密的情感。此外,作为一个中年得子的父亲,迈克尔过于炫耀他那早慧的儿子,这也增加了他对父亲的厌烦。约翰生甚至"常常逃到树上去……以逃避在客人面前卖弄才华的场面"④。但另一方面,克利福德认为,约翰生在无意识里或者内心深处又认同于他的父亲,后者实际上成为他在此后人生中克服自身弱点的一个反面镜像,在他暴发忧郁症的最令人绝望的时刻,父亲为他提供了"一种内在的力量",从而使他免于沉沦。正是由于建立在这样一种对于约翰生看待父亲的既排斥又认同的暧昧态度的深度解说的基础上,克利福德对约翰生的忏悔行为的解释才获得了更为充分的说服力:他的"不孝"行为出于对父亲表面情感上的排斥,而与父亲的一种深度认同和理解则强化了他的愧疚感,使

---

① 陀思妥耶夫斯基:《罪与罚》,朱海观、王汶译,北京:人民文学出版社,1982,第649—650页。
② 弗洛伊德:《弗洛伊德后期著作选》,林克明译,上海译文出版社,1986,第183页。
③ 同上书,第184—185页。
④ James L. Clifford, *Young Sam Johnson*. New York: McGraw-Hill Company, 1955, p.21.

得他对早年的行为怀有一种特殊的敏感。

2. 从"沉默"中理解罪恶感

弗洛伊德还指出了一种所谓"沉默的罪恶感"。弗洛伊德说,这种罪恶感"是沉默的;它没有告诉他他是有罪的",而这个人也并没有意识到"有罪",因而面对这一罪过他常常保持"沉默",而这恰是罪恶感和内疚感表现出的"症状"。① 这启发了传记家在传主的"沉默"和"空白"之处发掘其深藏的愧疚。在克利福德看来,约翰生极富道德良知,极易产生内疚感,他几乎常常感到愧疚,感到需要忏悔,而其原因有时他并没有意识到。比如,约翰生对自己早夭的也是唯一的弟弟就基本保持了奇怪的沉默,克利福德认为,这就是一种"沉默的罪恶感"。

约翰生的弟弟纳萨尼尔·约翰生在鲍斯威尔的《约翰生传》中几乎是一个空白。② 约翰生曾经向斯雷尔夫人提到,在童年时期他和弟弟成为"争夺母爱的竞争对手",克利福德据此猜测,兄弟之间早年可能存在的充满嫉妒的争执以及为争夺母爱而产生的矛盾或许形成了约翰生最初的创伤性记忆,而这种记忆中的伤害则很可能在后来的岁月中导致了在意识层面难以辨别的复杂反应。

克利福德结合纳萨尼尔不幸的一生对约翰生的愧疚感作了更细致的考察。和塞缪尔·约翰生相比,纳萨尼尔的一生要暗淡的多。他中学辍学之后就在父亲的书店里帮忙照顾生意,其间在书店的生意中做了一件有失诚信的事,引发了家庭内部的一些争吵。纳萨尼尔一时陷入困境,他对自己的哥哥塞缪尔·约翰生怀有十分矛盾的期待,一方面,他模糊地感觉到哥哥对自己其实"不怀好意",在给母亲的信中他写道:"至于我哥哥的帮助,我几乎没有理由去指望,而正是由于他的意见,你才不愿让我到斯图尔桥镇去。"另一方面,他仍然抱着一丝幻想,希望哥哥能够帮助他,在斯图尔桥镇帮他找些事做:"如果我的哥哥确实能为我做些什么,我对

---

① 弗洛伊德:《弗洛伊德后期著作选》,第200页。
② 鲍斯威尔只在两处顺便提及了弟弟纳萨尼尔,一次是开头:约翰生夫妇共生有两个孩子,一个是约翰生,另一个是"纳萨尼尔,死于25岁"。另一次提到纳萨尼尔曾接替其父亲的生意。James Boswell, *The Life of Johnson*, Vol. 1. New York: The Macmillan Company, 1900, p. 9, p. 52.

他将十分感激……"①

但显然约翰生并没有为弟弟"做些什么"。传记家指出,童年的创伤性记忆在此发挥了影响,此外,他还有许多现实的考虑:约翰生自己在那儿有很好的发展前景,而他实在"不愿意让那个声誉不怎么好的纳萨尼尔——他必定怀疑弟弟希望来揩那些富裕朋友的油——来危及这一前景"②。

这一自私的考虑最终导致了严重后果。不久纳萨尼尔就到萨默塞特一个叫做弗洛姆的地方闯荡谋生,于1737年3月5日死在了利希菲尔德的老家。克利福德指出,"纳萨尼尔之死是约翰生一生中最令人困惑的事件之一。"③因为同年3月2日,约翰生和他的学生加雷克从利希菲尔德出发赴伦敦,此时尚在途中。克利福德问道:"那个年轻人必定是在萨姆出发后不久——几个小时,或至多一两天——死去的。如果他唯一的弟弟就要死了,约翰生是否还能够快快乐乐地踏上去伦敦的征程呢?"④无论如何,弟弟的死给约翰生的心灵留下了深深的创伤:"这一死讯对约翰生来说是一个可怕的打击。这是他少年时代的伙伴,而他很少以基督徒的宽大胸怀对待他。这是他唯一的弟弟,但他曾自私地堵死了他可能在斯图尔桥镇生活的机会。然而现在已经没有办法弥补自己对待弟弟的那种残酷行为了。很可能这一深深的悔恨和内疚之情常常伴随着约翰生,即使在表面上他没有什么表示。他或许还梦到过纳萨尼尔,但甚至在他最亲密的朋友面前都避免提起他。"⑤

3. 抚慰"流连不去的创伤"

美国小说家亨利·詹姆斯的权威传记作者艾德尔指出,一个优秀的传记家要探索其传主的核心情感,"一个研究传主情感中的决定性因素的传记家,要比那些仅仅展示出传主所表达出来的冲动与渴望……的传记

---

① James L. Clifford, *Young Sam Johnson*. New York: McGraw-Hill Company, 1955, pp. 166—167.
② Ibid., p. 167.
③ Ibid., p. 171.
④ Ibid., p. 172.
⑤ Ibid., p. 172.

家更接近真实。"①而在艾德尔看来,詹姆斯的内心深处的核心情感正是罪感和内疚。他将亨利·詹姆斯与弗洛伊德、普鲁斯特相提并论,认为他们几乎同时都踏上了一个通向内部世界的旅程,而那是一个"不断后退的深渊"。他特别指出,在这一方面,詹姆斯是最没有自觉意识的,他主要是"将艺术用作对存在于内心深处留恋不去的创伤进行净化的一种方式。"②从这些观点出发,传记家探索了詹姆斯对女作家康斯坦丝·芬尼莫尔·伍尔森所怀有的内疚。

芬尼莫尔是美国小说家库柏的后裔。由于父亲早死,她长期陪伴母亲,在母亲死后,年近 40 的她独身一人生活。她一只耳朵有些聋,性格有些忧郁。詹姆斯的小说对她有很大的吸引力。她在 1880 年见到了詹姆斯,从此开始了延续 14 年之久的友谊。据艾德尔考证,芬尼莫尔显然爱上了詹姆斯,而小说家并没有明确态度。但由于芬尼莫尔很有个性魅力,并且崇拜他,这都可能使詹姆斯对她表现出了比一般朋友更多的兴趣。他们在同一个城市生活过 3 年时间,有时也一起去看戏、旅游。1886 年芬尼莫尔去意大利,詹姆斯承诺以后每年去看望她一次。但 1893 年圣诞节前夕,芬尼莫尔开始流露出弃世情绪,在给一个朋友的信中写道:"我感到,在来生里,这些神秘和惶惑都会展开,变得清楚。……但你无论何时听说我已离开,我都要你知道我的结局是平静的,甚至在解脱的时候是快乐的……"③ 1894 年初芬尼莫尔最终自杀身亡。

精神分析揭示出,"许多看似偶然、毫无意义的行为,以及许多被简单地归之为'自由意志的举动',实际上是人们没有意识到的隐秘而矛盾的愿望所驱使的。"④在艾德尔看来,亨利·詹姆斯的情况正是如此。在惊悉朋友的死讯时,詹姆斯原准备立即赶往意大利参加葬礼,但当他知道了芬尼莫尔那种暴烈的死亡方式时,他改变了主意。艾德尔认为正是在这里,在这一"症状性"的决定中,暴露了詹姆斯的内心所经受的真正"创伤":

  尽管难以猜测詹姆斯作出这一决定的动机,这一点依然是清楚

---

① George Moraitis et al., *Psychoanalytic Studies of Biography*. Connecticut: International Universities Press, 1987, p. 17.
② Ibid., pp. 19—20.
③ Leon Edel, *The Life of Henry James*, Vol. 2, Penguin Books, 1977, p. 73.
④ 弗洛伊德:《弗洛伊德自传》,顾闻译,上海人民出版社,1987,第 119 页。

的：当他以为芬尼莫尔小姐是出于自然原因而死去时，他本来是决定去罗马的。从他知道她是自杀的那一刻起，他就觉得自己病倒了，遭受了沉重的打击——不仅仅是被悲伤，以及如他所说，惊骇与怜悯，而且还有——如他后来透露及其作品中所表现出来的——这种感情：他觉得自己应该为她最后的行为负有某种责任。①

当刚刚发生的事情的残酷性还飘荡在空气中时，亨利·詹姆斯觉得自己不能去意大利经受折磨。艾德尔进一步指出，他的决定显然是一个自我保护的本能反应，"芬尼莫尔小姐那残忍的、暴烈的、十足恐怖的、神秘的、似乎是疯狂的最后一幕深深地刺伤了他……他现在需要一个庇护所，来抵挡他深深的受伤和愧疚"②。

詹姆斯通过将她看成一个病人来解释她的非理性行为，以此来减轻自己内心的不安。他在给朋友的信中一再强调：芬尼莫尔小姐是"慢性忧郁症的牺牲者，这种困扰在病中突然发展成为自杀冲动"，或者是她有"心理方面的疾病"。③ 但这无非是他掩饰自己真实感受的一种无意识策略。显然，詹姆斯从"芬尼莫尔是一个严重的病人，所以她不能为其行为负全部责任"这样的想法中获取了安慰。艾德尔认为，尽管无法确证詹姆斯的真实想法以及他在多大程度上感受到了罪过，但他一遍遍地重复着"对她的友谊中有一半是忧虑"，这表明他在和芬尼莫尔的关系中发现了某种使他忧虑不安的因素。④

艾德尔用詹姆斯写于这一时期的一个短篇小说《死者的祭坛》(*The Altar of the Dead*)更为深入地解析了芬尼莫尔之死对他造成的"暗伤"，在他看来，詹姆斯正是用他的作品来治疗这一内心创伤的，这一作品是他特殊形式的"忏悔"。

《死者的祭坛》是一篇具有浓厚的象征主义意味的故事，其主题是生者和死者之间的宇宙性联系。男主人公斯坦瑟姆为每一个死者点燃一根蜡烛，但却将一个曾经使自己遭受冤屈的朋友阿克顿·哈古排除在外。他已经原谅了他，但还不能与其彻底和解。后来斯坦瑟姆发现另有一个女人也在他的祭坛上做礼拜，她只为那个被他排除在外的人点燃了蜡烛。

---

① Leon Edel, *The Life of Henry James*, Vol. 2, Penguin Books, 1977, p.78.
② Ibid., p.79.
③ Ibid., p.73.
④ Ibid., p.81.

斯坦瑟姆恐惧地意识到,"她实际上才是圣坛的女祭祀"。他的圣坛被剥夺了,于是就在圣坛前死去了。

艾德尔认为这一故事应从宗教的角度来理解。《圣经》中说:"所以,你在祭坛上献礼物的时候,若想起弟兄们向你怀怨,就把礼物留在坛前,先去同弟兄和好,然后来献礼物。"(《圣经·新约·马太福音》第5章)这样,这一故事就应被理解成为詹姆斯试图消解由他和芬尼莫尔之间的关系所带来的怨恨和内疚的一种努力。艾德尔指出,芬尼莫尔的行为肯定在亨利那里引发了一种被出卖感,他觉得那是对他心灵圣坛的一种亵渎。芬尼莫尔以某种方式让他感觉到她在向他提出某种他还没有准备好的要求,而最后她竟以这种残酷的方式表现了自己的哀怨,"他的圣坛被她的鲜血溅污了"①。芬尼莫尔以这种专横的方式切断了她与亨利之间的联系,而小说家却只能利用其艺术进行自我治疗:"在他的故事中主人公死去了,在生活中詹姆斯却活了下来,同时存留下来的还有一种阴暗的疼痛,一个无法解决的、没有回答的谜。"②

4. 忏悔叙事的意义

可以看到,精神分析方法为现代传记对传主愧疚感的处理提供了重要的理论支持,现代传记的忏悔叙事也使得传记家"同时成为精神分析家和倾听忏悔并予以解脱的神父"③。事实上,如果我们稍微深入考察一下精神分析,尤其是弗洛伊德的经典理论,就会发现在其底层正流淌着一股"愧疚"与"负罪"的情感潜流。弗洛伊德的"自我分析阶段"(1895—1899)被看做整个精神分析学科得以发展的"母源"(matrix),而其主要内容就是对负罪感的揭示。弗洛伊德在被称为"梦的标本"的"爱玛"一梦中表露出他对病人、同事等怀有的罪恶感,而父亲的去世则使他意识到自己对父亲的敌意(由此他才提出了"俄狄浦斯情结"假说),此外他还分析出对与自己同龄的侄女(他同父异母哥哥的女儿)的虐待狂倾向以及谋杀兄弟亚历山大的欲望等。因此从某种意义来说,精神分析从一开始就是从一种沉重的愧疚感中诞生出来的,它的治疗任务也可以被看做通过若干复杂

---

① Leon Edel, *The Life of Henry James*, Vol. 2, Penguin Books, 1977, p. 97.
② Ibid., p. 100.
③ Gail P. Mandell, *Life into Art: Conversations with Seven Contemporary Biographers*. Fayetteville: The University of Arkansas Press, 1991, p. 9.

的"叙事行为"让病人有勇气面对自我深层的冲突,从而在某种更高的层面上实现与自我的和解。这与现代传记对传主愧疚感的处理有着相近的旨趣。

现代传记的忏悔叙事因此具有了重要的认识价值。一般认为,诸如内疚和罪恶感这样的深层体验只有本人才能够把握和理解,自传作者在这方面似乎具有先天的优势,甚至拥有"专利权"。但正如弗洛伊德指出,罪恶感大部分恰恰是无意识的,一个人"既比他所相信的更无道德,也比他所知道的更道德",人的本性"无论善、恶,都有一个比它所自以为的范围——即他的自我通过意识知觉所知道的范围远为广泛的范围"①。自传作者由于更多地考虑到自我形象的塑造和身份认同的理想化,实际上在很多情况下并没有足够的勇气和力量来面对自我的真实。而传记家因为站在一个比其传主更为客观的角度,因而有可能比传主本人知道得更多,能更好地"认识你自己",如艾德尔所说,"传记必须放弃赞成自传"②。

像《青年约翰生传》与《亨利·詹姆斯》这样的传记作品对传主内疚和罪恶感的处理具有一种震撼读者心灵的力量,这除了和精神分析理论所带来的启发有关之外,更和传记家对于复杂人性的深入体察以及人性向善的深刻信念紧密相关。由于在某种意义上,"忏悔"可以被看做是忏悔者与自身之"罪"之间的"对话",是忏悔者对自身之罪进行理解(至少是"感知")并力图与之和解的一种行为或努力,因此,"愧疚感"或"罪恶感"(guilty)本身就已经内在地包含了忏悔以及忏悔叙事的动力因素;而在更高的叙述层面上,由于现代传记家将传主的这一罪恶感看做人性更深层的"真实",并相信有能力对其"忏悔"进行再叙述,因而现代传记的忏悔叙事也可以被看做是现代传记家与人性真实的深度对话。这也正如杨正润所说:"忏悔话语中都包含着价值准则和道德判断,包括自我批判的成分;但是对任何忏悔来说最重要的是说出事实真相。"③从读者接受的角度讲,在传主无法或没有勇气"说出事实真相"的地方,通过传记家的揭示,读者会有一种如艾德尔所说的"更接近真理的感觉",一种"深层真实被触

---

① 弗洛伊德:《弗洛伊德后期著作选》,林克明译,上海译文出版社,1986,第202页。
② George Moraitis et al., *Psychoanalytic Studies of Biography*. Connecticut: International Universities Press, 1987, p.56.
③ 杨正润:《论忏悔录与自传》,载《外国文学评论》,2002(4),第27页。

及时所获得的情感满足"①。可以认为,这种建立在对人性进行更深入理解基础上的忏悔叙事正体现了现代传记的一种更为隐蔽的伦理追求。

但现代传记对愧疚感的深度探索也有一定的局限。对传主而言,严格地说,除非经过他人的揭示与分析或者经过自我的反思,愧疚都可以说是不存在的;由于传记家所面对的对象大多已不在世,传记家对其愧疚感进行深度探索的可能性就只能建立在传主本人所留下的有关传记材料及其反省倾向的这一脆弱的基础上。在这种情况下,对传主的人格整体特征进行判断是对其进行深度探索的一个重要前提(这也正是克利福德与艾德尔一再强调他们传主具有强烈的道德反省倾向的原因),但传记家做出此类论断往往是冒一定风险的,因为这毕竟仍是关于人性的某种想象和预设。

四 传记伦理及其现代转向

传统传记的一项最为重要的功能就是"伦理功能"。正如有的学者指出:"传统人物传记写作是一种带有鲜明的伦理学色彩的文化行为,它所担负的'善善恶恶,贤贤贱不肖'的职责,已经超出了历史学的职责,而在某种程度上具备了伦理学的意义。"②正因为有了这样一个预设,传记活动的伦理意义就一直被人们所强调,对那些偏离了这一意义的传记作品,人们也觉得有充分的理由表示不满。进入20世纪后,传记的伦理问题被更加频繁地提出来。这一方面是因为20世纪以来的传记写作本身出现了一些新的倾向,使得这一问题"变得格外复杂"③。另一方面是因为越来越多的传记家和批评家开始质疑长期以来对于传记"伦理功能"的预设:一部传记究竟是否应该将"伦理意义"作为自己最重要的、最核心的追求?传记家应当如何处理传记的科学性(真)、伦理意义(善)和艺术性(美)之间的关系?传记的伦理功能在传记写作活动中的确切位置到底在哪里?对此我们须作一番历史和现实的双重考察。

---

① George Moraitis et al., *Psychoanalytic Studies of Biography*. Connecticut: International Universities Press, 1987, pp. 60—61.
② 李祥年:《略论传记文学的伦理学因素》,载《学术月刊》,1994(9),第72页。
③ James L Clifford ed., *Biography as an Art: Selected Criticism 1560—1960*. op. cit., p. xix.

第一章　传记诗学与西方传统

1. 传记伦理的历史考察

对于古代传记家来说，传记的伦理功能本来就是传记社会功能之一，传记家认为传记应该传达某种伦理内容，应该对人们的思想和行为产生好的影响。如果说许多虚构文学作品是通过故事的"惩恶扬善"来体现其道德姿态，那么古代的传记作品往往以直接的"隐恶扬善"来实现其伦理诉求。这一点中外皆是如此。中国古代著名的史传作品如《春秋》、《史记》及《后汉书》等，都规定了自己的"政治伦理学目标"，[①]都欲为后世设立某种普遍意义的伦理尺度；至于中国古代的杂体传记，"基本上也是宣传忠孝节义，或者是在'文以载道'的原则下写作的。"[②]西方古代传记家也十分重视传记的伦理功能。《圣经》中的传记作品渗透了宗教道德观念，《希腊罗马名人传》的作者普鲁塔克说自己写作的目的是要把历史当做一面镜子，"照那些人物的善的行为楷模指导自己一生"。[③] 17世纪的托马斯·富勒在其《英格兰名人录》中也说自己的写作目的之一就是要"为活着的人提供榜样"，[④]因此，法国著名传记家安德烈·莫洛亚认为，传记不仅仅是个"和历史有关的问题"，而且还是一个"伦理问题与美学问题"，[⑤]传记比其他文学体裁"更接近道德教训"，因为"叙述的可信性和读者确信书中人物的真实存在使传记的影响更加强烈的多"。[⑥]

传记对伦理意义的有意追求往往会带来负面后果，其中最为明显的就是理想化，甚至"神"化传主的倾向，而这主要是通过对传记材料的选择体现出来的。奈德尔指出，为了维护传主形象的"高贵性"，普鲁塔克就常常对某些不合意的或者具有揭示性的材料加以抑制。[⑦]中世纪的圣徒传记和19世纪英国的维多利亚传记在这方面就更为突出。英国中世纪最著名的圣徒传记作家凡涅莱布尔·比德认为传记应当写传主的"好人好

---

① 参见杨正润:《传记文学史纲》，第21页。
② 同上。
③ 同上书，第21—22页。
④ Thomas Fuller, *The History of the Worthies of England*, cited in James L Clifford ed., *Biography as an Art: Selected Criticism 1560—1960*. op. cit., p.10.
⑤ Andrè Maurois, *Aspects of Biography*, trans. S. C. Roberts. London: Cambridge University Press, 1929, p.5.
⑥ Ibid., p.121.
⑦ Ira Bruce Nadel, *Biography: Fiction, Fact, and Form*. op. cit., p.17.

事"①;而在维多利亚时代虚伪、矫饰、讲究刻板道德的整体风气渗透下,传记选材更为严格,"甚至'腿'这样的字眼也被认为粗俗而不允许在传记中出现"②,更遑论其他了。对于19世纪的托马斯·卡莱尔及其同时代人来说,传记的一个恰当的功能似乎就是"发现伟大的人物","抹去他们身上的污垢,并将其放置在正确的基座上"。③

这一对传记的伦理功能的有意追求在20世纪渐渐发生了变化,尽管仍伴随着争论,多数传记家与传记理论家还是认为,传记的道德意义在传记活动中不再具有最重要的地位。20世纪初的埃德蒙·高斯指出,"你给某人贴上了'好人'或'伟人'的标签,就意味着你要自始至终地在任何情况下都要将其表现为伟大的或好的"④;英国传记家西德尼·李(Sidney Lee)批评了传记的五种偏见,其中之一就是"伦理偏见"或"伦理谬误",他指出"坦率"是传记的一个主要原则,"真正的传记绝不能成为伦理教育的婢女";⑤"新传记"的代表者斯特拉奇更是有意揭穿传主虚伪的道德面目,"作传不可光说好话,应该把自己了解到的事实真相原封不动地摆出来。"⑥而莫洛亚虽然比较重视传记的道德价值,但也反对带有明显的道德美化目的去写作传记,他指出,在现代读者的眼里,一部标准的颂体传记已经没有什么教育意义,因为"人们已经不再相信它了"。⑦ 莫洛亚还认为,现代传记的一个重要特征就是"理性的方法对于心理学和伦理学领域的'入侵'",在这种理性方法的浸润之下,现代传记家准备接受任何"经过长期考证所揭示出来的有关传主的一切"⑧。

精神分析方法对传记写作的介入可以说是"理性的方法"在20世纪对传记领域的最大规模的"入侵"。如前所述,在弗洛伊德《达·芬奇及其

---

① 参见杨正润:《传记文学史纲》,第203页。
② 同上书,第327页。
③ Cited in Harold Nicolson, "The Practice of Biography", James L. Clifford ed., *Biography as an Art : Selected Criticism 1560—1960.* op. cit., p. 200.
④ Edmund Gosse, "The Ethics of Biography"(1903), in James L Clifford ed., *Biography as an Art : Selected Criticism 1560—1960.* New York: Oxford University Press, 1962, p. 115.
⑤ See David Novarr, *The Lines of Life : Theories of Biography*, 1880—1970. op. cit., p. 11.
⑥ 利顿·斯特拉奇:《维多利亚时代四名人传》"前言",逄珍译,广州:花城出版社,2003,第3页。
⑦ Andrè Maurois, *Aspects of Biograph*, op. cit., p. 21.
⑧ Ibid., pp. 11—12.

童年的一个记忆》等传记作品的示范作用下,那些即使没有明显精神分析模式写作的传记作品,在某些方面也可以看出精神分析理论的影响。精神分析理论的关注重心以及它所处理传记材料本身的特征都直接对传记的伦理功能造成了冲击。精神分析理论重视人物的无意识动机和深层冲突,并且常常把这种冲突的根源归结到童年期性的冲突和压抑。弗洛伊德说"除非知晓一个人某些性方面的信息,我们不可能了解这个人"①,"如果传记研究真想让人理解它的主人公的精神生活,一定不要默默地避而不谈它的人物的性行为和性个性——作为过分拘谨和假装正经的结果,这情况存在于大多数传记中。"②;接受精神分析的传记家将传记写作看成是认识人性秘密的机会,为表现人性的复杂,他们往往着眼于人的深层动机、隐秘欲念及病态心理,因此往往使用那些传统传记家所不愿或不屑使用的且常常涉及传主隐私的材料。对此,批评家刘易斯·蒙福德指出,在精神分析理论的引导下,现代传记家有一种剥去传主"道德面具"的欲望。③ 理查德·埃尔曼则认为,现代的传记家由于接受精神分析对于人性的看法,常常"被迫感到"要对传统传记家"所认为不值得记录或不适合出版的"关于传主内心和行为的细节问题作一番"详细探查",这不可避免地会引发"传记的得体性"(biographical decorum)④问题。这样,在以精神分析为代表的新的传记方法的冲击下,传记的伦理功能渐渐淡出了传记写作活动的"前台",这进一步带来了关于伦理问题的一系列论争。

2. 当代传记伦理问题探讨

传记材料的选择是当代"传记伦理"论争的一个核心话题。在通常情况下,对于材料的选择构成了传记作家的"伦理困境":面对传主的隐秘信息,传记家该何去何从?有两个相互联系的方面强化了当代传记写作所面临的伦理困境:一是随着社会的发展、新的科技手段的运用,传记家可能得到的以及获取材料的途径比以往要多得多,这使得传记家有可能无

---

① Ernest Jones, *The Life and Work of Sigmund Freud*, Vol. 3, New York: Basic Books, 1953—1957, p. 190.
② 弗洛伊德:《弗洛伊德论美文选》,张唤民等译,知识出版社,1987,第 48 页。
③ See David Novarr, *The Lines of Life: Theories of Biography, 1880—1970*, pp. 80—81.
④ Richard Ellmann, *Golden Codgers: Biographical Speculations*. New York: Oxford University Press, 1973, pp. 3—4.

限地接近传主的"真实情形";二是随着精神分析的盛行,传记家往往使用那些涉及传主隐秘的材料,比如与性以及精神病态有关的传记材料,这就往往容易引发伦理问题的争论。

一般而言,对于颂扬性的或纪念性的,或出于某种宣传目的的传记作品,其传主是否在世并不是一个很重要的问题,但正如上文所说,由于特殊的关注重心,这一问题对精神分析传记来说,情况有所不同。反对意见认为,这一领域的传记对象主要严格限制在已去世的人中。其主要的理由是:首先,对于一个活着的传记对象来说,精神分析研究所需的资料往往是不足的——自传还没有写完,回忆录还没有全部出版,档案资料还没有全部开放。其次,即便在大部分资料都能够得到的情况下,传记家对资料的使用也确定无疑地会对个人的隐私造成侵犯。此外,传记作者很可能被他所生活的时代的情感所控制。他的一整套思想观念都会对传记的客观性造成损害,而客观性对于任何形式的传记研究都是一个前提条件。①

派因特尔的《马塞尔·普鲁斯特》在这方面就曾受到质疑。传记对普鲁斯特人格和行为中某些有违传统道德标准的方面(普鲁斯特的性倒错、对残酷的着迷、窥阴癖以及对于死去母亲的亵渎行为等)进行了揭示。这在当时引起了普鲁斯特读者的极大震惊和不安。派因特尔在传记中谈到,普鲁斯特喜欢让人将活的老鼠装进笼子里,"那些可怜的动物被长长的钉子穿透后用棍子打死,而普鲁斯特先生观赏着这一切。"②普鲁斯特还将母亲房间里的家具送给男妓院,在一种受侮辱的、亵渎的痛苦中享受着一种受虐的快感,并且,他还喜欢向新朋友展示家人的照片,从他人对照片中父母形象的贬低中汲取乐趣。③对 20 世纪一位伟大作家人格中的这一方面的揭示令许多读者反感,他们认为传记中这些材料损害了其心目中作家的理想形象。这样,对作家亵渎行为的揭示反过来又成为对作家的亵渎,因而传记中不应该包含这些叙述。但更多的读者认为,对一部分人的趣味的冒犯并不构成否定使用这类资料的充分理由,因为,派因特尔的上述评断有各种文本资料间的互相支持,可以说是有效的和真实

---

① J. L. George et. al., "Psycho-McCarthyism", *Psychology Today*. 1973, 7(1), p. 94. Cited in Runyan, W. M., *Life Histories and Psychobiography*, p. 232.
② George Painter, *Marcel Proust*, Penguin Books, 1983, p. 586.
③ Ibid., pp. 585—587.

的,因而不存在对传主的诽谤;派因特尔出版这部传记(卷一,1959;卷二,1965)时,普鲁斯特已经去世(1922)多年,因而也不存在对传主情感的伤害。对这一问题,美国当代传记家、心理学家阿兰·艾尔姆斯说:

> 在许多情况下,传记作者……迟早都会得到死者最私密的档案文件……我想有义务以一种尊敬的态度来看待这些私密的文件。但正如弗洛伊德与其他人所指出的,或许正是那些关于性和爱的私密的细节和个人的爱憎才清晰地揭示出一个人的心理。我通常很少把这些材料用到传主为活人的传记写作中去,但涉及一个已故去的传主,我不会出于被误解的敬意而忽视它们。①

为达到对于传主的更为真实深入的理解,传记家不但有理由,而且更有责任使用关于传主的私密性材料,这也是现代传记伦理的一个要求:传记家要力求全面地对传主的一生作出评述,不能一味"隐恶扬善",而正是那些私密性的材料可能包含着传主不为人所知的人格侧面。对于派因特尔这一个案,美国学者尤里克·奥康纳也指出,问题的关键是,"由传记家所揭示出来的这些细节是否扩大了我们看待普鲁斯特人格的视野并使之更为生动地出现在我们面前。产生如此稀奇古怪的仪式的力量在普鲁斯特潜意识里定是十分强大,因此若掩盖其表现,无论如何令人震惊,或甚至如何愚蠢可笑,都必定不能为读者提供一幅完整的画像。"②

因此,派因特尔所面临的真正问题就在于:他能否为传主这一令人不快的行为提供合理的解释,能否进而将这一解释整合进入对于传主的整体理解中去。在笔者看来,至少以一种可理解的方式,派因特尔完成了这一要求。他认为,上述这些可怕的行为都是象征性的,它们的动机来自于潜意识最底层的角落。幼年时弟弟的出生使他不能独占母爱,7岁时那个致命的夜里先是被母亲拒绝而后靠着"敲诈"得来的晚安吻等,这些都给他带来深深的伤害。在派因特尔看来,那些亵渎性行为本身就是"为遥远的童年时代受到的伤害和折磨复仇",他的残酷的亵渎行为是一个症状,"一个不仅是恨,更是受了伤害的、毕生的爱的症状。"③普鲁斯特生命。

---

① Alan Elms, *Uncovering Lives: The Uneasy Alliance of Biography and Psychology*, op. cit., p. 254.

② Ulick O'Connor, *Biographers and the Art of Biography*. Wolfhound Press, 1991, p. 44.

③ Ibid., p. 586.

的最深层秘密,那产生出他灵魂的伟大性,他的仁慈和他的勇气,他的小说和他的恶习的最终根源性动力,现在都浮现到表面上了,"那些乍一看令人憎恶和荒谬可笑的事情揭示了这一点"①。派因特尔同时也指出,应该以一种"敬畏和同情"的心态来宽容他,"或许这些罪过对于他的自我拯救来说是必要的。"②在对于残酷场面的欣赏中,在对父母形象有意无意地亵渎中,他释放了婴儿时期形成的黑暗的攻击欲望,这一释放"穿越了40年的岁月,最终使他自由了,可以安心死去了。"③我们看到,这一解释里不但包含着对于人性的救助和治疗,而且还包含着宽恕和赦免的成分,实际上有着更为深层的道德意义。

　　美国斯坦福大学教授、传记家戴安娜·米德尔布鲁克1991年出版了一部当代诗人安妮·塞克斯顿(Anne Sexton,1928—1974)的精神分析传记,引发了更为复杂和激烈的有关传记伦理的论争,除了涉及上文谈及的对于私密材料的处理,还卷入了精神分析治疗医生的职业伦理、死者的意愿应否尊重等问题。事件起因于一则新闻报道,称安妮·塞克斯顿的一个精神治疗医生为传记家提供了300多个小时的治疗谈话录音。许多人认为医生违背了一项基本的伦理规范:必须保护医生和患者之间的秘密。这个医生所在的美国精神病研究协会(APA)的一个同事当时还打算对此提请一项谴责,职业伦理委员会(the Profession's Ethics Committee)考虑了两年之久才驳回此项申请。

　　米德尔布鲁克在这场论争中不是受攻击的主要对象,但也受到了指责,许多人认为她使用了不该使用的传记材料。④ 在几年后的一篇文章里⑤,米德尔布鲁克一方面为自己和医生的做法作了解释,另一方面,也就此个案涉及的传记伦理问题作了更深入的思考。她问到:既然人们一再地以医生/病人之间的关系为伦理准则来要求传记家/传主,那么适用

---

① George Painter, *Marcel Proust*, op. cit., p. 585.
② Ibid., pp. 585—586.
③ Ibid.
④ 当时的《纽约时报》就将这一个案作为警戒性的例子,对传记作家的此类做法表示不欢迎,"米德尔布鲁克做了任何一个传记作者都会做的事情,……就像青蛙捕获一只苍蝇一样抓住了这个机会。"Alessandra Stanley, "Poet Told All: Therapist Provides the Record", *New York Times*, July 15, 1991.
⑤ Diane Middlebrook, "Telling Secrets", *Seductions of Biography*, op. cit., pp. 123—129.

于医疗领域的某种形式的知情同意原则是否真的可以延伸到传记领域?"假如一个传记家在揭露的意义上知晓了传主的某些愿望,他/她是否有一种尊重这些愿望的伦理义务?是否有一种类似于对医生/病人之间私密性的严格规定,由此传记家在任何情况下公开这些私密信息在伦理上都是不正当的?"和我们在探讨派因特尔的例子时所得出的结论相似,米德尔布鲁克认为,传记家不应侵入生者的隐私领域,但对于死者来说,考虑伦理问题是没有意义的,并且传记家/传主与医生/病人之间的伦理关系并不是一回事,因为"一旦某人的事业被死亡所终止,围绕着这一生命和这一生命所创造的事业,人们就可以提出各种各样的问题"。但问题并没有到此而终止:死者生前的意愿是否应得到尊重?

塞克斯顿被美国的批评家归为美国战后"自白派"(confessional)诗人,她无拘无束地书写那些大多数人认为应该保持为绝对隐私的事情和体验。她描述她的精神病症状、住院治疗、吸毒成瘾;她写作女人和男人、女人和女人、女人和孩子的那些亲昵的私密体验。一般的观点认为,塞克斯顿没有多少隐私观念,她的女儿(同时也是其遗嘱执行人)就这样认为。但塞克斯顿在自杀的前一年,仍然在一个绿色包装的文件袋上用粗体钢笔字写上:"除了路易斯·阿梅,他人不得观看。永不得出版。"路易斯·阿梅曾被塞克斯顿本人指定为自己的传记作家。笔者认为,正是在这里米德尔布鲁克才遭遇到了真正的困境:要写出一部真实的、深入揭示塞克斯顿人格的精神分析传记,米德尔布鲁克需要看这些材料,这是一个现代传记家的责任,因为她要进行深度解释;而如果她这么做了,那么她就必须为自己的因违反了死者还在活着的时候表明的意愿而作出辩解。她的辩解可以分三个层面。第一,她或许并没有违背死者的意愿。因为塞克斯顿的意愿也可被解释为,她指的不是具体的阿梅这个人,而是阿梅的身份——她的传记作者。而1985年要写这部传记的时候,阿梅已经弃文多年,已经没有能力来写作这部传记。第二,死者并无所谓意愿,只有遗嘱,而遗嘱委托他人负责作出决定。死者不会像生者一样根据变化了情况做出决定,尽管死者没有被征询意见,但他/她同样也不会像生者那样会由于那些存在于其身上的真实被揭示而受到伤害。第三,死者的意愿即使应受到尊重,但这一意愿和另一种更为重要的东西即"文化遗产"比较起来就微不足道了。米德尔布鲁克说,"我认为死者留下的所有记录,无论是有意还是无意的,都是一种遗产,而这种遗产的独特价值可以在'文化遗产'这一合法的定义中得到最好的理解。这一定义认为,文化关心所有人类活动的产品和记录,而个人对这一遗产的所有权随着时间的推移而不再拥有。"①

尽管人们一般认为,对于死者来说不存在真正的道德问题。② 但米德尔布鲁克上述这一系列似乎很雄辩的解释并不能令所有的人感到满意。芭芭拉·约翰逊讽刺说,"作家的死亡带来的不是读者的诞生,而是作家生活资料的诞生",围绕着作家的生平资料,传记家们展开了激烈的"控制作家生活的大争斗"③;詹妮特·马尔卡姆将传记家看做别人生活,包括死者生活的"劫匪":不管谁拥有生活,传记作者总是无礼地抢到自己手中④;被刘小枫称作自由主义伦理思想家的米兰·昆德拉也一再地对人们不尊重死者的意见感到悲哀和愤怒:"人们对待死人或像对一堆废料或对一个象征。对于他的已亡去的个性,是同样的不尊重。"⑤

笔者认为,对于死者生前意愿没有受到尊重而感到愤怒在很大程度上可以看做是源于生者的某种设身处地的同情式想象,是在想象中对于他人的身份可能遭到瓦解的一种无奈的悲哀和忧伤,是一种同情心的表现;⑥此外生者还由他人推及自身,他们由此感到自己的自我也是无法掌握的,他们在生前甚至已事先体验到这种身后的悲哀和内心深处的惶惑不安。但这种意义上的情感"伤害"能否成为阻止传记家的理由,目前尚有很大的争论空间。有一种看法认为,任何人都不是传主本人,因而在他/她已经死去许久的时候,谁也没有充分的理由做出判断,说他/她在任何情况下都必定不愿意被揭示出存在于其人格深处的东西;因而,即便他/她当时当地曾留下了某些不愿公开某些秘密的意愿,也仍然存在另一

---

① Diane Middlebrook, "Telling Secrets", *Seductions of Biography*, op. cit., p. 128.
② 蒂洛:《伦理学——理论与实践》,孟庆时等译,北京大学出版社,1985,第99页。
③ Barbara Johnson, "Whose Life Is It, Anyway: Introduction", *Seductions of Biography*, op. cit., p. 119.
④ Janet Malcolm, *The Silent Woman*. New York: Alfred A. Knopf, 1994. p. 8.
⑤ 米兰·昆德拉:《被背叛的遗嘱》,孟湄译,牛津大学出版社·上海大学出版社,1995,第258页。
⑥ 陈平原曾提到编选《王瑶全集》时他与钱理群的一场争论,其焦点是要不要将王瑶在历次政治运动中所作的检讨收入全集。钱主张要尊重历史的真实,后来事实上也收入了,但陈平原认为如果按照他的意见不收入这些东西也自有道理:"我们闭着眼睛,都能想象得到(黑体为笔者加),如果由王先生做主,他决不会将这些屈辱的记忆收入自家文集。"这里谈的虽不是传记,但问题却是共同的,可作参照。参见陈平原:《从文人之文到学者之文》,北京:三联书店,2004,第180—181页。

种可能:归根结底,他/她渴望被人理解,或许这一理解会来自于遥远的未来,他/她渴望自己内心深处所有被禁止的梦想、被压抑的痛苦、焖烧的激情和黑暗的欲望都被人知晓,他/她愿意去掉一切虚饰,向世人袒露真面。

在这一问题上,米德尔布鲁克激进的相对主义观点认为,所有的伦理冲突,"正像所有的政治冲突一样,都是地方性的(local)",因而并不具有普遍的意义,"我想传记中的伦理视野在很大程度上是传记修辞模式的一个方面,是为了对某一特定团体产生吸引力而构造的修辞整体的一部分。"①

那么在对传主的尊重和传记的可能性之间传记家应该何去何从呢?笔者的看法是,在对于揭示传主的"真实情形"来说是必要的与不侵犯尚在世的当事人隐私的前提下,传记家应该选择"真实"。正如伏尔泰所说,"我们必须尊重生者,而对于死者,真实也就足够了"②。而这一点,正涉及20世纪传记伦理的一个深层转向。

3. 传记伦理的现代转向

詹姆斯·克利福德认为,在传记伦理问题上,尽管仍伴随着激烈的论争,但自从20世纪以来,一种认为"真实比受伤害的感情更重要"的观点还是得到了越来越多现代传记家的支持。③ 从上文所谈论的若干个案中我们也已经看出,为传记家的伦理问题所作的辩解大都立足于"真实"这一基础上,对"真实"的尊重实际上已成为现代传记的"第一伦理",这已成为大多数传记家的一种共识。

"真实"上升为现代传记的"第一伦理"首先是20世纪社会伦理价值观的一个反映。伴随着混乱的20世纪进程,人们对于传统伦理价值观进行了深刻的反思,经过了历史洗礼的人们见证了人性的缺陷和人心的黑暗,他们不再相信表面的完美而视之为虚假,他们宁愿看到人性中或许并不给人以愉快但却真实的东西。写真实,写出人性深处的真实,成为20世纪一个总的艺术追求。在这一氛围中,现代传记毫不犹豫地将真实作为自己最高的艺术伦理原则。

---

① Diane Middlebrook, "Telling Secrets", in *Seductions of Biography*, edited by Mary Rhiel and David Suchoff. New York: Routledge, 1996, p. 125.
② Cited in Mary Rhiel and David Suchoff eds., *Seductions of Biography*, p. 129.
③ James L. Clifford ed., *Biography as an Art: Selected Criticism 1560—1960*, p. iv.

其次,精神分析对传记的介入推进了这一转向。并不是所有关于传主"真实"的因素都能够自然而然地拥有正当的道德理由进入到传记中,传记对于"真实"的重视也并非只有到了20世纪才凸现出来;那些构成复杂人性、复杂生活状态的"真实",必须通过为自身出现在传记中的"合理性"做出解释,才能够在传记中占有适当的位置,也就是说,恰恰是"解释"才"合理化"了那些在传统传记中一般来说不允许出现的"真实"。精神分析契合了现代传记要求"深度真实"与"深度解释"的意向,解释了那些容易引发传记伦理论争的有关传主生活和体验的主要方面。精神分析理论表明,某些常常被人们视为私密的、容易引发争议的东西往往也是最能揭示人的深层存在的因素,因而在传记中涉及它们是必要的、合理的。"解释是精神分析的一门艺术"①,通过富有艺术性的精神分析解释,传主生命中那些惊世骇俗的、引发争议的行为就获得了整体性的理解。此外,精神分析的盛行还造成了某种相当普泛的、消解公共与私人、外部与内部之间界限的"私密性"氛围,这种氛围必然影响到传记家:"精神分析强烈要求传记家同时处理公共领域和私人领域,同时包容作品和生活"②。在此观念的影响之下,传记家往往将某种"私密性"和传记的"真实性"联系起来。威廉·S·麦克菲利写道:"如果我不讲述格兰特和其妻子长时间的麻烦关系,或者……他的孩子们所面临的问题,以及他和女性引人注目的关系,那么我讲述的格兰特就不是真实的。"③弗洛伊德也特别指出,传记家"需要让他的主人公离我们更近些。这意味着,缩短他与我们之间的距离"④。精神分析的介入鼓励了传记家在对传主的处理中采取了一种"靠近"的态度,这正如奈德尔所言,"由于'私密'在道德上成为'善'的,建立读者和传主之间的亲密关系的一切合法手段受到持续的鼓励。"⑤我们认为,传记家、传主与读者之间形成的这一"私密性"的氛围在某种意义上淡

---

① 熊哲宏:《心灵深处的王国——弗洛伊德的精神分析学》,湖北教育出版社,1999,第168页。

② Kelly Silvera, "Scientific Meeting of the American Institute for Psychoanalysis", *The American Journal of Psychoanalysis*, Vol. 63, No. 3, 2003, p. 281.

③ Mary Rhiel et al., eds., *The Seductions of Biography*. New York: Routledge, 1996, pp. xi—xii.

④ Sigmund Freud, *Art and literature: Jensen's Gradiva, Leonardo da Vinci and Other Works*. London: Penguin Books, 1985, p. 471.

⑤ Ira Bruce Nadel, *Biography:Fiction,Fact, and Form*, p. 191.

化了关于"隐私"的观念,在这一意义上,现代传记伦理转向也是现实生活中的伦理观念发展变化的一种反映。

20世纪英国批评家瑞恰兹在考察艺术与现实生活道德之间的关系时指出,"人类所受的折磨莫大于过时的道德准则",在"移风易俗"方面,"文学艺术则是这些影响得以散播的主要手段。"① 这一观点对于我们理解传记的伦理功能也有启发。实际上,传记的伦理功能本身就存在着某种张力(tension),其一端在于"道德教化",即遵循"大多数人的价值取向",另一端则在于"移风易俗"。大体上可以认为,传统传记倾向于前者,而现代传记则更倾向于后者。在传记领域,包括精神分析方法在内的对人性的解释一方面对传统传记伦理"教化"功能有所冲击,另一方面反过来也会对新的伦理观的形成产生有益的影响,促使人们以更新的、更符合时代发展的眼光来看待人性以及人与人之间的关系。弗吉尼亚·伍尔夫早就指出,精神分析为传记家对事实的"重新解释"开辟了新的可能性:尽管传记家为"事实"所束缚,但事实并非一旦发现就不再改变,而是随着时代的变迁,人们会以不同的眼光来看待它,"曾经被看做罪恶的东西可能只是不幸、好奇或者微不足道的怪癖";她相信,随着看待事实的态度的改变和新的解释工具的产生,传记家就能够更好地揭示"虚伪、不真实与过时的习俗"。② 实际上,传记家在"重新解释"的过程中,就表达了他/她对现实社会中伦理关系的新的理解,也就是说,"重新解释"本身即携带了某种新的伦理观念。

需要强调指出的是,传记伦理问题是非常复杂的。"真实"虽然是对现代传记的根本要求,因而是传记的"第一伦理",但另一方面,正如我们已经表明的,优秀的传记作品所携带的某种新的伦理观念总是与这一作品所产生时代的大多数人的价值取向保持着适当的"张力"关系,一部没有伦理"张力"或这种"张力"太小的作品必定囿于陈规俗见而无法引起人们的注意,更谈不上发挥什么伦理功能;但"张力"若太大,也会断裂它和大多数读者的"伦理联系",甚至可能产生道德上的难以预测的负面后果。优秀的传记家需要充分地考虑他所处时代的多数人的价值取向和他们所认同的伦理规范,并与其保持适当的距离。我们在探讨传记的伦理问题

---

① 艾·阿·瑞恰兹:《文学批评原理》,杨自伍译,百花洲文艺出版社,1992,第48页。

② Virginia Woolf, "The Art of Biography" (1939), *Death of the Moth and Other Essays*. New York: Harcourt, Brace and Company, 1942, pp.119—126.

时要考虑这一点。

　　传记对"真"、"善"、"美"的追求应该是统一的,所以在考察现代传记伦理问题的时候,我们还要考虑传记在艺术上或者美学效果上的要求。古代传记家普鲁塔克的见解对我们来说仍没有过时,他说,"当画家在画一张美丽的脸庞时,如果这张脸有某种不完美的地方,我们就应要求画家既不要完全漏掉它,也不要将其表现得过于精细,因为在后一种情况下画像的美就会走形(deform it),而在前一种情况下形象则会失真。"[①]虽然今天人们关于美的观点已经经历了极大的变化,但无论如何,人们还是认为,一部传记应具有某种整体的、和谐的艺术效果。如前所述,由于精神分析的影响,现代传记家倾向于对传主的人性进行深度探索,不可避免地会触及人性的病态因素。由此看来,在不完美的传主与传记对美的、艺术的要求之间也存在某种矛盾和张力,传记家要面对并协调这一冲突,在美与真之间达到某种平衡,才能取得较为理想的伦理效果。

　　但总体来看,在伦理追求方面,现代传记不再重视对传主人格的道德评断,传统传记的伦理功能逐渐让位于现代传记对于复杂人性的理解和解释,由此,我们认为,与传统传记对表层真实到现代传记对深度真实的追求这一转向相对应,传记伦理在20世纪也经历了一个"现代转向",即现代传记的侧重点不再是某种"抽象的伦理精神和柔弱的道德情感"[②],不再是建立在遮蔽、抹杀传主整体真实存在基础上的对于"善"的浅层次追求,而是着眼于人性深层的、具体的"真实"。但另一方面,传记伦理功能的"淡化"不是"弱化",优秀的现代传记总是对真实人生的缺陷抱有深深的理解和同情,这本身就是一种更为深刻的伦理情感,因此我们说,在传记家对传主的内在动机和人性弊病进行坦率揭示的过程中,一个"真实"的人生(如莫洛亚所说)已经"包含了某种道德教诲"[③]。在这一意义上,传记伦理功能的"淡化"其实也是"深化":它淡入了更深远也更动人的人性背景。

---

　　① Plutarch, *The Lives of the Noble Grecians and Romans*, trans. by John Dryden and rev. by Arthur Hugh Clough. New York : Modern Library, 1932, p. 578; *Plutarch's Lives of the noble Grecians and Romans* (Vol. 3), trans. by Sir Thomas North (1579). New York: AMS Press, 1967, pp. 328—329.
　　② 邹华:《审美裂变的逻辑复制》,兰州:兰州大学出版社,1994,第10页。
　　③ Andrè Maurois, "The Ethics of Biography", James Clifford ed., *Biography as an Art : Selected Criticism 1560—1960*. op. cit., p. 174.

五 古典诗学与诗化人生

1. 古典"诗"及其"学"

在 2010 年出版的《重启古典诗学》的"前记"中,刘小枫教授谈到了自己 10 年前的学术"转向":转向古典学问;出于某种策略性考虑以便"使之在现代的大学体制中有一个落脚处",他称其为"古典诗学";但他"随之感到这个名称也需要大费周章地说明:它不是中文系的一个二级学科,更不是中文系二级学科古代文学下的一个专业方向,而是……"①

古典"诗"及其"学"都博大精深,从现行"学科体制"格局来看,书中所涉内容虽说"不是……更不是……",但也并非"不相关"。笔者倒是觉得"古典诗学"与"比较文学"这个"中文系的一个二级学科"及其下的"一个专业方向"即"比较诗学"有着更多的联系。但这种感觉又很别扭,毕竟不论其中的"比较"还是"诗学",都与现在国内学界流行的"西学东渐"或"中学西渐"或"世界诗学"相去甚远……看得出来,《重启古典诗学》中暗含的"比较"视野是"古今之争"而非"中西之争"(这与其早年的《拯救与逍遥》形成了某种对照),确切地说,是透过"古典"、通过追踪考察古典作品的"自我理解"来同时理解"古典"和"现代"的问题,而不是相反:书中所收《海德格尔与索福克勒斯》与《立言读解与灵魂的品位》二文位居中间位置,也是重头戏,就分别检讨了海德格尔与德里达对索福克勒斯与柏拉图作品的后现代式"曲解"甚至"撕书";而其"诗学"视野则是亚里士多德的"城邦学"、《周礼》的"国学",或许还可以加上柏拉图的"灵魂学"——《王制》(《理想国》)就将"城邦"的结构与"灵魂"的结构并置,"城邦"即"大写的灵魂"——这显然与我们从"文学理论"来理解"诗学"拉开了不小的距离。

另一方面,虽然书中谈的多是"西方古典",但"中国"的问题却是被放在了首要位置,第一篇文章即是《为什么应该建设中国的古典学》……看来,由"古典诗学"连接起来的问题足以构成一座幽深的文化森林,即便想要从外部窥其大体,怕也不容易。

但既然"古典学问"的学术转向发生在 10 年前,也就是 2000 年,这也

---

① 刘小枫:《重启古典诗学》,北京:华夏出版社,2010,第 1 页。

正是刘小枫教授主编的大型丛书"西方传统:经典与解释"创设之时(2005年以后又有与陈少明主编了"中国传统:经典与解释"),或许,至少从中可以找到理解"西方""古典诗"及其"学"的线索。

观其编选的《古典诗文绎读》,对于中国"古典"的清点可说是一条线就能串起来:"可从先秦一直数到清末民初",但对西方"古典"的梳理却是小径分叉、节外生枝:由于"西方文明几经断裂",所谓"古典"就有了狭义和广义之分,一方面是狭义的"古典诗文",这指的是"从荷马至文艺复兴前的历代经典诗文",另一方面是广义的"古典诗文",其"家珍则要数到19世纪末",这是因为,"19世纪末,反'现代'的端倪已然可见,所谓'现代'亦成新的'古典。"①这里未言明但显见的是:西方文明在19世纪末之前"几经断裂"而最终没有断裂,端赖于"西方古典诗文"重整乾坤的努力;19世纪末"反现代"的"现代古典诗文"(其中代表者可举尼采)未能挽回大局,这导致了其后"后现代"的学术乱象或学术繁荣——"如今所谓'后现代',尽管20世纪60年代走红,实际兴于19世纪末"②。可以说,19世纪末之后至今的"断裂"仍在西方的文化地图上大行其道。

如此说来,"古典诗学"之所以要"被重启",尤其是在今天要特别地"被重启",首先是因为"古典诗学"曾一再地"被重启"以应对一再发生的"文化断裂";其次是因为,这次所要应对"后现代学术"是迄今为止最为严重、规模最大的一次"文化断裂"。而之所以要特别地在中国"重启古典诗学"(首要的是重启"西方古典诗学"),归根到底跟我们身处其中的已然"全球化"了的"文化断裂"这个大背景相关——"清末民初"也正是"19世纪末",这也正是中国及中国学术"被现代化"之后"漂泊之旅"的开端。或许,"西方古典学问"或许能为我们考察现代性问题提供一个更好的思路?对此,2010年创刊的《古典研究》"发刊词:无往不复"非常明确:"现代中国学术的视域已然全盘西化,由于对古典西学缺乏深入细致的理解,数代中国学人虽不乏开创华夏学术新气象的心愿和意气,却缺乏现代之后的学术底气和见识根底。因此,积极开拓对西方古典传统的深入探究,当是中国未来学术的基本方略。"③

现在或许可以说,"古典诗学"首先要确立的是一个文化意义上的"价

---

① 刘小枫选编,《古典诗文绎读西学卷·古代编(上)》,北京:华夏出版社,2008,第3页。
② 同上。
③ 《古典研究》编辑部,"发刊词:无往不复",《古典研究》(香港),2010年春季卷,第3页。

值尺度"问题:就我们迄今所拥有的"价值"来说,"古典学问"代表了最高的"尺度";"重启古典诗学"就是要重新确立这一尺度,这"不仅因为现代性问题的时势所迫,更因为古典学问关乎亘古不移的人世问题和心性取向"①。

其次,可以认为,"古典诗学"要确立的是一个"解读古典的模型",也就是古典诗学最后要回答"如何读古典"(尤其是"如何读西方古典"的问题)。也可以这样来提出这一问题:既然"古典"是一个高于也深于我们所能够理解之物的东西,并且是我们对它、而不是它对我们有一种需要,重要的就是跟随它的引导去经历它已经经历的东西而不是相反——如"20世纪西方文学理论"或现代诸"诗学"所试图做的那样,那么,我们如何才能走上这条"经历"的道路呢?

2. 伯纳德特的"诗化人生"

凑巧的是,"西方传统:经典与解释"丛书里就有一本《走向古典诗学之路》。在书名里出现"古典诗学",该丛书里目前还只此一本;还有,这个标题是编者另加的,原书的标题被改作了中译本的副标题:《相遇与反思:与伯纳德特聚谈》,或许这是有意无意的提示。该书开篇就引用了柏拉图《治邦者》中"陌生人"对"苏格拉底"所说的一段话:"你这个了不起的家伙! 不使用模型,我们就很难说清楚任何一个更大的东西,因为很可能是这样的:我们每个人都像在梦中一样知道所有事物,但在清醒过来的时候又对其一无所知。"②因此很有可能的是,伯纳德特就是能帮助我们理解"古典诗学"这个"更大的东西"的一个模型。

瑟特·伯纳德特(Seth Benardete,1930—2001)生前是美国纽约大学古典学教授,也是具有诗人气质的哲人和思想家,毕生致力于古希腊、拉丁文学和哲学研究。他一生留下了 12 本书。其中 5 部是对柏拉图作品的翻译和解读,两部分别解读荷马的两部史诗,两部分别解读索福克勒斯的《安提戈涅》和希罗多德的《历史》,另有两本论文集和一本谈话录。他晚年还与自己的学生米歇尔·戴维斯合作翻译了亚里士多德的《诗学》。

据他的学生萝娜·伯格教授说,伯纳德特除了在纽约大学古典学系

---

① 《古典研究》编辑部,"发刊词:无往不复",《古典研究》(香港),2010 年春季卷,第 3 页。
② Ronna Burger ed., *Encounters & Reflections: Conversations with Seth Benardete*, The University of Chicago Press, 2002, p. v. iii.

教授古希腊和拉丁诗歌、历史和哲学外，还在新社会研究学院（New School for Social Research）开设了长达37年的古希腊哲学讲座，涉及前苏格拉底的思想家和亚里士多德，涵盖了几乎全部柏拉图对话，"一般每门课为学生研读一本著作（虽然如讲授柏拉图的《王制》延伸了3个学期）"[①]。伯纳德特的学术研究以对单部古典作品的"贴文解释"亦即"跟随古典来读古典"为解读方式，这既是在实践古典研究的"诗学"的原则，似乎也与他的上课形式有关，这对我们大学教师某种程度的教学和研究分离不失为一个有益的启示。

《走向古典诗学之路》由伯纳德特与他的三个学生罗伯特·伯曼、萝娜·伯格及米歇尔·戴维斯的对话构成。除"引子"外，分为"相遇"、"反思"两个部分："第一部分由伯纳德特的回忆组成——他在塑型阶段与各种人物和地点的相遇；第二部分关注在与诗歌或哲学作品相遇时所产生的反思的性质。"[②]按照伯格在"导言"中的解释，标题"相遇与反思"展现了伯纳德特称之为"不确定的二分组合"（indeterminate dyad）："意为构成一对组合的事物不是独立的单元，不能被简单地算作'二'；相反，它们是整体的部分，在某种程度上互相包含对方。"[③]——可不要小看了这个概念，它是通向伯纳德特古典解读及其诗学思想最重要的门径之一："每个部分自身和彼此共有的二元性囊括在关于希腊悲剧的公式中：pathei mathos——通过经历来学习（亦可解为：通过磨难或受苦来学习——引者）……在人生经历、尤其是从所犯的错误经历中获得认识的过程，与解释一个文本（这种解释包含着对解释之错误起点的重新发现，也包含着随后对于这个错误起点之必然性的更深刻认识）之间存在着某种类似。"[④]

由此可以理解的是，解读"古典"与解读"人生经历"之间有着内在的联系，"诗学"与"人生经历"之间有着内在的联系，二者构成了"不确定的二元组合"。在这一意义上，《走向古典诗学之路》作为一部特殊形式的思想传记，所叙述的既是伯纳德特对于古典作品的"经历"，也是对由这种经历塑型并引导的人生所进行的"诗化理解"——"古典诗学之路"既是通向"古典诗学"的道路，也是伯纳德特的"诗化人生"。

[①] Ronna Burger, "Seth Benardete(1930—2001): A Remembrance", *The Political Science Reviewer*, Vol. 31(2002), p. 2.

[②] 萝娜·伯格编：《走向古典诗学之路——相遇与反思：与伯纳德特聚谈》，第3页。

[③] 同上书，第3页。

[④] 同上书，第3页。

第一章　传记诗学与西方传统

对于理解"古典诗学"而言,最重要的"不确定的二分组合"可以说就是"诗"和"哲学"之间的关系:粗略言之,"诗"对应着"相遇"或"经验","哲学"对应着"反思"或"学习",再进而言之,"诗"对应着"情节",哲学对应着"论证"——"诗人"通过"模仿"制作"模型","哲人"通过"反思模型"认识"自然"……这些都不能"被简单地算作二",因为根据伯纳德特的另一个学生戴维斯对亚里士多德《诗学》的解读,pathei mathos 既是"悲剧(诗)的教训,同时也是人类行动以及人类思想的结构,人类行动总是对行动的模仿,因为思考总是再思考"。① 或许这也是为何说"古典学问关乎亘古不移的人世问题和心性取向"以及"古典诗学"需要被"重启"的道理——因为"启"也总是"重启"……如今古典诗学要"启"的,或许就是现代诗学所"蒙"起来的东西。

柏拉图与荷马是伯纳德特"古典诗学"之路上的最重要的人物,他"一进入古典语文界,就选择了同时研究柏拉图和荷马——硕士论文考订柏拉图的《忒阿格斯》的真伪,博士论文研读的是《伊利亚特》"②。《走向古典诗学之路》所记载的聚谈地点就是"荷马餐厅"(Homer's Diner),伯格回忆说:"聚谈一开始通常讨论与我们正在研读的文本有关的问题,内容涉及政治与历史,古典学术和罗马作家,犹太教和基督教,英国人和德国人,然后从荷马或黑格尔或海德格尔绕回到柏拉图。"③这样说或许并不算过分:他所理解的柏拉图——通过荷马所理解的柏拉图——实际上是通向他的古典解读和诗学思想的最重要路标;柏拉图对他而言具有经验与思想的双重必然性,无法逃避,如他所说:"如果在解释一篇柏拉图对话和哲学化之间有一种平行,那是因为理解的结构正是对话所显示出的理解的必然结构。如果你要抛弃解释而试图更为直接的推进,它会显示出你还是会建构一个柏拉图对话的那样的东西"④,因此,"真正的问题,你也可以说是柏拉图的问题是:柏拉图对话中的陷阱门是否是对自然中的陷阱门的模仿?"⑤

---

① 戴维斯:《〈诗学〉微》,陈陌译,载刘小枫、陈少明编《诗学解诂》,北京:华夏出版社,2006,第17页。
② 刘小枫:《重启古典诗学》,北京:华夏出版社,2010,第289页。
③ 萝娜·伯格编:《走向古典诗学之路——相遇与反思:与伯纳德特聚谈》,第1页。
④ Ronna Burger ed., *Encounters & Reflections: Conversations with Seth Benardete*, The University of Chicago Press, 2002, p.185.
⑤ 萝娜·伯格编:《走向古典诗学之路——相遇与反思:与伯纳德特聚谈》,第175页。

3. 霍加故事的"哲学"解读

若说柏拉图的"哲学"是伯纳德特思想和学术的"模型",那么《走向古典诗学之路》"引子"中关于霍加(即阿凡提)的两个故事倒可以看做对其"哲学人生"的"诗学理解"。他在患病去世前读过书稿的较早的一个版本,将这两个故事放在最前面,应是他的有意安排;古典解读是伯纳德特的学术重心,他的作品也因此"分有"了某种古典作品的品质;这样,这两个故事似乎值得根据"古典诗学"的解读原则认真去"经历一番"。

第一个故事讲的是霍加的两次洗澡:霍加那时已经非常有名,不过他在旅行时总是十分节俭。他在礼拜五来到一个村子,在去清真寺祈祷之前,自然先去澡堂。澡堂的佣工瞥了他一眼,就把他扔进最冷的水里,给他一条最粗糙的毛巾,然后打发他离开。不过与所有土耳其的佣工相同,他们收费时紧闭双眼,摊开手心。霍加在他们的掌心放了一枚钱币,然后往清真寺走去。当他走到半路,那些佣工睁开眼睛发现手里是一枚金币。他们奔走相告:"竟然有这么个人,我们待他像污泥,他却给了我们一枚金币。"一周后,在礼拜五去清真寺之前,霍加又来到那个澡堂。这回澡堂里洒满了香水,有女郎吹笛助兴,还有人侍奉茶水、冰块,佣工们在四周列队恭候,像侍候国王那样侍候他。待霍加沐浴完毕,他们又排成一队,闭上眼睛,摊开手掌。霍加在他们的手中放了个子儿,然后往清真寺走去。第一个睁开眼的佣工发现手里放着一文钱。佣工们都感到十分惊讶。他们追上霍加,嚷道:"大爷,大爷,你肯定搞错了,上礼拜我们像对待乞丐一样对待你,你给了我们一个金币;这礼拜我们像侍候皇帝那样侍候你,你却给我们一文钱。"霍加说:"哦,这文钱是付上礼拜的,那枚金币是付这礼拜的。"

第二个故事讲的是霍加的四次演说:霍加有一次来到一个镇,镇上人都知道他,要求他礼拜五在清真寺发表演说。他说:"不行,不行,我在别的地方还有事,不能久留。"但是他们说:"我们让你在全镇最有钱的人家里住上一个礼拜。"于是霍加就说:"好吧,我会重新考虑。"到了礼拜五,人人都盼望他的发言。他起床后说:"穆罕默德们、女人们、孩子们,你们知道我今天会说什么吗?"他们说:"不知道。""好吧,如果你们不明白我要说什么,我就不说。"然后转身离开。镇上的人觉得很恼火,他们要求他在最有钱的人家再住上一个礼拜。他说:"好哇。"第二个礼拜他起床后问了同样的问题,这次每个人都回答:"知道。"因此他说:"既然你们都知道了,我就不用再说。"镇上的人确实希望知道他会说什么,就想出个计策。当他第三个礼拜再问这个问题的时候,他听到一些人说"知道",一些人说"不知道"。然后他说:"好吧,知道的人告诉不知道的人,再见。"他们认为确实有必要听听他会说什么,所以第四个礼拜他又在最有钱的人家里度过。礼拜五来了,他又问了同样的问题,这回全场鸦雀无声。他重复了一遍,人们依然沉默不语。他就嚷道:"穆罕默德们、女人们、孩子们,你们知道我今天会说什么吗?"仍然是一片沉默。最后,他说:"我昏花的老眼可能欺骗了我,这里一个人也没有。"[①]

  这两个故事都有强烈的梦幻感,这种梦幻感又因与出现在伯纳德特回忆里的故事有某种结构性联系而得到加强。似乎与第一个故事相联系,伯纳德特后来回忆起一个叫做阿尔塞的教授:"有一年他去意大利旅行,当时他恰好继承了约一万美元的遗产。他在米兰追求一个女人,这个女人同时又被菲亚特集团未来的头儿追求。这个女人对他花在她身上的一万美金印象深刻,就嫁给了他,然后一辈子都在后悔,因为那是他所有的钱。"[②]他还更多地回忆起自己关于荷马《伊利亚特》的博士论文,关于希罗多德的著作,关于索福克勒斯《俄狄浦斯王》的解读,而令他感到惊奇的是:一方面,他"认为自己在其中犯了若干错误",另一方面,"他现在开始在这些错误中更为清晰地看到一种普遍形式"[③]。这些经验或故事的关键之点或许就是"搞错"或"搞没搞错":佣工们以为霍加"搞错了",其实是他们自己"搞错了";那个嫁给阿尔塞的女人一辈子都在后悔,可以说彻底"搞错了";伯纳德特在解读古典作品中也曾"搞错",但他后来又从错误的"反思"中获得了补偿,从中"更为清晰地看到了一种普遍形式"……

  伯格曾提及:"伯纳德特不止一次对此感到惊异:人似乎需要很长时间才能理解很早以前就已经知道的东西——我们不得不在清醒状态下逐渐认识我们似乎早已在梦中知晓的东西。"[④]那么,这种东西或许就是对某种"更为清晰的普遍形式"的重新发现,它不但早已呈现在柏拉图的对话中,也早已呈现在霍加的故事中。第一个故事中的霍加在空间意义上完成了对自然时间顺序的颠倒——他把金币放在了"正确"的"时间位置"

---

① 萝娜·伯格编:《走向古典诗学之路——相遇与反思:与伯纳德特聚谈》,第6—8页。
② 同上书,第8页。
③ 同上书,第3页。
④ 同上书,第3页。

上,但以颠倒的方式来看,在时间和经验层面中,霍加的确"搞错"了:他确实用"金币"洗了一个糟糕的冷水澡;因此很有可能的是,后来的"香水浴"不过是一个精致的比喻,它对应的是对"搞错了的经验"的"反思"之后的"发现"这一更为清晰的"普遍形式",也对应着"金币"的真实价值——即通常所说"花钱买教训"。

如果说第一个故事的关键词是"搞错",那么第二故事的关键词可以说是"知道"或"知不知道";"搞没搞错"与"知不知道"比较起来,后者显然更为重要,因为我们都可能"搞错",却并非都有能力"知道"。① 从这一意义上说,第二个故事就是对第一个故事的进一步解释,要解释的就是是否知道以及何以"搞错"的问题;两个故事因此也可以结合起来解读。第一个故事的核心场景是"洗澡",第二个故事的核心场景是"讲演";洗澡关乎"身体",讲演关乎"灵魂",听讲演因此也就是灵魂的"洗澡"——杨绛先生的《洗澡》就是这个意思。故事中"镇上的人"最终没能听到讲演,或者也可以说听了一场(四场其实就是一场)"最冷"的讲演,因为他们要么"不知道"、要么装作"知道"、要么不知道自己是否"知道"、要么干脆保持沉默……那么这怪谁呢? 或许最终只能怪"镇上的人",虽然他们"人人都知道他"(knowing about him),但其实并不知道他是谁;在"他是谁"这一问题上,他们根本上就"搞错"了。

如伯格所说,伯纳德特娓娓道来的各种故事是一个"哲学头脑的产物"②。如果联系到我们百年来向西方现代哲学学习的经验,可以进行的"诗学"思考则是:我们是否曾以"金币"的代价在"最冷的水里"洗了一把澡? 当然这并不意味着我们"彻底搞错了",更不意味着,我们如今在西方"古典"里就可以洗上温暖的"香水浴"。在谈到伯纳德特的《奥德赛》解读时,刘小枫教授说,伯纳德特"没有用自己的专业来让我们头痛和乏味,甚

---

① 伯纳德特在《走向古典诗学之路》中回忆了自己在汉普顿(弗吉尼亚州)一所黑人大学的讲演,似乎与第二个故事有着结构上的联系,这次他也"犯了错"——对时间的把握出了错;如果录音的那次也算上,这次讲演的次数也是"四":"我把讲演的内容提纲写在一个信封背面,……要点都讲完了,一看表才过去20分钟。所以我说:'现在,让我更深入具体地把这些要点再复述一遍。'然后我又把整个过程重复了一遍,看了看表,这次过去40分钟。我这样讲了3次,使用同样的方法,详细解释事物等。这次讲座还被录了音。"但很难让听众"知道"他们听到了"什么",因为后来秘书送给一份录音整理稿,对他说:"噢,读起来比我听的时候感觉好多了。"参见《走向古典诗学之路》,第107页。

② 萝娜·伯格编:《走向古典诗学之路——相遇与反思:与伯纳德特聚谈》,第2页。

至没有把读《奥德赛》变成西方古典文学专业的事情,而是让我们带着自己的精神困惑进入奥德修斯的精神之旅……"①或许这才是"古典诗学"最后的问题。

---

① 刘小枫:《重启古典诗学》,北京:华夏出版社,2010,第 296 页。

第二章
自我意识与近代中国自传

一 单士厘、林纾等人的自传写作

中国传统知识分子在19、20世纪之交的这样一个大变动的时代里，他们的自我意识的改变多少都带有某种被动性。一方面他们看到，要在新的时代生存下去以及获得生存的意义，就必须在自我观念层面做出相应调整，另一方面，传统的生活状态对他们又是一个极大的诱惑，无法轻易割舍。（西方）他者与（民族）自我、（西方）现代与（民族）传统之间矛盾和纠葛长久地困惑着那个时代的知识分子。一方面，他们带着"忧时伤世"这一社会总体的情绪对许多重要的问题，如男性与女性、个体与群体、传统与现代、中国文化与西方文化等进行了某些启发性的思考和反思，但另一方面，这种种思考与反思也显示了文化传统为其自我意识所设置的限度。下面主要结合单士厘、林纾、刘鹗和谭嗣同等人的自传性写作对此进行评析。

1. 单士厘："远征"的困惑

单士厘（1856—1943）成长于极有文化修养的家庭，29岁时成为清朝末年外交官钱恂的夫人。她著有《癸卯旅行记》和《归潜记》，其中前者记载她于1903年从日本经朝鲜、中国东北、西伯利亚至欧俄共计80余天的旅行观感，对我们考察此一时期女性知识分子的自我意识具有更为重要的意义。其《自叙》谈及写作这一作品的原因及动机：

> 回忆岁在己亥（光绪二十五年），外子驻日本，予率两子继往，是为予出疆之始。嗣是庚房子、辛丑、壬寅间，无岁不行，或一航，或再航。往复既频，寄居又久，视东国如乡井。今癸卯，外子将蹈西伯利之长铁道而为欧俄之游，予喜相携。……此一段旅行日记，历日八十，行路逾二万，履国凡四，颇可以广见闻。……我同胞妇女，或亦览

第二章 自我意识与近代中国自传

此而起远征之羡乎？①

在此单士厘谈到了旅行及居住于另一空间的异域体验对"故乡"及自我观念的影响，她还特别强调了自己的女性身份，强调了自己的作品对于大多数仍然囿于闺房的"我同胞妇女"所具有的重要意义。这一点是贯穿在《癸卯旅行记》中的一个线索。在单士厘看来，在外国的"见闻"可以改变一个人的自我观念，她自己就是一个活生生的例证。在大阪参观第五次"内国博览会"之教育馆时她便"不胜感慨"：

> 要之教育之意，乃为本国培育国民，并非为政府储备人才，故男女并重，且孩童无不先本母教。故论教育根本，女尤倍重于男。中国近今亦论教育亦，但多从人才一边着想，而尚未注重国民，故谈女子教育者犹少；即男子教育，亦不过令多才多艺，大之备政府指挥，小之为自谋生计，可叹！况无国民，安得有人才？无国民且不成一社会。（687）

改变国民的思想观念以改变国家的命运，这是那个时代的知识分子念念不忘的一个主题，单士厘也不例外。她更强调偏重国民基本素质的"国民教育"，更强调人的"内在自我"方面，这多少与现今所倡导的人文素质教育声气相通。她还特别强调女性受教育的重要性，在她看来，这更关系到一个国家未来的前途命运。这一思路有其深刻之处。以今天的眼光看，童年时期的家庭教育确实是个体自我成长极其重要的阶段，对于成年以后的人格具有深远的影响，而由于"孩童无不先本母教"，自然女性的教育问题就十分重要了。

但对于中国当时女性教育应具有怎样的内涵这一问题，单士厘的态度却非常暧昧。一次在带着儿子儿媳冒雨游览博览会之后，单士厘颇有些自责，觉得自己作为女性本不应这样公开抛头露面。或许为了缓解与转移自己的不安，她便很严肃地对自己的儿媳妇发表了一通稀奇古怪的训话：

> 今日之行专为拓开知识起见，虽踯躅雨中，不为越礼，况尔侍舅姑而行乎？但归东京后，当恪守校规，无轻出。子谓论妇德究以中国

---

① 钟叔河主编：《走向世界丛书》之《康有为〈欧洲十一国游记二种〉、梁启超〈新大陆游记及其他〉、钱单士厘〈癸卯旅行记·归潜记〉》，长沙：岳麓书社，1985，第684页。下文随文标出页码。

为胜,所恨无学耳。东国人能守妇德,又益以学,是以可贵。凤闻尔君舅言论,知西方妇女,固不乏德操,但逾闲者究多。在酬酢场中,谈论风采,琴画歌舞,亦何尝不表出优美;然表面优美,而内部反是,何足取乎?近今论者,事事诋东而誉西,于妇道亦然,尔慎勿为其所惑可也。(692—693)

一方面,她感受到了一定程度的女性解放和自由所带来的好处,另一方面却又认同中国传统道德,基本上是以一种内化了的男性眼光来为女性解放和自由设置边界。她认为"三从四德"是个好东西,遗憾的是学习的人太少了。她甚至突发奇想,认为如果在中国实行传统的"女德"教育,中国能够因此一举而成为世界强国也说不定:"中国女学虽已灭绝,而女德尚流传于人人性质中,苟善于教育,开诱其智,以完全其德,当为地球无二之女教国。由女教以衍及子孙,即为地球无二之强国可也。"(697—698)这样的"曲线救国"的思路不免有些突兀,也与她的行为及其他主张相矛盾。试想,"无轻出",又如何"广见闻"?难道她写作《癸卯旅行记》仅仅是为了让国内女同胞们起"远征"之"羡",仅仅过一把想象瘾吗?况且她还只是从自己的丈夫那里听说"西方妇女"表里不一,只是"表面优美"而内心不一定优美,就已经轻易地相信了西方女性之行为"不足取"呢?

归根到底,单士厘的这种对"女性自我"进行定位的矛盾和忧虑也正是处在传统与现代的张力中的中国人身份认同危机的表现之一。这种传统与现代之思所引发的焦虑也贯穿在游记的其他方面,比如她对现代性后果的评价。一方面,随着近代以来西方思想的传播,以及资本文明节节胜利,单士厘基本认同优胜劣汰的"社会进化"之理,另一方面她对现代性这一"优胜劣汰"的社会"公理"所造成的种种可怕的社会后果也怀有十分复杂的感受。她游历途中经过朝鲜时曾抄录了当地农民门框上的两副对联,其一曰:"人谁敢欺修身者,天不能穷力穑人。"其二曰:"烧薪烧灾去,汲水汲货来"。单士厘对此忍不住冷嘲热讽一番,认为其"委心任运,昧于物竞之理,已觉可笑。……求幸福于无何有之乡,而不图自励,日就困绝,岂曰无困。"钱氏夫妇自然是,或自以为是根据"物竞之理"而脱颖而出的"优胜"之人,自然有道理认为那些底层民众愚昧"可笑"甚至是命该"困绝"。她生动地描写了在釜山街头所见:朝鲜人受日本人欺压,"除运木石重物及极劳极拙之事外,无他业","孩童除拾草芥弃物外无他事"。而在乡村情形更加令人难过,"望去尽宽博白衣,污成灰色,坐立颇倚,口衔烟管,土合板屋,所售烟单、草履及不洁之食物而已",这不禁让她联想起中国的情形,"仿佛奉天乡境"。有一次路过俄国乡村,那些乡民的愚蠢神情又一次引起了她的厌恶,"村中妇孺聚道旁,蠢蠢然向列车马矣望,口嚼葵子。"她颇有感触地写道:"无数之民,其愚可叹,其受辱不知又可悲"。(704—741)可叹,可悲,可笑,虽然其中少了些许对于在底层挣扎的人们的怜悯与同情,但字里行间的沉重和焦虑还是清晰可感的。

大自然倒是赏心悦目,而对于旅途美景的感受也延续了她的传统与现代之思。作为自幼就浸润在传统文学氛围里的女性知识分子,单士厘对尚未被工业文明所破坏的自然之美和恬静单纯的传统生活方式有着一种敏锐的感受。比如经过贝加尔湖时,她回想苏武牧羊,笔下便飘荡起古典的思绪:"虽卓节啮雪,困于苦寒,而矣夫妇父子,以永岁月,亦未始非一种幽景静趣,有以养其天和也。"再如她描绘冰湖美景:"环湖尽山(峭立四周,无一隅之缺),苍树白雪,错映眼帘。时已初夏,而全湖皆冰,尚厚二三尺(湖面海拔凡千五百六十英尺),排冰行舟,仿佛在极大白色平原上,不知其为水也。"但另一方面她也表达了对于建立在"优胜劣败"基础上的现代工业文明一种多少有些无奈地接受。在游船行过色楞格河桥时,她的矛盾和困惑达到了一个小小的高潮:

> 四山环抱,残月静波。余幼时喜读二百数十年前塞北战争诸记载,其夸耀武功,虽未足尽信,然犹想见色楞格河上铁骑胡笳之声,与水澌冰触之声相应答。今则易为汽笛轮轴之声,自不免兴今昔之感。然人烟较昔为聚,地力较昔为任,则又睹今而叹昔。凡政教不及之地,每为国力膨胀者施其势力,亦优胜劣败之定理然也。(734)

在自然与文明之间,在古老的传统世界与"优胜劣败"的现代世界之间,在历史和现实之间,在"残月静波"与"汽笛轮轴"之间,处在时代夹缝中的"自我"究竟该何去何从?面对所有这些复杂难解的纠葛,单士厘既不免"兴今昔之感",又不禁"睹今而叹昔"。她所提出的问题直到今天仍令人深思。

2. 林纾:"新思想"与"旧感觉"

林纾(1852—1924)的前半生平淡无奇,翻译小说使他的后半生发出了耀眼的光芒。林纾翻译小说时已经45岁了,他的自我认同本来可以说已经完成,其旧有的思想观念也可以说是已经根深蒂固。对此他曾自嘲说:"若吾辈酸腐,嗜古如命,终身又安知有新理耶?"①但无法回避的是,在翻译小说的过程中,他又必定常常感受到外国文学作品中所包含的西方自我观念对自己的强烈冲击,从而不得不对西方文化中隐含的一些观念对传统自我的挑战做出某些回应。应当说,这对林纾来说是一件很刺激很有趣,但同时也很痛苦很焦虑的体验,不啻又经历了一次自我身份的重铸。这样,对林纾来说,为自己翻译的小说写作译序和译跋就不但是对小说本身的评论,更是一种自我观念的表达,一种面对西方并通过西方对自我身份所做出的新思考和新构想,其中的挣扎不言而喻。在《不如归》的序言中,他给自己的身份定位是"叫旦之鸡":

  纾年已老,报国无日,故日为叫旦之鸡,冀吾同胞警醒,恒于小说序中摅其胸臆,非敢妄肆噪吠,尚祈鉴我血诚。(94)

乍看起来,"叫旦之鸡"这个意象非常生动地概括了林纾的主要认同:救世者和启蒙者,"爱国保种"是他的序跋中出现频率最高的词语。但这一意象同时也宣示了他的痛苦、矛盾和困惑,他自觉自己太"老"了,太"顽固"了,已经没有时间也没有能力改变自己了,他只能将自己痛苦的思考留给世人。因此他这个"叫旦之鸡"更多时候并不像是"雄鸡唱晓",而更像是"子规啼血":

  畏庐者,狂人也。生平倔强,不屈人下,尤不甘屈诸虎视眈眈诸强邻之下。沉湘之举,吾又惜命不为。然则,畏庐其长生不死矣?曰:非也,死固有时。吾但留一日之命,即一日泣血以告天下之学生,请治实业以自振。更能不死者,即强支此不死期内,多译有益之书以代弹词,为劝喻之助。(69)

"泣血以告天下"的说法似乎有几分夸张,但也不能不说也有几分真情流露。林纾生逢乱世。他在翻译小说之前中国社会已经发生了第二次鸦片战争、八国联军侵华、甲午中日战争等重大事件,并且伴随着他翻译活动的进行,国家、民族一系列翻天覆地的动荡和变革也接踵而来。而这一切不幸和灾难的根源都是"西方"。可以说,如何看待"西方人"和"西方文化",以及如何看待它们与"中国人"及中国传统文化之间的关系,是林

---

① 林纾:《林琴南书话》,吴俊标校,浙江人民出版社,1996,第31页。下引文如无特殊说明均据此版本,随文标出页码。

第二章 自我意识与近代中国自传

纾心中始终萦绕不去的一个问题。他几乎所有序跋中都一再地回到这一问题上来。

尽管可能还隐含着几分受伤害的民族情感,但至少在理智层面上,面对强大西方的步步进逼,林纾无奈地看到,"今日之中国,衰耗之中国也。"(76)虽然林纾对几千年来中国传统儒学思想有着深切的感情,也并没有对其未来完全失去信心,但他无疑已经注意到单单依靠儒学已经无法解救当时国家的危难了:"存名失实之衣冠礼乐、节义文章,其道均不足以强国。"(67)他认为其原因正在于"吾华开化早,人人咸以文胜,流极所至,往往处于荏弱",而"荏弱之夫不可与语国也"。(102)

在这一心理背景上,西方人的"强"是林纾翻译作品中所特别关注的,他在多篇序言中极力称赞这一强者精神,并十分急迫地想将其输入中国文化,以造成一个中华"强"国:"恨余无学,不能著书以勉我国人,则但有多译西产英雄之外传,俾吾种亦去其倦敝之习,追蹑于猛敌之后,老怀其以此少慰乎!"(76)甚至,"野蛮"、"杀戮"在强者和胜利者光环的映照下也赢得了林纾的几分好感:

> 泰西自希腊、罗马后,英法二国均野蛮,尚杀戮。……流风所被,人人尚武,能自立,故国力以强伟。甚哉,武能之有益于民气也。(75)

当然,对于西方的强者文化和扩张文化,林纾并非毫无保留,而是持一种非常矛盾的态度,他只是认为这是挽救国家、民族命运之必需。他辩解说,自己"非好语野蛮也,须知白人可以并吞斐洲,即可以并吞中亚"。(45)他在《雾中人·序》中更不无愤激地认为,在西方文化中的英雄实际上就是"行劫者",西方文化就是强盗文化:

> 大者,劫人之天下与国;次亦劫产;至无可劫,西人始创为探险之说。先以侦,后仍以劫。独劫弗行,且啸引国众以劫之。自哥伦布出,遂劫美洲,其赃获盖至巨也。若鲁滨孙者,特鼠窃之尤,身犯霜露而出,陷落于无可行窃之地,而亦得资以归。(45)

如果说在中西文化差别较大的问题上,林纾更多地表现出了一种焦虑,那么当他在西方文化中发现了或自以为发现了和中国传统文化,尤其是儒学观念相通的地方,他的欣慰和激动也是毫不掩饰的。比如,从特定的期待视野出发,他就发现西方的很多文学作品实际上也渗透着"孝"的观念。他翻译的《美洲童子万里寻亲记》,其中有"美洲一十一龄童子,孺慕其亲,出百死奔赴亲侧",于是他大发感慨:"余初怪骇,以为非欧、美人;以欧、美人人文明,不应念其父子如是之切。既复私叹父子天性,中西初不能异,……"在他看来,这似乎为他的传统伦理观念找到了某种普遍性的证据:"每闻青年人论变法,未尝不低首称善;惟云父子可以无恩,则决然不敢附和。"(19)在翻译《英孝子火山报仇录》过程中,他更是被书中这个西方孝子深深感动了:

> 盖自念身为母身,母可死于仇刃,身亦何妨更殉之仇以从母。自有此念,义心勃然,千灾五毒,一不之恤。呜呼!孝之于人,能自生其神勇矣……吾译至此,哽咽及不能够着笔。(28)

林纾希望自己的感动能够引发青年读者的感动,并进而效仿之,"书言孝子复仇,百死无惮,其志可哀,其事可传,其行尤可用为子弟之鉴"。(26)他进而借助儒家的隐喻思维将"母亲"转换为"国家":"忠孝之道一也,知行孝而复母仇,则必知矢忠以报国耻。"(27)显然,林纾对于小说人物的理解是经过了他特殊的文化眼光和自我认同过滤的,他所强化和放大的只是那些他感兴趣的特别是与他所持看法能够相通的方面。

女性问题也是林纾特别关注的。他一方面延续了中国传统文人怜香惜玉的传统,另一方面又在某种程度上接受了西方男女平等、婚姻自由的现代观念,因而和那些道学家比起来显得较为开明。但这种开明又是非常有限的,其背后依然是林纾焦虑的处在危机中的自我意识。比如他曾一边欢呼婚姻自由说,"呜呼!婚姻自由,仁政也。苟从之,女子终身无菀枯之叹矣"(58),一边又十分奇怪地认为,小说《红礁花桨录》中一男两女的爱情悲剧乃是由于"西律无兼娶之条"而造成的,一男两女相爱,那么很简单,一男娶两女矛盾不就解决了,因此他认为这完全是"婚姻自由之义说误之也"(58)。再比如他所称许的女性也还只是那些忠于爱情、忠于她所爱男性的坚贞女子,他曾为《巴黎茶花女遗事》中的女主人公"掷笔哭者三数",以为"天下女子性情,坚于士夫"(131),但对于张扬个性的"养蛇、蹴鞠、吹觱篥、吃烟斗"的所谓"女权"者,则满心厌恶,称之为"鼓煽男子"、"用心刻毒"、"令人为之悚然"的"败俗"者。(96页)从这些充满情感色彩的用语不难觉察林纾内心对于可能出现的"雌风大盛"这一局面的极大恐慌。事实上,现实生活的林纾也确实没有表现出多少浪漫,在行为上他基本上仍是个古板书生,正如他在其自传文中所说:"家贫而貌寝,且木强多

第二章　自我意识与近代中国自传

怒。少时见妇人则踧踖隅匿,尝力拒奔女,严关自捍。"①据说他中年丧妻之后,曾拒绝了一个名妓的求爱。对林纾而言,他心目中的理想女性仍当是出自"士流之家"的"有学而守礼"的女子:

> 中国求妇,必当求之士流之家,外国求妇,必当求之牧师之裔。何者? 士流不唯有家庭之教育,百事皆有节制,子女耳目濡染,无分外侈靡之事,犹之牧师家笃信耶稣之道,一言一行,皆系之以天堂地狱,子女生,少已知爱护其灵魂,故慎守十诫,不敢叛上帝而忤父母,娶之往往足资为助。(113)

看来林纾至少在思想观念上还是很讲究实用主义的,并不全然是一位木讷书生。在他看来,西方对于个性解放、民主自由的推崇,在理智上也是可以理解和接受的,但他归根结底在深层情感上还是非常渴望回到那种伦理等级分明、尊卑有序、有"太初风味"、"骨肉胶质"尚很醇厚的传统生活方式中去:

> 欧西今日之文明,正所谓花明柳媚时矣。然人人讲自由,则骨肉之胶质已渐薄。虽伴欢诡笑,而心中实有严防,不令互相侵越;长日为欢,而真意已漓。欧文华盛顿,有学人也,感时抚昔,故生此一番议论。须知天下守旧之谈,不尽出之顽固;而太初风味,有令人寻觅不尽者,如此类是也。②

在林纾看来,"顽固之时代,于伦常中胶质甚多,故父子兄弟,恒有终身婉恋之致。至文明大昌,人人自立,于伦常转少恩意"(64)。在那个传统与现代直接碰撞的时代,在那个自我开始解放的时代,人人都试图挣脱传统的束缚。而正如尼采所言,"人们受传统的约束越小,他们的种种内心动机也就越发蠢蠢欲动";于是思想上和情感上摆脱了传统束缚的现代人再也不会对一个地方恋恋不舍,再也不愿把自己和后代困在一个地方,也不会对任何事物和人始终怀有某种稳定可靠的亲密感情。③ 而这种"亲密关系"亦即林纾称之为"伦常中胶质"的东西,实际上和自我的归属感密切相关,它"无论对个人还是对社会都是一种力量的源泉";没有这种

---

① 林纾:《冷红生传》,参见许桂亭选注《铁笔金针》,百花文艺出版社,2002,第141页。
② 林纾:《拊掌录·跋尾》,《林琴南书话》,第63页。此文写于1906年。华盛顿之《拊掌录》今通译作《见闻札记》。
③ 参见张旭东:《全球化时代的文化认同·绪言》(第二版),北京大学出版社,2006。

"亲密感",个体自我往往会产生难以忍受的焦虑甚至精神疾病。① 或许这正是林纾那一代知识分子所恐惧的:旧的"修身治国平天下"的自我观念框架面临解体,"三纲五常"所编织的一个能够为个体提供"伦常中胶质"的稳定的伦理网络也濒临崩溃,但他们却没有足够的力量、勇气和时间来等待一个新的伦理框架构建成型,内心的焦虑和不安促使他们带着几分急切甚至绝望想要"回到过去",但这却无论如何做不到了。而更令人难过的是,他的一些"新思想"青年人可能听得进去,但恰恰是这一点"旧感觉"却未必能被理解,"必人到中年,方能领解;骤于青年人述之,亦但取憎而已耳"(64)。在这一问题上,林纾还是颇有几分苦涩的自知之明的。

3. 刘鹗:哭泣者的"虚梦"

林纾曾回忆自己少时读杨椒山年谱读到伤心时竟"自闭空房而哭",以后译书时译到伤心处也常常"哽咽不能自已",可见是深情之人。而按照同时代文人刘鹗(1857—1909)"人品之高下,以其哭泣之多寡为衡"以及"有一分灵性即有一分哭泣"②的衡量标准,林纾更是一个有灵性、品行属于"上等"的人。刘鹗所言"棋局已残,吾人将老,欲不哭泣也得乎"③可以说传达了那一个时代不少心怀天下的传统知识分子的共同心声,而"哭泣的我"也几乎成为他们的集体自我的写照。"吾人生今之时,有身世之感情、有家国之感情、有社会之感情、有种教之感情。其感情愈深者,其哭泣愈痛"④,于是大家"同哭同悲"。在《老残游记·自序》中,刘鹗不仅拉同时代人"同哭",他更将目光投向历史,建构了由诸多杰出的传统知识分子组成的一个蔚为大观的"哭泣者"谱系:

> 《离骚》为屈大夫之哭泣、《庄子》为蒙叟之哭泣、《史记》为太史公之哭泣、《草堂诗集》为杜工部之哭泣;李后主以词哭、八大山人以画哭;王实甫寄哭泣于《西厢》、曹雪芹寄哭泣于《红楼梦》。⑤

---

① 安东尼·J·马塞拉等编:《文化与自我——东方与西方的比较研究》,九歌译,南京:江苏文艺出版社,1989,第 55 页。
② 刘鹗:《〈老残游记〉自序》,刘德隆等编《刘鹗及〈老残游记〉资料》,成都:四川人民出版社,1985,第 70—71 页。
③ 同上。
④ 同上。
⑤ 同上。

第二章 自我意识与近代中国自传

刘鹗学识广博,精于考古,在算学、医道、治河等方面也都有出类拔萃的建树。他虽然被今日学者誉为"小说家、诗人、哲学家、音乐家、医生、企业家、数学家、藏书家、古董收藏家、水利专家、慈善家"等,但作为一名传统知识分子,国家、民族的危难和失败几乎使他对自己的所有成就都表现得如此冷淡漠然甚至痛苦不堪。他最终只能在文学世界中实现对于现实世界的超越,寻求对自我痛苦和忧惧的慰藉。《老残游记》是一部旨在"匡世"的"哭泣之作",它描画了风雨飘摇的艰难时世,也揭露了晚清政坛的无边黑暗,但就其"匡世"的追求而言,它更是作者无法忘怀也无法解脱的一个"幻梦"。在残酷的现实面前,刘鹗无疑对这一点有着越来越清楚的认识。在《老残游记二编·自序》中,刘鹗更进一步,将自我推入了一个近乎虚无的深渊,"哭泣之我"于是渐渐隐入梦境:"人生如梦。人生果如梦乎?"或许,人生竟是一个比"梦"还虚幻的"梦"吧,因为在刘鹗看来:

> 夫梦之情境,虽已幻化为虚,不可复得,而叙述梦中情景之我,故俨然其犹在也。若百年后之我,且不知其归于何所,遂有此如梦之百年之情境,更无叙述此情景之我而叙述之矣。是以人生百年,比之于梦,犹觉百年更虚于梦也!①

外部价值世界的解体,迫使刘鹗向内部世界进发寻找自我,在此他遭遇到一个梦的世界。是不是可以将人生看做一场梦,从而打破现实与幻象的界限翱翔于逍遥之境界呢,就像庄周梦蝶那样?但刘鹗无法做到这点,他无法全然忘怀外部世界的忧患,梦对他来说是现实世界忧患的投影,现实世界对他来说是比梦更加虚无也更加可怕的忧患。因为梦无论如何虚无缥缈,荒诞离奇,毕竟还有梦者的"叙述"证明了它曾经存在过并经由这种"叙述"赋予其意义,梦并不是虚无,它甚至和个体对自身存在的深层感受密切相关。但一个"现实"的人生就不一样了,做梦者的背后如果没有一个更高层次的"叙述者"——比如某种稳定的社会和价值框架——来保证他的人生的"真实性",那么这个人生也就真的可能变得比梦还虚无了。刘鹗到底还是无法面对这样的"虚无自我",无法彻底的"忘却",于是"同此而不忘,世间于是乎有老残游记二编"②。

---

① 刘鹗:《〈老残游记·二集〉自序》,刘德隆等编《刘鹗及〈老残游记〉资料》,成都:四川人民出版社,1985,第80—81页。

② 同上。

刘鹗发现了"自我"内部的复杂层次,但归根到底他并不认为梦是自由的空间。意识到人生比梦还虚无并没有使他感到解脱,相反却感到加倍的痛苦。他并不认为虚无的自我意识是通向真正自我意识的桥梁,他所看到的桥梁只通向深渊。他绝望地想回过头去,抓住些什么东西。他到底抓住了一些东西,他所抓住的东西事实上也将他从时间的虚无中拯救了出来。这就是他的作品。他创造了他的作品,而后者正是一个出色的叙述者,它见证并讲述着刘鹗曾经存在过的"自我"。

4. 谭嗣同:循环无端的"自我冲决"

和林纾、刘鹗等人这一因为"旧我"即将逝去而情不自禁地"哭泣"的"我"有所不同,维新派代表人物谭嗣同(1865—1898)似乎有一种看待自我和传统的新视野。它是指向未来的。在被称为维新派第一部哲学著作《仁学》的自叙中,谭嗣同对这一新思路有清楚的提示。在他看来,所有要灭亡的"教"都不是真正的"教",所有要灭亡的"教"之所以灭亡是因为自身的无价值,真正的"教"是不会灭亡的:

> 教无可亡也。教而亡,必其教之本不足存,亡亦何恨?教之至者,极其量者不过亡其名耳,其实故莫能亡矣。①

所以,对于包括中国儒学在内的文化传统的解体以及由这种文化传统所框范的自我价值的失落所怀有的伤感和忧虑其实是完全没有必要的,重要的恰恰是以满腔的热情和勇气投入到打碎这个注定要走向灭亡的旧世界的运动中去,冲决其重重"罗网",为建立一个新世界做好准备。他还快意地畅想,在冲决重重罗网之后将会有一个新世界,在那个经历了许多困苦和劫难之后到达的那个新世界里,"或更语以今日此土之愚之弱之贫治一切苦,将笑为诳语而不复信"。这真是一个美好的新世界。

但另一方面他暗示,这个冲决"罗网"的过程似乎既可以看成无穷无尽的漫长过程,同时又可以看成还未开始就已结束的短暂瞬间:

> 网罗重重,与虚空而无极,初当冲决利禄之罗网,次冲决俗学若考据、辞章之罗网,次冲决全球群学之罗网,次冲决君主之罗网,次冲决伦常之罗网,次冲决天之罗网,次冲决全球群教之罗网,终将冲

---

① 谭嗣同:《仁学·自叙》,北京:华夏出版社,2002,第1—3页。下文引文均出于此,不另注。

佛法之罗网。然其能冲决者,亦自无罗网;真无罗网,乃可言冲决。故冲决罗网,就是未尝冲决罗网。

这多少令人感到不安。在此他延续了前面的思路:凡是能被冲决的罗网都不是真正的罗网,因而一方面,即便自我将上述一切都冲决了,归根到底也还是什么都没有冲决,归根到底只是一场关于冲决旧世界罗网的自由幻觉,另一方面,即便自我什么都不做,也能将一切罗网看成是"真无罗网",从而到达一个自由的新世界,当然,这更是一个幻觉。谭嗣同最后还颇有几分神秘地写道:"循环无端,道通为一。凡诵吾书,皆可于斯二语领之矣。"换句话说,只要悟"通"了"道",做与不做、"冲决"与"不冲决"这样"循环无端"的具体选择,都可以看成是"一"样的,没有什么本质的不同。

我们当然可以将这些多少有些神秘的表述看做通向他的自我意识的核心线索。实际上,他在整个自叙中一直都在谈论他的自我意识。"自我"尽可以放手去"冲决罗网"而不必担心会失败,因为彻底的"失败"就意味着碰到了真正的"罗网",而不可冲决的罗网就是作为"实"的"教"和真正的"道",因而又可以不必"冲决"而自由地停留于这个"真无罗网"的"罗网"中;真正的"失败"只是"自我"的失败,而"自我"可以在一瞬间将这一"失败"转化为"胜利",只要他感到"真无罗网"就可以了。谭嗣同一方面鼓动自己也鼓动国人去冲破旧传统的种种束缚,另一方面也为可能面临的失败预留了自我安慰的空间。这确是对于自我与世界之间矛盾一举解决,但同时自然也是高级的"精神胜利法"。这也多少印证了王国维对于谭嗣同"仁学"学说来源的看法,即当时的上海教会所翻译的"治心免病法"①。

谭嗣同的"治心免病法"所指向的自然包括社会之"病",谭嗣同在《仁学》中曾由此出发抨击了中国的君主专制对社会所造成的摧残和传统道德里的三纲五常对人性的压抑,"仁学"要疗救的是中国社会的疾病。但同时也是谭嗣同的"自救"。这样《仁学·自叙》就毫不意外地将我们引向了作者的童年创伤:

> 吾自少至壮,遍遭纲伦之厄,涵泳其苦,殆非生人所能任受,濒死

---

① 王国维:《论近年之学术界》,载吴无忌编《王国维文集》,北京:北京燕山出版社,1997,第330页。

> 累矣,而卒不死;由是益轻其生命,以为块然躯壳,除利人之外,复何足惜。

在传统的伦理关系中,谭嗣同从童年到成年都没有体验过林纾所谓的"骨肉之胶质",相反,孤独、痛苦和死亡的威胁使他直接面对群体伦常关系的虚假性和个体存在的被抛性。冲破外部世界的一切罗网,是他在反抗世界的过程中确立自我、解救自我、完成自我认同的重要方式。由此我们既可以理解他反对旧世界的激进态度,也可以理解他对于失败的恐惧心态。因此,谭嗣同在《仁学·自叙》中所构建的一个"轻其生命"、只为"利人"的"无我之我"的自我形象,不但是他起来反抗旧传统的根源,也是他对于自己可能面临失败所带来恐惧的预先消解:"无我之我"自然不怕"失去自我"。在此意义上,戊戌变法失败后他选择慨然就义,并高呼"有心杀贼,无力回天,死得其所,快哉快哉"的行为,正是其自我形象的自然延伸和最后完成。

在此我们可以看到,作为颇有代表性的个案,刘鹗的"如梦人生"与谭嗣同的"无我之我",一方面清楚地显示出传统自我试图分别从内部(梦)与外部(未来新世界)来寻求救世与自救的艰苦努力,另一方面也同样清楚地显示出了这一"自我"归根到底因无力面对,因而也就无从"冲决"那束缚着更深层自我的某种"罗网"而最终选择了"逃避(放弃)自我"的局限。或许可以认为,这一局限同时也显示出,中国传统文化本身就缺乏某种"自我反思"(即将"自我"作为一个对象来思考和探索)的根本性结构或曰"习惯",或如邓晓芒所说,作为一种和"反思型文化"相对的"体验型文化",中国文化的毛病就是"缺乏自我意识"。[①] 中国文化这一深层结构上的特点正是那个时代许多知识分子在试图进行自我反思时常常会出现"循环无端"或"原地打转"情形的一个重要原因。这样,在刘鹗和谭嗣同停下脚步的地方,尚有待于鲁迅那惊心动魄、"创痛酷烈"的自我解剖。在以《影的告别》、《风筝》、《墓碣文》等为代表的一系列精神自传作品中,鲁迅以与传统文化彻底决裂的极大勇气,将对自我意识的探索向更为纵深的层次推进,努力探索真正属于"自我"的自我,也只有到了鲁迅那里,国人"抉心自食,欲知本味"[②]的灵魂之旅才获得了一个坚定的起点。

---

① 邓晓芒:《新批判主义》,北京大学出版社,2008,第165—168页。
② 鲁迅:《野草》,北京:人民文学出版社,1995,第41—42页。

二 《我史》:康有为的"个人神话"

《我史》是康有为篇幅较长也非常重要的一部自传作品。学界一般认为,这一作品的主体部分写于1899年初,这一题名也是康有为自定的,但这一作品在康有为生前并未刊行。1927年3月康有为逝世后,曾以抄本的形式在小范围内流传,现在已知的抄本有罗孝高、丁文江、康同璧、赵丰田藏本。直到20世纪50年代初中国史学会组织编辑中国近代史资料丛刊《戊戌变法》时,才根据赵丰田所藏抄本与康同璧所藏抄本对校后,取名《康有为自编年谱》,收入该丛刊,这是康氏自编年谱首次印行。

在这一作品中,康氏通过精密安排的自传叙事将自我和政治、历史编织为一体,集中表达了他对"圣人"身份的认同。但近年来,康有为这一作品的真实性受到不少怀疑,有学者认为,《我史》作为史料并不完全可靠,他对自我的叙述有所虚构和夸张,而在1899年之后直到1927年康有为去世时,他更有可能对年谱进行过一些涂改增删,甚至"颠倒年月",将后来发生的事情或后来的认识混入对原先事件的叙述之中。一方面,这给研究者的分析造成了不少困难,但另一方面,将自传所叙述之"事"和历史所发生之"事"加以对照,或许也能更清晰地显示出传主试图通过自传写作行为对自我和历史的关系进行"改造"以构建理想的自我形象的主观努力,而这一点对于透视传主的自我意识更具有重要意义。

1. "自以为圣人"

《我史》采取了明清士人常用的传统年谱形式,但题名和叙述安排却体现出某些现代特色。就题名来说,虽然自编年谱的名称是多样化的,如殷迈的自编年谱为《幻迹自警》,耿定向的叫《观生记》,王恕《省身录》,汪辉祖《病榻梦痕录》,庞钟璐《知非录》等,但像康有为这样旗帜鲜明地将"我"置于年谱的题名中似乎还是第一次。题名对于康有为来说并不仅仅具有寄托其思想和趣味的意义,更意味着他对自身存在价值及重要性的凸显和肯定。此外,正如这一题名所暗示出的,康有为在这一作品中要叙述的不是一大堆毫无关系的事件,而是一种有内在意义关联的"史"的叙述,他要叙述的是一个"身份"的形成过程,他要描画一个不断清晰起来的"自我"图像。而这一写作"我史"的过程,实际上就是对自我身份的确定和建构过程。从这两点来看,康有为的《我史》作为自传的现代特征是十

分明显的。在颇有揭示意味的结尾中,康有为对自己近40年的生活进行了总结:

> 聚散成毁,皆客感客形,深阅生死,顺天俟命,但行吾不忍之心,以救此方民耳。诸子欲闻吾行事,请吾书此。此四十年乎,当地球文明之运,中外相通之时,诸教并出,新理大发之日,吾以一身备中原师友之传,当中国政变之事,为四千年未有之会,而穷理创义,立事变法,吾皆遭逢其会,而自为之。学道爱人,足为一世,生本无涯,道终未济,今已死耶,则已阅遍人天,亦自无碍,即作如是观也。后此玩心神明,更驰新意,即作断想,又为一生观也。①

在这段不长的文字中,"吾"出现了5次,频率不可谓不高;"吾"还被置于"地球文明"、"中外相通"、"诸教并出,新理大发"以及数千年一遇的"中国政变"的宏大时空背景之中,"吾"也登时高大了起来,圣人形象呼之欲出;更重要的是,"吾"具有得天独厚的优势,一方面由于深厚的学术积累,已经"深阅生死",参透了天地间的秘密,能够"以一身备中原师友之传"而"穷理创义",另一方面又有"不忍之心"的宗教情怀,于是"立事变法","以救此方民"的救世志向便水到渠成。在此,一个天才—圣人—"救世者"—政治家的自我形象已大致塑造成型。而回过头来再看《我史》的叙述,可以发现这是一个精心编织构建的过程。

从《我史》的一开始,康有为就在不断强调自我的不平凡。他4岁时"已有知识",5岁时即"颂唐诗数百首",借家人之口预言自己将来肯定能成"大器",11岁时在为人处世方面就表现得颇为成熟:"治丧如成人,里党颇异之"。他在很小时就关心国家大事,对政治有浓厚的兴趣,"频阅邸报,览知朝事"。此外他还强调自己十分乐于认同那些各个领域的伟大人物和天才,12岁的时候"某事辄自以为南轩,某文视自以为东坡,某念动辄自以为六祖、邱长春矣"。17岁开始阅读接触西方思想,视野渐开,"始见《瀛寰志略》、《地球图》,知万国之故,地球之理。"经过这层层铺垫,康有为终于如愿以偿地在21岁时迎来了一次类似于"得道成仙"的体验:

> 静坐时,忽见天地万物皆我一体,大放光明,自以为圣人,则欣喜而笑。忽视苍生困苦,则闷然而哭。忽思有亲不事,何学为,则即束装归庐先墓上。同门见歌哭无常,以为狂而有心疾矣。至冬,辞九江

---

① 康有为:《我史》,南京:江苏人民出版社,1999,第62页。下引文随文注出页码。

先生，决归静坐焉。(8)

康有为解释说，自己这样的行为正是"《楞严》所谓飞魔入心，求道迫切，未有皈依之时"亦即将要成为"圣人"的前兆。而值得怀疑的是，康氏此前既已知道此类"体验"就意味着离"得道"已经不远了，那么这一切是否是他根据特定的宗教迷狂模式的心理暗示而有意无意地做出的"表演"呢？康有为在接下来一年中似乎以他更真切的表现证明自己确实真的"得道成圣"了。这一年，他进入西樵山的白云洞修行。在这里，他有时像幽灵一样在夜晚唱歌或吟诗，有时则披头散发地躺在石窟瀑泉的美景之间，让芳草清流环绕在身边，所谓"修柯遮云，清泉满听"，有时则长夜不睡，任思绪飘荡，想的全是些"天上人间，极苦极乐"的事情。就这样坚持了一段时间，他终于就像佛祖释迦牟尼一样悟道了："始则诸魔杂沓，继则诸梦皆息，神明超胜，欣然自得"，甚至达到了"见身外有我，又令我入身中，视身如骸，视人如豕"的境界。

当康有为以佛教、道教悟道的方式获得了儒教之"圣人"的自我认同之后，他便马不停蹄地为"救世"做准备了："既念民生艰难，天与我聪明才力拯救之，乃哀物悼世，以经营天下为志。"他终于确立了将"奉天合地，以合国合种合教一统地球"的救世大业作为自己的自我设计，决心将"舍身命而为之"。

2."救世史"与"迷信心"

康氏出世之后，接下来讲西学、收弟子、创不裹足会、倡男女平等一系列活动几乎一气呵成，随之康有为的救世热情也进入了一个新的境界：他根据自己的几何学知识写了一部《人类公理》。颇富戏剧性的是，著作写出之后他就大病一场，似乎是上天惩罚他泄露了天机。面对命运的捉弄，康有为此时表现得颇为大义凛然，"数月不出，检视书记遗稿，从容待死……吾既闻道，既定大同，可以死矣。"好在不久大病痊愈，这里他似乎又在暗示上天的眷顾，以便让他有时间完成自己的救世使命。

值得注意的是，从康有为准备向朝廷上书以提出自己的变法主张开始，其叙事速度就明显放慢了，他的个人历史的叙述从此就与戊戌变法的酝酿、发展和失败的历史叙述密切地交织起来了。尤其是这一作品所叙述的最后三年，即1896年、1897年与1898年，叙述更为详尽。有学者认为，和同时期梁启超所写《戊戌政变记》一样，《我史》对戊戌维新运动从整体上所进行的描述,实际上就"建立了一个以康有为为领袖,以康氏政治活动为主线的戊戌维新运动的宏观叙述框架"①。在此意义上,《我史》就是"戊戌政变史"。至此,康有为的个人身份叙事就成功地嵌入了历史叙事的框架内,其"救世圣人"的身份认同也就同时得以构建完成。

但从另一方面来看,康有为的成功同时也意味着失败。这一失败首先是其"救世事业"的失败,其次是自我形象的塑造在深层意义上的失败。从《我史》叙述来看,康有为是一个空想型的政治家,他的救世蓝图更多地停留在个人层面的幻觉、顿悟和空想上,有很大的随意性,甚至几分荒诞的风格。作品中关于移民巴西的想象就是如此。有一段时期他的政治主张得不到当权者的采纳,他心情不好,产生了动摇,这位"救世主"便想干脆扔下"旧中国",另起炉灶到巴西建设一个"新中国"算了:

> 久旅京师,日熟朝局,知其待亡,决然舍归,专意著述,无复人间世志意矣;既审中国之亡,救之不得,坐视不忍,大发浮海居夷之叹。欲行教于美,又欲经营殖民地于巴西,以为新中国。(17)

但最终考虑到财力所限,加之传统孝道的要求,"又有老母,未能远游",还是没走。不过,过了几年,他又一次想起了巴西,而这一次他却是为全体中国人考虑的。中国人多地少,是康有为长期以来忧心忡忡的一件事,而美洲和澳洲又禁止中国移民进入,他认为中国可以移民到巴西。因为在他看来,巴西经纬度和中国相近,地域达数千里,亚马孙河又横贯其中,土地肥沃,人口仅 800 万,"若迁民往,可以为新中国"。但在变法前夕和皇帝交谈中,中国的人口、土地这些不利因素在"一翻掌间"又成为赶超欧美和日本的优势,他向皇帝吹嘘说,只要按照他的政治蓝图去操作,中国用 3 年时间就可以完成西方用了 300 多年才完成的事业,前景很好:

> 泰西讲求三百年而治,日本施行三十年而强,吾中国之大,人民之众,变法三年,可以自立,此后则蒸蒸日上,富强可驾万国,以皇帝之圣,图自强,在一翻掌间耳。(39)

他在其视之为救世大福音的《大同书》中描绘了人世间的种种苦难,提出大同社会将是无私产、无阶级、人人相亲、人人平等的人间乐园,但实

---

① 马忠文:《康有为自编年谱的成书时间及相关问题》,载《近代史研究》2005(4),第 281 页。

际上"三世说"对于世界大同的设计具有太多的幻想色彩和乌托邦风格,作为政治上的蓝图,根本无法实施。至于戊戌变法,正如有学者所说:"按功利主义者的标准来检验'百日维新',会发现除了废除科举之外,其余的变革措施其实并未越过当年洋务派的纲领,政治体制改革的提出一开始就小心翼翼,以后更是迫于形势步步回收,效果几乎为零。"①

而同时代的王国维更是一针见血,将批评的矛头直指康有为虚假的身份认同。他认为康有为在政治上失败的深层根源正在于康有为对"自我"错误的甚至"迷信"的认识:

> (康)氏以元统天之说,大有泛神论之臭味,其崇拜孔子也,颇模仿基督教;其以预言者自居,又居然抱穆罕默德之野心者也。其震人耳目之处,在脱数千年思想之束缚,而易之以西洋已失势力之迷信,此其学问上之事业不得不与其政治上之企图同归于失败也。②

康有为的"自我"确实是一个中西合璧的设计。其实,不但孔子、基督教等都被他拿来所用,从他的自传叙述中读者还可以看到某种柏拉图式救世道路的"神秘序列":"在天堂中的城邦形式,从它到哲学家—救世主,哲学家—救世主通过与神圣理念交流,使自己的灵魂充满了这个理念实质,并使自己成为城邦的化身,再从哲学家—救世主到人民,哲学家—救世主将人民同化于他的精神实质中,并把它们转化成为城邦在现世中的成员。哲学家—救世主是未来城邦活生生的 nomos[法律],所以也是它的创立者。"③回视康有为《我史》的叙事线索,除了那个"天堂中的城邦形式"并没有明晰的秩序和"形式"之外,上述这一"序列"倒也正可以看做康氏救世冲动的一个恰当注脚。

3. "个人神话":必要的幻觉

无疑康有为对于自我形象的描绘太富有文学色彩也太虚幻了,他的自我身份认同是一个幻觉,尽管十分美丽,但却经不起历史和事实的检验。这正如一位西方学者所说:"爱冥思玄想的哲学家说出来的话并不直

---

① 杨念群:《康有为的乌托邦世界》,载《光明日报》2006年9月24日。
② 王国维:《论近年之学术界》,《王国维文集》,吴无忌编,北京:北京燕山出版社,1997,第330页。
③ 沃格林:《希腊化、罗马和早期基督教》,谢华育译,上海:华东师范大学出版社,2007,第130—131页。

接表达宇宙的事实,而只是症候性地表达出关于他自身的、构成他无意识自传的那些事实。"①

　　最近的许多研究表明,康有为在《我史》中对于戊戌变法的叙述是大大夸张和虚构了的,其目的恰恰就是要维持这样一个自我的幻觉。马忠文先生对《我史》的成书过程进行了考证,认为康有为一直到去世前,都在不停地对这一作品进行精心修改,甚至有可能还利用自传写作的"时间差"巧妙地对往事进行了虚构,比如他很有可能利用后出的材料在自传中对历史事实进行修饰来强化和突出自己在"戊戌变法"这一政治活动的影响力。② 更有评论者不无偏激地指出,康有为实际上"更坏","他用无数的谎言制造了虚假的历史,欺骗了全世界,欺骗了全中国,而且欺骗了整整一个世纪"。据说,康有为可谓劣迹斑斑,比如在学术上,震动中国的《孔子改制考》和《新学伪经考》竟是抄袭之作,在政治上,叙述中声势浩大的"公车上书"竟是虚构,此外还有诸如假传圣意和制造"伪诏"、错信袁世凯、倡议与日本和英国等国"合邦"卖国、在日本和加拿大以假诏骗取钱财等,而在其私生活中也有诸多细节被披露:为了上书清帝,用尽伎俩,向多人骗取钱财,包括自家亲人和北京望族,以给他的银子数量多寡分封"贤人"、"大贤人"等称号;在上海嫖娼多次,不付钱,被妓女追着索要等。③ 或许还可以进一步推论说,康有为的"圣人幻觉"根本不是真正的幻觉,他有意地使人相信这一点,但他自己并不真正相信,而是将其用来为自己谋取名利。如此看来,这一幻觉实在是很高妙的幻觉。这也多少印证了邓晓芒对于中国历次造神运动中出现的"圣人"的一般性看法:

　　　　其实圣人并没有自己的精神生活和精神追求,只有内心的天道体验加上物质上和技术上的考虑。当然他可以境界很高,他说我是为了老百姓能够过上好日子,就是这样一个很简单的追求。但是实际上在技术上面考虑起来他是没有任何底线的,为达目的而不择手段,但是又要标榜自己的目的高尚。所以,圣人经常体现出一种伪

---

　　① John Oulton Wisdom, *The Metamorphosis of Philosophy*, Basil Blackwell, 1947. p. 177.
　　② 马忠文:《康有为自编年谱的成书时间及相关问题》,载《近代史研究》2005年第4期,第274—288页。
　　③ 参见桑地:《"历史巨骗"康有为》,载《博览群书》2000年第6期。此文是对张建伟《温故戊戌年》(作家出版社,1999)一书的评论,文中所涉及材料均出自该书。

第二章 自我意识与近代中国自传

善,即用卑鄙的手段去达到高尚的目的,这就是伪善。①

当然具体到康有为,这样的评价可能有失厚道和公正。历史并非单纯的事实,历史事件的"内部真实"实际上关乎"人性",关乎作为历史主体的"自我"对历史事件的认识,而这些问题都通向一个无底的深渊。在历史、人性和自我的根底处,我们更多的时候好像是在没有出口的迷宫里摸索真相。或许我们对于历史和历史人物的自我意识和自我认同,也只能"历史地"来看待其意义。一方面,当代人要揭示出历史和历史人物的叙述中的"幻觉"和"神话",因为人类自身的进步需要不断地"揭露并不存在的圣徒,或是还人物以本来的面目"②;另一方面,无论是对历史还是对自我,人类毕竟也需要一定的、必要的"幻觉",因为人不是神,没有谁能够绝对彻底地"认识你自己",而当一个人对"自我"的身份有一种坚定的认同时,他的这种"幻觉"和"神话"或许也真的会鼓动他在"现实"中做出某些"神话"般的事情来,这正如20世纪美国传记家利昂·埃德尔所说:"自我的神话是一个个体的最真实的部分:靠着这一神话我们探索生命;它给予我们力量、方向和支持。"③"神话"当然可以说就是幻觉,但在更多的时候历史和人生就是由这样的"幻觉"真实地构成的,或者说就是由这样的"幻觉"塑造的。康有为的自我认识充满幻觉,但这种幻觉又具有某种"深刻性",因而它可以使我们更好地理解自我意识以及基于自我意识的自传叙事的核心,因为从根本上来说,自传叙述所构建的身份同一感恰恰就建立在这一"幻觉"之上。

总体来看,康有为的这一自传作品以及它所表达的自我认知都具有非常独特的意义。虽然在作品的写作形式上,它采取了传统的年谱形式,但其题名、叙事手法以及写作过程都显示了一种对自我形象进行精心塑造的强烈的主体意识,这正是这一作品的现代特色;另一方面,从理性分析的角度来看,康有为通过这一叙事所传达出来的自我意识有着某种虚幻性,不管康有为自己、他的弟子以及其他人是否将他看成是圣人,他毕竟不是一个圣人,他对自我以及对自我与社会的认识都存在着某种偏差。康有为自觉的自传主体意识和身份认同意识既显示了其自我意识的某些

---

① 邓晓芒:《新批判主义》,北京大学出版社,2008,第336页。
② 杨正润:《知识分子》"译序",保罗·约翰逊《知识分子》,杨正润等译,南京:江苏人民出版社,2000,第11页。
③ Leon Edel, *Stuff of Sleep and Dreams*. London: Chatto & Windus Ltd, 1982, p. 27.

现代特色,又十分明显地显示出其缺乏深入的自我反思的局限。而通过对自传叙事过程和策略的分析,揭示传主在自我认识方面有意无意的自欺和不由自主的"神话化"倾向,可以更深入地理解人的意识层次的复杂性,进而推进、提高我们的自我理解和自我意识水平,或许这正是自传研究的题中应有之义。

三 梁启超:"道德自我"的构建

1. 异域体验与"道德启蒙"

梁启超的"自我"复杂多变,表现出很大的开放性和流动性,按照他的说法是"不惮以今日之我与昔日之我挑战"。这种不断超越自我、怀疑自我、反思自我的精神和勇气实际上正是他的自我意识的最重要的特征,这显然与他对西方文化中尤其是哲学精神中所包含的自我反思和怀疑精神的接受密切相关。他曾这样评述西方哲学家笛卡儿的"我思故我在"观念中所包含的反思和怀疑精神:"所恃以破疑之术奈何?曰:凡遇物皆疑之。……疑也者,思想之一端也。"[①]而通过考察其思想发展的线索,还可以进一步看到,这种开放性和流动性的自我观念的形成和他丰富复杂的人生经历尤其是在异域异国的生存体验密切相关。

异域体验对于梁启超的自我观念来说具有更重要的意义,正是在一个异域世界中,他获得了一种看待自身的相对化眼光,"世界人"的自我认同即与此关系密切。值得注意的是,在《汗漫录》中梁启超讲述了自己对于日本的奇特体验,继而对"故乡"这一与自我身份认同密切相关的概念作了反思:

> 吾之于日本,真有第二个故乡之感。盖故乡云者,不必其生长之地为然耳。生长之地,所以为故乡者何?以其于己身有密切之关系,有许多之习惯印于脑中,欲忘而不能忘者也。然则凡地之于己身有密切之关系,有许多之习惯印于脑中,欲忘而不能忘者,皆可作故乡

[①] 钟叔河主编:《康有为〈欧洲十一国游记二种〉、梁启超〈新大陆游记及其他〉、钱单士厘〈癸卯旅行记·归潜记〉》,长沙:岳麓书社,1985,第388页。

观也。①

"故乡"的观念和"真实自我"长期以来似乎都有一种自然的关联,和故乡相对的"异乡"似乎总是让人感到和"自我"的某种隔膜与疏离,感到正是"异乡"使得"我"成为"非我",因而"还乡"也常常成为"回归自我"的一个隐喻。但梁启超在此根据自身的体验对这种"自然的关联"进行了质疑。他长期在日本居住,读日本书,看日本报纸,对日本政界、学界之事非常熟悉,以至于"脑质为之改易,思想言论,与前者若出两人",他更觉得日本"几于如己国"。他在此并没有固守一种封闭的本质主义的自我观念,而是通过思考"自我"和"故乡"的相对性发现了"我"与"非我"之间界限的模糊性,从而肯定了自我发展的一种无限可能性。

在1899年写作的《汗漫录》以及1902年写作的《三十自述》中,梁启超一开始就梳理出了一条自我认识发生变化的清晰线索:从"乡人"到"国人",再到"世界人"。他自称自己在17岁之前一直都是"了了然无大志,梦梦然不知有天下事",是一个"完全无缺、不带杂质之乡人",但"19世纪世界大风潮之势力"以及国家民族的严峻形势改变了这个"乡人"自我的发展轨迹,于是"我不得不为国人焉","我不得不为世界人焉"。但做"国人"、"世界人"并不是一件容易的事,梁启超的策略是"学"。他写道:"为国人、为世界人,盖其难哉!夫既难矣,又无可避矣,然则如何?曰:学之而已矣。"可以说,一方面,"学"做"世界人","学"做现代人,是他自我成长的一个重要主题,他的一生都在"学",学习西方文化思想,也学习中国古代圣贤,既在风云变幻的政治生涯中学习,也在漫游天涯的域外经验中学习。而从另一方面看,在梁氏看来,"学"的最终目的是"教",即自己要"教"中国人如何做"国人"和"世界人"。这样,在不断的"学习"的同时,梁启超也自觉地"承担"了改造"国民自我"的责任。他的自我归根到底是一个不断走在"救世"道路上的"道德自我"。在《汗漫录·小序》中他说:"努力造世界,此责舍我谁?""天下兴亡各有责,今我不任谁贷之?"②在《三十自述》中他更直接地谈到自己"所学所怀抱者",无非"冀以为中国国民遒铎之一助"。③ 在这学习与教育之间,梁氏最为关注的是国民的道德问

---

① 钟叔河主编:《康有为〈欧洲十一国游记二种〉、梁启超〈新大陆游记及其他〉、钱单士厘〈癸卯旅行记·归潜记〉》,长沙:岳麓书社,1985,第588—589页。
② 同上书,第587—588页。
③ 梁启超:《三十自述》,朱正编《名人自述》,北京:东方出版社,1994,第82页。

题。在《新大陆游记》中,梁启超借助异域视角反思国民性,其关注的核心是"公德",表现出激进的批判锋芒。而在其《家书》中,梁启超则塑造了注重"私德"、不断进行道德完善的自我形象。

2. 游记中的"公德"叙事

《新大陆游记》是梁启超 1903 年到北美旅行的游记,叙写了他历经日本、加拿大和美国的经历和观感,而其出版这部游记的目的就是要开拓国人的眼界,在中西国民性的对比中让国人警醒,从而"影响于民族前途",大补于"吾幼稚之社会"。这一点在徐勤为其所作"序"、梁氏"自序"以及"凡例"中均有明确交代。为此,梁启超在正式出版游记时,还特意删去了原稿中的绝大部分风景记述,还可能增加了一些议论和思考,以服务于这一游记的文化启蒙目的,其中交织着国民性批判和自我表现的双重主题。

立足于对外国历史、政治、人文风俗的考察,梁启超虽然在游记中对西方社会也有一些批评,但更多则是对国人的不无犀利、深刻但同时又很偏激甚至有种族歧视之嫌的观察和批判。他几乎每看到在美国的中国人就忍不住对其表现批判一通。比如中国派到博览会的赴会人员就让他很失望,"工人三十余名。……皆裸体赤足,列坐门外,望比邻之游女,憨嬉而笑",结果招来当地小青年一顿毒打。再比如,他坚信在美国大街上走路离很远就能辨认出中国人来,因为在他看来,除了中国人"躯之短而颜之黄"这一外部特征外,中国人拙劣的走路方式也是一大特色:"西人行路,脚步无不急者,一望而知为满市皆有业之民也,若不胜其繁忙者然。中国人则雅步雍容,鸣琚佩玉,真乃可厌。……西人数人同行者如雁群,中国人数人同行者如散鸭。"梁氏十分喜欢发表讲演,他在美国听西方人讲演时所感受到的良好秩序或许引发了他在国内演说时的某些不快记忆,对此他大发牢骚:

> 试集百数十以上之华人于一会场,虽极肃穆毋哗,而必有四种声音;最多者为咳嗽声,次为欠伸声,次为嚏声,次为拭鼻涕声。吾尝于演说时默听之,此四声者如连珠然,未尝断绝。又于西人演说场剧场静听之,虽数千人不闻一声。①

---

① 钟叔河主编:《康有为〈欧洲十一国游记二种〉、梁启超〈新大陆游记及其他〉、钱单士厘〈癸卯旅行记·归潜记〉》,长沙:岳麓书社,1985,第 561 页。

第二章　自我意识与近代中国自传

结论是,"中国人未曾会行路,中国人未曾会讲话":

> 西人讲话,与一人讲,则使一人能闻之,与二人讲,则使二人能闻之;与十人讲,则使十人能闻之;与百人千人数千人讲,则使百人千人数千人能闻之;其发声之高下,皆应其度。中国则群数人坐谈于室,声或如雷;聚数千演说于堂,声或加蚊。西人坐谈,甲话未毕,乙无挽言。中国人则一堂之中,声浪稀乱,京师名士或以抢讲为方家,真可谓无秩序之极。①

他即便发现西方人的某些缺点,也能立即将其转化成"美德"。比如芝加哥图书馆不设管理员,每年丢书 200 册左右,这在梁氏眼中也可以成为公德的表现。因为据他猜测,"盖学生为试验而窃携去备温习",考试完了大多会自觉还上,而这等有"公德"之事在中国便不会发生。他因此发议论说,"即此区区,以东方人所学百年而不能几者也"②。一般以为中国人的勤劳乃至"不知休息"是一种传统美德,可梁氏不这么看,他认为和西方人相比,这是一种极大的缺陷,甚至"中国人所以不能有高尚之目的者,亦无休息实尸其咎"。为什么这样说呢?梁氏自有其道理。他认为,"凡人做事,最不可有倦气。终日终岁操作焉,则必厌;厌则必倦,倦则万事堕落矣",所以要休息;休息能够焕发精神,"每经六日之后,则有一种方新之气。人之神气清明,实以此",中国人不会休息,所以常常头脑"昏浊甚矣"。在将中国人和西方人进行种种比较之后,梁启超认为绝大多数国人尚"无享受自由之资格",其根本原因在于中国人尚没有一个更高类型的自我观念,亦即一个"高尚之目的":"凡人处于空间,必于一身衣食住之外,而有更大之目的。其在时间,必于现在安富尊荣之外,而有更大之目的。"③

应该说,借助于在西方的体验以及西方文化的视角,梁启超对于中国国民性的判断和反观是有一定见地的。追求某种超越于自然性、动物性之上的属于人的目的和人的价值及意义,不断提升自我的灵魂品质,在漫长的西方历史中经由无数哲学家、文学家和艺术家的作品以及宗教的影响已沉淀成为某种集体无意识。正如莎士比亚笔下的哈姆雷特的著名独

---

① 钟叔河主编:《康有为〈欧洲十一国游记二种〉、梁启超〈新大陆游记及其他〉、钱单士厘〈癸卯旅行记·归潜记〉》,长沙:岳麓书社,第 562 页。
② 同上书,第 524 页。
③ 同上书,第 559—560 页。

白:"一个人要是把生活的幸福和目的,只看做吃吃睡睡,他还算是个什么东西?简直不过是一头畜生!上帝造下我们来,使我们能够这样高谈阔论,瞻前顾后,当然要我们利用他所赋予我们的这一种能力和灵明的理智,不让它们白白地浪费掉。"①

反过来看中国的"圣贤"所能够提出关于普遍人性的最好想象,也只是满足于生活在某种稳定道德秩序之中的"人",这个道德秩序也只是由他们所规定好的"礼义"。但事实证明,这个被规定好的"礼义"并不能够起到提高人们的精神的作用,因为它缺乏对人性更高可能性的探索,缺乏对人的自我意识更深层次的展开、推进和想象,缺乏对人的自由本质的认识,因而很容易沦落为僵化的教条而失去生命力。中国传统文人比较热衷于大而无当的"为天地立心、为生民立命、为往圣继绝学、为万世开太平"之类口号,恰恰想不到为一般的"人"而立"人",一般的人是无法成"圣"的,但能够成为一个超越动物本能的、具有自由精神世界的人,而不是那种一旦"饥寒交迫"就"思饱暖",一旦"饱暖"就"思淫欲",或至多是更精致一些的"淫欲"的人。

梁启超说的人生的"高尚的目的"究竟是什么,他并没有说清楚;但应当注意的是,他对于中西人性的比较,已不仅仅是印象的表达,而是根据某种他所认为的更高类型的自我观念标准而做出的理性判断。实际上,他在《新大陆游记》中对国人自我观念的批判和其写于1902年的《新民说》互为表里,可以说,前者是对后者更为感性和直观的展开。胡适后来说,《新民说》的"最大贡献在于指出了中国民族缺乏西洋民族的许多美德。……他指出我们所缺乏而最需采补的是公德,是国家思想,是进取冒险,是权利思想,是自由,是进步,是自尊,是合群,是生利的能力,是毅力,是义务思想,是尚武,是私德,是政治能力。"②《新大陆游记》大体上也可作如是观。

3. 家书中的"私德"叙事

作为一个以教育国民为己任的政治家和思想家,梁启超固然十分重视"公德",但对于"私德",他也没有忽视。或许因为他已经获得巨大的社

---

① 莎士比亚《哈姆雷特》第四幕第四场,据朱生豪译文。
② 胡适:《无尽的恩惠》,王大鹏选编《百年国士:自述·回忆·专访》,北京:中国文联出版公司,1999,第173—174页。

第二章　自我意识与近代中国自传

会影响和近乎完美的社会评价,合乎"公德"的理想形象已经树立,他就更加注意"私德"。在给妻子李蕙仙的信中,他一方面表达了自己对此的自得之情:作为一个"祖宗累代数百年,皆山居谷汲"的"山野鄙人",他在二十来岁就已经"虚名震动五洲,至于妇人女子为之动容",对此自然感到十分"快慰",①但另一方面他也深深感到自己的行事必须更加谨慎:

> 吾之此身,为众人所仰望,一举一动,报章登之,街巷传之,今日所为何来?君父在忧危,家国在患难,今为公事游历,而无端牵涉儿女之事,天下之人岂能谅我?我虽不自顾,岂能不顾新党全邦之声名耶?②

写下这段话的时候,梁启超正陷于一场令他心醉神迷的婚外情感漩涡而几乎难以自拔。1900 年他在檀香山游历的时候遇到一位对他倾心已久的 17 岁美丽少女何惠珍。后者是个才女,精通英文,曾在梁启超演说时担任其翻译。梁启超对她也一见钟情,觉得真是"绝一好女子也",稍谈之后便又觉得彼此似有前缘注定:"虽近年以来,风云气多,儿女情少,然见其事、闻其言,觉得心中时时刻刻有此人,不知何故也。"已婚多年的梁启超似乎第一次奇怪地感受到了爱情:

> ……遂握手珍重而别。余归寓后,愈益思念惠珍,由敬重之心,生出爱恋之念来,几于不能自持。明知待人家闺秀,不应起如是念头,然不能制也。酒阑人散,终夕不能成寐,心头小鹿,忽上忽落,自顾生平二十八年,未有如此可笑之事者。③

让人颇有几分意外的是,对于这一情感经历的声情并茂的叙述竟记载于给妻子李蕙仙的信中。这在让读者钦佩梁任公的坦诚之外,也不免感到有些残酷。要知道,此前梁启超从来没有给夫人写过这么长的一封信(从保留下来的信件来看),也从没有在信中向其表达过如此炽烈的男女之情,而今一旦表达,却是向妻子诉说自己对另一位女子的爱慕。尽管梁启超在信中表示自己将以大局为重,力斩情丝,但字里行间也不乏试探之意:他提到惠仙教自己学习"官话"而使得自己"驰骋于全国",因而畅想如果惠珍能够教自己学习英文,那么自己便能"驰骋于全球"了。他还给

---

① 梁启超:《梁启超家书》,张品兴编,北京:中国文联出版出版公司,1999,第 12 页。
② 同上书,第 14 页。
③ 同上书,第 12 页。

惠仙附寄了一份檀香山《华夏新报》报道自己与惠珍第一次会面情况的剪报以供其"一览"。他最后还催促惠仙赶快"放足",不要令人笑"维新党领袖之夫人尚有此恶习",更免得他日"惠珍妹子"与惠仙"阿姊"相见时会被"笑煞也"。① 难怪不无恼火的李惠仙在复信中表示要将此事报告给老公公。

在"私德"面前,梁启超始终保持了清醒的头脑,但这并不意味着他的内心没有冲突。早在1903年,梁启超在李惠仙的准许下纳其侍婢王桂荃为妾,王桂荃后来给梁启超又生下了6个子女。但梁启超很少公开提到王桂荃,可能就是因为他违背了自己定下的"一夫一妻制",怕给外界知道而给他带来负面的影响,他干脆自欺欺人地要求孩子们叫王桂荃"王姑娘"或者是"王姨"。1924年李惠仙病逝之后,20多年来一直未嫁的何惠珍从美洲特意赶到北京来见他,而为了避嫌,梁启超表现得似乎过于冷淡,只在他的办公地点,即司法总长会客室草草接见了她,毫无当年情感的痕迹,以至于伤心的何小姐"亦知私德无逾,自嗟误会而去"②。

过分的冷淡往往就是强烈感情受到压抑的外在症候。据同时代人回忆,后来的梁启超"其性情已转为悲观,由旷达变为烦躁",而据林徽因回忆,"晚年性情犹坏"③。后人常从当时国家局势来解释他的这一性情的转变,其实更直接也更合理的解释是梁氏个人身体上的病痛和心理情感上的压抑。他在晚年和妻子的关系或许并不像外人所相信的那样美好,两人可能时常闹别扭。在李惠仙逝世一周年时,梁启超在写给女儿梁思顺的一封饱含愧疚之情的信中多少透露出一些这方面的信息:

> 我昨日用一日之力,做成一篇告墓祭文,把我一年多蕴积的哀痛,尽情发露。顺儿啊,我总觉得你妈妈这个怪病,是我们打那一回架打出来的。我实在哀痛之极,悔恨之极,我怕伤你们的心,始终不忍说。现在忍不住了,说出来也像把自己罪过减轻一点。④

或许还可以进一步猜测,他在妻子去世之后之所以最终拒绝了何惠珍,除了考虑到自己的社会影响和公共形象外,还可能存在着某种更为复

---

① 梁启超:《梁启超家书》,张品兴编,北京:中国文联出版出版公司,1999,第13页。
② 刘太希:《记梁任公》,王大鹏选编《百年国士:自述·回忆·专访》,北京:中国文联出版公司,1999,第179页。
③ 同上书,第181页。
④ 梁启超:《梁启超家书》,张品兴编,北京:中国文联出版出版公司,1999,第376页。

杂的心理原因。梁启超虽然声称与妻子是"道义肝胆之交",认为自己"可以对卿无愧"①,也相信妻子深明大义,但是,实际上李惠仙对丈夫在自己一生的大部分时间里忽略了自己的存在是有所怨恨的,这种怨恨也有所表现。而梁启超的愧疚之情很可能在妻子早逝后被放大和强化,或许正是这种愧疚最为彻底地浇灭了他对何蕙珍的爱恋之火。而多少有些滑稽甚至残酷的是,在叙述完自己的"忏悔"之后,他随即就忍不住夸耀起自己所写的祭文之美了:

> 我的祭文也算我一生好文章之一了,情感之文极难工,非到情感剧烈到沸点时,不能表现他(文章)的生命,但到沸点时又往往不能作文。即如去年初遭丧时,我便一个字也写不出来。这篇祭文,我做了一天,慢慢吟哦改削,又经两天才完成。虽然还有改削的余地,但大体已很好了。其中有几段,音节也极美,你们姊弟和徽因都不妨熟诵,可以增长性情。②

梁启超不愧是教育家和道德家,在任何时候都念念不忘教育子女,注重他们的性情的培养和道德修养的提高,连自己对妻子的过失都可以表现得如此坦诚和"合乎道德"。也许他认为自己以非凡的道德力量割断了情丝,也就有资格以同样的标准来要求他人,尤其是同自己亲近的人。他最为敏感的似乎就是情感婚姻方面的事,这在他看来最能体现一个人的道德修养。1925年七夕节,其弟子徐志摩和陆小曼举行婚礼,诚邀梁启超出席婚礼并证婚。梁启超起初不愿意去,后来还是去了,但竟在婚礼上几乎对新郎新娘破口大骂,③事后还颇自得地写信给儿子梁思永、梁思成,希望让他们能从中学到极好的道德教训:

> 我昨天做了一件极不愿意做之事,去替徐志摩证婚。他的新妇是王受庆夫人,与志摩恋爱上,才和受庆离婚,实在是不道德之极。……我在礼堂演说一篇训词,大大教训一番,新人及满堂宾客无

---

① 梁启超:《梁启超家书》,张品兴编,北京:中国文联出版出版公司,1999,第2页。
② 同上书,第380页。
③ 据刘海粟回忆,当时梁任公非常严厉地说:"徐志摩,你这个人性情浮躁,所以学问方面没有成就。你这个人用情不专,以致离婚再娶……以后务必痛改前非,重新做人! 你们都是离过婚重又结婚的,都是用情不专,今后要痛自悔悟。祝你们这一次是最后一次结婚!"刘海粟对此意味深长地评价说,"梁先生的个性,在这一点上表现得很突出。"见刘海粟:《忆梁启超先生》,载《百年国士》,第200—201页。

一不失色,此恐是中外古今所未闻之婚礼矣。今把训词稿子寄给你们一看。青年为感情冲动,不能节制,任意决破礼防的罗网,其实乃是自投苦恼的罗网,真是可痛,真是可怜!……品行上不曾经过严格的训练,真是可怕……①

总体来看,在《家书》中,梁启超显示出是一个情感丰富的人,但为了"救世"而不得不将个人幸福放在一边,他时刻不忘道德修炼、坚守道德标准,也时刻不忘以此来要求亲友和弟子。虽然要做到这些并不容易,但他努力这么做,尽管其中也有无奈和自欺。

四 义和团时期的三部日记

发生于1900年的义和团运动不但造成了严重的历史后果,也引发了极大的社会心理动荡。在这一事件中,国民心理中平时难有机会表现出来的某些方面也获得了醒目的表现形式。时人对于义和团时期事件的观感和叙述作为一面镜子,映照出了观察者和叙述者的"自我图像"。笔者通过分析三种来自不同社会身份和生活背景的作者所留下的关于此一时期的日记资料,即恽毓鼎《庚子日记》②、刘大鹏《退想斋日记》和王大点《庚子日记》,来管窥这一时期的"自我"的矛盾性和复杂性。

1. 恽毓鼎:"沧桑之悲"与"定心养气"

恽毓鼎先后担任过翰林院侍讲学士、侍读学士,光绪二十三年(1897年)起充当日讲起居注官,长期随侍光绪皇帝,对晚清宫廷内幕及掌故较为熟悉。他曾撰有《崇陵传信录》,被视为信史。近年整理出版的他自1892年到1917年间的日记,也产生了一定影响。

恽毓鼎对于"义和团"怀有极其复杂的情感。他在义和团在北京开始活动之始就认为这是一个极其愚昧和危险的组织,它"挟其邪术,煽惑愚民,其说极为不经",甚至可能有"借仇教为名,阴图不轨"的政治阴谋,因

---

① 梁启超:《梁启超家书》,张品兴编,北京:中国文联出版出版公司,1999,第416—417页。
② 所据《恽毓鼎庚子日记》版本为北京大学历史系中国近现代史教研室编辑整理的《义和团运动史料丛编》(上)(北京:中华书局,1964)中的辑录本。据该书编者介绍,恽毓鼎庚子年日记已遗失,辑录本选自《拳变系日要录》。近年整理出版的《恽毓鼎澄斋日记》也无庚子年纪录。下文引文如无特殊说明,均据中华书局辑录本,随文标出页码。

此"可忧实甚,所宜早为解散也"。(48)在日记中他描写了义和团的不少暴力行为,如"焚城外教堂及教民所居"、"纵火焚大栅栏老德记"等,对于此等"日有焚杀"的混乱局面,他"心焉忧之"。而随着对"洋人"战争的进行,他的愤懑也越来越深:吹嘘刀枪不入的团民实际上非常怕死,面对敌人竟然"退缩不前,十余日未杀一洋人,惟以杀人放火掳掠为事"。(54—55)后来他读到当时报纸上所载吉林拳民的所作所为,更是觉得十分荒诞,"迷离惝恍,如读小说"(59)。

另一方面,对于"洋人"、"洋教"的某种根深蒂固的仇恨心理也使他对义和团的激烈民族情绪宣泄有某种"同情性理解":"数十年来,教民恃外人之势,欺压平民,地方官恐开罪外人,左袒教民,无复曲直,民心积愤,激成此变"。(48)他在日记中还提供了"证据",以此证实长期以来中国社会民众对于教会"剖心挖眼、戕害生民、采生配药"的传闻不虚。

随着清政府准备利用义和团来清除"洋人"政策的出台,恽毓鼎更是渐渐对义和团寄予了某种暧昧的希望。他从慈禧所谓"法术虽难尽恃,人心自有可凭"的谕旨以及同僚非常"信服拳民"的"发人志气"谈论中受到鼓舞,希望义和团能为受伤害的民族情感出一口恶气。他甚至还虔诚地在"关圣帝君"前占卜,求取"神谕"以确定"拳民是否仰邀神佑?洋人是否聚而歼旃?"(51—52)而随后发生的围攻西什库教堂的"胜利"更让他欢呼雀跃:"未刻,探事人出城,知十余国使馆俱付一炬,洋人兵丁男女,聚而歼之,无一生还,义和团奏凯而出。……数十年积愤,一旦而平,不禁距跃三百。"(52)

作为一个有着根深蒂固儒家思想的传统士人,恽毓鼎感慨最多的是国家、君主在这个乱世所遭受的屈辱,以及纲纪伦常所遭受的毁坏。很能说明问题的是,日记中的"深情流露"大都是与君主、伦理纲常相联系的。比如,参加慈禧宣布跟洋人作战的会议后,他想到"君父"受到洋人如此侮辱,便忍不住"愤懑泪下";八国联军攻破北京之时,他"维系念皇太后、皇上,不知安危如何";而在听说皇太后、皇上在逃亡途中所遭受的"苦难"后,他最强烈地抒发了自己的感情:"呜呼!孰使王室播迁,吾君困辱,遂寸磔造谋者之肉,岂能蔽此辜哉!三鼓书此,愤恨泣血。"想到乱世之后的"纲纪堕弛",他也常常"独坐思之,往往流涕"。(51、66、71)所有这些都显示出:皇权以及与皇权所联系的一整套价值观是恽毓鼎借以安身立命的精神家园,也是他生命中情感所系的最根本的现实;这就是他的"真实自我",但这个"自我"最核心的因素却恰恰不是"自我"。

由此,我们可以理解恽毓鼎在与俄国使臣格尔思谈判之后获得的满足感。恽毓鼎在仕途上并不算得志,一直是个没有多少权势的普通京官。但当皇太后、皇帝外出逃难,全权大臣李鸿章也不在朝中时,恽毓鼎很偶然地得到了一次参与和俄国使者进行政治谈判的机会。或许这差不多已经是他政治生涯中的一次比较辉煌的成就了。他十分详细地记下这次会谈的细节,然后不无得意地谈及人们的反应,兴奋之情难以掩饰:

  归寓,友人来询消息者二十余人,厅无隙地,扰攘良久而散。余一讲官学士,未进总理衙门一步,无端办此大交涉,岂非大奇!而余挺身为国之名,数日间逐满都下,下至妇人走卒,亦知姓名。如此忝窃,真堪愧死。(63)

这次谈判或许是他最难以忘怀的记忆。对于这次使他公开在政治舞台抛头露面的经历,他感到十分激动。恽毓鼎终于"忙"了起来,忙得"简不离批,客不离座,出入酬应,体为之乏"(63)。但他的心情很好,常常自己就莫名其妙地笑了起来,"身处厄难之中,而其忙至于此,思之复自笑也"(63)。这种多少有些亢奋的心态甚至投射到了街上的行人那里,以至于他觉得自己一下子就成了名人,"每过街市,世商皆瞩目焉,不问而知为余也"(64)。或许只有在这段时间中,他感觉到自我的"真价值"才得到了真正实现吧。

"治国、平天下"的前提当然是要先"修身"和"养心"。经过了许多忧惧不堪、惊恐不已的日日夜夜后,恽毓鼎似乎才意识到了这一点。他在日记中惭愧地表示自己要向那些"能处大事"的先贤学习:

  昔曾文正公统帅剿贼,屡濒于危,当犹疑震撼之交,而心愈镇定。羽檄纷驰,不废吟诵。王思舆以阳明触之不动,卜其必建功名,盖此心有主方能处大事,夷大难也。若未事张皇,临事扰攘,心先乱矣,其能久乎?余此次遭值患难,亦尚夷然不惊,然终未到行所无事境地;且事已如此,忧急亦复何益,徒自扰耳。今拟专意看书,以定心养气。(57)

日记中有不少篇幅提到自己经过修炼而达到的某种超然世外的境界和良好的心态,言语之间对自己的镇定自若不乏夸赞:"洋兵已破京城,而余尚篝灯静坐看书,几于不知世外事。咦!真亘古以来未有之奇也。""午后静坐澄斋,临东坡书二百余字,自首至尾,精神无一笔涣散……"(61)当然这种自我标榜和夸耀有时表现得过了头,就不免显得迂腐可笑。比如,在北京城破后,常常有外国士兵闯入民居,劫掠财物,但幸运的是,恽氏家里没有遭到此类骚扰。对此"奇迹"他归于神灵的保佑与自我美德的报偿:"余至心虔诵玉皇本行集经,叩礼关圣吕祖,求免罪灾;而洋兵竟无一人入吾门者,以至诚所感格欤?抑余平生事事吃亏,不敢丝毫损人利己,幸为天所怜悯欤?"于是他对老天的"公正"顿生敬畏之情,禁不住"且感且惧"(62)。

但在一个分崩离析的世界里,保持内心的平静和完整又谈何容易呢?恽氏上述气定神闲的时候并不多见。在他发誓要"定心养气"之后,他仍常常禁不住对社会的巨大变迁感到困惑,时常感到有种"沧桑之悲",禁不住与友人"相对太息",而对于乱世中屡屡发生的"弑父"①之"大变人伦"的行为,他更是无时不感到"忧心如焚"。作为一个传统知识分子,他努力地在一个动荡不安的社会中保持内心中的稳定秩序,但同时又常常感受到内心的这种秩序与现实世界的错位。那么如何保持自我的稳定和内心的平衡呢?他在1903年初的一则日记中有所提示:"余积习未化,……独于理学、史学、古文、诗各书,一见若旧交,深嗜笃好,不忍释手,非此竟无以遣日。中年乐境,无逾此者。"②面对难以改变的"自我"和更加难以改变的"社会",或许干脆死心塌地地进入"自我"的那幅封闭的图像,倒也不失为一种智慧的选择。

2. 刘大鹏:"怨气冲天"与破碎的自我

和恽毓鼎这位生活在皇城根下,眼界还算开阔,甚至还有闲情逸致以"养气"的政府官员比起来,居于内地太原、信息不很灵通的乡绅刘大鹏(1857—1942)对于庚子年义和团事件及其后果,其内心的愤恨和焦虑不安都要大得多。翻开他在1901—1902年间(庚子年的日记缺失)的日记,

---

① 恽毓鼎在《庚子日记》中提到的"弑父"事件有三起,实际上都是"助父自杀"。一是晚清状元大学士徐桐的儿子徐承煜倡议父亲及全家自杀殉国,徐桐临悬犹豫,徐承煜极尽人子之劳,连拉带提,用力把父亲的脖子伸入绳套,遂急撤脚下板凳,送父归天,恽氏批判了徐承煜将其父亲"草草藁葬"之后四十余天"竟不具棺以殓"的不忠不孝的行为;二是黑龙江的将军袁寿山战败吞金自杀殉国而不死,令部下以洋枪射杀自己,仍不死,于是"其子乃手轰焉,正中其心",乃死;三是侍郎景善欲投井殉国,但临投犹豫不决,"两次诣井侧,徘徊不遽下",于是其子恩小亭从后推了一把,"遂溺毙"。恽氏认为,以死报国并没有错,但应当究研方式方法,即所谓"父固当死忠,然以圣贤处此,当自有道。《恽毓鼎庚子日记》,第72页。

② 史晓风整理:《恽毓鼎澄斋日记》,杭州:浙江古籍出版社,2004,第206页。

其冲天怨气常常会迎面扑来："昂首问天天不答,人心思乱又何云。"①如同古代希腊诗人赫西俄德诅咒自己的时代是"黑铁时代"一样,他也诅咒自己所处的时代："不自我先,不自我后,会逢其乱,俾我不能安然朝食耳"。(785)若不是考虑到数年饥荒之后,"山中之人率皆饥困无所得食",他倒真打算"入山觅一僻静之地以避世乱","潜伏深林到太平"。然而他最终还是决定充满仇恨地面对现实。他的仇恨的首要对象就是那些"洋人、洋教和教民",在他看来,这就是造成近代中国之"乱世"的真正的、甚至唯一的祸首:

> 海禁不开,洋夷莫能入我疆？洋夷不来我中华,中华何能有教民？自道光年间洋夷入华以来,入教愚民日多一日。而教民恃洋夷之势,横行乡里亦日甚一日。中国之乱,自教民始,实自洋夷始。(798)

这自然也是"事实",近代中国的一系列的"乱",如他所说确实"自洋夷"始。但问题是作者并不能够像那些接受了"优胜劣汰"理论的新式知识分子一样冷静地看待和解释这一"事实",而是相当情绪化地将其归之于神秘的"天",归之于不可知的"数"："洋夷扰乱中华,以天下大数使然,非人力所能挽。"(798)这样就造成了两种相反相成的心态,一方面是(民族)自我遭受(异族)他者的剥夺而产生的本能性仇恨情绪,另一方面则是由于这一后果来自于无法的预测和不可更改"天意"而产生的恐惧、感伤。当然其中也不乏某种自欺欺人的安慰,诚如刘氏所言："归之于数,则伤感世势之心,庶可稍释也。"(798)

但日记中的刘大鹏似乎很少能够"稍释"和控制内心的愤懑,他在日记中一再回到"仇洋",尤其是"仇洋教"这一主题上来,肆意挥洒着内心的不满和仇恨。此类记载比比皆是,比如他对中国神圣的祠堂竟成为洋人旅游和猎奇的对象就感到十分恼火："余谒晋祠,适遇日本国人来游,有候补人员偕行。倭人临去时,用照像法将晋祠照去。"(819)日记中还有一段文字详细描述了他去某地的途中遥望一个村民皆信"洋教"的村庄的情形,颇有典型意义:

> 十八日诣清源,路经固驿村,遥见村西里馀许为洞儿沟村。村民

---

① 刘大鹏:《退想斋日记》(选录),中国社会科学院近代史研究所《近代史资料》编辑组编《义和团史料》(上),北京:中国社会科学出版社,1982,第778页。如无特殊说明,引文均据此版本,页码随文标出。

第二章　自我意识与近代中国自传

皆从洋教。村坐山麓,教堂建在半山周围,缭以垣。垣内房屋甚多,地势宏敞,修盖皆洋式。洋夷蟠踞为巢穴,诱民入教。凡入教者皆莠民,为得洋夷之金,以赡养其家,非真喜其教而乐从之也。洋夷固愚,教民更愚。现在人人怨恨,欲得洋夷、教民而甘心焉。伊乃坦然居于教堂,今教民出以虐民,自以为得意。讵知积怨更深,异日之招祸更烈也耶。易曰:"恶不积不足以灭身"。传曰:"众怒难犯"。洋夷、教民恶已盈满,又犯众怒,虽欲身之存,不可得矣。凡经过其地者,莫不指而目之曰:"此即洞儿沟也,吾辈均受其害,不知何日乃可将此处除灭耳。"途人直言如此,非恨极而何。(819)

　　在恽毓鼎那里还属于小心翼翼地流露出的"数十年积愤"在这里几乎喷薄欲出。充满仇恨的目光和想象自然会对事情的真实面目造成扭曲,比如作者对"教民"道德品质的判断及其入教动机的猜测都显得过于武断和绝对,当地居民对于教民仇恨情绪的普遍性也可能有所夸大,作者对西方宗教或许也并不了解或者根本不屑于了解。这些因素造成的偏见都是非常明显的。但较之周遭不信"洋教"的村庄,该村村民(教民)居住环境与生活条件之优越似乎也是一目了然的,这样来看,作者在一种恨妒交加的心理状态下做出上述判断又是可以理解的。

　　刘氏认为,"洋教"在中国的兴起所引发的更大的灾难性后果则在于它对传统信仰体系、价值观念和生活方式的毁灭性破坏。他注意到,"凡有洋夷教民之处,庙宇神像多被毁坏,而以神舍为教堂"。(803)毁"庙宇"而代之以"教堂",这是具有深刻象征意味的文化行为,其意义就在于它抽掉了人们传统生活方式的文化基础,因为"民以庙宇为各村庄之公所,亦且瞻依"(803),其"瞻依"不仅是物质和组织层面的,也是精神层面的,它关系到群体内部的每一个成员的自我身份归属感,亦即身份认同。

　　对这一问题深入考察将把我们带入刘氏愤怒情绪来源的个人层面。很有揭示意味的是,作者在日记中记下了一个与友人进京参加科举考试的梦:"天将送晓,仍在梦乡过活。梦偕王绀滕、郝济卿、刘仲经至马莲峰家,呼莲峰诣京并辔而行,正与马家之人别时乃醒。"(779)作为某种思想或欲望的物象化和场景化,[①]梦往往是通向梦者深层自我的重要线索,也

[①] 弗洛伊德说:"梦程序最鲜明的特征:某种思想,或者某些意欲的思想,在梦中都物象化了,且以某种情景来表现,好像亲身体验过似的。"弗洛伊德:《梦的解析》,赖其万等译,北京:作家出版社,1986,第426页。

与自我的"个人神话"或"人生主题"密切相关,而这一神话或主题常常是"高度个人性的,并且几乎总是和一种自我的意义感以及在社会和世界中找到自己位置的需要相关联"①。这一点刘大鹏似乎也意识到了,"士者沦落草茅,而无由一伸其壮志",实际上就隐含着他对自我的基本定位及其所感受到的基本挫折。"士者"包括了作者的社会角色及自我价值的基本认同,也包括了他对于自己未来的基本期望。刘氏很早就设想,在正常的制度程序下,像他这样的"士者"经过书院的培养和科举制度的选拔,将有可能"贡之朝廷之上,为舟楫、为盐梅。上者致君为尧舜之君,下则使民为尧舜之民"②。他幼年从师受业,立志读四书五经求取功名,1878年考中秀才,1881年进太原县桐封书院,第二年又进省城太原的崇修书院读书,1894年中举人。读书、应试、入仕,这是刘大鹏对于自己理想人生的规划,但都被残酷的现实击得粉碎。他在1895、1898年参加会试未中后并没有灰心失望,而是决心再战,如不是社会动乱,他写日记时的1901年本来还有一次会试。他认为归根结底是"洋人洋教"破坏了传统社会制度的正常运行,从而毁坏了自己的人生蓝图。1903年他最后一次参加会试再次落败,1905年清廷废除科举,萦绕他大半生的"科举梦"彻底破灭。1914年的一则日记里,58岁的他对自己有一个总结,其中已没有愤怒和诅咒,只有悲凉和无奈:

> 予之幼时,即有万里封侯之志,既冠,而读兵书,及至中年被困场屋,屡战屡踬,乃叹自己志大而才疏,不堪以肩大任,年垂四十,身虽登科,终无机会风云,不得已而舌耕度日。光绪季年国家变法维新,吾道将就渐灭,迄宣统三年,革命党起,纷扰中华,国遂沦亡,予即无舌耕之地,困厄于乡已数年矣,年垂六十,遭逢世乱,无由恢复中原,不才孰甚焉,俨具七尺之躯,毫无补于时艰,不亦虚生矣,予惭仄曷极。③

在这段文字里,刘大鹏念念不忘的仍是"肩大任"、"恢复中原"以及"补于时艰"的远大前程,但残酷的是,他对自我的每一个理想都加上了令人心碎的否定词:"不堪"、"无由"、"毫无",因而他的"自我"便成为了"虚

---

① George Moraitis et al. eds., *Psychoanalytic Studies of Biography*. Connecticut: International Universities Press, 1987, p. 257.
② 刘大鹏:《退想斋日记》,山西人民出版社,1990,第70页。
③ 同上书,第198页。

生",一个影子,一个愧疚、空虚、分裂乃至破碎的"自我"。造成这样的局面,除了艰难的时世和相对落后闭塞的生活环境外,刘大鹏封闭、保守甚至不无顽固的自我意识也是一个重要原因。他在内心积累起沉重的仇恨,愤怒攻击咒骂"洋人洋教",却对自身所珍视的价值观念缺乏必要的反思;他一味悲叹命运,将心中所有愤怒和不平、灾难和不幸、希望和幻想都一股脑儿地投射在"天"这一张空白的屏幕上,对外部世界却很少有清醒的认识和理性的分析;他大骂教民"其愚甚矣",大骂"世人愦愦,不知悔罪,以消天谴"(788),自身却并没有表现得更为智慧和聪明。在他看来,"天地之间只有一个伦理,伦理者,维持天下万世之大纲也",①而他认为这个伦理只能是"孔孟之道"。他曾坚定地写道:"自幼所学者孔孟之道,迄今谨守之不敢一疏。当此之时,国家变法,设立学堂,停止科考,士皆舍孔孟之学而学洋夷之学,区区之心,殊觉不安,而况随俗浮沉,靡然从风乎?人弃而我不弃,此其志也。"②有志且能坚守或许可以称之为某种"美德",但对外部世界的纷繁变迁视而不见甚至嗤之以鼻,同时又不能像恽毓鼎那样退守内部世界以"定心养气",这一"美德"所带来的结果就会变得不那么"美好",而自我的破碎就似乎是一个难以避免的结局。

3. 王大点:暧昧的"看客"

《庚子日记》③的撰主王大点是当时北京五城公所的一名差役,他白天闲暇无事,到处游荡,经常到义和团活动的地点去看热闹,北京沦陷后,他对当时的混乱情形也都有一些比较直观的记载。看多了由通常所谓"文人"所写的日记、自传及游记作品的读者,多少会对王大点的《庚子日记》产生某种隔膜甚至怪诞的感觉。这种隔膜和怪诞感似乎来自于读者某种"阅读期待"的落空,也似乎来自于作者对生活和历史所作的类似"陌生化"的处理。这一作品没有表达某种"应该"表达的东西,不但没有分析,没有解释,甚至连对于大动乱时代的某种必要的情感反应,如愤怒、悲哀、恐慌等也很少表现。

但或许更可能的是,王大点《庚子日记》所描绘的只不过是更为直观

---

① 刘大鹏:《退想斋日记》,山西人民出版社,1990,第2页。
② 同上书,第152—153页。
③ 王大点《庚子日记》稿本现藏于北京大学图书馆,全本约10万字。所据版本为北京大学历史系中国近现代史教研室编辑整理的《义和团运动史料丛编(上)》(北京:中华书局,1964)中收录的选本。下文引文均出自该书,随文注出页码。

和朴素的历史图景,他在日记中展现的"自我"只不过是当时数量很多的普通国人之"自我"的一个样本,当代读者所感到的隔膜只是对某种近于"原生态"或者"底本"形态的历史叙述形式及人性表现形式的隔膜。确切地说,王大点的日记所展现的就是其生活方式本身,他所展现的就是他愿意并能够展现出来的全部,或许他也有某种形式的"内心生活",但他对此并不关心,因而也无从表现。不管是否有意为之(考虑到他的文化水平,这一点可能性似乎不大),至少从日记的叙述层面来看,由于几乎不受"前见"或固有观念的影响和控制(更可能的是,他根本不具有这类的观念,甚至如儒家的思想观念),他很少进行理性的判断与分析(更可能的是没有这样的能力),始终停留在较浅而不明晰的意识层面上,所存留下来文字记录也基本上属于感官印象层次的。

因此,这一日记也可以看做是某种粗糙形态的"生活流"或者"意识流"作品。作品的主人公从早晨睁开眼就投入了一天紧张的生活流动之中,他不知疲倦地行走在城市的各个角落,其敏感的视觉和听觉不放过发生在身边的任何一件有趣的事情。有时他"闻"风而"动",去"瞧看",大都能"看个正着"。但也有去晚了的遗憾:"早闻得昨晚东麟堂义和团西坛上捆一绳匠户同居住之教洋书鬼子王,东坛上擒一兴胜寺居[住之]前惜字馆看馆朱八,均在灶君庙后身杀砍;我赴其处瞧看,已经理了";(100)有时则运气更差,兴冲冲去了却扑了个空:"闻得武卫军拴来小鬼子一个,上梁家园瞧看,无。"(101)他更多的时候则是到处闲逛,随意地"瞧看",看到刺激的事情就很兴奋,然后就记下来。日记中出现频率最高的词汇和短语就是关于视觉的"瞧看"和关于听觉的"闻得"。比如他"瞧众人抢夺","瞧看尸身","瞧看人头滚滚","由梁家园瞧看武卫军","往桥东瞧","又往北瞧",又"往南跟随瞧看",又"早上西市瞧热闹"。总之,他瞧,他瞧,他还是瞧,他兴奋地一路"瞧看过去","瞧"得如醉如痴,难以自持。试看他所"瞧看"的一个场面:

闻云阳有差,我一人赶紧赴骡马市西瞧看,果搭芦棚,有瞧热闹之人不少。又往北信步游行,雨蒙,在瑞露居避雨,门外台阶歇坐。又遇冯三、同郭八,彼此谈论片刻,同冯三往南,与郭八冲散,至鹤年堂门口站瞧,众人拥挤不透。少顷,犯官车到,当差获决不少,西便门外核桃窑刑部驻扎之义和团,门旗分为左右;犯官三名:都察院总宪署兵部尚书徐用仪、内阁侍读学士连[联]元、户部尚书立山,俱六旬

第二章 自我意识与近代中国自传

以外,品貌端正,均斩枭正法;监斩大员刑部左侍郎徐承煜。差毕,唯立山之首级茶盏托着。又瞧犯官尸身,彼时连[联]元首级缝呢。瞧热闹人人可惨!回家已掌灯矣。(112)

尽管他的描绘总的来说是粗线条的,但也有令人毛骨悚然的细节描写,比如将联元的尸首缝合在一起,因此也足够震撼。或许正是由于是粗线条的勾勒他的叙述才显得更有真实感。不过他的叙述给人印象最深的恐怕还是他的冷漠而无动于衷的语气,甚至连"人人可惨"这唯一表示情感反应的词语也可能只是他对其他瞧热闹者的观察,而并不一定是他的感受。

当然他也并非如有人所言全然冷漠,日记中也有一些情感流露,比如北京城破之后,他在描述众多逃荒者的惨状之后就感叹道:"似此荒涸,情犹可悯!"(112)但这样的时刻是很罕见的。他的"麻木"确实令人感到有些意外。美国洋人闯入他家拿走了他"约值十二两银物件",他不生气。他还热心地将印度兵和德国兵引领到中国妓馆,并带着几分得意地留下了"哄他多时,又给我花生食"的记录。(119)难怪有批评者批评他,"不仅为入侵者嫖妓引路,还食人花生,如此之国民岂知有国?这便是大清国当时国民的精神状态。"①

他不光"瞧看",他还趁乱抢了不少东西。实际上,他所自编的日记开篇便"抢"作一团:"五月二十五日,天气晴热。早洗脸毕,意往西市买菜,行骡马市。西头路北广升洋广杂货客栈,昨晚被抢,今早还抢,诸人纷纷乱夺,我得木板一块,持回至家。又志文找,又同上西被抢伊店,又瞧众人抢夺,复得劈柴木板等物持家,让志文在家食饭。"(98)北京城破之后,他抢得更起劲儿,"闻五道庙宝全被劫,我至其处,人纷拥挤,抢掠衣物,得皮衣二件,持家。少顷,将彼后院坑埋放瓷锡器。同院邻赵家、韩家、北迤范家,推一小车,彼此逃命出城",并且他还常常杀个回马枪,来个"二次革命":"出口外,不料与众失散。我又至宝全,复[得]旧皮衣二件。"(115)

事情至此就有些滑稽了,"一场我们教科书上讲的轰轰烈烈的反帝爱国运动,一次惨惨烈烈的帝国主义入侵,在王大点的眼里,只不过是平添了些看热闹和拣便宜的机会而已"②。当然,王大点并算不上坏人。因为

---

① 罗以民:《日记与史学(代序)》,载《书屋》,2002(12)。
② 张鸣:《世纪末的看客》,载《读书》,1999(2),第159页。

"在这场大动乱中,他没有伤害过任何人,顺点东西,也是在别人动手后拣点剩的……洋人占领北京之后,他熟识的街坊邻居中有做过义和团的,吓得不敢出门。他既没有向洋人告发(至少可以捞几文赏钱),也没有借机敲诈(以他衙役的身份,完全可以)。"①甚至他的一个入过义和团的朋友张三被另一朋友小朱向洋人告密(时人之道德品质由此可见一斑),他还从中斡旋,最终和平解决了此事,显示了他与人为善的一面。(120—121)另外,日记中的若干记载也显示出他虽然是一个文化程度不高的人,但总的来说还算勤奋好学,他抢过书,但也买书,几乎每天都记日记,洋人进城之后他还刻苦学习外语,如德语、英语等(估计是工作需要)。②

但王大点又为何有意地甚至执意地要留下这么一个在我们看来并不"体面"的关于历史和自我的记录呢(他甚至还为其写了序言)?现在已经很难推测其真正动机了。但无论如何,他留下了自己的日记本身似乎就是一件很有意义的事情。在日记中他从自己的视角(不管他有意还是无意)为历史照相,也为自己照相,可算是"立此存照"吧。站在今天的角度看,这一行为可说是充满了反讽意味。这反讽不仅指向王大点自己的"自我",也指向今天批判、反思他的这一自我的"我们"的"自我"。它当然首先暴露和反讽了作者自己,为"我们"批判国民"看客心态"以及其他"劣根性"留下了一份生动活泼的材料,但同时这一作品也隐含着对当时的以及后来所有的知识分子及政治家们的启蒙心态的反讽。王大点当然是历史"看客",但他也有自己的特殊的"看"历史的角度,而对于他的批评,归根结底其实也就是一个"看"的角度的问题。从某种意义上说,谁又不是历史的"看客"呢?刘大鹏、恽毓鼎乃至康、梁,他们"看"的方式难道真的就更为高明和真实吗?

似乎可以认为,王大点在日记中以自己的更具原生态的生活方式和更具原生态的记录历史的方式对几乎所有的"启蒙者"构成了某种挑战姿态。归根到底,谁又有"启蒙"的真正资格呢?如果这"被蒙者"并不自以为生活于"蒙蔽"中,甚至根本就不关心是否何谓"被蒙蔽",而"启蒙者"自己事实上又并非圣人、先知或救世主,也并没有一种自己也有可能被其所处的时代和历史所"蒙蔽"的清醒意识,那么这"启蒙"还"启"得起来吗?

---

① 张鸣:《世纪末的看客》,载《读书》,1999(2),第159页。
② 庚子年十月十七日、十八日、十九日、二十五日、二十六日均有"抄订"洋语的纪录。参见《王大点庚子日记》,第121—122页。

当然这并不是对于"启蒙"意义的否定,而是对于"启蒙行为"的潜在危险性的某种提醒。或许正如邓晓芒指出,"启蒙"往往表现了"启蒙者"的某种"反启蒙心态"。① 事实上,"启蒙者"自己就往往容易沉溺在自我的某种不切实际、无关现实的幻想中难以自拔,乐于预设并"神化"某种对于历史和人性的"想象",并据此对现实的历史和人性进行规范甚至"格式化"。在某些特殊的历史境遇下,这样的"想象"比起王大点们的"缺乏想象"更容易造成灾难性的后果。或许更让启蒙者们感到不知所措乃至十分孤独的一个可能的事实是,政治家和知识分子怎么"想"和"看",王大点们根本就不关心。

---

① 邓晓芒:《新批判主义》,北京大学出版社,2008,第51页。

第三章
卡夫卡与他的书

一 理解卡夫卡的方式

1. 卡夫卡是谁?

对于作家与他(她)的书,卡夫卡有一个"理论":"活着的作家同他们的书有一种活的关系,他们本身的存在就是捍卫它们,或者反对它们的斗争。一本书真正独立的生命要在作者死后才表现出来,说得更正确些,要在作者死去一段时间后才表现出来,因为这些血性的人在他们死后还会为他们的书斗争一番。然后书就慢慢地孤单下来,只能依赖自己的心脏的搏动了。"①但这个理论是否适用于卡夫卡,却很让人困惑。卡夫卡去世迄今已经 80 多年了,但他与他的那些"书"仍有一种"活的关系",他既"捍卫"又"反对"它们的斗争仍在继续影响着那些书的"独立的生命"。我的意思是说,他的日记、书信和随笔中所显示出来的自我理解对于我们理解他的作品仍有着巨大的影响。或许卡夫卡更愿意我们读那些他愿意让我们读的那些作品——毕竟他生前留下了烧毁那些他不愿意让我们读的作品的遗嘱,遑论后来由马克斯·布洛德陆续整理出版的日记、书信;或许他更愿意让作品早些"孤单下来",只"依赖自己的心脏的搏动"。但卡夫卡和他的读者却只能接受命运的安排:在可以预见的未来,跳动在他书信、日记、随笔、与青年雅诺施的谈话(还可以加上关于他的诸多传记)中的卡夫卡的心脏还得和他的书的心脏一起跳动:在"奇异"的卡夫卡世界里,"两颗心像一颗心一样跳动"。对某些读者来说,这两颗心其实就是一颗心。余华就说过:"卡夫卡的日记很像是一些互相失去了联系的小说片段,而他的小说《城堡》则像是 K 的漫长到无法结束的日记。"②

---

① 叶廷芳主编:《卡夫卡全集》(10),石家庄:河北教育出版社,1996,第 433 页。
② 余华:《温暖和百感交集的旅程》,上海文艺出版社,2004,第 96—97 页。

可问题仍然是,"如何理解和认识卡夫卡?……哪里是通向卡夫卡心灵'城堡'的路径?从哪里出发能更快捷地走进卡夫卡?"①或许,最恰当的理解卡夫卡的方式就是试图以卡夫卡理解自己的方式去理解他。但要理解卡夫卡理解自己的方式谈何容易,他甚至就干脆否认这一可能性:"我与犹太人有什么共同之处?我与自己几乎都没什么共同之处……"②对卡夫卡的研究总是会遭遇到"卡夫卡式"的挑战,问题于是一再地被推往起点:卡夫卡是谁?或是什么"身份"?

曾艳兵教授是国内卡夫卡研究专家,自然深谙回答这一问题的难度和重要性。其2009年底出版的《卡夫卡研究》集中了作者自1993年来涉足卡夫卡研究的核心成果,是中国"卡夫卡学"的重要展示,也可以看做对这一问题的回答与再回答。该书"题记"显明了作者对卡夫卡的理解及理解的方式,看起来像是作者的精心设计,因此也颇值得细加品味:"这是人类生存的最后一个城堡/这是没有出路的迷宫/这是赤裸灵魂的舞蹈/这是市集闲人的冷眼旁观/这就是卡夫卡的世界/卡夫卡在这里思想/卡夫卡在这里祈祷/让我们走近卡夫卡/去听听他对我们说些什么……"(1)

"最后一个城堡"和"没有出路的迷宫"的并置,使得我们几乎也可以同时将其理解为"没有入口的城堡"和"最初的迷宫"。卡夫卡文学世界作为"终点"与"开端"双重意味已蕴含其中:③"最后一个城堡"像是奥古斯丁"上帝之城"的某个影像;"最初的迷宫"很可能指卡夫卡笔下迷宫般的"地洞",但笔者也联想到了柏拉图笔下的"洞穴—世界"场景——法国学者马特教授在讲述柏拉图故事的开头就写道:"这或许会是卡夫卡的故事……"④他最后还说:"世界的舞台上只有唯一一幕戏,唯一一个主人公:生存的悲剧早已镌刻于洞穴之中,里面只有一个孤独的演员。"⑤

卡夫卡是谁?"赤裸灵魂的舞者"、"一个孤独的演员"?但在作为世

---

① 曾艳兵:《卡夫卡研究》,北京:商务印书馆,2009,第7页。为免繁琐,下文关于本书的引文用括号标明页码,不另注。
② Franz Kafka, *Diaries*, Max Brod ed. New York: Schocken Books, 1976, p.252.
③ 卡夫卡曾说:"和克尔凯郭尔不一样,我没有受那如今已公认松垮弛废的基督教引导而进入生命;也没有像犹太复国主义那样抓住犹太祈祷披肩下摆,而这下摆如今正在飘离我们。我是终点,或是开端。"Franz Kafka, *The Blue Octavo Notebooks*, ed. Max Brod. Exact Change, 1991, p.52. 采用江宁康译文(参见哈罗德·布鲁姆《西方正典》,南京:译林出版社,2005,第361页)。
④ 让-弗朗索瓦·马特:《论柏拉图》,张竝译,上海:华东师范大学出版社,2008,第3页。
⑤ 同上书,第143页。

界缩影的"洞穴"里,那个冷眼旁观着"赤裸灵魂的舞蹈"的"市集闲人"又是什么"身份"?接下来的"思想"和"祈祷"似乎分别对应着"哲人"和"修士",也像是对"市集闲人"真实身份的进一步揭示——马特教授分明有意将卡夫卡和柏拉图的面容叠合在一起:"展开一卷哲人所写的书,我们便展现了隐而未现的回忆,而且我们每一次都会重现洞穴中那个囚徒被遗忘的容颜"①,而刘小枫教授则径直称卡夫卡为"贫乏时代的修士"②。卡夫卡确是足够复杂……

2."心连心"与"手挽手"

在这种复杂性面前谈论卡夫卡,首先保持一种"无知之知"的审慎态度或许是明智而必要的。《卡夫卡研究》的"导言"和前三章对卡夫卡及其文学世界的总体把握就体现了这种审慎。导言中卡夫卡"以痛苦走向世界,以绝望拥抱爱人,以惊恐触摸真实,以毁灭为自己加冕……他属于什么流派,什么'主义'?他什么都不是……他的创作完成了他自己"的论断可以说是全书的总纲(3):作者既努力在对卡夫卡的总体论述中保持总体性视野,也力求在对各个专题式的探讨及具体作品的解读中构建卡夫卡世界的总体性联系,尽力避免以某种理论框架对其进行"领土化/殖民化"。卡夫卡"什么都不是",又"什么都是",但无论"是"还是"不是",都需要借助作品进一步加以界定和分析。这也正是全书为自己设定并将要完成的任务。

在这种对卡夫卡进行整体性理解的努力中,我们大致可以辨认出两种相互补充、相互渗透的阐释方式。一种可以称为"心连着心的阐释"(两颗心像一颗心一样跳动),这一方式主要体现在对卡夫卡"所是"的论析中:前三章所提出的关于卡夫卡是一个"无家可归的异乡人"、他的文学是一个"卡住的世界"和一个"捏着生命痛处的寓言"的论断无不立足于卡夫卡的作品(包括日记和书信),力图以卡夫卡理解自身的方式去理解卡夫卡;另一种可以称之为"手挽着手的阐释",主要体现在对卡夫卡"所不是"的论析中——他不属于什么流派和主义,但不意味着他和那些主义和流派及其他作家没有联系,从这些联系中可以更深入地辨识出其"所是"——在此意义上卡夫卡和犹太文化、语言问题与后现代性"手挽着手"

---

① 让-弗朗索瓦·马特:《论柏拉图》,张竝译,上海:华东师范大学出版社,2008,第3页。
② 刘小枫:《沉重的肉身》,上海人民出版社,1999,第218页。

(四、五、六章),和中国文化与文学"手挽着手"(二十一至二十五章),和克尔凯郭尔(又译:基尔克果)、尼采、陀思妥耶夫斯基、弗洛伊德等"手挽着手"(十七至二十章),其目的地同样是卡夫卡心灵和文学的"城堡"。

在全书的大部分篇幅中,作者对卡夫卡与世界、卡夫卡与他的爱人及朋友、卡夫卡与他自己、卡夫卡与他的文学、卡夫卡与其他"作家"的阐释都"心连着心"、"手挽着手",以一种近于"卡夫卡式"的方式引领读者游历"迷宫"和"城堡"。作者深谙解释之道,深知通向卡夫卡世界的旅途虽没有捷径,但总体的理解却能使读者不致迷失方向;作者也深知,总体理解所包含的内部张力又将驱使读者走向更幽深迷人的卡夫卡世界的风景区。除了"题记"所设置的暧昧路标,其余各章的设置也颇具匠心。前三章对卡夫卡的总体解释实际上蕴含着反解释的巨大反弹力,而由此接下来的四、五、六章可以看做对前三章的"修正"。这部分内容试图分别从"犹太文化"、"语言问题"和"后现代性"等角度为卡夫卡进行文化寻根与理论解说:文化寻根使得卡夫卡这个"无家可归的异乡人"站在了"坚实的土地上",后现代的理论解说使得"卡住的世界"获得了特殊的"疏通"。但也可以认为这种解说本身也具有卡夫卡式的特点——这三种角度所包含的问题显得既"外在"又"内在"于卡夫卡的文学:一方面,似乎是从卡夫卡作品的隐秘处"走出"了研究者今天所关心的那些问题,而那些问题最终还将"回到"他作品的隐秘之处,并在这一隐秘之中隐藏自身——谁又能真正说清楚"犹太文化"、"语言问题"、"后现代性"这些问题的来龙去脉呢,尤其当这些还深深地纠缠在一起的时候?——另一方面,似乎又是我们今天所关心的那些问题"召唤"了卡夫卡的作品,就如著者所言:"卡夫卡一不留意便给今日的后现代主义理论家提供了绝妙的分析文本。"(128、461)

3. "写在纸上的东西是不会变的"

后现代主义理论对卡夫卡的"召唤"让我想起卡夫卡的一个说法:"一个笼子在寻找一只鸟。"[①]这可以看做是一种诱惑。曾艳兵教授对后现代主义理论十分熟悉,出版过《东方后现代》和《西方后现代主义文学研究》等专著,可以说也是"后现代主义理论家"。这不禁会让读者心生疑虑:"手挽着手的阐释"是否会有意无意地"携手"走进后现代的"语言铁笼"?

---

① 叶廷芳主编:《卡夫卡全集》(5),第5页。

但七至十六章的文本分析会打消读者的疑虑。这一板块解读了卡夫卡的不少重要作品,包括三部长篇《美国》、《诉讼》、《城堡》以及《变形记》、《判决》、《饥饿艺术家》等短篇名作;对与中国有关的三篇小说《一次战斗纪实》、《万里长城建造时》和《往事一页》的解读曾收入作者《卡夫卡与中国文化》一书,此次和其他作品的解读安排在一起,编排形式的变化产生了某种陌生化的阅读体验,卡夫卡作品的丰富性便得到了更有立体感也更具整体性的透视。作者在对卡夫卡作品进行分析时总是紧扣文本,并结合相关历史、宗教、哲学、文化背景与卡夫卡自传及传记资料等传统方法进行论证。后现代主义理论在作者的卡夫卡阐释中始终是一个"朋友",发挥着其恰如其分的解释力,有效地将对文本的解释引向深入。这一特点尤其体现在"后现代色彩"最明显的第十二章"作为颠覆性阅读的创作"中。

在此稍微展开谈谈该章中对卡夫卡《塞壬的沉默》的解读。卡夫卡的这一作品国内外学者也都有不少专门探讨,但从理解的总体性和深度方面来看,笔者觉得都不如此书的解析完整、透彻。卡夫卡的这一作品对荷马史诗《奥德赛》相关情节的改造是容易看出的,但从叙事视角的变幻不定来分析这一文本所暗示出的文学叙事的不可靠性,如果没有深厚的后现代主义叙事理论功底则很难做到——后现代叙事理论所关注的"谁在说"与"如何说"(而不是"说了什么")的问题显然与作者对这一作品的解读"手挽着手"。正如书中所言:"一旦我们开始怀疑奥德修斯讲故事的资格,我们也就必然怀疑他所讲述的故事的真实性。"(208)从后现代叙事理论角度来解读这一文本是切合作品实际的;但这一点如何与卡夫卡本人的"意图"进行链接和印证?如果卡夫卡不是"有意识地"这样做,这将与前面所称赞的卡夫卡的"胆量和他高超的叙述技巧"构成矛盾——像卡夫卡笔下的塞壬的情况一样,"无意识"的叙述也会取消卡夫卡"做证人的资格","消解"他的"经验"(201)。

作者的过人之处也正是表现在这一点上。通过对卡夫卡阅读方式的考察,作者发现:"卡夫卡有意忽略了荷马文本的内容,就像奥德修斯顺利避开了塞壬的沉默"(212),"卡夫卡能够熟读古代经典,而又避开它的意义,不受它的影响,就像奥德修斯既能欣赏到女妖迷人的歌声,而又不至于被她们吞噬一样"(213)。这其实也正是卡夫卡的"夫子自道":"要是人们想干一件事情,那些在内容上与人们想干的事情毫不相干的书,偏偏是最有用的。……他可以带着这些想法去浏览这本书,我想说,就像犹太人当初渡过红海似的。"(212)可以认为,就像奥德修斯带着自己那些"连命运女神也捉摸不透"的想法避开了塞壬的诱惑,卡夫卡也带着自己的诸多"想法"渡过了他人生"大海"中一段"危险的旅程"——作者发现,就在这一年,卡夫卡为了写作,"抵挡住了各种诱惑,决然地与自己恋爱了五年的菲莉斯分手了"(207);而离开了菲莉斯的卡夫卡对于"阅读"和"写作"的"想法"同样也是"捉摸不透"的:"就像一种自杀一样,一本书必须是一把能劈开我们心中冰封的大海的斧子"——当然,我们也可以追问下去:去"冰封的海面之下"干什么呢?莫非恰是为了倾听更为真实的"塞壬的歌声"?写作了《塞壬的沉默》的卡夫卡真的避开了塞壬沉默歌声的危险么?从解读中浮现出的这些问题本身就足以表明,作者结合了传记式的"心连着心"的考察与"手挽着手"的阐释策略确实走到了卡夫卡文学世界的深处,像《城堡》中的土地测量员 K 一样,作者也对卡夫卡文学空间之摇摆不定的边界进行了"大胆"和"高超"的"测量"。

诚如叶廷芳先生在序言中所说,《卡夫卡研究》内容丰富,填补了国内卡夫卡研究的诸多空白。而如前所述,此书在结构上也有着精心的安排,在这一问题上笔者倒觉得叶先生关于此书有些"庞杂"的意见可以商榷。当然,作为一项长达 15 年的"分段建筑"的工程,尽管著者做了许多技术性的处理,但书中仍难免存在着一些交错或重合的内容(如关于卡夫卡作品"寓言性"的解释),叶先生所留下的"庞杂"印象可能由此而来;从另一个角度说,这种交错和重合也是"心连着心的阐释"和"手挽着手的阐释"的交错和重合所致。

这种交错和重合也恰好说明卡夫卡与他的文学是复杂的,而大凡复杂的东西就会有诱惑和危险。"后记"中所浮现出来的著者的面容是孤独而动人的:"夜深人静,我常常对着卡夫卡的照片入迷,希望他对我能说些什么,希望能听到点什么。"著者还表达了这样的担心:"任何人一旦走进了卡夫卡这道门,他是否还能摸索着走出来,而走进去和走出来的人是否还是同一个人?"好在,卡夫卡笔下的神父早就对约瑟夫·K 说过:"写在纸上的东西是不会变的,不同的理解只是反映了人们的困惑。"他还对 K 说:"法院是不会向你提要求的。你来,它就接待你,你去,它也不留你。"[①]这样的看法真让人感到温暖。

---

① 叶廷芳主编:《卡夫卡全集》(3),第 175、178 页。

二 卡夫卡的存在之路

捷克作家克里玛曾说:"卡夫卡是作为一种专注偏执的人出现的。和历史的风云激荡比较起来,卡夫卡提供的经验是微不足道的。和丰富多样的生活比较起来,他所描绘的图像是微型的和苍白无力的。而当所有的人相信他找到了回答宇宙意义的问题的答案时,卡夫卡的主人公徒劳地想要回答最普通的问题,想要超越他们的生活空间,似乎显得太真实了。但是这正是卡夫卡通过现代人的最基本的经验和情感取得自己道路的方式。"[1]这就是说,卡夫卡对人生与存在意义的把握是以一种纯粹个人的专注偏执的方式来进行的;又因为这种把握是以现代人最基本的经验和情感来取得的,因而是真实的。"荒诞"可以说是现代人最基本的生存体验和情感经验,也正是从这里,卡夫卡开始了自己的道路——存在与信仰之路。

1. 荒诞与选择

"荒诞"是存在主义的一个重要概念。加缪的思想一般被概括为"荒诞哲学",而在萨特那里,"荒诞"更成为一种存在的体验,是存在的绝对性质——人被抛入了荒诞的世界。显然不能说卡夫卡的创作受了存在主义的影响,但另一方面,在卡夫卡的创作中,克尔凯郭尔、陀思妥耶夫斯基、叔本华和尼采的影响则是肯定的,而他们的思想中已经包含了后来被称为"存在主义"所展开的那些大致思想倾向。实际上,W.考夫曼早就指出:"卡夫卡介于尼采和存在主义各家之间,他描绘出海德格(尔)在《存在与时间》中所说的人被'抛入'世界,沙(萨)特的无神世界,以及卡(加)缪的荒谬世界。"[2]这里不拟对卡夫卡文学世界中的"荒诞"主题与存在主义的关系作具体的分析,而只是把"荒诞"当做卡夫卡面临的一种生存境况和置身于其中的一种生命体验,当做给他在"世界"与"自我"之间的选择所提供的一个历史与逻辑的情境。

"这世界(F 是它的代表)和我的自我在难解难分的搏斗,看来非撕碎

---

[1] 克里玛:《布拉格精神》,崔卫平译,北京:作家出版社,1998,第222页。
[2] 考夫曼:《存在主义》,陈鼓应等译,北京:商务印书馆,1987,第122页。

我的躯体不可。"①卡夫卡的这句话形象地表明了他的内心世界同外部世界之间的关系：搏斗。它表明了卡夫卡对通往自身存在之路的一种选择困境。在卡夫卡看来，身外的这个世界是没有意义的，是荒诞的，我们甚至不能通过对外在的行动的选择来确定我的存在的意义（这一点与萨特不同）；而对于我们的内心能否支撑起生命意义的沉重，他也是犹疑不决的。应当说，"荒诞"是卡夫卡文学创作的总体特征之一，而在其早期作品《观察》中，则集中体现了他在面对"荒诞"时的犹豫彷徨以及犹豫彷徨之后的最终选择。这些作品大多表现了"我"对外在世界的"恶心感"与拒斥，"我"最终回到自己的内心中，肯定了对"孤独"的选择。《揭穿拙劣的骗子》写的是"他者的目光"对"我"的控制，"他们既不坐下，也不倒下，而是用目光死死地盯住你，尽管这目光从远处射来，但它总是充满了自信心……"生活想要把"我"诱惑进荒诞的漩涡中，"我"则揭去了生活虚伪的面纱，摆脱了它无意义的纠缠："我终于认清你了！"②这篇作品也反映出卡夫卡与萨特存在主义观点的不同。"萨特认为，只有当我意识到他人对我的意识时，我才成为我自己意识的客体，否则我便无法成为自己的客体。这样，自我意识的结构必然是社会性的。但是，由于只能通过他人对我的感知，我才最终成为自己的客体。因此，作为客体的我究竟是什么，这并不取决于我，而是取决于他人。这就是'他人就是地狱'的原因：我的身份，甚至我本身，最终都要依赖于他人。因此，只有通过支配他人，我才能实现我所追求的主体性。"③而卡夫卡则认为，不必通过控制他人即可以实现自己的主体性，因为自我本身即是完整的、自足的。"我"通过走进"自我"就可以走出"他人"的地狱；自我意识的结构不必然是社会性的。

《乘客》对荒诞感的揭示更为明确。"我"对自身的存在"竟一时感到完全不知所措"，"我"和那个姑娘如此现实地站在平台上，抓着皮圈，被车载着走。那个姑娘真实得甚至"仿佛被我触摸过"，她的脸、鼻子两侧的肌肉、头发及耳朵也真实可触。但作者的这些描写使我们感到惊讶，感到荒诞：某种感觉链断裂了，意义被剥离了：这一切是为什么呢？这个陷于因果联系的心灵感到了无因无果的荒诞。在这种情况下，"我"不禁大叫：

---

① 叶廷芳主编：《卡夫卡全集》(5)，第85页。
② 叶廷芳主编：《卡夫卡全集》(1)，第9—10页。
③ 曾艳兵：《面对死亡的沉思：论波伏瓦的〈人都是要死的〉》，柳鸣九主编《"存在"文学与文学中的"存在"》，社会科学文献出版社，1997，第196页。

"我无法为以下一些情况做辩护!"①《下定决心》和《单身汉的不幸》从相反的方向给我们透露了他心灵中的秘密。《下定决心》表达了我走进生活的渴望,《单身汉的不幸》表达了由于拒绝生活所带来的孤独和不幸。但是《下定决心》中的"我"最后仍然决定忍耐生活的纷扰,让它从时间中溜走。而"我"只用手压住那"幽灵般的生活还剩下的东西","扩大那最后的,像坟墓一般的安宁,除此之外什么也别存留下来。"②也就是说,我所需要的只是孤独和宁静——死亡般的孤独和宁静。而《单身汉的不幸》中不幸的单身汉则独自站在那里,"带着一副身躯,一颗真实的脑袋,还有一个前额,那是为了用手在上面捶打。"③这段文字在一种伤感的自嘲与苦涩的幽默之中,自有一种平静的自信和孤傲:毕竟,他拒绝了生活的虚假和荒诞,留下了"一颗真实的脑袋"。考虑到《观察》是散文随笔,因此我们有理由在比卡夫卡的小说的更大程度上把作品的"我"看做卡夫卡。在现实世界与内心世界之间,卡夫卡选择了后者;这不是卡夫卡不渴望生活,恰恰相反,而是因为荒诞的现实生活没有他所渴望的东西。在另外一则笔记中,卡夫卡写道:"从外界,人们总是胜利地用理论把世界压入坑中,自己也一同掉进去。可是,只有从内部才能够维护住自己并且使世界保持平静和真实。"④虽然卡夫卡自称自身与外界的搏斗快要把他的身体撕裂了——他的三次订婚又三次退婚即是这一矛盾在生活中的表现,他还是作出了选择:"你没有走出屋子的必要。你就坐在你的桌旁倾听吧,甚至倾听也不必,仅仅等待着就行。甚至等待也不必,保持完全的安静和孤独好了。这世界将会在你面前褪去外壳,它不会别的,它将飘飘然地在你面前扭动。"⑤

余华认为,卡夫卡是"一位现实的故人",并且,"卡夫卡对现实的仇恨源于自己的内心"。⑥ 在一种相对的意义上,这是有道理的。卡夫卡确实比其他作家更加敏感地感受到生活的荒诞和可怕。但若忽视了卡夫卡与时代精神,与布拉格的生存环境,与家庭的关系这些因素,恐怕也不能完

---

① 叶廷芳主编:《卡夫卡全集》(1),第 22 页。
② 同上书,第 13 页。
③ 同上书,第 15 页。
④ 叶廷芳主编:《卡夫卡全集》(5),第 33 页。
⑤ 同上书,第 15 页。
⑥ 余华:《布尔加科夫与〈大师与玛格里特〉》,祝勇编《重读大师》,人民文学出版社,1999,第 266 页。

整地说明他的选择的内在依据。或许我们可以说,正是现实生活的荒诞"刀剑"的逼近,才迫使卡夫卡选择了内在的真实;同时,荒诞也成为卡夫卡文学创作的灵感和源泉。

2. "每一阵疼痛都在来回游动"

卡夫卡在给未婚妻朱丽叶的妹妹的一封信中写道:"那些事情已经是,而且永远是过去的事情,而疼痛的形式却保留了下来。这是一条地地道道的创伤渠道,在渠道里,每一阵疼痛都在来回游动。"[①]这句话可以作为他所有作品的注脚:"疼痛"奠定了他所有作品的基调。《判决》里"游动"的是对"父亲权威"的疼痛;《审判》里"游动"的是对无法解脱的"罪感"的疼痛;《城堡》里则是对近在咫尺却不得其门而入的疼痛。在卡夫卡的笔下,疼痛具有了某种更为深远和本质的意义。疼痛是一种缺失性体验。对卡夫卡而言,疼痛来源于外部世界某种价值和意义的失缺,也来源于其内心所无法承担又不得不承担的生命存在的沉重。疼痛是卡夫卡选择的孤独所必然要面对的一种生存状态和必然要经受的一种"炼狱"般的生命体验。而在短篇小说《乡村医生》中,这种疼痛更是以一种幽默的面容浮现出来,有着"花朵一样"致命伤口的病人说:"我总满足,我带着一个漂亮的伤口来到这个世界上。这是我的全部装饰。"在卡夫卡这里,"伤口"不但是生命的必然的"礼物",而且还是对生命的游戏与幽默,只是这种幽默不是黑色的冷漠,或可称为"血色幽默"。

克尔凯郭尔把人的存在情态(可能性)分为三个阶段:美感阶段、伦理阶段和宗教阶段(这与宗教有关,但主要指的是一种超越性的、追求形而上价值的存在情态)。在克尔凯郭尔看来,这三种存在存在情态的层次越来越高,从一种情态到另一种情态的过渡是一个质的飞跃,而其中起作用的则是人基于非理性的自由意志所作出的选择和决断。[②]且不论克尔凯郭尔的划分是否具有普遍的适用性,但至少是适用于卡夫卡的。美感阶段可视为他对自身存在状况的观照。在外界与内心之间,他选择了内心,这样他首先且主要面对的就是对孤独感及与此相关的恐惧感的体验;伦

---

① Franz Kafka, *Letters to Friends, Family, and Editors*, trans. Richard and Clara Winston, John Calder Publishers Ltd, 1978, p.216. 原句为一个长句子的一部分,此处引文据周建明中译文。参克劳斯·瓦根巴赫:《卡夫卡传》,周建明译,北京十月文艺出版社,1988,第123页。

② 解志熙:《生的执著:存在主义与中国现代文学》,人民文学出版社,1997,第17页。

理阶段则主要为卡夫卡作为一个肉身的存在而不得不体验和进入的道德困境。这种困境主要是关于他个人的,因此他的善恶之思主要具有私人的意义;宗教阶段则体现为卡夫卡对整体的生存困境所产生的一种终极的超越冲动。卡夫卡在日记中写道:"我依旧能从像《乡村医生》这类作品中感到短暂的满足。但是只有当我一旦能把世界提升到纯粹的、真实的、不可改变的境界之时,我才感到幸福。"①我们可以大致认为《乡村医生》这类作品代表的是卡夫卡对美感阶段及伦理阶段的体验,而他感到幸福的则只是在宗教阶段。事实上,这一阶段的幸福对卡夫卡来说总是若隐若现,他从来也没有确切地把握住它。对他而言,无论是暂时的满足,还是幸福,都是生命不可回避的疼痛。宗教阶段带给他的不是终极的解脱,而是一种形而上意义的疼痛。可以说,疼痛的体验贯穿了卡夫卡在存在情态的三个阶段。

孤独。大概没有比卡夫卡更加惧怕孤独同时也更加沉醉于孤独的作家了。他离开人群,走进他灵魂的"城堡",他无所归依,是一个生活的局外人和异乡者。唯一能包裹住他生命的,只有致命的孤独。他惧怕孤独,所以全身心地投入写作,拯救自己于孤独。对他而言,书应是"一把能击碎我们心中冰海的利斧",而写作则是"一种祈祷的方式"。他的一生既抗拒孤独又沉醉于孤独。他说:"我经常想,我最理想的生活方式是带着纸笔和一盏灯待在一个宽敞的闭门掩户的地窖最里面的一间里。饭由人送来,饭放在离我这间很远的第一道门后。穿着睡衣穿过所有的房间去取饭,将是我唯一的散步……那样我将写出怎样的作品来呀!"②孤独是卡夫卡的灵魂的全部重量,它的重量使得卡夫卡的生活和艺术合而为一了。《变形记》虽然被普遍认为写的是"异化"的主题,但作者着墨最多的却是人变成虫后致命的孤独。正如曾艳兵先生所言:"主人公既是人又是虫,但他体验的却是人与虫双面的痛苦;他既不是人,又不是虫,他远离人与虫的世界,无所归属,只落得凄凉地死去。"③"人变成虫"是人的心灵"孤独"的外化。卡夫卡在一封信中说:"我正在读一本关于西藏的书。读到对西藏边境山中一个村落的描写时,我的心突然痛楚起来。这村庄在那

---

① 卡夫卡 1917 年 9 月 25 日日记,据汤永宽译文(《卡夫卡传》,马克斯·布洛德著,漓江出版社,1999,扉页)。另参见《卡夫卡全集》(6),第 421 页。
② 叶廷芳主编:《卡夫卡全集》(9),第 214 页。
③ 参见曾艳兵:《一个捏着生命痛处的寓言》,载《国外文学》,1999(2)。

里显得那么孤零零,几乎与世隔绝,……"①孤独是一种疼痛,疼痛是对孤独的一种理解。这种理解同时也是卡夫卡对生活与生命的理解。正如卡夫卡选择了孤独一样,他在选择了孤独的同时也选择了孤独所带给他的疼痛。

卡夫卡所选择的孤独使他成为一个现实的仇恨者。在他病入膏肓的晚年,出版社给他寄来了《饥饿艺术家》的校样,病榻上的卡夫卡读着这篇小说,不禁泪流满面。他用孤独对抗现实,跟随孤独,进入孤独,就像进入一个孤独的"寓言",最终"寓言"式的赢得了对现实的胜利。他"捏"着他的"孤独"一边把玩着,一边却在疼痛。他生命最后的泪水,既是他对自己孤独的胜利的欣慰,也是为孤独付出的代价的怅惘和疼痛,同时也是和生活与人群的和解。

罪感。卡夫卡是一个道德感极强的作家。他有自己的道德准则。卡夫卡曾亲自拟定了一组打算发表的笔记。马克斯·布洛德后来发表时把它定名为《对罪愆、苦难、希望和真正的道路的观察》。其主要内容即是对作为个体的自我的道德追问。卡夫卡是一个把自我的孤独当做目的来生存的人,而孤独则意味着和人群的隔绝。没有了人群,卡夫卡这个"个人"还会有伦理问题吗?事实上,他的孤独增加了他遭遇道德问题的可能性而不是相反。康德的经典伦理学认为,要永远把别人当做目的,不要把别人当做手段。首先作为一个肉身存在并且以孤独为目的的卡夫卡在试图满足肉身的需要时将不得不面对将对方手段化的道德危险。"既想孤独,又想有一个女人在身边。这就是卡夫卡的身体感觉悖论。"②所以,在其私人意义上,《审判》、《在流放地》都可以看做卡夫卡对自身伦理之痛的艺术表现。"罪"之痛是卡夫卡在道德超越的追求中解不开的一个结。另外,卡夫卡的道德追问还上升到了某种普遍性的高度。这就是他对整个世界的道德判断:"有罪的是我们所处的境况,与罪过无关。"③"一只笼子在寻找一只鸟。"④《审判》不仅是卡夫卡的自我"审判",也是对整个世界的"审判"。

信仰。这里有两层意思,一是作为具有宗教意味的艺术追求所带来

---

① 叶廷芳主编:《卡夫卡全集》(10),第 242 页。
② 刘小枫:《一片秋天枯叶上的湿润经脉》,《沉重的肉身》,上海人民出版社,1999,第 185 页。
③ 叶廷芳主编:《卡夫卡全集》(5),第 11 页。
④ 同上书,第 5 页。

的疼痛;二是对作为信仰的终极追求所带来的疼痛。《最初的痛苦》、《饥饿艺术家》、《女歌手,约瑟芬或耗子民族》等作品表达的是第一种意义上的疼痛。写作支撑起卡夫卡生命存在意义的沉重,同时又消解了他作为肉身的生命。那么,写作是否拯救了他的完整意义上的生命呢?《城堡》表达了第二种意义上的疼痛:终极追求之痛。K 所追求的是其形而上欲望的幻影。K 也知道他所追求的"天堂"是虚无空洞的幻景。从他迈向城堡的第一步起,一场具有形而上意味的疼痛的游戏就开始了。疼痛是追求"无"之信仰必然面对的体验,或者说,"无"作为信仰,本来就是疼痛的信仰;但它仍然是信仰。卡夫卡说:"善在某种意义上是绝望的表现。"①其实,也可以反过来说:绝望在某种意义上何尝不是善的表现呢?

卡夫卡曾经说:"有一个寓言,正捏着生命的痛处。"卡夫卡就是这个"疼痛"的寓言。他用他的创作捏到了生命的痛处。② 他的"疼痛"使我们惊讶地发现我们的生命原来是一个遍体鳞伤的生命。他让我们知道,我们可以消解历史,消解爱情,但我们却无法消解疼痛;尽管我们在这个最多疼痛的时代里尽力逃避着疼痛。

3. 死亡之醉与存在之思

在被视为是其长篇小说《审判》的大致轮廓的一个短篇小说中,卡夫卡讲述了约瑟夫·K 的一个梦。而这篇小说的题目就叫做《一场梦》。小说写了约瑟夫对死亡的陶醉。其实,这里的约瑟夫就是卡夫卡,至少在对死亡的陶醉这一方面来说是这样;或者说卡夫卡与 K 都在死亡中感到一种奇异的陶醉。卡夫卡在他的《城堡》中也曾以一种隐喻象征的方式描绘了对死亡的这种陶醉:"K 只觉得自己迷了路,或者进入了一个奇异的国度,比人类曾经到过的任何国度都远,这个国度是那么奇异,甚至连空气跟他故乡的都不大相同。在这儿,一个人可能会因为这种奇异而死去,可是这种奇异又是这么富于魅力,使你只能往前走,让自己越迷越深。"③从这个意义上说,卡夫卡小说中的主人公多以死亡为结局或许并非是偶然的。《判决》中的格奥尔格在听到父亲对他的死亡判决之后,就跑着出去投水自杀了。他轻轻喊道:"亲爱的爸爸妈妈,我可是一直爱着你们的

---

① 叶廷芳主编:《卡夫卡全集》(5),第 6 页。
② 曾艳兵:《一个捏着生命痛处的寓言》,载《国外文学》,1999(2)。
③ 卡夫卡:《城堡》,汤永宽译,上海译文出版社,1997,第 46 页。

呀。"变为甲虫之后被家人遗弃的格里高尔带着背上的烂苹果平静而温暖地死去了;死去的时候"他怀着温情和爱意回想着他全家的人"。

卡夫卡曾经说过:"我们的拯救是死亡,但不是这个死亡。"[①]可见,在卡夫卡那里,某种"死亡"是有着拯救意义的。那么,作为拯救意义的死亡究竟是什么呢?海德格尔认为,正如人的存在有"非本真"和"本真"两种样式,人的"死亡"也有"非本真"和"本真"两种样式。"非本真的死"即是自然的、生物学意义上的死,这是一种与作为"此在"的自我无关的一种状态,它外在于"此在"的所有可能性:我永远也不会体验到我的死亡。"本真的死"即是作为"此在"最本己的可能性的死。本真的存在即"先行到死亡中"的向死而在。这样,对死亡的沉思就成了对存在的沉思,并且在沉思中承担起生命的意义,获得自身本真的全体的在。或许这就是卡夫卡所说的具有"拯救"意味的"死亡"吧。K走向城堡,就是走向"死亡",走向"存在"。他永远也不能走进城堡,正如他永远也不能走进自己的死亡。但他一直执著地"走",在"走"中追求,在"走"中获得本真的全体的在。

卡夫卡对死亡的陶醉来自于他在人群与孤独、世界与内心之间的自由选择。他选择了内心的孤独,同时也选择了孤独带给他的对于死亡的沉思与领悟,他接受了他选择的孤独所带给他的一切。正如他所说:"我对什么事情都说同意,这样,痛苦就变成了魔术,还有死亡,它只是甜蜜生活的组成部分。"[②]一个把生命中的疼痛与痛苦看做魔术因而游戏着疼痛与痛苦的人,一个把死亡看做是甜蜜生活组成部分的人,是悲观主义者呢,抑或是乐观主义者?悲观或是乐观,对卡夫卡而言并不意味着什么,这两个词的意义已经被卡夫卡的语言所编织的"死亡"摧毁了,粉碎了。"死亡"在卡夫卡的笔下已经成为一个纯然的"个人的体验",成为一张借以打捞生命意义的巨大无边的网。卡夫卡热爱生命,但却在对死亡的渴望中得到了更大的乐趣。他说:"在去死亡的途中有多少站呢?火车走得多慢。"[③]"总是渴望死,然而这种死的渴望又总是维持着自己活着。只有这才是爱。"[④]

在一篇叫做《假死》的随笔中,卡夫卡写道:"有时我们会希望在保证

---

① 叶廷芳主编:《卡夫卡全集》(5),第77页。
② 同上书,第470页。
③ 马克斯·布洛德:《卡夫卡传》,汤永宽译,漓江出版社,1999,第238页。
④ 同上书,第169页。

可以回来的情况下,在'往来自由'的前提下经历假死者的经历或摩西的经历,我们甚至盼望死亡,可是我们从来没有想过活着躺在棺材里或在西奈山上,毫无回来的可能留在那里……"①可见,卡夫卡渴望、陶醉的只是对"死亡"的渴望;他从对"死亡"的渴望的陶醉中获得的是对生命意义的领悟,是对自身"存在"的把握。在他看来,个人的"死亡"是独一无二的,是个人最本质的东西。他说:"在陶醉与死亡这两件事上,我们不能让别人代替自己。"②卡夫卡一辈子没有好好的生活过,他在对"死亡"的渴望中体验着"死亡",也写作着"死亡";然而,在他的晚年,生活的幸福似乎就要降临于他时,生物学意义的死亡却已迫近了他的生命。卡夫卡从未像就要失去生活时这样渴望生活,热爱生活。他病逝的一个月前,当医生告诉他病情有所好转时,"他是多么喜悦以致哭了起来。"③然而死亡最终还是带走了"陶醉于它"的卡夫卡的生命。而卡夫卡在生命的最后时刻也没有忘记以一种残酷的幽默完美地结束对"死亡"的沉思与陶醉:"把我杀死了吧,否则你就是谋杀犯!"④这句话既是对他的医生朋友说的,又是对他的"死神"朋友说的;说得富于挑衅意味而又充满着一种平静的尊严。

海德格尔的学生阿伦特在《何谓存在主义》一文中指出,萨特总是强调存在主义的社会责任,……可是在德国的存在主义者当中,从谢林、尼采到海德格尔,始终有一种不断增长的倾向:要从个人的自我当中去寻求真理,同时离弃"不真实的社会"。⑤ 我们注意到,卡夫卡以一个用德语写作的作家这样一个特殊的身份也加入了这一倾向的流动之中。卡夫卡是以一种完全内在的方式去寻找存在的真理的。对他而言,"信仰"即"存在"。他说:"信仰意味着:解放自己心中的不可摧毁之物,或者说的更正确些:解放自己,或者说的更正确些:存在即不可摧毁,或者说的更正确些:存在。"⑥他认为,真正的"天路历程"只能在"自我"中才能展开,通往最高存在的道路只能在对死亡的陶醉中才能获得。死亡能摧毁一切,但死亡本身是不可摧毁的。而"海德格尔相信,正是死亡以及对死亡的意识,使生命获得了另一种性质。因为,没有死亡也就没有人的本己存在。

---

① 叶廷芳主编:《卡夫卡全集》(5),第 264 页。
② 同上书,第 487 页。
③ 马克斯·布洛德:《卡夫卡传》,第 238 页。
④ 同上书,第 242 页。
⑤ 转引自汪丁丁:《知识,为信仰留余地》,载《读书》,2000(3),第 54 页。
⑥ 叶廷芳主编:《卡夫卡全集》(5),第 46 页。

本己存在仅仅在于对确定无疑,然而又是不确定的死亡的等待与忍耐之中。"①或许正是在这个意义上,刘小枫先生对卡夫卡与海德格尔作了以下的类比:"如果海德格尔确如洛维特所说,是贫乏时代的思想家,卡夫卡就是贫乏时代的修士。尽管他们运用暗示性语言的才能是卓绝的,就思想和信仰的蕴涵而言,都是贫乏时代思想和信仰的写真。"②这段话不是在消极和否定的意义上来说的,当然也不是在与此相反的意义上说的。或许,在这个贫乏时代里,无论是思想还是信仰,都是一件很难的事情。

三 卡夫卡的死亡想象

1. 与死亡的"秘密游戏"

在《与死者协商》中,加拿大当代作家玛格丽特·阿特伍德提出了一个假设:不止是部分,而是所有的叙事体写作,以及或许所有的写作,其深层动机都是来自对"人必有一死"这一点的畏惧和惊迷——想要冒险往地府一游,并将某种事物或某个人带回人世。③ 她举了许多古代和现代文学中的例子来说明这一点。如神话和史诗中的德墨忒耳、俄尔甫斯、奥德修斯、埃涅阿斯都曾下到冥界"与死者协商",试图带回亲人、爱人或者某种神秘的知识;但丁创作《神曲》的主要目的就是为了瞥见死去的贝雅特里采,想在自己的诗作中让她死而复活;老哈姆雷特则从冥界给儿子带去了复仇的诫命;里尔克认为诗人就是可以把冥界知识带回人世的人,诗人的"广大天性来自幽明两界",D·H·劳伦斯则祈祷说:"递给我一朵龙胆,给我一只火把!让我用这花的蓝色火舌指引自己,走下愈来愈黑暗的楼梯,蓝得又黑又蓝,甚至到普西芬妮去的地方……"④

卡夫卡显然也有这种下降到冥界的强烈冲动,说他的文学想象的深层动力就在于此也并不过分。听听他那让人毛骨悚然的文学宣言吧:"写作是……比死亡之睡眠更深的睡眠,正像人们不会也不能将死人从坟墓

---

① 郭宏安、章国锋、王逢振:《二十世纪西方文论研究》,中国社会科学出版社,1997,第188页。
② 刘小枫:《沉重的肉身》,上海人民出版社,1999,第218—219页。
③ 玛格丽特·艾(阿)特伍德:《与死者协商》,严韵译,上海:三联书店,2005,第113页。
④ 同上书,第124—126页。

中拉出来,在夜晚,我不会也不能被从我的写字台前拉开。"①他设想了一个非常宽敞而绝对寂静的墓穴般地窖,从那里他能够下降得更深,"我会从怎样的深处将它们挖掘出来……"②这里的"它们"既指他渴望写出的作品,也指那些他渴望与之亲密接触的冥界幽灵,他似乎想通过写作挖一条通向冥界的通道:"我们在挖巴别的竖井"③,在死者那里或许保存着某种秘密的知识,"我常到死人那儿做客"④,卡夫卡在笔记中写道。

但真的有死者住在那里吗?死者那里真的拥有宝藏吗?阿特伍德说,"死者或许守着宝藏,但这宝藏是无用的,除非它能被带回人世,再度进入时间……"⑤在通向冥界的旅途中,卡夫卡及其作品中人物究竟下降到了多深的深处呢?再度返回时间/世间的他与他们——如果他们还愿意并且能够回来的话——又从那里带回了什么呢?

在进入第一个创作高峰的1914年,卡夫卡确认了想象死亡的能力对他的写作所具有的至关重要的意义,在日记中他写道:"我写下的最好的东西都建立在……有能力满意地面对死亡的基础上。所有这些精美有力的篇章里都处理了某人将死时的情形,……对我来说,由于我相信我应该能够满意地躺在我的死床上,这些场景因此成为了秘密的游戏;事实上,在被表演出来的死亡中我获得了自己的死亡,因此我精心利用了读者对于死亡的注意力(我推想他将在死床上大声地哀悼),从而获得了比他更为清晰的一种对于死亡的理解。"⑥可以认为,"满意地面对死亡的能力"、与死亡的"秘密游戏"、获得"自己的死亡"以及一种"更为清晰的对于死亡的理解",包含着卡夫卡小说世界的一个秘密,也隐藏着他的死亡想象或曰冥界之旅的一条线索。

2. "冥界"之旅(一)

卡夫卡的冥界之旅是以约瑟夫·K的一场梦为起点的。这毫不奇怪,因为除了以做梦和巫术的形式,活人还能以怎样的方式进入"死"的世

---

① Franz Kafka, *Letters to Felice*, eds. Erich Heller & Jügen Born, trans. James Stern Elisabeth Duckworth. New York: Schoken Books, 1973, p.279.
② 叶廷芳主编:《卡夫卡全集》(9),石家庄:河北教育出版社,1996,第213页。
③ 叶廷芳主编:《卡夫卡全集》(5),第236—237页。
④ 叶廷芳主编:《卡夫卡全集》(1),第552页。
⑤ 玛格丽特·艾(阿)特伍德:《与死者协商》,第128页。
⑥ Franz Kafka, *Diaries*, ed. Max Brod. New York: Schocken Books, 1976, p.321.

界呢？这一以《一场梦》为题的小说叙述了约瑟夫·K正在做着的一场梦：他滑行在一条"设计得非常精巧、不切实际地迂回曲折"的道路上，仿佛漂浮在一条湍急的河流上，来到了一座新堆积起来的坟丘前，四周传来风吹旗帜的拍打声和送葬乐队的钟声，两个男人将墓碑砸进地里，一个艺术家在墓碑上写下金光闪闪的大字："这里安息着——"，然后，艺术家用手指挖开了薄土覆盖的坟穴，此时，"K感到被一股轻微的气流从背后推动了一下，随即坠入洞中。可是，当他在下面脑袋还竖立在脖子上便被这看不透的深渊接纳的时候，在上面，他的名字正以巨大的花体字疾书在那块墓碑上。"小说的结尾说，约瑟夫·K"被这景象所陶醉，便醒过来了"。①

但被死亡世界所诱惑的约瑟夫·K真的就此"醒"过来了吗？这一点很难确定。但小说既然写他"正在做梦"（was dreaming）②，因此他的醒来也可能仍是梦中的"醒来"；他可能只是由此而进入了另外一个梦境，在那个梦中，他下降到一个死后的世界里。或许正是在这个意义上，我们可以将长篇小说《审判》所描绘的场景看做他的冥界之旅的继续，看做他继续做下去的一个长长的梦，对他的逮捕、审判和最后处决都是发生在这"另一个世界"的事情。

主人公从梦的通道里下降到死亡世界，在梦的层面上，约瑟夫·K此时虽已死去，但却并不知道自己已经死了，他仍然带着尘世的幻觉继续他的日常生活。他是一家银行的高级职员，在和副经理的明争暗斗中甚至略占上风，但30岁生日早晨突然被宣布逮捕这件事对他却是一个必要的提醒，提醒他已进入了"另一个世界"，他尽可以继续停留在尘世幻觉中，但审判将继续，最后判决随时都会到来。在此之后他的生活开始变得陌生，直到最后完全飘离了他的控制。他证明自己无罪的种种努力恰恰成为对自己种种罪行的有意无意的展示，他所遭遇的这个世界的居民，如看守、监督官、房东太太、比斯特纳小姐、打手、叔父卡尔、胡尔德律师、女仆列妮、商人布洛克、画家蒂托雷里、神父等人则轮番上场，或以身作则、或现身说法、或苦口婆心、或声色俱厉、或循循善诱，对他从各个方面进行了由浅入深的"死亡教育"，以便让他放弃自欺，认识真相，接受这里的"新生活"。他最终意识到，"这个世界"的"逻辑（法）是不可动摇的"，他找不到

---

① 叶廷芳主编：《卡夫卡全集》(1)，第196—198页。
② Franz Kafka, *The Complete Stories*, ed. Nahum N. Glatzer. New York: Schocken Books, 1971, p.399.

可以无罪地活下去的依据——"活"从"死"的角度来看就是根本的罪,但他又无法接受一种有罪的耻辱生活,因此他最终接受"死"的判决就是必然的,但即便这样仍无法摆脱耻辱,因为无法"生"而死去也是一种耻辱,正如小说最后所说,"耻辱在他死后还将持续下去"。①

在这个死亡之梦的框架中,《审判》以精确的细节描写营造出一种冥界的氛围,小说中和法有关的人物似乎都带着一种冥界的气息(残雪称其为"从冥府深处走来的家伙"②),它的发源地就是法院。在小说的第三章里,约瑟夫·K出于好奇,参观了法院的办公室,那里就是一个"死"的模拟世界:长长的走廊里几乎没有光,甚至没有可供呼吸的空气,诚惶诚恐的被告个个好像幽灵。K在这里感到窒息,似乎就要死了,不得不让两个官员架着走在过道里,"他好像置身于一条在大浪中颠簸的船,翻滚的波涛冲击着两边的墙壁,过道深处仿佛传来海水咆哮的声音,过道本身好像要翻转过来,而坐在两边的当事人似乎一会儿被淹没,一会儿又浮出水面。"③直到来到门口,"一股清新的风向他涌来"时,他才似乎活过来,而此时架着他出来的那两个官员却同样无法适应新鲜的空气,那个姑娘在这样的空气中甚至差点昏死过去。生与死两个世界的尖锐对抗和不可通约性,在此通过空气的截然不同得以表达。由于此时的K还没有做好接受"死"的准备,他无法呼吸这里的空气,这个死的世界里的空气是可怕的,它可能随时用翻滚的波涛摧毁生命之舟。

大教堂的神父为约瑟夫·K上了最后一堂死亡教育课,他所引述的那个关于"欺骗"的故事《在法的门前》可以看做一个关于"死"的寓言:法的大门敞开着,但门前有门卫;这一大门不是公共的大门,是专为乡下人而开设的,但乡下人在门前等待了一生都没能得到进去的许可。这个门就是"死"的门,法为每个活着的人都建立了这样一道属于自己的"门","死"就是"生"的法,是"生"的意义的最后规定,但由于"死"的大门无法现实地进入,"生"于是只能以自欺的、想象的方式为自己立法。乡下人用了一生的时间来等待"死",是一种比较平庸乏味的"生"的方式,也可以说是海德格尔式的"向死而生"的一个反讽版本;但他若不顾一切地试图进入

---

① Franz Kafka, *The Trial*, trans. Breon Mitchell. New York: Schocken Book, 1998, p. 231.
② 残雪:《灵魂的城堡:理解卡夫卡》,上海文艺出版社,1998,第143页。
③ 叶廷芳主编:《卡夫卡全集》(3),第60页。

大门,他也只能获得一副"闭上眼睛的图像",他在门内所发现的也只是用想象之光才能勉强照亮的黑暗,因而也只是另一种想象死亡的方式,仍是"自欺",如作品中的 K 所说,"谎言构成了世界的秩序"①。

怀着深深的耻辱感而死去的 K 会不会又一次"被这景象所陶醉,便醒过来了"呢?虽然世界的逻辑(死)捕获了他,但毕竟他反过来也以同样的逻辑捕获了自己的"耻辱",这就是想要活下去的欲望:"虽然世界上的逻辑是不可动摇的,但它无法抗拒一个想活下去的人",②既如此,K 为何一定要抗拒想要将这个"死下去"或者"活下去"的梦继续做下去的愿望呢?其实,将《审判》和《城堡》连接起来的正是那个下降到死亡的梦,那个试图从自我中分离出死亡,进而进入死亡以便最终能够重新与之合二为一的梦。对此残雪看得清楚,"他在自虐的撕裂中体验着完美的梦,那梦就是他本身的一部分"③,《城堡》所写的就是"被审判判处了死刑之后重又复活过来的 K 所做下的事情"④,于是与死亡的"秘密游戏"得以继续进行下去。⑤

3. "冥界"之旅(二)

从《一场梦》到《审判》再到《城堡》,K 以梦的接力的形式更深地进入到死亡的世界,在这个越来越难以深入下去的世界里,在他紧紧抓住城堡信使巴纳巴斯的胳膊走向他想象中的城堡的途中,K"浮想联翩,思绪纷乱"⑥,回忆的根须蔓延到童年与故乡:故乡中心广场有一座教堂,教堂周围有墓地,墓地外面又有高墙;在一个有着"耀眼的阳光"的上午,K 从一处"他曾多次失败的地方"奇迹般地爬上了高墙,"他把旗子插在墙头,风展旗,旗飘飘,他举目远眺,他俯视地面,他回首顾盼,他看地上似乎要沉

---

① 叶廷芳主编:《卡夫卡全集》(3),第 117 页。
② 同上书,第 183 页。
③ 残雪:《灵魂的城堡:理解卡夫卡》,上海文艺出版社,1998 年,第 299 页。
④ 同上书,第 276 页。
⑤ 帕特里克·布里奇沃特为两部小说主人公的内在联系找出了两个文本中的证据:在《审判》的结局部分,约瑟夫·K 的衣服被整齐地叠了起来,"仿佛它们什么时候还会派上用场",其实就是要被用在《城堡》中;此外,K 往城堡方面打电话时也曾谎称自己是土地测量员的老助手"约瑟夫"。参看 Patrick Bridgwater, *Kafka's Novels: An Interpretation*, Amsterdam-New York, NY 2003, p.206.
⑥ 叶廷芳主编:《卡夫卡全集》(4),第 32 页。

入地面的一个个十字架;此时此地没有谁比他更高大了"①。K 位于空间之高处,低处则是墓穴和十字架,高处和低处在此构成了征服和被征服的关系。这一象征性地和想象性地征服死亡的叙述如果与《一场梦》联系起来看,其深层意义联系将更为明显:死亡的恐惧早在童年时期就占据了 K 的心头,借助于"耀眼的阳光"、飘舞的旗帜以及俯视的视角,他曾经战胜过这种恐惧,而在《一场梦》中,K 的位置下降到了墓地,通向死亡的道路危险如湍急的河流,象征胜利的旗帜成了 K 自己的幡旗,他看到墓碑上正在书写自己的名字。这里的含义就是要真正克服死亡恐惧就必须和自己的死亡"面对面"。但无论如何,他在童年时期的那场胜利中体验到了一种自豪感。虽然他最终没能进入"城堡",但在这条通向它的"设计得非常精巧、不切实际地迂回曲折"的道路尽头,他已经能够用这样的平静而清晰的眼光来打量它了:

> 当 K 观看城堡时,他常常好像在观看某人,这人静坐在那里,凝视着空幻,但并没有陷入沉思因而与世隔绝,而是自由自在,无忧无虑;犹如一人独处,无人在观看他,可是他又不得不觉出有人在观看他,然而这又丝毫也不能打扰他的泰然自若;当然——不知是原因呢,还是结果——观看者的注视终究还是无法固定在那里而移向别处了。②

进入城堡就是进入自己的死亡世界。K 为自己设定了"土地测量员"的"职业",他到此一游,其目的就是要测量冥界的土地,绘制一幅冥界地图,没有结尾的《城堡》在此意义上就是未完成的关于冥界的想象地理学研究。但这是一幅怎样的地图啊,"在这里,女人们大都成了一些终日飘来飘去的苍白的影子,或在阴暗处动作迟缓的怪物,男人们则都是死气沉沉的活尸。K 看不到一个活人。"③和城堡有关的形象几乎都和死亡有关系。城堡的主人威斯特伯爵在德文中的意思是"死神之死",刚住到村子一个小酒店里的 K 被一个叫施瓦泽尔(Schwarzer)的年轻人叫醒了,让他出示证件,这个年轻人的名字表示"死,或魔鬼",K 一心想见的城堡官员

---

① 叶廷芳主编:《卡夫卡全集》(4),第 32—33 页。
② Franz Kafka, *The Castle*, trans. Mark Harman, Schocken Books, 1998, pp. 98—99.
③ 残雪:《灵魂的城堡:理解卡夫卡》,第 232 页。

克拉姆(Clamm)的名字有"深谷、峡谷、钳子、锁"等意,①而将 K 和弗丽达联系起来的正是克拉姆这把"死之钳"。弗丽达对 K 说:"对我来说,最大的幸福就是待在你身边,永不分离,没有间断,没有尽头,我经常梦见,这世界上没有一块净土让我们在那里不受干扰地相爱,村里没有,别的任何地方都没有,所以我向往着一座坟墓,一座又深又窄的坟墓;在那里我们俩像被钳子夹住一样紧紧拥抱在一起,我把脸紧贴着你,你也把脸紧贴着我,谁也看不到我们。"②

弗丽达和 K 的爱情故事是这部小说的最温柔也最残酷的部分,也是 K 的冥界之旅的一个核心情节,爱情在《审判》中还没有出现过,在那里 K 虽然也被女性和欲望包围着,但没有爱。克拉姆就是弗丽达的死神,她无法忍受他,但又离不开他,他的气质就体现在她的眼光里,渗透在她和 K 的爱情里。助手们包围着她,他们从小就是她的朋友和情人,因此他们也带上了克拉姆的气息,"从他们眼里发出的那种有时叫我不寒而栗的眼神,就是克拉姆的目光!"③她有她的被埋葬的过去,但 K"从没问起过"④,她有在山坡上和伙伴一起玩耍的童年记忆,或许也有对于未来的美好想象,但她的克拉姆,也就是她的"死",过早地从遥远的未来入侵了她的生命,埋葬了那些曾经的美好愿望,因此她成了一个(如余华所说的)"随心所欲的形象"⑤,一个对"生"已经没有感觉因而变得超然的"活死人",她对 K 说,生活对她而言"似乎是好多年前发生的事,或者事情根本不是发生在我身上或者我只是听别人讲过,或者我自己已经把这事全忘了。"⑥或许促成她的这一转变的过程里有着不堪回首的悲伤往事,因而被克拉姆"锁"在了深深的死亡"峡谷"。但 K 的到来使得事情发生了变化。

就小说中的爱情主题而言,K 的城堡之路和希腊神话中俄尔甫斯的冥界之旅在此可以做一番比较。音乐家兼诗人俄尔甫斯前往冥界寻找亡妻欧律狄刻,他成功地与冥界的统治者谈判、协商,他用迷人的歌声感动了他们,后者最终同意让他带欧律狄刻回去,条件是俄尔甫斯在领着她走

---

① 马丁·赛莫尔·司密斯:《欧洲小说五十讲》,罗显华、魏素华先译,成都:四川文艺出版社,1991,第 360 页。
② 叶廷芳主编:《卡夫卡全集》(4),第 152 页。
③ 同上书,第 153 页。
④ 同上书,第 276 页。
⑤ 余华:《卡夫卡和 K》,《读书》,1999,第 12 期,第 42 页。
⑥ 叶廷芳主编:《卡夫卡全集》(4),第 60 页。

回人世的路上不要回头看。但他没能坚持到底,于是欧律狄刻又飘回了黑暗的地底。相比之下,K进入城堡世界的真实目的却有些暧昧不清。最初他显然是准备"带些什么东西回去"的,他说:"谁要是像我这样离开妻子和孩子旅行得这么远,他总是想带些什么东西回去吧。"①但后来遇到弗丽达之后他似乎又不想回去了,"我到这里来就是为了留在这里。我一定要留在这里。……要不是有留在这里的强烈愿望,还有什么能把我吸引到这个荒凉的地方来?"②

但弗丽达却是想要K带她离开的,从小说的叙述来看,她将K看做了"拯救者",是她的最后的情人,她请求K把她带离这个死亡之地,"这里的日子我真是受不了啦。如果你想我留在你身边,那么我们得离开此地,不管哪儿,法国南部,西班牙,都可以。"③但这个拯救者和情人的目光最终要越过她,要把她当做与她的死神协商、谈判的筹码,以便能够继续向"城堡"的更远处行进,而恰恰不是像俄尔甫斯带离欧律狄刻那样带离她。他千方百计要见克拉姆,而"接近克拉姆的目的也不是和他在那里待着,而是越过他到城堡里去"④。但是他见克拉姆有什么愿望要满足呢?"当然是谈弗丽达,"他最先这样告诉老板娘,后来又说:"不过我想求他点儿什么很难说。首先,我想亲眼见见他,再就是想听听他的声音,另外还想知道他对我和弗丽达结婚抱什么态度。还想再求什么,这就要看我们谈话的进展如何才能决定了。"⑤他似乎什么也不愿带走啦——"我是到这里来长住的。"⑥多么危险的打算啊!

似乎K的情形是这样的:至亲至爱的情人和海枯石烂的爱情是抵挡死亡恐惧的最后幻象,而那个所抵挡的对象其实正是无意识所真正渴望的对象;那个情人之后的情人、爱情之后的爱情或者如残雪所说"最后的情人"⑦,就是"自己的死亡/死神";K的冥界之旅的目的是要带回"最后

---

① Franz Kafka, *The Castle*, trans. Mark Harman, Schocken Books, 1998, p. 5.
② 叶廷芳主编:《卡夫卡全集》(4),第150页。
③ 同上。
④ Franz Kafka, *The Castle*, trans. Mark Harman, Schocken Books, 1998, p. 111.
⑤ 叶廷芳主编:《卡夫卡全集》(4),第94页。
⑥ 同上书,第265页。
⑦ 残雪:《最后的情人》,广东:花城出版社,2005年。"最后的情人是谁呢?"残雪在此书序言中将谜底留给了读者,其实封面上的话"我们共同猜一个不解之谜,猜到死"其实已经包含了谜底:猜到了"死"。

的情人",亦即"他自己的死",他要"亲自(而不是其他什么人)带着自己的(而非其他什么人的)愿望"来达到这一目的,他就是带着这样的骇人目的来到了尘世的边界。K一定要和弗丽达的死神"谈谈",因为他认为他自己其实并不能代替后者:如果弗丽达和克拉姆之间存在着情人关系,"那么这种关系……怎么可能因为我而遭到破坏?"①在此意义上K和弗丽达已经不能"共有一个死"了:钳子一样的拥抱只是令他们绝望地体验到共有一死的痛苦渴望以及这一渴望的不可能。说到底,K的"死"和弗丽达的"死"有关系,但最终又有什么关系呢? 最终他还是要将她的"死"抛在身后,弗丽达仍将停留在"她这里";他对弗丽达说,"你会留在这儿的,这里不是你的家乡吗?"②就如同欧律狄刻再次飘回地底,弗丽达也最终和她的老情人——那个幽灵般的助手、已经面目全非的童年幻象耶米里亚携手离K而去;与绝望地和俄尔甫斯诀别的欧律狄刻不同,决绝的弗丽达"根本不再回头看K一眼",她对K说,那"只是我的房间,我禁止你进去"③。

作家笔下那条试图通过节食来猎取来自死亡的"美丽幻象"和"崇高情感"的狗感叹说:"这是我的饥饿,我在这一阶段无数次地告诉我自己,似乎我想说服自己我的饥饿和我是两种不同的事物,而我可以像甩掉一个难以承受的情人那样甩掉它,但事实上我们仍是痛苦地融为一体……"④饥饿是为了体验死亡,追逐死亡,但饥饿还不是死亡;虽然饥饿是获取死亡的不可缺少的环节,但最终还是一个在走向死亡的路上被"甩掉"的"情人"……在此意义上,弗丽达就是K进入死亡城堡所必然经历的、和他痛苦地融为一体但又必须分离出来的"饥饿"。

4. "最后"的寓言

阿特伍德概括了经历冥界之旅的英雄通常会带回来的四样东西:一、财宝;二、知识;三、与邪恶怪兽作战的机会;四、你所爱并失去的人。⑤ 但卡夫卡的主人公从死亡世界里带回了什么呢? 当然财宝肯定没他的份

---

① 叶廷芳主编:《卡夫卡全集》(4),第57页。
② 同上书,第150页。
③ 同上书,第282—283页。
④ Franz Kafka, *The Complete Stories*, ed. Nahum N. Glatzer, New York: Schocken Books, 1971, p.308.
⑤ 玛格丽特·艾(阿)特伍德:《与死者协商》,第120页。

儿，再说他并不是"为了过上体面、平静的生活才来到这里的"，①也好像不是"与邪恶怪兽作战的机会"，因为那个看上去"自由自在，无忧无虑"的城堡并不像是怪兽们的聚集地。如果说 K 的冥界之旅的目的是要带回"最后的情人"，亦即"他自己的死"，那么这与第四项倒是比较接近，虽然从表面来看，他抛妻别子、深入不毛，后来又离开新情人，与寻找并带回失去的至爱这一目的相去甚远。这其实也是他所要的"知识"："死者在时间之外"②，而 K 想得到的知识就是关于"处于时间之外"的自己的知识。但一个无论在何种微弱的程度上尚在时间之内的"旅行者"，一个死亡世界的"外乡人"，又如何能够真正走出时间呢？如果没有真正走出时间，那么"处在时间之外的自己"就还只是一个悬而未决的空洞概念而不是知识，而一旦走出时间又如何能够回来呢？

在《审判》手稿中一个被作者删掉的段落里，K 却似乎真的走出了时间，看到了自己的"死"。画家蒂托雷里答应带他去法院大楼，他们"快步登上楼梯，不过并非一直往上走，而是忽上忽下，K 一点儿也不觉得费力，他好像坐在一条小船里，在水面上轻轻漂浮。……这美妙的运动在他奔波忙碌的一生中从未经历过……"③此时的生命之舟不再感受到死亡的威胁，倒像是度过冥河去开始新生，后来他惊奇地发现，"在走廊的一面墙上开着一扇大窗户，窗户旁的一个角落里堆着他过去穿过的衣服，那件黑色的上衣，瘦腿的裤子，最上面是他的衬衣，两只袖子张开，在轻轻地颤抖。"④这里描写的似乎是一个"灵魂出窍"的场景，此时 K 的可能已经变形为赤条条的灵魂看到了由他的衣服所象征的他的"死"，他和他的死站在了一起。

当然作为被删除的部分，删除行为本身已经显示出了作者的某种否定，否定的理由里可能就包括了这一描写暗示了某种肤浅的拯救幻觉的实现；而当卡夫卡说"我们的拯救是死亡，但不是这个死亡"⑤时，他的真正意思或许是：永远都不是"这个死亡"，因为还怀着"活下去"的愿望的人会从死亡之梦中一再地醒来，因为他并非死心塌地地"死下去"。这也正

---

① 叶廷芳主编：《卡夫卡全集》(4)，第 167 页。
② 玛格丽特·艾(阿)特伍德：《与死者协商》，第 121 页。
③ 叶廷芳主编：《卡夫卡全集》(3)，第 197 页。
④ 同上。
⑤ Franz Kafka, *The Blue Octavo Notebooks*, ed. Max Brod, trans. Ernst Kaiser and Eithne Wilkins. Cambridge: Exact Change, 1991, p. 53.

是他在《猎人格拉胡斯》①所讲述的故事。

猎人格拉胡斯真正痛苦或许在于,他死后发生的那些事情并不是他生前所希望发生的事情。他在追捕羚羊的过程中坠下悬崖、流尽鲜血而死,这一切都是"按正常顺序发生的",因此他并不感到难过,"我曾愉快地活过,也曾愉快地死去……我迅速穿上那件寿衣,就像一个姑娘穿上结婚礼服一样"②(死亡/情人的隐喻),但他之所以能够幸福地迎接死亡,是因为他相信按照同样的"正常顺序",会有一只小船送他到"下一个世界"(the next world)以便使他能够"死下去"。但意外出现了,"究竟怎么回事我不知道",他的小船没能驶入另一个世界,因此在某种意义上已经"死了"的他只好作为尸体留在了世上,随着小船四处漂泊,他所拥有的只是关于死后的、不断地从中醒来的梦:"我总是处于通向另一个世界的大阶梯上。我就在这漫无边际的露天台阶上游荡,忽上忽下,忽右忽左,始终处在运动中。我从猎人变成了一只蝴蝶……每当我使出全身的劲儿往上腾跃、看到大门已向我闪闪发光时,我就在我那只停泊在尘世的某一条河流的旧小船上醒了过来。"③

这段描写和《审判》中被删除段落之间的相似是很明显的,这里也有忽上忽下的美妙运动,猎人甚至变成了蝴蝶,④而"蝴蝶"无论在古希腊神话里还是在庄周那里都有"灵魂"的象征意义。但其中的不同也是明显的,《审判》中的段落中 K"真实地"越出了尘世的边界,而在作者看来这恰恰就成为"不真实的"了;在猎人这里,只有梦中的"越界"冲动,一旦要真正实现"越界",格拉胡斯便会醒来,他不断地做着进入死亡大门的梦,但

---

① 《猎人格拉胡斯》写于 1917 年,现存有两个较长的稿本,主体部分都是对话,一为里瓦市长与格拉胡斯的对话,一为匿名的海商或水手与格拉胡斯的对话,如果再加上日记中更短的一个片段,则有三个稿本。对这一作品的探讨以第一个稿本为依据。关于《猎人格拉胡斯》版本、研究评述以及这一作品的文学渊源的考察,可参见 Erwin R. Steinberg, "The Three Fragments of Kafka's 'The Hunter Gracchus'", *Studies in Short Fiction*, 15(1978), pp. 307 - 317; 以及 Guy Davenport, "The Hunter Gracchus", *The New Criterion*, 14(1996), pp. 27 - 35.
② 叶廷芳主编:《卡夫卡全集》(1),第 373 页。
③ 中译文参叶廷芳主编:《卡夫卡全集》(1),第 372 页。从上下文来看,猎人无法进入的这"另一个世界"(the other world)更可能是冥府,而不是中译本所理解的"天堂",其"大门"也并非是"天堂的大门",而更可能是冥府之门,此处引文根据英文译本进行了改动。参见 *The Complete Stories*, p. 228.
④ 据考证,卡夫卡在这里用了马丁·布贝尔的《庄子》译本:"I, Zhuangzi, once dreamed I was a butterfly—a butterfly fluttering here and there"。参见曾艳兵:《卡夫卡与中国文化》,北京:首都师范大学出版社,2006,第 79 页。

又不断地在门前醒来。

在经验的或现实的层面上,这个死而不死的故事只能理解为一个寓言,格拉胡斯的死最终仍是"假死",或者他的"死"其实是一个还怀着活下去愿望的人实际上无法进入或不愿进入"真死"的一个寓言式表达。或许,在这里就隐含着卡夫卡的死亡想象的深层结构?

对这一问题的思考把我们引向了卡夫卡的一篇叫做《论寓言》[①]的寓言。在这个关于寓言的寓言里,卡夫卡先是区分了寓言世界和现实世界这两个对立的层面:"智者的话往往都只是寓言,在日常生活中却用不上,而我们却只有这种生活。"当智者说"越过去"到"那边"时,他并不是指向"某个实实在在的地方",而是一个他说不清楚、我们更不知道的"神话"空间,因此他的话"根本不能在哪怕最微不足道的意义上对我们有所帮助"。但接下来,寓言世界和现实世界之间的转化发生了:

> 关于这一点,有人曾经说:为什么这样不情愿呢?只要跟随寓言,你自己就会成为寓言,这样就能摆脱所有日常的忧虑了。
>
> 另一个人说:我敢打赌,这也是一个寓言。
>
> 第一个人说:你赢了。
>
> 第二个人说:但很不幸,只是在寓言世界里赢了。
>
> 第一个人说:不,在现实世界中;在寓言世界里你已经输了。

由于寓言世界处在时间之外的"那边",因此也就是"死"的世界;可以认为,寓言世界中的这两个人都在与"死"打一个赌,这个似乎可以无限地打下去的"赌"——因为第二个人可以接下去说:"我敢打赌,这也是一个寓言"——只有那个同时超越了寓言世界和现实世界的真正的"死"才能够最后终结;但由于这个"死"已经被先验地设定在了时间之外,因此在处在时间之内的现实中并没有真正的"死"。这个关于寓言的寓言揭示了寓言世界的深层结构即"假死",因此成为"最后的寓言",寓言世界中的"死"实际上是"假死",最后的寓言在此是以"输掉"自身来"赢得"现实世界的,是肯定"生"的。卡夫卡在笔记中对此有更直接的说明:"谁曾经假死过,他就能够叙述些可怕的事,可是死后是怎么样的,这他可说不上来,他实际上并不比其他人离死亡更近一些,从根本上看他只是'经历'了某种特

[①] Franz Kafka, *The Complete Stories*, ed. Nahum N. Glatzer. New York: Schocken Books, 1971, p. 457.

别的事……"①在这一意义上,《猎人格拉胡斯》中那个准备"跟随寓言"而死,但又无法在"寓言世界"中"真实地"死去,无法进入"死"的猎人,在寓言世界中"已经输了":他不停地做着关于"死亡"的梦又不停地从梦/寓言中"醒来"(即返回到寓言世界的"现实层面")。猎人所经历的就是"假死"这种发生在寓言世界里"特别的事",它没有按照"寓言世界"的正常"顺序"发生,而是出现了"意外"。这个特别的事反过来否定了他试图居身其中的寓言世界,而自身则成为一个"最后的寓言"。

但存在着"最后的寓言"吗?跟随这个"最后的寓言"本身不也是一个寓言吗?或许,我们所拥有的只有不同层次的寓言世界或不同层次的现实世界,而无论是怎样的世界,它终究受限于我们的尘世边界,受限于我们关于世界的知识视野……为什么卡夫卡生前没有发表《猎人格拉胡斯》?可能就是因为他不能确信这是否是一个最后的寓言,是否真的是他想要从"假死"中带回来的东西——"死"是否能够在最后一瞬间、甚至在没有时间的时间里开放出永恒的花朵?在最后的寓言之后是否会有"新神话"?寓言世界中的猎人和K真的"输掉"了和死神的这场赌赛吗?

5. 与死亡的"赌赛"

或许我们可以把《城堡》理解为卡夫卡对尘世(现实)边界的更为有力的冲击。他这只文学的乌鸦固执地盘旋在这个边界上,一再地飞进和飞出,他过着醉生梦死、死去活来的日子,因此看到了他所能够看到的幽明两界的种种可能的图像。《城堡》中K到城堡一游,虽然归根到底是到死的想象界一游,他所获得只是对于生与死的一种更为清晰的眼光;但另一方面,用这种眼光所看到的东西,也就是到从死的想象世界里所带回的东西,难道还不足够地多、甚至足够地好吗?他闭上了肉身的眼睛,却睁开了灵魂的眼睛,如小说中所说:"假如人们眼力好,可以不停地,在一定意义上可以说是眼睛一眨不眨地注视着那些事物,那么人们就可以看到许多许多,但是一旦人们放松注意,合上了眼睛,眼前立刻便变成漆黑一团。"②卡夫卡从"冥界"带回的东西,就是由他那被马克斯·布洛德称之为"始终睁着"的眼睛所凝视出来的,清晰得令人难以忍受但又极富诱惑、极度真实也极度危险的图像。

---

① 叶廷芳主编:《卡夫卡全集》(5),第263页。
② 叶廷芳主编:《卡夫卡全集》(4),第415页。

对于卡夫卡而言,这种诱惑性和危险性在于,一方面,死亡幻象引诱着他,引诱着他去追逐,他认为自己作为一个生活在"黑森林"——既是现代社会也是潜意识的隐喻——里的作家/猎人的使命就在于捕获来自生命底层(死亡)的幻象,这幻象由于来自深处(冥界)而被认为是真实的和拯救性的生命信息,是真正生命所需要的食物或猎物;另一方面,幻象也使他恐惧,幻象弥漫开来,他融入其中,再也无法区分幻觉和真实,他最终被幻象所追逐,追逐者最终成为猎物,被拘禁于幻觉的世界里;他拆毁了原来的房子,却又害怕居住在他所建造的这个鬼影绰绰的新的房间里,在这个房间里他看不到真实的人,在每个肉身的人背后都站立着一个由他/她的死所幻化出来的无法触摸得到的幽灵;他更深层的恐惧则在于:"他不得不带着可怕的恐惧死去,因为他还没有活过",而"通过写作我没能将自己赎回来。"①

因此,现实生活中的卡夫卡的拯救并不在作品内,而在作品外。借助于"假死"所带来的对于生死边界的清晰眼光,卡夫卡完成了寓言世界和现实世界的分离和转化。说到底,现实世界的卡夫卡并不真的愿意住在寓言世界中,寓言世界里没有时间,而在时间之外实际上就是死者所处的世界。他坦言:"有时我们会希望在保证可以回来的情况下,在'往来自由'的前提下经历假死者的经历或者摩西的经历,我们甚至盼望死亡,可是我们从来没有想过活着躺在棺材里或在西奈山上,毫无回来的可能留在那里。"②因此,在放弃写作《城堡》之后,他又一次地无法抵御"活下去的愿望",而一场迟暮的爱情也奇迹般地向他迎面走来。在寓言中他分离出了他的情人而去拥抱死亡,而在生活中他则分离出了他的死亡而去拥抱真实的爱人;在寓言中死亡是"最后的情人",在生活中他最后的情人则是活生生的多拉·迪芒;他在作品中让他的"已死"的化身,也就是 K,如其所愿地留在了"城堡"的死亡之梦里,而生活中的卡夫卡自己却忍不住要再一次醒来了……当小说中 K 听弗丽达说早先是在"大桥"酒店喂牲口的女佣时,他对她说:"难道就用这双这么娇嫩的手喂牲口吗?"③当现实世界中的卡夫卡在波罗的海的度假营地看到多拉·迪芒在掏鱼的内脏

---

① 叶廷芳主编:《卡夫卡全集》(7),第485—486页。
② 叶廷芳主编:《卡夫卡全集》(5),第264页。
③ 叶廷芳主编:《卡夫卡全集》(4),第42页。

时,他几乎说了同样的话:"多么温柔的一双手,干的活又是多么血腥。"①在这一刻,似乎让人产生了这样的幻觉:留在暗夜里的弗丽达和K从寓言世界中、从被魔法诅咒的城堡中走了出来,走进了时间,他们破除了魔法,来到了阳光照耀下的大海和沙滩……

同样,寓言世界中的卡夫卡的拯救也不在作品外,而就在作品内。他称自己的"所有这些写作都是对边界的冲击",是"对尘世的最后边界发动的冲击",②他预言说:"凡是我写过的事将真的发生。"③他认为写作没能将他从寓言世界中"赎回来",但这或许同时也意味着他相信在这个世界中他已经"不死"。在此意义上,《猎人格拉胡斯》正可以解读为他对自己作为一个作家命运的寓言式的预言,而且,这个寓言事实上已经在今天的现实世界中如他所预言的那样"真的发生"了。猎人格拉胡斯(Gracchus 来自意大利语的 gracchio 一词,意为"乌鸦")就是作家卡夫卡(捷克语的 Kavka 也是指乌鸦),那个"听从我的天命的召唤"(followed my calling)④而成为"黑森林"地区的猎人也就是那个同样听从自己的而非其他天命的、宣称"上帝不愿我写,然而我偏要写"⑤的作家。卡夫卡的写作和猎人的猎杀在隐喻的意义上也是相似的,二者都浸透了死的气息,都带有某种"残酷性"和暧昧不清的"罪性",只是作为猎人的作家在写作活动中所捕获的,更多的是猎物所感受的恐惧和痛苦。⑥ 而据日本学者平野嘉彦考证,德语 Köper 同时兼有"身体"和"作品"两层意思,因此卡夫卡的"作品"反过来说也可以看做格拉胡斯的不死的"身体";格拉胡斯所说"原来只想生活在山区的我,死后竟周游世界各国",也让人联想到卡夫卡死后80多年来他的作品在世界各国被翻译、研究的盛况,"这难道不寓意着作者死

---

① 尼古拉斯·默里:《卡夫卡》,郑海娟译,北京:国际文化出版公司,2006,第273页。
② Franz Kafka, *Diaries*, ed. Max Brod. New York: Schocken Books, 1976, p.399.
③ 叶廷芳主编:《卡夫卡全集》(7),第485—486页。
④ Franz Kafka, *The Complete Stories*, ed. Nahum N. Glatzer. New York: Schocken Books, 1971, p.229.
⑤ 叶廷芳主编:《卡夫卡全集》(7),第17页。
⑥ 在大约和《猎人格拉胡斯》写于同一时期的《杂种》中,卡夫卡想象了一个集猎人和猎物于一身的"奇特的动物",它"一半像小猫,一半像羊羔","见了猫,它就逃走,见了羊羔,它就发动进攻。……它能够在鸡舍旁守候好几个小时,却从来没有利用时机去杀害一只鸡"。这个"只有屠夫的屠刀"才能够解救的动物或许可以看做卡夫卡"猎人/猎物"双重形象的一个绝佳比喻。《卡夫卡全集》(1),第395—397页。

后其作品也周游世界吗？"①寓言世界于是一次又一次地被现实世界激活，卡夫卡的作品吸引着批评家们去解释，批评家们成为从中猎捕意义的猎人，"每个季节这些猎人都会带着更多的技巧回来，他们一次次地杀死它们；但它们仍旧不会死"。② 在此，我们愿意承认，在和"死"的赌赛中，寓言世界和现实世界中的卡夫卡都"赢了"。

四 《致父亲》：通过父亲写自传

1919年11月，卡夫卡写了长信《致父亲》，试图为长期以来同父亲的关系做一个"了断"。当然，说"了断"，只是就卡夫卡这方面而言，因为父亲从来没有看过这封信，甚至很可能根本不知道他写了这么一封信；即便对卡夫卡来说，这封信也并不是一个彻底的了断，他和父亲的关系在此后相当长时间里仍然晦暗不明。雅诺施回忆了发生在1920年的一件小事：卡夫卡正和他一起散步，从"赫尔曼·卡夫卡商行"的店铺里走出一位高大魁梧的男子，高声喊道："弗兰茨，回家。空气很潮湿。"卡夫卡以一种"奇特的温柔声音"对他说："我的父亲。他总为我担忧，常常一脸凶相……"他紧张得没有跟雅诺施握手就跟父亲回家了。③ 而在1924年1月的一封写给母亲的信里，卡夫卡仍然在想象父亲对自己的"责骂"："他是否责骂过我，他若没责骂，那就说明原因，他若责骂了，那我知道原因。"④

《致父亲》是一个很独特的作品。首先，这一作品很难归类，它是书信，但这封信却没有到达收信人手中，它也是自传，但这一作品中的"自我"却是"寄生性"的，是"通过父亲写自传"；其次，无论是书信还是自传，传统上都归为非虚构类作品，但这一封信却很有文学的想象力、感染力以及修辞技巧，充满了生动的细节、戏剧性的场景描绘以及丰富的象征意象。但也不能说它是小说，因为它没有无中生有地创建"另一个世界"，作

---

① 参见平野嘉彦：《卡夫卡：身体的位相》，刘文柱译，石家庄：河北教育出版社，2002，第212页。

② Ruth V. Gross, "Hunting Kafka out of Season: Enigmatics in the Short Fictions", in James Rolleston ed, *A Companion to the Works of Franz Kafka*, Camden House, 2002, p. 253.

③ Gustav Janouch, *Conversations with Kafka*, Goronwy Rees trans. New York: New Directions Publishing Corporation, 1971, p. 24.

④ 叶廷芳主编：《卡夫卡全集》(8)，石家庄：河北教育出版社，1996，第213页。

品中"父亲"首先就应该理解为赫尔曼·卡夫卡。①

1. 自我起源与自传资源

为更切近地考察这一文本,有必要获得一种以"卡夫卡的方式"来理解这一文本的视角。他在 1912 年的一则日记中曾对这一视角有所提示,其中他谈及自传叙述的困境:

> 在自传中一个人会不可避免地在事实上只需要写下"曾有一次"的地方写下"经常"。因为他总是意识到那个"曾有一次"引爆了记忆所牵引出的那个黑暗空间;但尽管如此,这一黑暗并不能完全地被"经常"所驱散,至少在作者看来它还是被保存着;他背负着那些也许在他的生命中从没有存在过的片段,而那些片段却又仅仅是某种甚至他的记忆也不再能够猜测得到的东西的替代物。②

这段文字指向了一个深不可测的意义空间:在那里似乎存在着一个随着思想和语言的不断逼近而无限地向后退却的"真实界"③,似乎最深层的记忆也顶多只能为进入这一空间提供一条模糊的线索。这一想象性的空间似乎有着无限的纵深层次;有一个"真实"的终点被设置在某处,你事先已被告知那个终点是幻觉,但同时你又必须相信其真实性,因为只有借助它,你才能想象得更深更远,才能突破那个幻觉。或许可以将卡夫卡设置这一结构的目的理解成他要为一个无限可能的自我空间保持一种开

---

① 在为英文版《儿子们》所写的导读中,安德森(M. Anderson)注意到了卡夫卡的文学事业与其个人传记(personal biography)之间存在着"复杂、纵深"的关系,他认为可以将此信和他的文学作品同等对待。参看 Mark Anderson, "Introduction", in Franz Kafka, *The Sons*. New York: Schoken Books, 1989, pp. vii - xx. 但笔者认为,此信与卡夫卡的一般意义上的"文学作品"并不在同一个层面上,此信虽充满想象力,但并非"虚构"或"小说"(fiction)。

② Franz Kafka, *Diaries 1910—1924*, Max Brod ed. New York: Schocken Books, 1976, pp. 163 - 164.

③ 参拉康的概念"真实界"(The Real)。马丹·萨洛普不无悖论地解释说:"对拉康来说,解释'真实界'是不可能的。'真实界'就是位于'想象界'(the Imaginary)和'象征界'(the Symbolic)之外的东西。'真实界'就是被排除在外因而不可能显示出来的东西。拉康的'真实界'观念与关于世界本质的假定及'真实性'(reality)关系甚小。没有'象征界'的边界就没有'真实界'这一概念,而'象征界'则先于主体的诞生。"(Madan Sarup, *Jāques Lacan*. New York: Harvester Wheatsheaf, 1992, p. 104.)正是在此意义上,卡夫卡试图通过冲击"象征界"(语言)的边界来追索自我的起源("主体的诞生")的努力可以获得一种结构主义式的理解:他通过拆解父亲的语言边界来拓展自我的语言边界,但这种拓展是"寄生性"的拓展。

放状态,同时这种开放状态也紧张到极限地要求某种关于"起点"和"终点"的决断。卡夫卡力图为某种甚至还难以想象的可能性留有余地,因此他的叙述困境同时也是他的叙述自由。

作为特殊形式的自传叙述(这一点后文详论),《致父亲》的复杂性在开头——即文本形式上的"起源/起点"——就已经明白地显示了出来:

> 你最近**曾**问过我,为什么我声称在你面前我感到恐惧。像**往常**那样,我不知道该怎么回答你,……①(黑体为笔者所加)

在卡夫卡看来,父亲所提的问题是关于"起源"即"为什么"的问题,但卡夫卡认为起源问题难以回答。他接着谈了两个理由:第一个理由是恐惧本身过大,无法回答为何恐惧正是"出于我对你的恐惧",因为最大的恐惧就是将感受到这种恐惧的人包裹在其中的恐惧,是无法站到这一恐惧的"外面或上面"对其进行言说和解释的恐惧,这样,无所不包的"恐惧"恰恰模糊了其自身真正的"起源",而没有包含真正起源的"解释"就不是真正的"解释";在此种意义上,卡夫卡在此信中所传达、解释和叙述的东西确实就像他在致密伦娜的信中所说的"不可传达"、"不可解释"的东西,只是"藏在我骨子里的东西和仅仅在骨子里所经历过的一切"②。第二个理由是能够解释这种恐惧的细节或资源过于丰富,"素材之大已远远超过了我的记忆和理解力",难以"把握",因而答案"将是很不完整的",这也使得追求"完整的真实"的卡夫卡陷入了"不知怎么回答"的困境:"在写下来时这种恐惧及其后果也会使我在你面前障碍重重"(237)。

这一"解释"与"不可解释"之间的张力迫使我们重新注意到,此信开头一段中的"曾"和"往常"实际上包含了整个文本的一个基本结构。整个文本的欲言又止、欲说还休、循环往复的特征可以说正是"曾"和"往常"这一基本结构的展开和复杂化:要在"现时/眼下"解释这个不可解释的,也就是最终的"曾",就须回到那个可以解释的"往常",进而再进入到"往常之曾",但那些"往常之曾们"过于丰富和庞大,在某种时刻(比如,在进行某种总结或者结束此信的时刻)又必须浮出"往常"之大海,定位至"现时"

---

① 叶廷芳主编:《卡夫卡全集》(8),第237页,有改动。所引《致父亲》的中译文(黎奇译)主要出自该版本,必要时参照英译本(Franz Kafka, "Letter to His Father", Ernst Kaiser and Eithne trans, in *The Sons*. New York: Schoken Books, 1989, pp.113—167.)进行调整,随文标明中译本页码,不再另行注释。

② 叶廷芳主编:《卡夫卡全集》(10),石家庄:河北教育出版社,1996,第20页。

的"曾"。于是,不断地在"曾有一次"和"往常"之间进行调整和修正就成为这一作品自传叙述的深层结构,这样也就直接通向了此信的结尾,最后的"曾有一次"定格在了卡夫卡对自己写这一封信的意义的认识上:"我认为通过这一些矫正,情况已表达得非常接近事实了,使我们俩都能得到一些安慰,使我们的生与死都变得轻松起来。"(282)

因此,不管卡夫卡和他的父亲是否有真正的理解,至少卡夫卡的这封信见证了他"曾有这么一次"与父亲进行和解的努力,又由于这里的"父亲"只是"藏在我骨子里的"和"仅仅在骨子里所经历"的"父亲",因此又可以说这是一次他与深层自我进行和解的努力。可以说,自传叙述的困境、自传叙述的真实性及其限度和意义都在这一文本中汇集了。

通过建立起"曾有一次"和"经常"之间的深层联系,卡夫卡获得了一种将几乎是无限丰富的叙述资源(也就是待"叙"之"事")结构为一个整体的叙述框架。一个典型的例子就是与朱丽叶·沃里泽克的恋爱和订婚事件,这也是卡夫卡写作此信的一个直接触发点或"起源"。1919年1月,卡夫卡和朱丽叶结识,之后感情迅速升温并订婚,并打算于11月结婚,要不是出现了一些意外,二人可能就真的结婚了。朱丽叶的父亲是布拉格的鞋匠,也是犹太教堂的仆役,在卡夫卡的父亲看来,这一社会地位悬殊的结合是不体面的,他觉得唯一合理的解释就是儿子被朱丽叶的漂亮和轻浮迷住了。卡夫卡在信中记录了父亲的意见:

> 你大体上是这么说的:"她可能穿上了一件精心挑选的上装,布拉格的犹太女人是懂得这一套的,那么你当然就下决心要娶她了,而且想尽可能快,一星期后,明天,今天。我不懂你是怎么回事,你毕竟是个成年人了,住在城市里,却只知道看到一个女的就马上要跟她结婚。难道就没有其他可能性了吗?你要是害怕,我可以陪你去。"(275)

赫尔曼暗示,儿子的婚姻动机其实只是出于糟糕的性欲,他认为娶这样的一个女子还不如去逛妓院。父亲的"建议"使得卡夫卡一下子觉得自己自青春期以来的20多年白白度过了,自己在精神和情感上没有一点儿长进。可以说,正是这件事将卡夫卡带入了一个相当黑暗的回忆空间,发生在过去的一件事情由此被"经常化"了——"曾有一次"成为"经常":16岁左右的卡夫卡"曾"在一天晚上和父母散步时谈起青春期的性困惑,结果遭到了父亲的嘲弄。对此卡夫卡记忆犹新:"你的应付方法十分简捷,这是与你的素质相符合的,你仅仅大体上这么说,如果我想不担风险地进行这类事情,你也许可以为我出个好主意。"(273)父亲暗示儿子可以进行自慰或者找妓女,卡夫卡感到这个答复"严重地损伤了我外表的羞耻心,或者我认为我的羞耻心一定是遭到了伤害",因为他觉得父亲的话把他"推到这种污秽中去"(273)了。"污秽"正是卡夫卡对自身生命晦暗不明的起源的一个典型的或"经常的"表述,性问题只是这整体的"污秽人生"中一个重要的方面。或许,卡夫卡终生对待性的某种近乎偏执的态度——从"污秽"中分离出"纯洁",从"地狱"中分离出"天堂"——恰恰是在有意地反对父亲的看法,但这有意的反对同时也包含了暗中的认同:反对是表层的,认同是结构性的。

在此,订婚事件是与赫尔曼"曾有一次"问起的问题相对应的一个"曾有一次",这个"曾有一次"又关联起卡夫卡少年时的"曾有一次",通过叙述的安排,这两个"曾有一次"就同时被"经常化"了。卡夫卡在对这一事件进行总结时,这同时被"经常化"了的事件就成为对父亲更有力的指控:父亲每一次具体的伤害都笼罩着"经常化"的幻影,而"幻影"同时也被"经常化"证明为更深层的"真实"。

在文本中,不仅在这一问题上,而且在其他几乎所有相关的问题上,"曾有一次"的事件总是能够有效地"引爆"那个被"经常化"的黑暗空间,起源的模糊和资源的丰富在此相互支撑,层层叠叠地堆积起对父亲的指控,在这条对父亲的"罪行"进行追踪的路上,虽然看起来像是"小径分岔"——他在这个文本中谈了几乎涉及自己人生所有方面的事情和细节——最终仍是"曲径通幽"地指向了父亲这个"罪人"。在他和"同仇敌忾"的妹妹奥特拉在一起谈论父亲的场景中,这指控的深度和广度由此也获得了某种"最后审判"般的神话色彩:

> 我们坐在一起,真的并不是想要想出什么对付你的办法来,而是为了以全副精力,以幽默,以严肃,以爱、抗拒、愤怒、反感、服从、负罪感,以脑袋和心脏的一切力量来详细研讨那在我们和你之间晃悠的可怕的诉讼,谈一切细节,一切方面,利用所有机会,无论相距远近都来共同谈透这个问题。(260)

除了建立起不同时期的相似事件之间的联系,"曾有一次"与"经常"之间的相互转化的另一种方式是对事件本身的"厚描",正是"厚描"使得一次孤立的事件获得了某种普遍的意义。卡夫卡特别记述了他童年时代的一件事,并强调自己所记住的"只有这一件事":一天夜里他不停地要喝水,结果被恼火的父亲拖到了阳台,让他在阳台上站了一会儿。卡夫卡写道:就是这件事"给我造成了一种内心的伤害","许多年后我还经常惊恐地想象这么个场面:那个巨大的人,我的父亲,审判我的最后法庭,会几乎毫无理由地向我走来,在夜里把我从床上抱到阳台上去,而我在他眼里就是这样无足轻重。"(240—241)

尽管父亲之"罪"真正的起源无法追索,但从这件事的"影响"就足以使他"认定"父亲的"原罪":"当时这件事还只是个小小的开端,但这种经常笼罩在我心头的无足轻重的感觉……在很大程度上是从你的影响中产生的。"(241)记忆中的最早的这一件罪行就这样指向了对父亲恐惧的暧昧"起源",成为"他的记忆也不再能够猜测的东西的替代物"。

2. 寄生性的自传与自我的寄生性

卡夫卡通过给父亲写信来探索自我"起源"的这"曾有一次"的努力其实植根于他"经常性"的自传冲动。在1911年的一则日记中他写道:"一旦我得以从办公室解脱出来,我将立即着手实现写一部自传的愿望。"[①]在1912年的一则日记里,他又一次产生了一种"独特的自传作家的预感"[②]。联系他对《致父亲》的重视以及这封信自我解释的深度,[③]这一作品实际上可以理解为他的一部独特自传,是"通过父亲写自传"。

卡夫卡之所以要通过写父亲来写自己,首先是因为他很早就意识到,与父亲的关系是他生命中一个难解的"结",解开这个"结"就意味着廓清了自己生命中的许多困惑;其次他觉得他自己无法单独承受自我失败——他一直觉得自己是个失败者——的责任,在某种意义上,他要找一只"替罪羊"——这样他就能够宣称"我是无罪的"——而父亲这只"替罪羊"在他看来事实上也确是"罪孽深重",而正由于父亲罪孽深重,所以他便可以通过宣称父亲"也是无罪的"来显示自己的宽大胸怀。

---

① Franz Kafka, *Diaries 1910—1924*, Max Brod ed. New York: Schocken Books, 1976, p. 140.

② 叶廷芳主编:《卡夫卡全集》(6),石家庄:河北教育出版社,1996,第235页。

③ 卡夫卡在与奥特拉的通信中曾提及这封信的艰难写作过程,母亲拒绝转送给父亲后他小心地将其保存起来,后来又曾将此信寄给密伦娜看,以使她能够更好地理解自己:"假如你想知道我以前的日子,我可以把我大约半年前写给父亲,但至今未寄给他的一封长信寄给你",并且说这封信可以帮助她理解自己"那种内心深处对我反叛的力量"。(参见叶廷芳主编:《卡夫卡全集》(10),第271页)而从卡夫卡的日记中可以看出,"自己反对自己"正是卡夫卡自我形象的一个重要特征。

这一自传以"书信"形式写成可以说具有某种必然性,"在书信中,因为收信者同信作者之间有着特定的关系,这是自传者同读者所没有的,所以信作者的身份意识总是自觉而强烈,但他并非展示自己的一切身份,而总是针对收信者的身份,显示相对应的身份,也通过对这一身份的证明和维护,显示出他的人格和个性"。① 可以说,在书信中,写信者的身份"寄生"在收信人的身份上;在《致父亲》中,卡夫卡的核心身份认同是寄生在赫尔曼"父亲"身份上的"儿子"。

在这封信的许多段落中,与"最亲爱的父亲"相对应的是一个自我贬低、令人厌恶的"儿子",他甚至写道:"如果我有(像我)这么一个愚蠢、迟钝、乏味、堕落的儿子,我会受不了的,假如没有别的办法,我会逃走,迁居,就像你在我一旦结婚后想做的那样。"(278—279)这一"寄生"的特点在卡夫卡模拟父亲的口气对自己的反驳中(这一反驳也正是卡夫卡所承认的"内心深处对我进行反叛的力量"的一个例证)得到了最直接的表达:"实际上你……对我来说什么也未曾证明,只证明了我的所有指责都是对的,这些指责中还缺少一个特别合乎情理的指责,即说你不正直、阿谀逢迎、寄生的指责。我想不至于搞错,即使这封信也是你靠我过寄生生活的一个明证。"(282)书信中赫尔曼的"父亲"身份在根本上就决定了卡夫卡作为"儿子"的"寄生身份"以及他的这一自传文本的"寄生性"。

因此毫不奇怪的是,在对自我形象的塑造和描绘上,卡夫卡的自我形象就寄生在父亲形象的缝隙中和阴影下:"在打开的世界地图上,你四脚八叉地躺着。于是我感到,只有那些你的肢体未曾盖住或尚够不到的地方才是我的生活可以插入的空地。根据我对你魁梧身材所作的设想,留给我的地方是不多的……"(278)这种寄生性深刻地影响了他的思维方式和生活方式:"我的一切思想都处在你的压力之下……所有这些似乎与你无关的思想从一开始就带上了你即将说出的判断的负担","只要你表示反对,或只要能够估计到你可能会反对,一切便都告吹;而我做任何事情时几乎都能够估计到你可能会反对的"。(243)

莫非卡夫卡在此有意暗示,他的自我分裂、自己反对自己的自我"起源"正是"父亲"? 正是作为暴君、法官和猎人的父亲将卡夫卡变成了奴隶、被告和猎物,变成了寄生虫? 而根据我们此前的分析,更贴近卡夫卡自己理解的理解或许是:真正的自我"起源"无法追索,所追索到的"父亲"

---

① 杨正润:《现代传记学》,南京大学出版社,2009,第368页。

只是一个"替罪羊",一个象征或替代。

也正是从父亲"未曾盖住"的和"够不到"的那些为数"不多"的"地方",卡夫卡对父亲发动了一次反攻,在现实层面上,这一反攻"战场"就是《致父亲》这一文本本身。这是赫尔曼"够不到"的地方,赫尔曼显然不会"写作"。在这一战场上,卡夫卡所向披靡,战无不胜。而在文本的内部,这一"战场"却又恰恰是父亲那简单化的思维和粗糙的情感看起来似乎已经"盖住"的地方。卡夫卡的"反攻"寄生在父亲对卡夫卡的"攻击"的缝隙里,他的"复杂解释"寄生在父亲的简单的、甚至"全然错误"的理解中:

> 我之所以很难作出解释,是因为我在那么多的日夜中反复沉思、掂量一切,以致我现在看到的景象使我也觉得复杂无序,无所适从了。在我看来,或许只有你那对事情的全然曲解能够使我的解释任务容易一些,而稍微修正一个全然错误的理解并非太过困难。(271,有改动)

文本的基本结构显示了卡夫卡的对父亲"反攻"和自我解释的策略:父亲的"简单化"——混淆了"曾有一次"和"经常",以就事论事的方式掩盖"起源"问题;卡夫卡的"复杂化"——不断地从"曾有一次"中聚合出"经常",步步深入地将作为事情本身的"曾有一次"导向"起源";卡夫卡与他记忆及想象中的父亲所做的反驳经由折中、调和而形成更为"公平"的解释。文本大体上可以分为三个部分,这三个部分之间以及每一部分的内部更细小的部分之间都贯彻了上述解释策略。第一部分引述父亲的提问,正是这种提问方式暴露了父亲简单的、自以为是的思维方式——"在你的眼里事情总是显得非常简单"(237),而在卡夫卡看来,思维方式恰是一个人最本质的体现;第二部分由对简单的思维方式的批判引向对简单粗暴的教育方式和行为方式的批判("力量、咆哮和愤怒"以及"斥骂、威胁、讽刺、冷笑、自怜"),引向父亲的这种整体人格对自己几乎所有人生阶段(童年、少年、青年和成年)和几乎所有生活领域(日常习惯、性行为模式、家庭关系、宗教信仰、职业选择、写作事业、婚姻情感态度等)的压倒性影响;第三部分是虚拟的父亲的回答及对这一回答的评述,虚拟的回答可以看做赫尔曼对卡夫卡反攻的"反攻";但由于是虚拟的,因此又被重新聚合而成为"卡夫卡式反攻"的一部分。这样,以对父亲简单观点的反驳作为基础,文本逐步编织起父亲罪过的致密网络,卡夫卡以此为自己人生的失败作出某种解释,同时他的儿子身份,即便是失败的和破碎的儿子身份,也已经被固定在其中了。

这一文本的"寄生性"也表现在卡夫卡对父亲的语言、动作和思维方式的模仿和戏仿上。大量对于父亲语言的直接和间接的引用（比如："我要把你像条鱼一样撕得粉碎"、"他死了算了，这只疯狗"）、对于父亲动作的描摹（比如，如果"我"对任何一件事感到高兴而在家里说出来，"回答就会是一声嘲讽的叹息、一个摇头的表示、一个手敲桌子的动作"）构成了这一文本趣味和魅力的一个重要因素。而清楚的是，这也是卡夫卡对父亲的"反攻策略"："为了在你面前显示我还是有点儿能力的，还有一部分是出于一种报复心理，我很快就开始对我在你身上发现的一些小小的可笑之处进行观察、搜集和夸张。"（251）

在模拟父亲的回答对自己的反驳时，卡夫卡也一再地强调，"你"对"我"的不信任还不如"我"对自己的不信任那么严重（282），换言之，即便在对自己进行反驳、对自己性格缺陷进行分析这一方面，卡夫卡认为自己在知性的判断力上也已经远远地超过了父亲。这一指责的杀伤力是很大的，比起指责父亲有意识地"粗暴"还要厉害，因为在前者那里包含了对父亲在智力和情感方面低能的指责和蔑视，而后者则是一个中性的性格问题。卡夫卡实际上所要说的恰是父亲是有"罪过"的：他说父亲"无辜"，因为父亲"无知"——但另一方面，在以能够精细地分析自我、反思自我为美德的卡夫卡看来，对于自己"罪过"的"无知"，无能于"认识你自己"，不正是最大的"罪过"吗？

卡夫卡对于虚拟的父亲的反驳所进行的"反驳"实际上包含了对父亲"不许顶嘴"的滑稽模仿。他控诉说："你很早就禁止了我说话，你那'不许顶嘴'的威胁和为此而抬起的手从来就一直伴随着我"，"你说：'不许顶嘴'是想压服我这儿令你不快的反对力量……"（247）父亲的这种行为方式深刻地影响了卡夫卡，以至于他以更复杂的方式——这一方式也是赫尔曼"盖不住"和"够不着"的——压制了父亲在自己作品中的"顶嘴"。①

---

① 在1910年的一则日记中，卡夫卡写到，自己"常常思考"包括父母等"一群人"如何伤害了自己的"这些事情"："我对他们所有的人说出了我的谴责，以此将他们互相公之于众，但却不容忍反驳。因为我确实已经忍受够了那些反驳，而且因为我在这些绝大多数的反驳中遭到反驳，我不能有别的选择，只好也把这些反驳纳入我的谴责，并且声明，除了我的教育外，这些反驳在诸多方面也伤害了我。"（参看叶廷芳主编：《卡夫卡全集》（6），第9页）南非作家、诺贝尔文学奖获得者纳丁·戈迪默曾在1984年为不能写作的赫尔曼代言，模仿赫尔曼的口气写了一封《致儿子》，但并没有引起多大重视，因为卡夫卡将这一切都想好了，他的谴责里已经包含了对这些反驳而进行的反驳。

当然,如前所说,在现实层面上,这封信对赫尔曼没有什么影响,但无论如何,卡夫卡在信中对自我进行了深入的分析,有了面对自我的勇气,对自我有了一种新的认识和发现。而这正是这一特殊自传的意义。美国学者华莱士·马丁说:"在某些情况下,自传作者并不打算描写一个他或她已经知道的自我,而是去探索另一个自我。这个自我尽管有所变化,却是从一开始就内在于作者自身,等待一次自我发现,这一发现将会在现在的'我'中把过去的一切汇聚起来。"① 可以说,在这一作品中,卡夫卡几乎汇聚了所有的智慧以发现自我——一个寄生在"父亲"上的自我。

卡夫卡的这一构建是很有反讽意味的,因为他所发现的恰是自我的寄生性和分裂性。正如他在次年的笔记中所说,所谓的"自传探索"计划:

> 就像自己的房子已经摇摇欲坠的人要在旧的房子旁边再盖一座新的房子一样,如果可能的话,就用原来房子的材料。但不可否认,可能出现这种糟糕的情况:如果在建新房子的中间,他没了力气,那么他就不再有一座尽管不安全但仍是完整的房子,而是有两座半拉子房子,一座拆了一半,一座建了一半,这就是说,他一事无成。接下来自然就是疯狂,这就是说,就像一个哥萨克人在两座房子之间跳舞,他的不断踢打的脚后跟将泥土片片掀起,最后一间坟墓会在他的身后慢慢成形。②

3. 文学性的"父亲"与卡夫卡的文学

在"曾有一次"的层面上,卡夫卡用此信来解决自己和父亲的关系问题并用来建构自我,而在"经常"的层面上,这封信却将"父亲"象征化了。在这一意义上,《致父亲》描绘的更像是一个梦的世界、戏剧化了的世界,一个现实和想象相交错、或者被想象所改造了的现实世界。现实的父亲("曾"的意义上)和卡夫卡想象中的父亲("经常"的意义上)之间的裂缝是巨大的。正如美国传记作者帕维尔所说:"到了卡夫卡写这封信的时候,'父亲'与'父亲形象'之间的缺口已经大得可以容纳整个世界了。在一端是赫尔曼可怜的、悲惨的形象……而在另一端则耸现着无所不能、无所不

---

① 华莱士·马丁:《当代叙事学》,伍晓明译,北京大学出版社,1990,第82—83页。
② Cited in James Olney, *Memory & Narrative, the Weave of Life-Writing*, The University of Chicago Press, 1998, p. 283. 亦见于叶廷芳主编:《卡夫卡全集》(8),第238页,译文有所不同。

在的收信人的形象,他有些可疑地像是休息日的赫尔曼·卡夫卡——反复无常,充满恶意。一个真正的犹太人上帝。"①赫尔曼这个"最亲爱的父亲"更像是卡夫卡笔下的一个文学形象。

卡夫卡从他与自己父亲的关系那里获得了深刻的生命体验和文学创作的灵感,虽然庞大的"父亲形象"并不能"覆盖"卡夫卡的全部,但无疑是通向他人生和作品核心地带的一个重要路标。卡夫卡"通过父亲写自传",以"寄生"于父亲的方式反过来"猎捕"父亲、"覆盖"②父亲以构建自我,最终在那副将在未来打开的"世界地图"上,父亲将和他"共生"——试问当今的卡夫卡研究者,谁又能够真正绕过卡夫卡的"父亲"呢?

卡夫卡既以父亲看待自己的方式来看待自己的作品,也以自己看待父亲的方式看待作品:父亲、儿子、作品三位一体——"作品"既是他的"儿子",也是他的"父亲"。他的小说《十一个儿子》实际上谈的是他的 11 篇作品。另一方面,"作品"与"写作"也是卡夫卡用来反对赫尔曼这个外部的、尘世的父亲的"内在的本真的父亲",是他的真正的"上帝"。他在早年的信中所宣称的"上帝不让我写,我偏要写"③的意思可以理解为:"我将是我自己的上帝,我也将是自己的父亲。"而他所写出的"作品"就是这一个"内在自我"所"生产"出的"父亲"。他害怕写作,又渴望写作带来的幸福,就如他害怕父亲,又希望得到父亲的爱一样:"(写作)在我童年时作为预感,后来作为希望,再后来作为绝望笼罩着我的生活,而且——可以说,是它(写作)以你的形象指使我做出了一些小决定。"(267,有改动)卡夫卡留下销毁自己作品的暧昧遗嘱也可以理解为卡夫卡对父亲对待自己方式的模仿:父亲对他失望,他也对自己的作品失望,父亲要把他"踩入地下",卡夫卡也要将自己的作品"统统烧毁"。

通过对上帝/父亲的反抗,卡夫卡确认了自己的"作家"的身份,尽管

---

① Ernes Pawel, *The Nightmare of Reason: A Life of Franz Kafka*. New York: Farrar Straus Giroux, 1984, p.385.

② 参见《判决》中父子之间的对话:"我真的被盖好了么?"——"别担心,你被盖得很好。"(Franz Kafka, *The Complete Stories*, Schocken Books, 1971, p.84.)当然,这一作品中的"父亲"并没有被"盖住",父亲最终判决儿子去死。在某种意义上,《致父亲》可以理解为:卡夫卡通过"判决父亲"对早年的那副"父子地图"进行了修正。而颇有意味的是,在那片敞开的墓地上,卡夫卡没有单独的墓碑,他和自己的父母共同拥有一块墓碑,并且在墓碑上,他的名字确实"盖"在了父亲名字的"上面"。

③ 叶廷芳主编:《卡夫卡全集》(7),第17页。

第三章 卡夫卡与他的书

不无挣扎和矛盾,但这最终将是他最珍视的身份;也正是这一"寄生"在卡夫卡身上的"作家身份"将最终把他从时间的虚无中拯救出来——不是在他曾存在其中的时间中,而是在他死去之后的时间中。①

从这里我们可以进入卡夫卡以文学形式写成的另一个自传性作品《猎人格拉胡斯》。在这一堪称卡夫卡对自己命运的寓言式描绘和预言书的作品中,隐含着卡夫卡看待父亲和自己之间关系的某种神话般的视野。这篇小说写于1917年,此时卡夫卡与父亲的"决定性时刻"尚未到来,但正是这一小说预示了卡夫卡、父亲、作品这三者之间的深层关系。在"黑森林"里从事捕猎事业的猎人格拉胡斯(Gracchus 来自意大利语的 gracchio 一词,意为"乌鸦")既是父亲赫尔曼·卡夫卡(捷克语的 Kavka 就是乌鸦,也是赫尔曼商铺所用信笺的图标),也是作家弗兰茨·卡夫卡。"黑森林"即是险恶的、危机四伏的现代社会的隐喻:赫尔曼作为一个犹太屠户的儿子,从社会底层打拼最终成为一个拥有自己商铺的资产者,需要的正是这种残酷而坚韧的猎人意志;"黑森林"同时也是神秘的灵魂内部或曰潜意识空间的隐喻:卡夫卡作为父亲的猎物,作为一个只能写作的"作家",必须向这个黑暗的空间进攻来索取猎物以获得养料和"食物"来维持精神的生命,他所需要的也同样是这种残酷而坚韧的猎人意志。②他彻夜写作以"猎取"作品的行为所显示出的正是一个猎人的形象。

追逐者被追逐,这是一个卡夫卡式的怪圈,如他所说:"一个人能够追逐自己的梦是好事,但又会变成坏事。大多数结局都是这样的:结果变成被自己的梦所追逐。"③就他与父亲的关系而言,在现实中,父亲追逐卡夫卡,使其成为猎物,而在文学世界里,卡夫卡追逐作品,在《致父亲》这一作品里,父亲又成为卡夫卡的猎物。卡夫卡首先是父亲的猎物,在卡夫卡的想象里,父亲毁掉了自己生活的能力,掏空了自己生活的基础,但在卡夫卡所编织的密不透风、无法挣脱的文字之网里,父亲反过来成为卡夫卡的

---

① 卡夫卡说:"活着的作家同他们的书有一种活的关系,他们本身的存在就是捍卫它们,或者反对它们的斗争。一本书的真正生命要在作者死后才表现出来,说得更正确些,要在作者死去一段时间后才表现出来,因为这些血性的人在他们死后还会为他们的书斗争一番。然后书就慢慢地孤单下来,只能依赖自己的心脏的搏动了。"参见叶廷芳主编:《卡夫卡全集》(10),第433页。

② 这种残酷更多地是针对卡夫卡自己的,即"作为作家的自己"针对"不是作家的自己"的残酷:"自己反对自己"由此可以得到更直观的理解。

③ 叶廷芳主编:《卡夫卡全集》(7),石家庄:河北教育出版社,1996,第326页。

猎物——文本世界中的卡夫卡步步紧逼,毫不放松,不给父亲以任何喘息的机会,扮演的正是一个穷追不舍的猎人的角色。意味深长的是,成为父亲的"猎物",被剥夺到一无所有的卡夫卡,正是凭借写作这一向灵魂的黑夜索要真正"猎物"的"狩猎"行为,他最终得以克服了时间和死亡的"捕获",用自己的猎物/作品为自己获得了"不朽"。

　　死而不死的猎人格拉胡斯的身体到处漫游,已经死去的他最终将自己的命运交给了自己的"不死的身体":"我在这儿,更多的我就不知道了,我所能做的只有这一点。我的小船没有舵,只有随着从冥府最深处吹来的风行驶"。① 这一听天由命的"放松"姿态其实正预示了《致父亲》中最后部分虚拟的父亲对自己"寄生性"的想象:"你对你在生活上不能干又何必担心呢?反正我有责任,你尽管放松四肢,无论肉体上还是精神上,任我拽着穿过生命之河。"(281)格拉胡斯"不死的身体"就是卡夫卡的"不朽作品",卡夫卡所赋予自己作品的一个形象就是其父赫尔曼,其作品/父亲将引领他穿过生命的河堤。

　　可以认为,作为作家的卡夫卡的真正生命,是在他本人死去之后,在他与赫尔曼·卡夫卡的现实关系彻底终结之后——因为无论他的内心世界有多么广阔,死亡毕竟终结了它——卡夫卡的作品就是卡夫卡,卡夫卡就是他自己的作品。作品是他的父亲的影像,也是卡夫卡的象征性父亲。在文学这个寓言世界里,"曾有一次"的父亲最终"变形"为具有永恒意义的父亲。

　　虽然卡夫卡曾写下的这封旨在与父亲和解的信并没有到达父亲手里,但正如他一直保存了这封信一样,他也始终保留了与父亲和解的希望。在日记中他曾写道:"回到父亲那里去。美妙的和好之日。"② 可以认为,他的这一愿望最终实现了,并且在这一最终和好的视野中,过去曾存在的许多痛苦片段似乎一下子"变形"为天堂般的美好图景。1924 年 5 月的一封信中他在谈到自己饮食时写道:"亲爱的父亲,这也许会中你的意的,我喝啤酒和葡萄酒。"③ 在此可以比较《致父亲》中的描写:"当我大口大口地吃饭时,或甚至还能喝一喝啤酒时,或唱起并不理解的歌时,或

---

① 叶廷芳主编:《卡夫卡全集》(1),石家庄:河北教育出版社,1996,第 374 页。
② Franz Kafka, *Diaries 1910—1924*, Max Brod ed. New York: Schocken Books, 1976, p. 387.
③ 叶廷芳主编:《卡夫卡全集》(8),石家庄:河北教育出版社,1996,第 231 页。

模仿你习惯的讲话腔调时,你总是鼓励我,但这一切都与我未来无关。"(241)但在生命的最后时刻这一切似乎和他密切相关了,此时的卡夫卡或许才想到能够大口吃饭、大口喝酒是件多么美好的事情,在给父母的最后一封信中他写道:"如今在这炎热的日子里我常常回想起,有一度我们曾定期在一起喝啤酒,那是在多年以前,是在父亲带我去平民游泳学校学游泳的时候。"①卡夫卡曾向多拉详细介绍过当时的情景:"你设想看,一个好大的手中抓着一个小小的手学游泳,我们在黑暗的小房间里脱衣服,他把我全身脱光,因为我自己害臊,然后他想用他那所谓的游泳姿势来教我,如此等等。还有那啤酒!"②至此,我们所追踪的卡夫卡所进入的和父亲之间关系的"漫长的黑夜旅程"似乎可以画上一个句号了,至此,照耀在大海和沙滩上的阳光终于也照进了少年卡夫卡和他"最亲爱的父亲"所在的那个"黑暗的小房间"。

五 《日记》及其文学空间

法国后现代思想家莫里斯·布朗肖在其《文学空间》第三章第二节"卡夫卡与作品的要求"的第二段的开头写下"卡夫卡的情况令人困惑不解并且是复杂的"这句话之后,下了一个注:"下面章节中的引文几乎全部来自卡夫卡的《日记》全集……"这可以理解为:卡夫卡的日记是进入"令人困惑不解并且是复杂的"卡夫卡及其"文学空间"的重要路标。在他看来,卡夫卡的日记"并不是今天人们所理解的《日记》,而是写作经历的活动本身——这是从卡夫卡赋予这个词的最贴近其起源和根本意义上讲的,《日记》应当从这个背景中去阅读和提问"。③ 这话听起来像是卡夫卡在《日记》中说法的反响:"无论何时我对自己真正进行提问,总会得到某种回应,在我里面总会有某种东西燃烧起来……"④《日记》既是卡夫卡向自己"提问"的记录,也是他"里面"的"某种东西"因被"提问"而燃烧起来成为"文学"的记录;也可以说,卡夫卡向自己提问的方式,按照卡夫卡赋予"提问"这个词的意义来说(卡夫卡后来在另一本"日记",即《八本八开

---

① 叶廷芳主编:《卡夫卡全集》(8),石家庄:河北教育出版社,1996,第232页。
② 同上书,第187页。
③ 莫里斯·布朗肖:《文学空间》,顾嘉琛译,北京:商务印书馆,2003,第40页。
④ Franz Kafka, *Diaries*. Max Brod ed. New York: Schocken Books, 1976, p.12.

笔记本》中写道："我只是提问罢了。"①），就是"写作"，并且首要地就是"日记写作"，卡夫卡的《日记》本身也因而成为一部特殊的卡夫卡式的"作品"。由这一作品可以牵出很多线头，对于理解他的作为"写作"之整体的"作品"的不同层面以及他的写作与作品的性质都是重要而有启发意义的。下文拟在考察卡夫卡日记形态的基础上，阐述卡夫卡的日记写作与文学写作之间的关系，并在这一背景中探讨进入卡夫卡《日记》的"文学空间"的路径。出于可以理解的理由及惯例，笔者对卡夫卡日记文本的引述，仍依从布洛德的版本。

1. 卡夫卡"日记"的形态

对卡夫卡赋予"日记"这个词的"最贴近其起源和根本意义"的理解，需要从卡夫卡日记的形态说起。据马克斯·布洛德在《卡夫卡日记·后记》（中文版全集日记卷未收入）以及理查德·格雷等人编辑的《卡夫卡百科全书》之"日记"词条可知：卡夫卡去世后，布洛德从卡夫卡死前留下的13本对开笔记本中选择了那些最像是日记的条目，编辑而成《卡夫卡日记》——只忽略了"由于其片段性特点而明显无意义的少量段落"和"太过隐私"及"卡夫卡必定不愿公开的对其他人的批评"的内容，②先于1948和1949年分两卷出版英文译本（《卡夫卡日记：1910—1913》、《卡夫卡日记：1914—1923》），德文本稍晚，于1951年以《卡夫卡日记：1910—1923》为名出版。《卡夫卡百科全书》的编者认为，"布洛德的这个版本给人造成了卡夫卡确实写日记的印象，这只在部分意义上是对的"，因为"卡夫卡在自己的笔记中写各种东西：速写或素描、书信的草稿、故事梗概等，也在具体日期下写包含个人反思和一些我们会与'日记'联系起来的东西"。③后来也不断有人编辑不同形式的《卡夫卡日记》，最具决定性意义的当然是1990年出版的由汉斯-戈尔德·科赫、米歇尔·穆勒与马尔科姆·帕斯雷等编辑、作为卡夫卡作品标准版组成部分的三卷本《卡夫卡日记》；据说，后者在权威性上已经取代马克斯·布洛德的版本。

围绕着卡夫卡日记版本展开的争论，其意义是让我们看到，在原初形

---

① Franz Kafka, *The Blue Octavo Notebooks*. Cambridge: Exact Change, 1991, p. 90.
② Franz Kafka, *Diaries*, p. 489.
③ Richard T. Gray, Ruth V. Gross, Rolf J. Goebel and Clayton Koelb, *A Franz Kafka Encyclopedia*, Greenwood Press, 2005, pp. 264-265.

态的卡夫卡的 13 本对开笔记本与后来经编辑而成各种版本的《卡夫卡日记》之间存在差异;但另一方面,过分地强调这一差异,其实也会掩盖一个更有意义的问题,即卡夫卡是否"有意识地"或"知道"自己写的是"日记"?进而,我们应该按照卡夫卡理解"日记"的方式去解释他的日记还是应该按照对于"日记"的通常理解(即将"日记"看成有一系列成规所规定的"文类")来解释他的日记?

翻开卡夫卡的"日记",可以发现大量对"日记"尤其是自己的"日记"的思考和评论。比如:"一个不记日记的人,在日记面前会采取一种错误的态度"①;"写日记的人的一个优点在于:你对无时无刻不在经受的变易有着令你感到心安的清晰意识"②。再比如:"我又读了旧日记"③;"从今天起抓住日记! 定时地写! 不放弃! 即使不能得到精神与肉体上的拯救"④;"继续写日记变得十分必要了。我不稳定的脑袋,F. 在办公室里精力的衰退,身体上的无能,这些都妨碍了写作,而内心却需要它"⑤;"稍稍浏览了这本日记,得到了一种如此生活结构的暗示"⑥。可以看到,卡夫卡的"日记"具有"元日记"的特点,卡夫卡具有非常明确的"日记意识",并且这一意识和他的"自我理解"(这一自我理解的动机构成了他写作包括文学在内的"作品"的基本动力)结合在一起。这就需要我们在一个更为宽广的基础上和更为基础性的层面上考察他的"日记";也可以说,从他的日记出发考察一般意义上的日记,比从一般意义上的日记出发考察他的日记更能深化我们对于一般意义上的日记的理解。

就通常形态的日记和对日记的通常理解来说,鲁迅是一个很好的例子。鲁迅写过日记体的小说《狂人日记》,也写日记,但他对日记形式的"文学"和作为一个文类的"日记"都颇不信任:"我宁看《红楼梦》,却不愿意看新出的《林黛玉日记》,它一页能够使我不舒服小半天。"他还说:"日记体,书简体,写起来也许便当的多罢,但也极容易起幻灭之感;而一起则

---

① Franz Kafka, *Diaries*, p. 56.
② Ibid., p. 145.
③ Ibid., p. 206.
④ Ibid., p. 180.
⑤ Ibid., p. 219.
⑥ Ibid., p. 316.

大抵很厉害,因为它起先模样装得真。"① 但并不存在"没有模样"的"真",小说和日记都是在"做样子","模样不同"而已;不同的人其日记的"模样"不同——鲁迅认为自己的日记"写的都是信札往来,银钱收付",因此就"无所谓面目,更无所谓真假",② 但其实既在为自己"做样子",也在为某种日记形式"做样子"。

从文学"模仿"的角度来说,"日记"之所以能够把模样"做"得比小说或其他文学样式"更真",首先就在于日记所模仿的"模样"更"自然",它所模仿的是日记作者所经历的一个又一个的"日子"。正如"一天"是人生的一个天然"单位",一天的"日记"也是构成人生写作(life-writing)的一个天然"单位"。一方面,一天包括一个"白天"和一个"黑夜",一天的"日记"通常会包括一天的"活动"或"经历"以及对这些活动和经历的"反思";另一方面,写作日记这一"活动"常常会在晚上进行,在夜晚的写作活动中,日记作者会再度经历自我的"白天"和"黑夜"。看起来似乎是,以一种颠倒的方式,"日记"对于一天的"回忆"对应着"人生"中构成一天的"黑夜"与"白天"——诞生在"黑夜"里的日记一方面以回忆的方式经历着或反思着自我的白天,另一方面在这种回忆和反思中也融合了在黑夜里浮现出来的更深层的那些经验。如果说,我们是在不断地"从经验中建构意义",同时又不断地"将形式和秩序赋予经验",③ 那么,一篇日记就是这种双重运动的一个自然单位——以写日记这种"再度经历"的方式,日记作者在一个又一个的自然单位时间中整合起自我的"经历"和"反思"两个方面。粗略地说,这种"再度经历"的方式就是将白天的自我和黑夜的自我结合在一起的方式,也是自传作者为每一天的"自我"所做的"样子"。

从所有的写作都是在一个个"日子"中生产出来的这一意义上来说,卡夫卡的所有写作都是"日记",而作为被他称之为"日记"的 13 本笔记及在此基础上由后人编辑整理的《日记》,则可以理解为对他这个人以及作为这个人的"文学性样子"的全部作品的一个"模型"。

---

① 鲁迅:《怎么写——夜记之一》,王世家、止庵编《鲁迅著译编年全集》(捌),北京:人民出版社,2009,第 458 页。

② 鲁迅:《马上日记·豫序》,王世家、止庵编《鲁迅著译编年全集》(捌),北京:人民出版社,2009,第 179 页。

③ 参见杨慧林:《宗教社会学研究的"意义建构"》,载《基督教文化学刊》第 16 辑,北京:宗教文化出版社,2007,第 293 页。

2. 日记:卡夫卡的"文学之梯"

就大多数写日记的作家而言,日记要么就是"文学",要么与其"文学"有着一种内在的联系,而卡夫卡的日记则综合了这两种情况。在1910年底的一则日记中卡夫卡写道:"我的内部液化(松动)了(目前还只是表面的),并将流溢(释放出)出存在于深层的东西。我内部的小小秩序开始形成,而我也不需要更多的东西了,因为对于天分不高的人来说,混乱就是最糟糕的事情。"①此时的卡夫卡还没有创作出"像样的"文学,但这则颇有文学色彩的日记对于我们考察他后来写出文学的"样子"却很重要——他的文学就是"从内部"释放出来的"存在于深层的东西",以及对于这种东西的"秩序化"。

卡夫卡日记最重要的主题就是"写作"。他的日记里每一页几乎都写下了关于写作的思考和写不出来他能够满意的东西而产生的焦虑。日记里也有很多梦的记录,但即便在梦里,卡夫卡所梦到的大多也是写作;这显示出他的"日记"与"文学"之间的复杂关系。1913年他梦到了一封重要的信,但看信的过程中他醒了,之后又"在清醒的意识里强制自己再入梦境,这种情况真的又展现出来了,我还很快地读了信上的两三行模糊不清的字,对于这些字我什么也没记住,同时在继续的梦境里也失去了这个梦"。②

当然,日记就已经是写作,但他在日记里不断地谈到无法写作的焦虑,因此就显得日记写作还不是真正的写作;或许真正的写作就是他的"文学"或"小说"?但好像也不是。1917年,卡夫卡已经写出了《判决》、《变形记》、《在流放地》、《乡村医生》等非常"像样的"作品,他日记中的看法则是:"我仍能从像《乡村医生》这类作品中感到稍纵即逝的满足,前提是我仍能写出此类作品(这是非常不可能的)。但只有我能将世界提升到纯净、真实和永恒中我才会感到幸福。"③可以认为,卡夫卡在写作中并没有得到这种意义上的"幸福",因此,以卡夫卡所设置的最高意义的写作标准,他所已经写出的东西实质上并没有差别;卡夫卡在"日记"与"写作"之间的区分只是"写作"内部的区分;二者的关系是内在的,理解了一个就能

---

① Franz Kafka, *Diaries*, p. 33.
② 叶廷芳主编:《卡夫卡全集》(6),石家庄:河北教育出版社,1996,第272页。
③ Franz Kafka, *Diaries*, pp. 386-387.

理解另一个,因此首要的是理解二者之间的关系。

在 1910 年 5 月 17 日之前的一则日记里(在此日期之前,卡夫卡的《日记》没有日期,大约可称之为"日记之前的日记"或"前日记"),卡夫卡回忆了自己过去的一段生活:"在我五个月的生命里我没写任何东西",他接着谈到"对自己说话",但他又觉得总理解不了自己的生活状态和生命状态:"我的状况并非不幸,也非幸福,不是冷漠,不是虚弱,不是疲惫,也不是其他的东西"。卡夫卡将这一状态与写作联系起来:"我对此的无知或许与我无能写作有关。尽管我不知道它的原因,我相信能理解后者。所有那些东西,也就是说,所有那些发生在我的思想里的东西,都不是从根基处、而是从半空中进入我的思想的。那么不妨让谁去试试抓住它们,让他去试着抓住、死死地抓住那刚开始从半空生长出来的那丛草。"①

卡夫卡的写作所要抓住的就是这丛"从半空生长出的草"(或许这就是他的"文学"的一个比喻性说法),为此他觉得必须学学那些日本杂技艺人:"他们在一架梯子上攀爬,这梯子不是架在地上,而是支撑在一个半躺着的人高高抬起的脚掌上,这梯子不是靠在墙上,而只是悬升在半空。"②他觉得只要自己每天能够用一个句子抓住一棵出现在半空中的"草"就够了;那个句子瞄准了它,就像"人们用望远镜瞄准彗星";这个时候他就会感到登上了梯子的"最高一级":

> 这架梯子是稳稳地立在地上的,依靠在墙上的。可是那是什么样子的地呀,什么样子的墙呀!不管怎么说,这架梯子却没有倒下,我的双脚就这样将它压在地面上,我的双脚就这样将它抵靠在墙上。③

在这则日记中,卡夫卡使用了一系列比喻来解释自己的人生状态,但这些比喻构成了复杂的组合关系,仍需要进一步解释。要而言之,无法理解的人生状态需要用写作的无能来进行类比解释,但要进一步解释前者仍需要有能力写作;写作就相当于用句子瞄准出现在半空中的事物,这需要一架梯子……"写作"所用的梯子、梯子所立足的地面以及所依靠的墙已经就是一个文学比喻,这个文学比喻由于叠合了之前日本杂技艺人的

---

① Franz Kafka, *Diaries*, p.12.
② Ibid.
③ Ibid., p.14.

表演的比喻而显得更加扑朔迷离……

大体可以说:第一个比喻就是第二个比喻的"地面和墙壁",第二个梯子建立在第一个梯子的基础上;进而,卡夫卡的"文学"是第二个梯子,而他的"日记"是第一个梯子,也是第二个梯子的"地面和墙壁";"日记"既是卡夫卡的"文学之梯",也是其"地面和墙壁";他认为日记是他能抓住自己的"唯一地方"①,而小说则是"空中的表演";但"什么样子的地面呀,什么样子的墙呀!"……说到底,日记也是空中表演。

粗略地看,卡夫卡的"日记"与"文学"构成了某种"不确定的二分组合"(indeterminate dyad),即"构成一对组合的事物不是独立的单元,不能被简单地算作'二';相反,它们是整体的部分,在某种程度上互相包含对方。"②卡夫卡的日记和文学都是其"写作"这一整体的部分。

要对卡夫卡的"日记"和文学进行区分,并不容易,但卡夫卡暗示甚至坚持这种区分,这倒是我们理解其"写作"和"人生"之间关系的一个线索。卡夫卡所写下的、在他看来尚不是"文学"的"日记"与他的"文学"之间存在着某种比例关系,这种比例关系大体就相当于"写作"与卡夫卡的"人生"之间的比例关系;卡夫卡要把"日记"与"文学"分离开来,就相当于他要把"文学性人生"(由他"写作"出来的"作品"为标志)从总体的"生活"中分离出来——他认为"文学"才是他真正的"生命";与之相比,"生活"无关紧要:

> 我作为一个写作者的命运很简单。我所具有的描绘自己内部那梦一般生活的天分将其他所有事情都推向了后台;我的生活可怕地缩小了,并且还将缩小下去。③

卡夫卡对"日记"的态度是复杂的,这种复杂部分地源自他对"日记"可能对"文学"难以预计的影响的某种忧虑。1911年初的一则日记中,他写道:"这些天我没有写下多少关于我自己的东西,这部分地是因为懒惰(我白天睡得那么多那么沉,这期间我的身体重了很多),部分地也因为,我害怕暴露我的'自我理解'。"④他害怕在日记中暴露他的"自我理解",这并不是说"自我理解"不是他所追求的东西,恰恰相反,这种真正的自我

---

① Franz Kafka, *Diaries*, p. 29.
② 萝娜·伯格编:《走向古典诗学之路》,肖涧译,北京:华夏出版社,2007,第3页。
③ Franz Kafka, *Diaries*, p. 302.
④ Ibid., p. 35.

理解需要在真正的"写作"即"文学"中被确定下来,这种写作必须包含"最大的完整性,所有的偶然后果以及全然的真实"。① 但这种任务"日记"难以完成。他担心,在日记中"写下来的东西"因为"有其自身的目的,也有已经被写下来的东西所具有的优先性",因此就会取代那些"仍在被模糊地感觉到的东西";如果这事发生的话,那真实的感觉就在其中消失了,此时再发现那些已经被写下东西的无意义,"就已经太晚了"②。他1911年底的日记更形象地表达了这种"担忧":

> 一个人在两个地洞前面等待着一种幻象的出现,它只可以从靠右的那个洞里出来。但这个洞正好是在一个模糊不清的盖子下面,而从左边的洞里一个幻象接着一个幻象升起,这些幻象企图把目光吸引到它们那里,最终毫不费力地用它们不断增长的身躯达到这个目的,这身躯最后甚至将真正的洞口遮盖住了,尽管人们十分想阻止这个行动。③

这里的"两个地洞"之间扑朔迷离的关系大致可以对应起他的"日记"与"文学"之间的关系。可以看到的是,随着卡夫卡文学天分的不断发展,他日记篇幅总体上却越来越短,这似乎也对应了他对"生活"的"不断缩小"的描述。从英译本来看,1910年的日记25页,1911年有124页,1912年55页,1913年36页,1914年74页,1915年31页,1916年18页,1917年17页,1918空缺,1919、1920年都只有1页,1921年6页,1922年25页,1923年不到半页。他对自己"日记"也大体经历了从依赖到"幻灭",而经历这一过程的,还有他的"文学"……1923年6月,他留下的最后一则"日记"干脆对所有"写作"作出了"判决":

> 我越写越感到恐惧。这是可以理解的。每一个字词,都由幽灵之手扭结而成——手的这种扭结是其独特的姿态(模样),字词变成了矛,反过来对准了写作者。……唯一的安慰或许是:不管你想还是不想,它都发生了。你所想的,没有帮助。比安慰更多的是:你也有武器。④

---

① Franz Kafka, *Diaries*, p. 35.
② Ibid.
③ 叶廷芳主编:《卡夫卡全集》(6),第174页。
④ Franz Kafka, *Diaries*, p. 423.

也正是在这最后一则日记里,卡夫卡的"白天"与"黑夜"之间的结构塌陷成为一团混沌:"散步、黑夜、白天,无能为力,只有痛苦。"①此时的卡夫卡或许会更加深刻地感受到以"写下来的东西"(文学人生)来取代那些"仍在被模糊地感觉到的东西"(生活)的悲剧性,一年之后,他将因去世而不再有任何感觉;对于悲剧人物来说,"发现"总是"已经太晚"。

3. 卡夫卡日记的"文学空间"

理解卡夫卡的《日记》,甚至比理解他的全部作品还要困难。用柏拉图笔下苏格拉底的一个比喻性说法,《日记》是用密密麻麻的"小字"写成的,②这使其成为卡夫卡式"文学空间"的一个压缩版;但对于读者,正如卡夫卡所言:"你也有武器",这"武器"可能就存放在卡夫卡日记里面。在1911年的一则日记中他写道:"但愿我能够写大而完整的东西,它从开始到结束都被结构得很好,那么在结束时这个故事将不再从我这里离开,对我来说,平静地、睁大眼睛地、像一个健康故事的血亲听其被诵读就是可能的;但事实是:这个故事的每个小片段都像无家可归一样兜圈子,将我驱向与其相反的方向。——但是,要是这个解释正确的话,我仍能感到幸福。"③也就是说,《日记》既象征着卡夫卡写出"大而完整的故事"的意愿,也是对他写作实际情形的展示和解释,并且这种解释很可能是"正确的解释";进而,无论《日记》是否是一个"大而完整"的故事,使解释者感到幸福的"正确解释"的可能性仍是存在的。笔者解读的努力将局限于发现《日记》中的一些"大字",这些字之所以显得大些,或因为重复的出现而显得对这个"空间"有界定作用,或因为与卡夫卡的其他作品有密切联系而有助于更好地理解其作品的总体性质。

对于卡夫卡日记的"文学空间"的理解而言,观察者与这个空间的关系显得至关重要,也令人困惑,"外"与"内"、"上"与"下"的空间—位置关系因观察的介入而得以成立,也因观察者的"观察冲动"而变得摇摆不定;正如"绝望总是超出自身"④,"观察"也总是被"观察冲动"所超出:"卡夫卡"总是被"走出卡夫卡的冲动"所超出,此类叙述在《日记》中比比皆是。

---

① Franz Kafka, *Diaries*, p.423.
② 柏拉图:《理想国》,张竹明译,南京:译林出版社,2009,第51页。
③ Franz Kafka, *Diaries*, p.105.
④ Ibid., p.10.

仅以《日记》开篇为例。《日记》的第一个词就是"旁观者"——Die Zuschauer/The onlookers，完整的句子是："旁观者惊呆了，当火车快速开过。"①；但"观察"总会"观察"到遗漏了某些东西——《日记》的第二个句子就是："'要是他永远地向我提问（frägt）'。这个 ä 从句子中滚出来，像一个球在草地上滚动。"②此时我们就会进入"在上面"的卡夫卡对于"在下面"的卡夫卡的"俯视"视角："现在我淡漠地从上面看着他，就像看一场小小的游戏，关于这样的游戏一个人总是对自己说：即便我不能把球弄进洞里又有什么要紧呢，毕竟，这都是我的，这些玻璃杯，这些盒子，这些小球，以及其他的什么东西；我能把它们统统收到我的口袋。"③

如前所述，从"内部"解放出自己是卡夫卡写作的基本动力。这里的"空间"意义上的"内部"在"自然时间"的层面上所对应的就是"黑夜"，其灵魂状态的对应物就是"梦和睡眠"，也就是存在于卡夫卡"内部的巨大的不安"。可以理解的是，为了写作，卡夫卡想睡又不想睡：

> 我告诉自己，作为一个对自己的安慰，我确实不止一次地压制过那存在于我内部的巨大的不安，但也不希望消灭它，我以前在此类情况下也经常这样做；相反，我希望在这种巨大不安最后的一次震撼中保持全然的清醒状态，这我还从未做过。或许以这种方式我才能发现隐藏在我内部的那种坚不可摧的东西。④

卡夫卡要将自我的内部解放出来，为此不惜将自己的睡眠减少到极限，甚至进入一种"清醒地做梦"的状态。1911 年的日记中写道："无眠之夜。连续第三天了。我睡得很香，但一个小时后就醒来了，就好像我曾把脑袋放到了一个错误的洞穴中……我的确睡着了，与此同时生动的梦境使我保持清醒。可以说，我睡在我的旁边……"⑤

卡夫卡睡在自己的旁边，这一意象可以说是理解《乡村医生》的病人与医生关系的一个模型。以这样的方式，卡夫卡将自己的时间撕成最小的碎片，以便能够站在每一个碎片的外面"拯救/解放"自我的每一个碎片；但这只是意味着，为了将内部解放出来，他必须先占据一个外部的位

---

① Franz Kafka, *Diaries*, p. 9.
② Ibid.
③ Ibid., pp. 31 - 32.
④ Ibid., p. 63.
⑤ Ibid., p. 60.

置——内部里那些影像他能够模糊地感觉到,但还必须经过制作(做样子)才能看清楚。但或许他也搞不清楚的是,他所描绘的那些影像来自于哪里……卡夫卡的问题或许是:柏拉图洞穴中的影像所模仿的真正原型是来自洞穴外部还是隐藏更深的另一个洞穴?无论如何,更可能的是,卡夫卡为了走出现实世界这个"洞穴",就在这个洞穴下面另建了一个洞穴,甚至更多的洞穴(就像他笔下的那个小动物),按照他的说法是"我们在挖巴别的竖井"①。文学的制作没法改变灵魂的结构,灵魂的结构就是洞穴的结构,洞穴的结构也是身体的结构,理解洞穴,就是理解灵魂与身体的这种不确定的二元组合。卡夫卡要撕碎自己解放内部,无异于要摧毁洞穴的结构、分离身体与灵魂。

但分离身体与灵魂只有在"哈德斯"(Hades)这个洞穴里才能做到。卡夫卡制作"哈德斯"的方法就是对自己的灵魂实行"活体解剖"②。1911年的一则日记里,卡夫卡谈到自己大脑经常的紧张:"它就像一种内部的腐败,这种腐败如果我只想观察而无视其令人不快的一面的话,其给我的印象就像是教科书上的大脑横切面,或者就像对活体进行的几乎无痛的解剖,手术刀——有点儿冷漠地、小心翼翼地停下又回来,有时静静地不动——剥开了那层比薄纸还要薄的、紧靠着还在工作着的那部分大脑的覆盖膜。"③

从这里我们可以进入卡夫卡文学时间的"空间结构"。与身体化的灵魂之"活体解剖"相联系,卡夫卡写作的"恩典时刻"就是制作"文学空间"的时刻,这种时刻由一架"时间机器"或"时钟"所表征。1911年日记里,卡夫卡感受到了对某种时刻的渴望,预感到"那种正在迫近的某种伟大时刻就要来临的可能性","这一时刻能将我打开,能使我做成任何事",他进而想到法国大革命,想到一架"时间机器"——"我常常由此联想起巴黎,在被包围及其后的时代、直到巴黎公社时代的巴黎,在那些时候,对巴黎人来说还是异乡人的北方和东方郊区的人群在几个月长的时间里通过互

---

① 叶廷芳主编:《卡夫卡全集》(5),石家庄:河北教育出版社,1996,第237页。
② "灵魂的活体解剖"这一主题将在本书第四章的"卡夫卡与哈姆雷特"第4小节"现代灵魂生态的解剖"中进一步展开,在那里,此处所使用的材料将被置于一个更大的问题语境中予以解读——如前文所述,对卡夫卡及其文学进行总体解读,难免一些"交错"和"重合"。
③ Franz Kafka, *Diaries*, p.271.

相连接在一起的街道进入巴黎市中心,就像慢慢移动的钟表的指针。"①1913 年 7 月,已经写出了《失踪者》、《判决》、《变形记》等作品的卡夫卡在日记中描述了一架已经成型的"时间机器":"内部存在的一组滑轮。某处一个小小杠杆秘密启动,起初几乎不能觉察,而后整个机器就运动起来。它屈从于一种不可思议的力量,就像手表屈从于时间,它这里响一下,那里响一下,于是所有的链条都按照预先规定好的路径一个接一个地发出叮当声。"②但联系卡夫卡写作的实际情形,这一能够制造"恩典时刻"的"时间机器"的运行状况并非总是良好。1917 年的日记中他表达了他能从作品中感到的"满足",③而这一时期所写的《乡村医生》描述的更像是一个错误的"时间机器"所报出的一次虚假的"恩典时刻":"受骗了!受骗了!一旦听从了夜铃的一次虚假召唤——事情就永远没法弄好。"④1922 年卡夫卡写作了其重要作品《城堡》和《一条狗的探索》,但在这一年,他经历了四次大规模的精神崩溃,"时间机器"的状况令人担忧。在日记中他详细记录了其内部进程的"疯狂节奏":"钟表们并不能保持和谐;内部的那个以魔鬼般的疯狂速度运转,或者说这种速度是非人类所具有的,外部的那个以惯常的速度蹒跚而行。除了两个世界之间的分裂之外还能够发生什么呢?它们确实分裂了,或至少以一种可怕的方式撞击在一起。"⑤

和生活中的卡夫卡一样,日记中的卡夫卡拒绝自然的时间结构(日与夜),并且这种拒绝更为激进和彻底(在生活中他至少还有工作时间的自然节奏),他要根据自己的灵魂秩序重建"时间"。在对自然时间的无限分割过程中产生了对他的写作来说至关重要的"幻象",但这种幻象仍无法逃避自然时间的"白天"(外)与"黑夜"(内)的结构——不知这是否就是他所说的那种"坚不可摧的东西"?

---

① Franz Kafka, *Diaries*, p. 61. 除了此处的"法国大革命",在《判决》中,他还提到了"俄国革命",或许,"灵魂深处闹革命"是卡夫卡至为激进的自我启蒙和自我解放的前提条件,他要解放自我的每一个最小单位,赋予每一个这样的最小单位以清晰的自我意识、自我表达和自我形象。

② Franz Kafka, *Diaries*, p. 225.

③ Ibid., p. 387.

④ Franz Kafka, *The Complete Stories*, Nahum N. Glatzer ed. Schocken Books, 1971, p. 225.

⑤ Franz Kafka, *Diaries*, p. 398.

六 《乡村医生》的解释

据考证,卡夫卡的《乡村医生》①约写于 1916 年 12 月 14 日至次年 1 月中旬之间的某段时间,最初刊载于 1918 年《新文学》(*Die neue Dichtung*)年鉴上,次年收入同名小说集《乡村医生》。② 这是卡夫卡非常重视的一篇作品。在写于 1917 年的一则被广为引用的日记中,他提到自己能从中得到"满足"的作品时,只点了《乡村医生》的名:"我仍能从像《乡村医生》这类作品中感到稍纵即逝的满足,前提是我仍能写出此类作品(这是非常不可能的)。但只有我能将世界提升到纯净、真实和不可改变之中,我才会感到幸福。"③鉴于难以确定卡夫卡是否从他的其他作品中得到了他所说的那种"幸福",《乡村医生》在他文学事业中的位置就更具有了一番特殊意味。

但解读这一作品却面临着很大的困难,一个重要的原因是卡夫卡在这一作品中将其梦幻性写作的特点发挥到了极致。第一人称叙事所带来的"直接性"(immediacy)由于被包裹在梦幻般的氛围中反而强化了其"不透明"的效果;分号的大量使用(据笔者统计,短短几页文本分号使用达 68 次)将本来已经很短的句子切割成更小的单位,这也增加了将其进行整合的困难。④ 因此可以理解的是,在小说发表近 40 年后,海因茨·波利策仍然觉得有理由宣称,这一作品"不连贯,没有内在一致性",是对一个噩梦的"直接眷写"⑤,卡夫卡"没能掌握其形式","基本上不可理解"。⑥

---

① 下文对《乡村医生》的引用同时参照德文本(Franz Kafka, *Das erzählerische Werk I*, Berlin: Rütten & Loening, 1983, ss. 134 - 140)、英译本(Kafka, Franz, *The Complete Stories*, Nahum N. Glatzer ed., New York: Schocken Books, 1971, pp. 220—225)和中译本(叶廷芳主编:《卡夫卡全集》〈1〉,第 157—163 页),因作品篇幅不大,为免繁琐,不再另行注释。

② Richard T. Gray, Ruth V. Gross, Rolf J. Goebel & Clayton Koeld, *A Franz Kafka Encyclopedia*, Greenwood Press, 2005, p.175.

③ Franz Kafka, *Diaries*, New York: Schocken Books, 1976, pp. 386 - 387.

④ C. K. Hillegass, *Cliff Notes on Kafka's The Metamorphosis & Other Stories*, Cliff Notes, Inc. 1973, pp. 39 - 40.

⑤ 据说查尔斯·尼德尔最早认为《乡村医生》是"对一个梦的眷写"(Charles Neider, *Frozen Sea: A Study of Franz Kafka*, New York: Oxford University. Press, 1948, p. 80)。See Hanlin, Todd C. "Franz Kafka's Landarzt: 'Und heilt er nicht...'", *Modern Austrian Literature*, Volume 11, No. 3/4, 1978, p. 343. note. 8.

⑥ Heinz Polizer, Franz Kafka: *Parable and Paradox*. Ethaca: Cornell, 1966, p. 89.

其实，从"不可理解"这个层面上说，小说开篇第一句话就已经预先对解释者发出了警告：如果听从"理解不可理解的东西"的卡夫卡式召唤，解释者将像那个医生一样"陷入极大的窘境"，其结果也将如小说结尾医生的哀叹："受骗了！受骗了！一旦听从了夜铃的一次虚假召唤——事情就永远没法弄好。"但所有这些，并没能阻挡卡夫卡及其后的众多解释者对这一作品进行解读。

1. 从卡夫卡出发

卡夫卡对这一作品的理解为进入这一作品提供了线索。除了前引评述，他还在日记和书信中多次提及这一作品，其中比较重要的有两次。1917年肺结核确诊之后不久，他就写信给马克斯·布洛德，说自己其实早已"预言"了自己的"命运"："你还记得《乡村医生》中那个开放的伤口吗？"①1922年初他感到自己的写作需要"召唤新的力量"时，很自然地想到了这个作品中的情节："经验证明某种东西会从虚无中出现，（就像）那个马夫和他的马从破旧的猪圈中爬出来。"②有意思的是，随着时间的推移，文学对人生的"无意识预言"成为卡夫卡的"文学人生"需要有意识地从中汲取力量的"经验"。在这个意义上，《乡村医生》与卡夫卡对这一作品的解释就揭示了作家与作品之间的某种结构性联系，这种联系用哈罗德·布鲁姆的精炼表达就是"体现在作家身上的作品"(the work in the writer)："作家聆听自己，好像他/她是另一个人似的。接着，想要变化的意愿便开始运作，支撑着我们的力量包括我们已经完成的以前的作品，还有未被我们遣散的梦和醒时的幻象。"③

进一步来看，这一结构在《乡村医生》的文本内部也已经被揭示了。在发现猪圈里的马夫和马之后，女仆说了一句让她自己和医生"笑起来"的话："人往往不知道自己家里还会有些什么东西。"可以说，《乡村医生》首先就是卡夫卡在自己的"家里"所发现的东西。日记是卡夫卡最重要的"家"。他曾说日记是他能在其中"抓住自己"的"唯一的地方"，④同时这

---

① Franz Kafka, *Letters to Friends, Family, and Editors*, trans. Richard and Clara Winston, John Calder Publishers Ltd, 1978, p. 137.
② Franz Kafka, *Diaries*. New York: Schocken Books, 1976, p. 406.
③ 哈罗德·布鲁姆：《体现在作家身上的作品》，张龙海译，载《南方文坛》，2002(3)，第12页。
④ Franz Kafka, *Diaries*. New York: Schocken Books, 1976, p. 29.

也是个梦和幻象云集的地方。桑德尔·吉尔曼解读《乡村医生》的论文①首先提到的就是卡夫卡1922年一则日记的梦记载:"下午梦见面颊上有一个溃疡。在正常生活和看起来更为真实可怕的生活之间持续震荡的边界。"②

其实,从情节及细节来看,1911年日记的两个梦与《乡村医生》之间显然更明晰。10月9日的梦记录开头谈到的是感到的"巨大的梦满足"③——对梦的"满足"与卡夫卡对自己写作的"满足"密切相关,接着是梦中人"我"在距离地面有二到三层楼高的一长排房屋之间快步穿行("如同穿行在火车车厢之间")的情景;在尽头的一间房屋里,"我"和马克斯各自与一个妓女待在一起;当妓女抬起上身将背转向他时,"我"恐惧地发现:"她的背上布满了带着苍白边缘、被火漆烫红的大圆圈和在这些大圆圈之间喷射出来的红色的溃痕","她的身体上全是这些印痕,我的大拇指在她的腿股上就触摸过这样的斑痕,这些红色的块块在我的手指上留下了像是破碎图戳的印记"。④11月19日的梦记录写的是在剧场的情形——在演出过程中,从观众席上去一个姑娘:"她正从我的位子旁边跨越椅背,她的后背完全裸露,皮肤很不清洁,右胯上部甚至出现被抓破的血痕,有门把手那么大小。但后来,当她转向舞台以纯洁的面孔出现的时候,她演得非常好。这时,一位唱着歌的骑士骑着马急驶而来,一架钢琴模仿着马蹄的声音,人们听到越来越近的狂热的歌唱。"⑤歌声来自"顶层楼座",他"从上面沿着顶层楼座跑向舞台"。⑥

这两个梦与《乡村医生》的联系非常明显,在此只需稍加联系:梦中不同房间之间的快速"穿行"与小说从一个场景到另一个场景的"穿越"——"好像病人家的院子就在我家的院门口似的"——之间的对应;小说里的"伤口"似是两个梦中的"溃痕"、"血痕"和"血块"的某种综合和深化,二者的某些细节也有对应,比如"血痕"的位置(胯骨右侧)、"手"的意象(《乡村

---

① Sander L. Gilman, "A Dream of Jewishness Denied: Kafka's Tumor and 'Ein Landarzt'", James Rolleston ed., *A Companion to the Works of Franz Kafka*, Camden House, 2002, pp. 263 – 280.
② Franz Kafka, *Diaries*, p. 417.
③ Ibid., p. 71.
④ 叶廷芳主编:《卡夫卡全集》(6),石家庄:河北教育出版社,1996,第73页。
⑤ 同上书,第133页。
⑥ 同上。

医生》:"手掌那么大的溃烂伤口"、"小手指一样粗的蛆虫"等);"姑娘"身上的伤痕也为小说中罗莎与男孩之间的联系投下了一线光亮(女仆罗莎与男病人关系的含混性就曾使得一位研究者误认了病人的性别①);小说中"学生合唱队"所唱的对医生加以"诅咒"的"简单曲调"就像是对"顶层楼座"歌手"狂热的歌唱"的某种反讽。

最后一个细节如果联系小说集《乡村医生》的第三个故事《在剧院顶层楼座》,②其意义将得以显现:该故事似乎是从第二个梦中"流溢"出来的,在梦中居于背景位置的"顶层楼座"的年轻人成为主角,故事的前半部就笼罩在他的"拯救"幻觉中:他觉得正在表演的那个女骑手是"羸弱而患病"的,她"骑着一匹摇摇晃晃的马,在不知足的观众面前,被冷酷无情的数月不停地挥鞭驱赶着绕场奔跑",于是他打算"穿过层层座位",冲进马戏场,打断为伴奏的乐曲,大喊:"停下!"但实际情形恰恰相反,他自己倒像是一个需要被从"一场沉重的梦"中拯救出来的可怜人,于是"他不知不觉地哭了"。③

两篇小说和两场梦之间的交错关系大体可以这样说:《乡村医生》是对两场梦的某种综合,而第二场梦则同时包含了两篇小说的某些结构和意象。就两篇小说的关系而言,《在剧院顶层楼座》的第二个场景中,其实也包含着"危险的旅行":剧院经理"小心翼翼地"把他最钟爱的孙女扶上马,就好像她"启程做一次危险的旅行"……由此来看,波利策关于《乡村医生》是对梦的"直接誊写"的说法需要修订:梦的"誊写"不可能是"直接"的,誊写的过程总是"改写"的过程;"梦"似乎会从一个房间穿行、流溢到另一个房间。对于像卡夫卡这样一个对梦的自我意识之独立性(就好像梦是"另一个人"似的)保持高度清醒的作家来说,《乡村医生》就好像是"体现在梦幻身上的清醒",也像是对他的那些梦幻所居住房间的重新"分区"。

2. 精神分析的视野

可以理解的是,由于《乡村医生》所营造的梦氛围以及医生和病人关

---

① Etti Golomb-Bregman, "No Rose without Thorns: Ambivalence in Kafka's 'A Country Doctor'", *American Imago*, 46:1, 1989, p. 78.
② 《乡村医生》是同名小说集的第二个故事,中文全集版稍有调整,将开篇的《新律师》与第二篇《乡村医生》进行了互换。
③ 叶廷芳主编:《卡夫卡全集》(1),石家庄:河北教育出版社,1996,第 166—167 页。

系的强调,精神分析理论成为后来解读这一作品的最重要参照。从笔者所收集的 1957—2007 年间英美学界 20 来篇专门解读的论文来看,或多或少地都有精神分析的影响。埃里克·马森与凯易思·里奥帕德的《卡夫卡、弗洛伊德与〈乡村医生〉》(1964)、卡伦·J·坎贝尔的《解释之梦:卡夫卡〈乡村医生〉的来源》(1987)值得先做一评述。

马森与里奥帕德的独到之处在于,他们并没有将小说置放在弗洛伊德理论框架的"内部"对其进行解析,而是更多地从"外部"对二者之间的关系进行平行考察,甚至可以说,该文主要不是从精神分析解释《乡村医生》,而是从《乡村医生》去解释精神分析。作者认为,虽然《乡村医生》在形式及技巧方面与弗洛伊德关于梦的理论有很多联系,甚至是对弗洛伊德理论的"有意识的应用",但更重要的是,这篇小说也以一个"超级笑话"的方式对弗洛伊德梦的理论进行了戏仿,"是对卡夫卡关于精神分析一系列问题的精巧的掩饰性描绘,如精神分析的起源、弗洛伊德这个人、精神分析过程的诸多方面以及精神分析治疗的失败和无效等"。[1]

由此来看,小说第一部分"医生的困境以及如何解决这一困境"即对应了精神分析的创始人弗洛伊德所面临的"窘迫"任务:传统医学方法不能治疗某些没有器质性的原因但有身体方面症状的病人,因此"急需"一种全新的方法;由于在这一领域缺乏知识体系,弗洛伊德被迫利用他的自我去创造精神分析,在此过程中深入他自己的潜意识:"当乡村医生踢开了他自己家里的、久已废弃的猪圈时,他同时也就做出了使用他的自我并进入他的潜意识以抵达他的病人的决定"。[2] 小说第二部分"医生对失去罗莎的悔恨和愤怒,以及他不情愿地决定在那个健康的孩子身上发现一个伤口"则对应了由弗洛伊德抛弃传统的"灵魂"观念所引发的一般心理感受;灵魂在传统上被视为人类构造中的玄虚和神圣的因素,它现在被弗洛伊德所解剖和分析,"其以往不被知道的、常常令人反感的潜流现在被窥探并被无情地加以图绘"。[3] 小说第三部分的核心是"伤口",作者认为,卡夫卡在此"复制或再现了弗洛伊德在遭受歇斯底里症折磨的病人时所面对的情形。他用传统方法检查他们,没有发现器质性病变,但当他用

---

[1] Eric Marson & Keith Leopold, "Kafka, Freud, and 'Ein Landarzt'", *German Quarterly*, 37:2, 1964, p.160.
[2] Ibid., p.151.
[3] Ibid., p.152.

新的心理学技术检查病人时,可怕的病灶就变得可见了","伤口里的蛆虫代表着被压抑但仍有活力的经验,它们居住在无意识领域,它们通过浮现在意识领域而引发疾病,意识领域也就是伤口的上部分"。① 小说最后部分描述了医生从病人家里逃走以及他的命运,其意义就是:"精神分析引发了它并不能控制的力量,这些力量不但没能治好人的病,而且还切断了其发现者与他的过去之间的联系,他再也不能回到发现之前的状态中了。"② 孩子们唱的歌 Freuet euch, ihr Patienen(高兴吧,病人)被认为是卡夫卡对弗洛伊德开的一个玩笑,也包含着讽刺:精神分析就是一首"新的但却是错误的"治疗幻想曲。

如果说马森与里奥帕德的研究拉开了《乡村医生》与精神分析的批评性距离,坎贝尔的论文则努力将这一文学文本"拉向"弗洛伊德理论的奠基性文本《梦的解析》。他指出,《梦的解析》作为弗洛伊德所"誊写"并加以分析的诸多典型梦场景的集合体,包含着"迄今为止被忽略的一些段落",这些段落与《乡村医生》的主要情节"如此相近",甚至让他觉得可以说卡夫卡就是从中"具体地借取了"这一小说的"来源和构建"③。这些段落包括《梦的解析》第一章中希尔德布兰特的三个"闹钟梦"(Weckrträume)、第五章中弗洛伊德"教皇死了"的梦、第三章中弗洛伊德及他的一个同事佩皮·H先生的"便利梦"。

坎贝尔对希尔德布兰特的三个梦与《乡村医生》的共通之处进行了阐述:"第一个梦中主人公向邻村旅行,在那里他遇到了拿着圣歌书的村民们;第二个梦中他裹上厚厚的毛皮大衣准备乘一个马拉的雪橇穿越雪封的郊外,开始时遇到了一些障碍;第三个梦中,他为尽职尽责的女仆因处在危险处境中感到焦虑——正当她通过门槛时,不幸发生了。"他的一个特别发现是,《乡村医生》中的女仆帮忙递给马夫的"马具"与第三个梦中女仆所拿的"陶瓷餐具"其实是同一个词 Geschirr。这三个梦也有一个共同之处,即主人公都是被闹钟从梦中惊醒,而所对应的梦境里的声音则分别是教堂的钟声、雪橇的铃声和餐具摔碎的响声。

相形之下,在弗洛伊德的"教皇梦"里,做梦人没有被教堂的钟声惊

---

① Eric Marson & Keith Leopold, "Kafka, Freud, and 'Ein Landarzt'", *German Quarterly*, 37:2, 1964, p.154.

② Ibid., p.157.

③ Karen J. Campbell, "Dreams of Interpretation: On the Sources of Kafka's 'Landarzt'", *German Quarterly*, 60:3, 1987, p.421.

醒,他用"教皇死了"(因此也就在梦里消除了教堂钟声响起的可能性)这个梦使自己继续"梦下去"(坎贝尔认为这有助于理解《乡村医生》中"夜铃"的作用);在佩皮的梦中,坎贝尔发现了一个有趣的"情节":梦里的佩皮为了继续睡下去,就做了一个躺在病床上的梦,化身为一个"病人",这样他就在《乡村医生》占据了一个位置;在弗洛伊德"教皇死了"的梦与乡村医生对"神职人员/牧师"的"批评"中也有一种微妙的呼应,二者都表达了对"竞争对手"的某种敌意,只不过相比于前者的"沾沾自喜",后者显得更为低调些:"他们已经失去了旧有的信仰……可是医生却被认为是万能的"①。

在坎贝尔看来,"夜铃"的意象对于理解《乡村医生》的"来源和构建"尤其具有深层的揭示意义:"以最具根本性的方式把梦的各个'誊本'与《乡村医生》联结起来的东西,同时也就是把这些'誊本'在《梦的解析》中集合在一起的东西:它们共同的来源是一个具体的刺激——闹钟或铃或提醒起床的声音"②。小说分别在开头、中间和结尾处提及"夜铃",每一次都包含着抱怨,最后一次抱怨甚至具有膨胀成为某种"宇宙般的广度"("在这最不幸的时代严寒里……")。和许多论者过于严肃地看待这一场景的"悲剧性"不同,坎贝尔认为,若联系整个作品的真正起源(梦媚/梦魅[traumreiz]-夜铃),这里更多地包含着某种"喜剧意味"(comic overtones):"在一个对弗洛伊德式的梦如此直接而充分地加以模仿的故事里,看到梦得以产生的幻象风格和方式中有一种不透明的'内部笑话'(in-joke),才是自然的。"③

但或许这还不是"最内部"和"最自然"的"笑话",因为不管是马森、里奥帕德还是坎贝尔,都力图站在精神分析与《乡村医生》的"外面"去看"笑话"。要看到更"内部"的笑话,还必须更深入细致地进入文本;在这一方向上,彼得·M·坎宁的论文《卡夫卡的神秘铭文:〈乡村医生〉中的伤口》(1984)是一次难得的探索。

---

① Karen J. Campbell, "Dreams of Interpretation: On the Sources of Kafka's 'Landarzt'", *German Quarterly*, 60:3, 1987, p.424.

② Ibid., p.425.

③ Ibid., p.425. 或许这个"笑话"对于卡夫卡来说也是"内部"的:西奥多·泽奥尔考斯基指出,卡夫卡"对醒来的危险"有一种着迷(Theodore Ziokowski, *Dimensions of the Modern Novel: German Texts and European Contexts*. Princeton: Princeton University Press, 1969, p.43)。这一点从《日记》中对于睡眠和醒来的无数关注也可看出。

3. 语言"变形记"及其解码

坎宁的解读方法如其标题所示，可称为"语言学-精神分析"(linguistic-psychoanalytic)的探索。[1] 在他看来，文本的"意义"只不过是"我们被符号之流所'击打'而在我们内部所产生影响的动量和质量"；"如果我们能够弄出包含于文本元素中精细的结构关系，并且展示出它们是如何在运动中整合在一起以便在我们内部生产出'意义'的，那我们就有了一些分析的基础和技术；而经由符号象征力量所形成的主体间场域共鸣线，这些关系也会在他者内部生产出意义；或者这一产生意义的过程也发生在作者内部，但现在解释者也参与到了文本意义的生产过程中了。"[2]笔者注意到，在"伤口"这个用词上，坎宁也玩了一个语义双关的游戏：他没有用更通常的 wound 而用了 trauma，这后一个词与德文中的"梦"(Traum)只一个字母之差，从而该文既是对卡夫卡铭刻在这一文本"伤口"以及文本中病人身上的"伤口"的"神秘铭文"所进行的语言学解读，也是一场更深入的"梦的解析"。这一点从他对同名小说集开篇故事《新律师》的主人公的名字的解读中得到了佐证。他认为律师的名字"布塞法鲁斯"(Bucephalus)其实是卡夫卡的一个文字游戏：Bucephalus 就是 Buch-cephalus，一本"书"(Buch)的"开头"(cephalo-，源于希腊语 kephalē，头)。这种命名方式或许就是卡夫卡对如何阅读《乡村医生》的一个暗示："这个文本是一个谜，一个需要借助其声音和字母进行解码的梦"。[3]

坎宁的解读从小说的第一句话 Ich war in großer Verlegenheit 开始。在他看来，整个作品可以看做 Verlegenheit 这一主题的各种变体的展开，或者是对该词释义的多层次扩展：裸体和暴露的"尴尬"；不知该如何达成目标或不能将事情想清楚的"困惑"；被牺牲和献祭的"羞耻"……此外，在中古高地德语中，这个词还有"因久躺而遭受损害或损伤"的意思，而这就是那个男孩的情况；该词还有"出版、延迟及把东西放在记不起来的地方"等含义，这些义项在作品中都有回响。比如，整个叙述看起来就是对因

---

[1] Perter M. Canning, "Kafka's Hierogram: The Trauma of the 'Landarzt'", *German Quarterly*, 57:2, 1984, p.199.

[2] Ibid., pp.198-199.

[3] Ibid., p.199.

"胡乱放置"而"脱节"状态进行整合的努力:医生最初的 Verlegenheit 与最后的"暴露"有连续性,最后他是字面上的不在一起,他的各部分错位、分离,衣服挂在后面(因此也可以说"没弄好")。

但文本正在"做"它所"说"的事。在开始时就有某种对医生的"自我构成"来说非常重要的东西丢失了,他必须恢复那个部分,重新连接那个部分。这个东西既是那个病人,也是罗莎:接下来急迫的"旅行"(Reise)引发了 Rosa 的联想,而她直到第 49 行才被马夫命名;另一个开始就缺少的东西是"马",但这个东西也早在文本中了:在 großer 中我们就同时听到了 Rosa 与 Rosse(德语"马"的另一形式)。在字面上,罗莎已经与两匹马(马夫称其为兄妹/姐弟)融合在一起了,她的信号灯是对后来病人的姐姐所发出信号的预先回应,她同时是妹妹或姐姐,是身份循环中的部分,这种循环几乎将所有形象悖论性地包含在其分离运动之中:当马夫喊"老兄、老妹"时,似乎也在称呼站在一起大笑的医生和罗莎。

但这令人眼花缭乱的身份循环运动意义何在呢?坎宁发现,小说第一个场景对马夫和两匹马从猪圈出来方式的描写(冒着热气、腿紧缩在身体下面、从跟身体差不多大小的门洞里挤出来)是对"出生"场景隐喻式再现,这似乎为理解医生和罗莎的关系投下了一道光线:"他们一起生产了两匹马和一个马夫……兄妹之间的(乱伦)结合生产了一对新的兄妹。但那个讨厌的马夫立刻就成为一个问题,他生下来就是一个成人,一个男人。他要得到罗莎,他是'父亲'的竞争者,将罗莎当做妹妹。"①医生和马夫是"二位一体":他们都发怒;马夫就好像知道他在想什么;罗莎同时为两个人作出了的牺牲:其中一个在享乐,另一个(与她一起)受苦。马夫成为父亲的噩梦,他一出生就是个成年男人,他要像一个与父亲进行竞争的兄弟一样取代父亲,他是儿子、父亲、兄弟三代男性形象的压缩和混合:"这多少有些喜剧性的恐怖场景存在于乱伦天堂的底层:父亲和儿子与他们的姐妹—母亲。"这大概可算作坎宁所发现的一个"内部笑话"。

对第二个场景的分析把我们带入了又一个"内部笑话"。坎宁注意到,第一个场景中马从猪圈"生出",就如同第二个场景中蛆虫从伤口中"涌出";第一个场景中叙述者"踢开"(stieß...an)了猪圈,第二个场景中他则认为病人应该被"踢"(mit einem Stoß)下床,也可以说,他用"思想"

---

① Perter M. Canning, "Kafka's Hierogram: The Trauma of the 'Landarzt'", *German Quarterly*, 57:2, 1984, p. 203.

在病人身上"踢"出了一个伤口;有血的伤口里蠕动的"蛆虫"(Würmer...windensich)呼应着第一个场景中的"热气"(Würme);罗莎(Rosa)被一个从牲口棚的"伤口"(wound)里出来的男人所袭击,这一袭击在由医生(用"思想")对一个男孩发起的袭击那里得到了重复,袭击所产生的伤口(Rosa)里的生命正在杀死其宿主——"所有这些融合在一个事件中:交接、怀孕、出生、走向死亡,一切都是'变形记'(Verwandlung)。"①

第一个"变形记"如何"变形"为第二个"变形记"的呢?对此坎宁从小说对于伤口的描写所体现出的"感知方式"(perception)和"观察角度"(perspective)找到了线索:伤口被由远而近加以观察,开始时被比作一个"矿山上露天矿的表面"(offen wie ein Bergwerk obertags),接下来观察角度发生了转变,"就好像他现在进入了这一矿场"——坎宁在此想到了同名小说集中另一篇小说《视察矿山》(Ein Besuch im Bergwerk);坎宁觉得这一"内部"观察角度就来自于第一个场景,在那里,当马夫对罗莎的强暴达到高潮时,医生同时也在感受着"侵入所有感官"的强度刺激,"当这种强度变得无法忍受时,场景就突然转向一个更为'初始'的、由一个男孩和他的困境构成的场景";这样,在第一个场景向第二个场景"变形"过程中,"伤口"已经由"侵入"这个动作在医生"内部"形成了,而在第二个场景中,"他将其转移到另一个受害者那里"。②

跟随坎宁的思路至此,可以看到,医生和男孩的关系是由"罗莎/伤口"得以建立的。医生从第一个场景转到第二个场景,就如同从第一个梦转入第二个梦;男孩作为"梦中人",其对应物就是第一个场景中罗莎身上的"伤口";由于"伤口"不会自我表达,男孩就成为伤口的自我表达或人格化;罗莎从第一个场景中的女性变为第二个场景中的男性,对应的是第一个场景中被难以承受的"感官刺激"所分离出来的医生(另一个被分离出来的部分即是强暴了罗莎的马夫,他被留在了第一个场景);在第一个场景中同时感受着罗莎的痛苦和高潮的那个医生现在成为一个身上有着"罗莎"的男孩;男孩在第一个场景中作为"夜铃声"将医生从罗莎身边拖开,但他现在显示出是另一个"罗莎";医生现在和身上长着一个"罗莎"的自己面对面了;两个场景转换中,医生在伤口里内置了一个自我的视角,

---

① Perter M. Canning, "Kafka's Hierogram: The Trauma of the 'Landarzt'", *German Quarterly*, 57:2, 1984, p.205.
② Ibid., p.206.

也就是说，在第二个场景中，他既在自己外面，也在自己里面。

　　这一"自己和自己面对面"的情形就意味着医生对自我处境的进一步"发现"；坎宁的"语言-精神分析"的发现是："男孩"其实是"男孩"和"姐姐/妹妹"的混合物，*Schwerkrankers Sterbebett*（重病人的临终床）就包含着一个语言游戏，即"姐姐/妹妹的床"（Schwesterbett）；接下来所描写的其实是一场"婚礼筹备"：男孩将是"新娘"，医生将和他躺在一起，马的嘶鸣是喜庆的婚歌，"伤口"（及其中的生命）是全部的"陪嫁"……就如同他曾从"罗莎"那里逃开，医生也要从身上有一个"罗莎"的男孩这里逃开，但这次他却无处可逃了——医生要逃避而又无法逃避的其实是"婚姻"和"生育"。

　　坎宁觉得现在是到了逃出文本来面对作家卡夫卡的时候了："现在写作的问题成为我们的关注点，也就是作家自发的创造或自我生殖（autogenesis）与通过婚姻和性来生育之间的对抗关系"。①

　　他觉得，这一问题一旦提出，围绕文本所产生的种种"幻觉"将被破除。通过考察卡夫卡写给菲莉丝以及父亲赫尔曼的信，坎宁发现："婚姻对卡夫卡来说就是他自己和父亲——内化了的父亲——所蓄意构建的一个可怕圆环，一个莫比斯环，没有通向或逃向外面的出路，因为内部和外部没有区别，婚姻里有完满和创造，但也意味着要在其中产生'俄狄浦斯'；进入父亲竞争的婚姻领域要牺牲独立的（艺术）创造，还要带来一个儿子。"②甚至在孩子们所唱的歌中就编织了这一信息：Und heilt er nicht, so tötet ihn（如果他治不好，就把他弄死）的意思就是 heiraten（结婚）。结婚不是拯救，而是死亡；"写作"对于卡夫卡来说就是与自己的"结婚"；虽然他的情况与"一个健康的人"不同，但实质上并没有差别，其"陪嫁"都是一个"致命的伤口"。如此看来，坎宁为我们提供的走出这一文本的出口就是卡夫卡的这则日记："我睡在我自己的旁边，我还必须与那些梦作战……我在一个健康的人真正入睡之前的那种状态中度过了整个夜晚。"③这一发现倒并不令人感到意外。

---

① Perter M. Canning, "Kafka's Hierogram: The Trauma of the 'Landarzt'", *German Quarterly*, 57:2, 1984, p. 206.
② Ibid., p. 208.
③ Ibid., p. 211.

4. 文学之家、被充满的空间与受伤的身体

卡夫卡作品的魅力之一在于，读者常常会发现自己所处的困境往往就是作品主人公的困境，作品的情节就是文学阅读困境的寓言式再现；对于《乡村医生》的精神分析—传记解读来说，解读者无疑要"与（卡夫卡的）梦作战"，并努力从其"沉重的梦"中醒来，但往往又会像主人公一样落入更深的梦境。坎宁将医生的话"亲爱的朋友（Junger Freund），你的错误在于没有总体的视野"解读为卡夫卡对荣格-弗洛伊德（Jung-Freud）的精神分析所开的一个玩笑，[1]可以说深谙其中三昧。[2] 似乎是为了避开卡夫卡式的圈套，不少评论者另辟蹊径，试图绕开卡夫卡和他的梦来解读这一作品。

这些努力大体可分为比较研究与寓意解读、结构及意象分析两大类；当然这只是粗略的划分，在具体的研究中往往交错在一起，或可说后一类型的研究更加关注"文本本身"，前者更关注文学及文化传统。就前者而言，有将卡夫卡的这一作品与屠格涅夫同名小说进行比较的，[3]也有将小说中的"伤口"与霍桑《红字》中"A"相提并论进而结合圣经原型分析人物所包含的道德寓意的，[4]还有将在森林中飞舞的"斧子"与加缪《局外人》中那来自暗淡未来的"缓慢而持久的风"联系起来进行存在主义式思考的（"它告知，人生来就是要死的……如此形成的伤口就是导致人的毁灭的黑暗的花朵"）；[5]有从犹太哈西德教派的故事书、《旧约》以及福楼拜的小

---

[1] Perter M. Canning, "Kafka's Hierogram: The Trauma of the 'Landarzt'", *German Quarterly*, 57:2, 1984, p.206.

[2] 另一个试图对这一作品进行精神分析解读的学者艾提·格隆姆-布里格曼最后只好声称："从移情-反向移情的角度来看，读者最初试图理解这个作品的挫折感本身就是理解这一不可理解的文本的关键所在。"Etti Golomb-Bregman, "No Rose Without Thorns: Ambivalence in Kafka's 'A Country Doctro'", *American Imago*, 46:1, 1989, p.84.

[3] 参 Lainoff, Seymour, "The Country Doctors of Kafka and Turgenev", *Symposium*, 16:2 (1962: Summer):130—135; Struc, Roman S., "The Doctor's Predicament: A Note on Turgenev and Kafka," *The Slavic and East European Journal*, Vol. 9, No. 2 (Summer, 1965):174–180。

[4] William M. A. White, "Reexamination of Kafka's 'The Country Doctor' as Moral Allegory", *Studies in Short Fiction*, Spring, 1966, pp.345–347.

[5] Hans P. Guth, "Symbol and Contextual Restraint: Kafka's 'Country Doctor'", *Publications of the Modern Language Association of America*, 1965(4), pp.427–431. 此类存在主义解读还有 Brancato, John J. "Kafka's 'A Country Doctor': A Tale for Our Time", *Studies in Short Fiction*, Spring 1978, Vol. 15, Issue 2, pp.173–176。

说《圣于连的传说》出发为小说情节"寻根"并进行宗教意蕴阐释的;①也有从医生形象中辨认出了"寻找圣杯的英雄帕西法尔"和"替罪羊"两个原型、甚至从蠕动在病人伤口中的蛆虫身上辨认出了古代英雄贝奥武甫和西格里夫特与之作战的"恶龙"的影子的。② 这种种丰富到几乎令人眩晕的联想倒是一再验证着小说中罗莎的话:"人往往不知道自己家里还会有些什么东西。"

由此来看,就如"梦"一样,"文学"之家的各个房间也是能够互相沟通的:斯蒂芬尼·英格尔斯坦就从克莱斯特的小说《马歇尔·库尔哈斯》中找到了《乡村医生》的一个"起源":"人们可以跟随马和马夫,穿越卡夫卡笔下的猪圈,进入克莱斯特的《马歇尔·库尔哈斯》。在这一小说中,一个健康的马夫和他的健康的马消失在一个猪圈中,他们重新出现并进入其中的文学原野有些诡异地相似于他们抛在身后的那个景观。"③这样说也许并不奇怪:写在《乡村医生》伤口之上的"神秘铭文"或可看做科尔马斯最后吃掉的那个纸条所写的秘密。

在结构分析方面,劳伦斯·O·弗莱的论文《重构:卡夫卡的〈乡村医生〉》(1983)可稍作介绍。如他所说,其方法主要是"结构主义的"④。标题中的"重构"不仅指对《乡村医生》的"重构性解读",更指向小说构建自身的方式——"文本有一个经过修正的自我重复的结构……第一个场景中的各构成部分在第二个场景中被重新构建。"⑤卡夫卡的微型作品《普罗米修斯》为他提供了分析模型:"岩石包含着普罗米修斯的真理,但他的真理与石头已经融为一体",从《乡村医生》中,"我们可以找到两块普罗米修斯式的石头,一个是猪圈场景,一个是伤口场景。"⑥文本的叙述像是一架"机器",把第一块石头加工成第二块石头,"整个马厩场景被重构在伤

---

① Von Bluma Goldstein, "Franz Kafka's 'Ein Landarzt': A Study in Failure", *Deutsche Vierteljahrsschrift für Literturwissenschaft und Geistesgeschichte*, 42: Sonderheft, Nov., 1968, pp. 745–759.

② Stephen Harroff, "The Structure of 'Ein Landarzt': Rethinking Mythopoesis in Kafka", *Symposium*, Spring 1980, pp. 42–45.

③ Stefani Engelstein, "The Open Wound of Beauty: Kafka Reading Kleist", *The Germanic Review*, 2006(4), p. 341.

④ Lawrence O. Frye, "Reconstructions: Kafka's 'Ein Landarzt'", *Colloquia Germanica*, 16, 1983, p. 321.

⑤ Ibid., p. 321

⑥ Ibid., p. 324.

口场景中了";罗莎和马夫经历了最为显著的再加工,罗莎分解成为伤口的颜色,并且,作为一个处所或空间,她现在采取了一种隐喻性的存在方式(由花朵和伤口之间的联系而建立);马夫的(可怕)形象也被解体重组,他从在一个孔洞(猪圈)里面、带着动物(马)的形象被重构为一个有着动物(蛆虫)的孔洞(伤口)表面;作为(可怕伤口的)表面,他与某种叫做"罗莎"的东西保持了联系;蛆虫形象复现了马的形象,而马自身同时作为两个场景的见证者,其存在获得了某种永恒性。

与坎宁相比,弗莱更加关注场景转变的结构特点,即伤口场景对猪圈场景进行了"微型化"和"内在化"处理,具体来说就是,"从一个封闭的大的空间的门里出来的大动物变成了人身体内部的、小的、难以看清楚的动物"。这样,伤口场景就"把整个构架变成了一个小的、封闭的空间,也变成了更为直接的人性联系——一个人对他自己的体验"。①

这个"微型化"和"内在化"的重构过程将"马"放在了"外面"。也就是在马从"外面"向"里面"推开窗户的动作中,弗莱看出了"另一种节奏":"巨大的、反讽性的扰乱首先是由马显示出来的,它们不但打开了窗户,还堵住了窗户,看着医生和病人"。空间向"内部"开放就使得这一空间成为"充满"的空间,甚至成为"没有空间的空间"。从这一"节奏"来看,蛆虫的处境与医生的处境就是同构的:蛆虫向光亮处扭动,但总是被困在里面,它们只是成功地填满了开口,而不是从开口中出去;医生跳出了病人的房间,但也只是走到那个被"充满"了的外部空间,在这个空间他难以行走,难以找到"开口"或"回(去的)路"。跟随弗莱的指引,我们近乎绝望地看到,"空间视野被翻转了,医生成为被困在充满的空间的动物,病人房间的开口就是通向挫折的出口"。②

沙哈尔·加利利的论文《碎片与受伤的身体:卡夫卡跟随克莱斯特》(2007)则试图借助"伤口"这一意象分析小说的形式特征:"作为缺乏和不完美的见证,碎片如同受伤的身体,具有被撕裂的形式,碎片是断裂的或没有完成的文本,是历史中危机和丧失的'寓言式表现'。"③伤口"暗示了一种不同的传记-人生形式,某个人的生命被压缩到一个场景中,被

---

① Lawrence O. Frye, "Reconstructions: Kafka's 'Ein Landarzt'", *Colloquia Germanica*, 16, 1983, p.330.

② Ibid., p.332.

③ Galili Shahar, "Fragments and Wounded Bodies: Kafka after Kleist", *German Quarterly*, Fall 2007, p.449.

压缩到一个暴力的时刻中,在其中理性与对话都被悬置起来了"①。加利利认为,《乡村医生》"具有伤口的质地和纹理","它包括两个来自不同空间的情节,但这二者又同时被同一个符号所压缩和标示;'罗莎'是那个伤口的名字,它是分裂的文本伤口的符号,标示了同一个叙述中的两个不同情节的切口和缝合处"。②

"切口"和"缝合"的说法倒是让笔者联想起柏拉图《会饮》中的阿里斯托芬所讲述的"爱欲"神话:人类的"爱欲"其实源于医神阿波罗奉宙斯之命对"圆球人"的"切割"与"缝合"。③ 根据罗森的解读,这一制作"新人类"的手术很难说是完美的,"阿波罗完成了第一次手术,宙斯本人则操刀第二次手术,表明这次手术尤为困难和重要"④。可以理解的是,面对《乡村医生》中的"伤口",解读者也会产生干脆"切除"之的"欲望"——亨利·苏珊发现,文本内部其实就提供了切除工具:"如果说伤口是对含混的文本织体的形象化——这种织体是由结构、主题、句法等诸多层次之间的变速杆运动造成的,那么斧子则通过其切割功能承诺了从不确定性中的解脱。"⑤她觉得完全可以从另外一个角度来解读医生对病人所说的话:"在关键时刻,斧子的双重挥舞可以将病人从他的该隐之遗产中解脱出来……斧子的两下决定性运动就可以使囚徒从他的双重束缚中解脱出来,或许,将避免那条俄狄浦斯与他父亲相逢的狭路。斧子是乡村医生的全部保证。"⑥用斧子击穿生活的冰封的表面以窥探其幽深的内部,确是卡夫卡对自己写作事业的自喻。苏珊的解读倒是一了百了。

5. "非历史的命运":乡村医生与俄狄浦斯

但走在《乡村医生》解读之路途上,坚持走下去的话,则注定不但要与索福克勒斯的《俄狄浦斯王》狭路相逢,而且也要与荷马的《伊利亚特》遭

---

① Galili Shahar, "Fragments and Wounded Bodies: Kafka after Kleist", *German Quarterly*, Fall 2007, p. 451.
② Ibid., p. 461.
③ 柏拉图等:《柏拉图的〈会饮〉》,刘小枫等译,北京:华夏出版社,2003,第47—54页。
④ 斯坦利·罗森:《柏拉图的〈会饮〉》,杨俊杰译,上海:华东师范大学出版社,2011,第184页。
⑤ Henry Sussman, "Double Medicine: The Text That Was Never a Story: A Reading of Kafka's 'Ein Landarzt'", *MLN*, Vol. 100, No. 3, German Issue, 1985, p. 648.
⑥ Ibid., p. 648.

遇；在卡夫卡与西方文学的古老"父亲们"的相遇处，即便仍会面临分岔的小路，但至少可以希望，站在这一地点，能让我们对他的"乡村医生"的身世和问题多些纵深的理解。1921年4月写给布洛德的一封信中，"出于自娱"，卡夫卡半是玩笑、半是认真地思考了"两种命运"，一种是"以历史的方式发展出来的命运"，另一种是"以非历史的方式发展出来的命运"——他觉得，自己的命运就属于后一种：

> 有时出于自娱，我就想象一个无名的希腊人，他根本就没有打算去特洛伊却去了那里。当他发现自己已经身处战场深处时，仍是一头雾水。连诸神也不知道问题所在，而他就被挂在一辆特洛伊战车上被拖拉着绕着城市转圈。这事发生在荷马吟诵他的诗篇很久之前；他目光呆滞地躺在那里，不是躺在特洛伊的尘土里，就是躺在停尸床上的垫子上。这是为什么呢？赫卡柏对他来说当然没意义，海伦也说不上有什么要紧。其他希腊人被诸神所召唤并在诸神的保护下征战沙场，而他的情况则是被父亲一脚踢出家门并在父亲的诅咒下进行战斗。好在战场上还有其他希腊人，否则的话，世界历史将被封闭于他父母的两个房间以及将这两个房间分离开来的门槛。①

我们先来读这段话中与《俄狄浦斯王》相关的部分。尽管没有点名/明，"被父亲一脚踢出家门"、被父亲"诅咒"并且最终被封闭于"父母家的两个房间以及将这两个房间分离开来的门槛"的希腊人，显然就是俄狄浦斯；"父亲的诅咒"与"诸神的召唤"并置，显得二者似乎是一回事，也可以说，父亲的"诅咒"就是由诸神所"召唤"的，就是"神谕"；理论上，"父母"住"一个房间"，但卡夫卡这里说有"两个房间"，因此那个将这两个房间分离开来的"门槛"可能只是存在于理论层面的——至少，俄狄浦斯父母的房间（这个房间后来成为俄狄浦斯和他母亲的房间）就是"一个房间"，其间并不存在门槛。卡夫卡在"理论"上把父母的房间用一道"门槛"隔开，其用意何在，目前还不清楚。卡夫卡对"著名的"俄狄浦斯的"无名"解读耐人寻味。

《乡村医生》对《俄狄浦斯王》的指涉最为明显的一处是"病人"对"医生"所说的话："你不是用你自己的脚走到这里来的……我最想做的就是挖出你的眼睛。"《俄狄浦斯王》中的俄狄浦斯明明是用自己的脚来到忒拜他

---

① Franz Kafka, *Letters to Friends, Family, and Editors*, trans. Richard & Clara Winston. London: John Calder Ltd., 1978, p.270.

父母的房间的,甚至为了来到这里,俄狄浦斯还"凭了天象测量了科任托斯的土地"①(这让我们想起《城堡》中的土地测量员),卡夫卡若说俄狄浦斯不是"用自己的脚"来的,只能从"神谕的诅咒"角度来理解,但这一理解比起弗洛伊德的解读来,其实也算不了什么。但让我们更贴近文本来看。

医生和罗莎"在一起",并且医生从猪圈这个房间"踢"出了马夫,根据前文坎宁的解读,这一场景其实是说:医生和罗莎这一对"父母"生出了马夫这个被诅咒的"儿子";接下来文本所描写的、呈现在医生的"感官"里的"儿子"对"母亲"的施暴情形,看起来以恐怖和戏谑的方式,在细节和情节顺序上近乎精确地模仿了索福克勒斯的《俄狄浦斯王》:

> "不!"罗莎叫喊起来,并跑进屋里,预感到自己将遇到无可逃避的厄运;我听见她拴上门链发出的叮当声;我听见钥匙在锁孔里转动的声音;我还可以看到她先关掉过道里的灯,然后穿过好几个房间把所有的灯都关掉……我听到马夫冲进我屋子时把房屋的门打开发出的爆裂声,接着一阵连续击打我所有感官的暴烈激流使我变聋变瞎。

而我们在《俄狄浦斯王》中曾"听到"传报人对伊俄卡斯忒结局的报告:"这件事最惨痛的地方你们感觉不到,因为你们没有亲眼看见,我记得多少,告诉你多少。她发了疯,穿过门廊,双手抓着头发,只向她的新床跑去;她进了卧房,砰地关上门……"以及接下来对俄狄浦斯行动的报告:"好像有谁在引导,他大叫一声,朝着那扇门冲去,把弄弯了的门杠从承孔里一下推开,冲进了卧房。"②而后俄狄浦斯"屡次举起金别针朝着眼睛狠狠刺去"所流的"雹子般"黑血,明显对应了乡村医生所感受到的"连续击打"。

跟随索福克勒斯的文本,刺瞎双眼后的俄狄浦斯看到了不可看的"冥府"以及其中的"父母"和"子女":"要是我去哈德斯,在看中(in seeing),我不知道该用什么眼睛去看我的父亲,也不知道该用怎样的眼睛去看不幸的母亲,对他们我做了该当吊死的罪行。我看着这样生出的儿女顺眼吗?"③似乎并非偶然的是,《乡村医生》第二个场景(房间)具有冥府般的氛围,在那

---

① 参见《俄狄浦斯王》第794—827行,采罗念生中译文。
② 同上书,第1237—1262行。
③ 此处译文据伯纳德特引文译出。Seth Benardete, *The Argument of the Action*, The University of Chicago Press, 2000, p. 134. 罗念生的中译文为:"假如我到冥土的时候还看得见,不知当用什么样的眼睛去看我的父亲和我不幸的母亲,既然我曾对他们作出死有余辜的罪行。"《俄狄浦斯王》,第1371—1374行。

里,医生看到的就是"父母"和"儿女",并且,他看得显然也很不"顺眼"。

当俄狄浦斯解释他选择自盲其目(而不是歌队所建议的"死去")的行为时,他加了一句说,如果有一种关闭听觉的方法,他也会干的:"如果有方法可以闭塞耳中的听觉,我一定要把这可怜的身体封起来,使我不闻不见;当心神不为忧愁所扰乱时是多么舒畅啊!"①(顺便说一句,这种彻底封闭"身体"又能感受到这种封闭的"舒畅",似乎可以借以参照理解卡夫卡对于自己理想状态写作所感到的"满足",即在身体和灵魂的分离的情况下又有能力感受的"满足")俄狄浦斯说没有办法堵塞"听觉",但其实在身体层面上,和"堵塞"视觉相似,也有"堵塞"听觉的方法,即"推倒"那些"门"——我们想到的是"角膜"、"视网膜"和"耳膜"等,这样他就能使自己的身体变成一个"坚固的监狱"了,他在里面可以"隔离悲伤";但俄狄浦斯说没有办法,我们就必须尝试理解这种"没有办法"——这意味着:上述种种隔离(外部)或堵塞(内部)还不是彻底的隔离或堵塞,因为眼睛即便被隔离于光以及被堵塞了视觉、耳朵被隔离于声以及被堵塞了听觉,眼睛还是能"看见"黑暗、耳朵还是能"听到"寂静——再黑的黑暗也非绝对的黑暗,再静的寂静也有声音,这黑暗与寂静是"沐浴着血的黑色的黑暗"和"震耳欲聋的寂静"而非真正的黑暗和寂静,身处这种黑暗和寂静的身体("听不见也看不见")将像《乡村医生》里的那个比喻"洪水里的木头"一样无法歇息。或许这种"关闭"的无效性在俄狄浦斯弄瞎自己的眼睛后马上就得到了自我确证。

因此,俄狄浦斯和乡村医生"看到"冥府并非偶然。根据伯纳德特的说法:"冥府是诗人的创造,哈德斯是影像之真实的存在之所(locus);它是诗人的自然之家。"②冥府是悲剧人物最终的归宿和安慰,标志着悲剧诗人所理解的人世的界限,以及诗人为世人所划定的借以理解人世的理解能力之界限。卡夫卡试图进入这一界限,意味着他凭靠诗艺进入了冥府,第二个场景因此是对俄狄浦斯冥府想象的模仿和小说中第一个场景的重复——在那里,医生换了一副眼光去看,看到的仍是父亲、母亲、姐弟或兄妹,正如俄狄浦斯在幽冥中观看父母、儿女和他自己。但和索福克勒斯不同,他把自己当做了那个悲剧人物。

或许正是在这一意义上,刘小枫教授才在论及陀思妥耶夫斯基笔下

---

① 《俄狄浦斯王》,第 1381—1390 行,罗念生中译文。
② Seth Benardete, *The Argument of the Action*, p. 135.

的梅思金与卡夫卡之间精神/思想史意义上的联系时指出,梅思金"正痛苦地变为一个思想"的"奇怪感觉"在卡夫卡那里终于"生成为一个思想",换言之,诗人化身为悲剧人物这一事件历史性发生在"卡夫卡身上";①他这样解释梅思金的"感觉":"或许罗果静根本就没有罪,只是陷入不幸罢了;或许'我'与罗果静根本就不是'情敌',而是一对'情人'或孪生兄弟;或许罗果静正是自己的替身,干出了梅思金不能干却又想干的事。"②若考虑到陀思妥耶夫斯基作品的"复调"性质,不妨说,诗人化身为悲剧人物这一事件也已经发生在陀思妥耶夫斯基身上了。而另一方面,虽然我们可以想象俄狄浦斯和吃人的斯芬克斯之间或"情人"或"兄弟"般面对面地出谜、猜谜的情形,却难以想象索福克勒斯化身为俄狄浦斯的情形。或许正是难以忍受和邪恶的马夫面对面,乡村医生才选择在第二个场景中和病人以情人或兄弟的方式躺在一起? 从古典肃剧到现代悲剧/小说,俄狄浦斯式的人物似乎不得不化身为诗人。

6."非历史的命运":乡村医生与阿基琉斯

大概也就是写作《乡村医生》前不久(1916年10月),卡夫卡在给菲利斯的信中回忆了自己上中学时希腊语文老师讲授《伊利亚特》的情形:

> 孩子们不应该被推向对他/她们来说必定显得不可理解的东西中。但与此同时也应该记得这一点:即便这(种不可理解的东西)有时候也能产生令人叫绝的结果;麻烦在于,这种结果是全然难以预测的。这让我想起一个教授在给我们读《伊利亚特》时所说:"很可惜必须对你们读这个。你们不可能理解;即便你们以为能理解,也还是不能理解。即便要理解那么几行,你们也必须预先经历很多东西。"当时这些话(事实上他一直用这种腔调说话)对我这个冷淡麻木的年轻人所产生的印象比《伊利亚特》与《奥德赛》加在一起的印象还要强烈,这个印象虽使人太过谦卑,但也有实质性意义。③

---

① 刘小枫:《拯救与逍遥》(修订本),上海:三联书店,2001,第274—275页。
② 同上。
③ Franz Kafka, *Letters to Felice*, eds. Erich Heller & Jügen Born, trans. James Stern Elisabeth Duckworth. New York: Schoken Books, 1973, p. 519. 中译文处理另参见 Ernst Pawel, *The Nightmare of Reason: A Life of Franz Kafka*. New York: Farrar · Straus · Giroux, 1984, p. 73.

可以说，这种印象对于卡夫卡的"实质性意义"首先就体现在：在他经历过"很多东西"（其实主要也就是恋爱、订婚和写作）他对荷马史诗《伊利亚特》的"改写"（且不说《赛壬的沉默》对《奥德修纪》的"改写"）：他既是那个无名的希腊人，也是荷马之前的诗人，因为荷马很晚以后才开始吟诵他的诗篇；他声称诸神不知道他的命运的意义，但在荷马的背后有诸神，荷马作为叙述者和诗人的权威来自诸神；仅仅以这种"声称"的方式，化身为一个无名希腊人的卡夫卡轻而易举地就取代了荷马的位置，并且直面诸神。其代价是：他把《伊利亚特》变成了"自传"，他得同时扮演那个希腊人、荷马和诸神。

但无论如何，这个"希腊人"仍需要借助《伊利亚特》加以理解。他是谁呢？《伊利亚特》中，被挂在一辆战车上"拖拉着绕着城市转圈"的是赫克托尔，但赫克托尔不是希腊人，他被挂在希腊人的战车上；先是"躺在特洛伊的尘土里"后又躺在"停尸床上的垫子上"则同时是帕特洛克罗斯与赫克托尔——赫克托尔把帕特洛克罗斯杀死在特洛伊的尘土里，阿基琉斯又把赫克托尔杀死在特洛伊的尘土里，阿基琉斯为躺在尸床上的帕特洛克罗斯举行了葬礼，之后又交还赫克托尔的尸体，特洛伊人得以为躺在尸床上的赫克托尔举行了葬礼。卡夫卡笔下的"无名希腊人"是帕特洛克罗斯与赫克托尔形象的混合？

帕特洛克罗斯如何能与赫克托尔相混合呢？这一混合无疑是说：卡夫卡的无名希腊人的人格结构是"自杀"——其中一个自己被另一个自己杀死的。但暂且接受这一成问题的混合将能迫使我们走得更远些。根据古典学家伯纳德特的解读，是阿基琉斯，或更确切地说，是阿基琉斯的著名"衣服"（盔甲）将赫克托尔与帕特洛克罗斯联系在一起，赫克托尔杀死穿着阿基琉斯衣服的帕特洛克罗斯之后，剥下后者的衣服穿在自己身上，因此阿基琉斯最后其实是与穿着自己衣服的赫克托尔决斗，三者之间的关系因这件衣服而变得扑朔迷离。伯纳德特的解读强调了一点，即赫克托尔与帕特洛克罗斯之间的"敌人"关系是更深地理解阿基琉斯与帕特洛克罗斯之间关系的入口："赫克托尔穿着阿基琉斯的盔甲，部分地与阿基琉斯相像。他与其相像的程度和帕特洛克罗斯与其相像的程度相同。他以帕特洛克罗斯的样子面对着阿基琉斯，帕特洛克罗斯曾以阿基琉斯的样子作战，现在又以赫克托尔的样子返回了。……他（赫克托尔）既与阿基琉斯分有杀死帕特洛克罗斯凶手的身份，又与帕特洛克罗斯分有阿基琉斯的某种相似性。"①如此来看,卡夫卡笔下的无名希腊人若要完成对赫克托尔与帕特洛克罗斯的混合,他里面还必须有个阿基琉斯。

对阿基琉斯来说,特洛伊的老王后赫卡柏"当然没意义",倾城美女海伦"也说不上有什么要紧",因为他关心和喜爱的是"美颊的布里塞伊斯",也就是那个被以不义的方式夺走的女子、作为战利品的他的女仆。此外,他还关心和喜爱那个先是躺在特洛伊的尘土里、后又躺在尸床上的帕特洛克罗斯,后者曾穿着他的衣服作战,如今那衣服已被剥去。

不知不觉地,我们已经来到了《乡村医生》的庭院。

可以说,《伊利亚特》带给卡夫卡的一个"令人叫绝"的结果就是《乡村医生》。以某种表面看来怪异甚至诡异的方式,《乡村医生》使用了《伊利亚特》的某些意象,并以高度浓缩和变形的方式模仿了《伊利亚特》的情节。或许,对由此而来的相关主题和问题的考察可以使我们在"通古今之变"的道路上更接近起源处。

让我们从最明显的因素开始。众所周知,《伊利亚特》的主题是"阿基琉斯的愤怒";对应着上述阿基琉斯的两个"关心",《伊利亚特》以阿基琉斯的"两次愤怒"搭建起了总体情节的框架:一次为女仆"美颊的布里塞伊斯",阿基琉斯眼睁睁地看着她被从自己的营帐/房间抢走,另一次是为好友帕特洛克罗斯,他穿着自己的衣服却被赫克托尔杀死。切近地看,这两次愤怒及相关联的场景与《乡村医生》的两个场景有着近乎精确的呼应:第一个场景中,当着医生的面,他的美丽女仆罗莎先是在"脸颊"处被咬出了两排血痕,后又在自己的"房间"被强暴,第二个场景则写他面对一个有着致命伤口、正在走向死亡的病人,伤口里蠕动的"蛆虫"有着《伊利亚特》的回声——穿着新盔甲的阿基琉斯重上沙场之前曾这样向母亲表达自己的忧虑:"我担心这时苍蝇会来叮咬墨诺提奥斯的勇敢儿子(即帕特洛克罗斯)身上被铜器砸破的伤残,在那里滋生蛆虫,毁坏他的机体,使肉腐烂,因为生命已经离开他。"②

《乡村医生》里两匹"神马"为我们显明了更多的东西。让我们猜测,驾着两匹神马飞驰的医生并不像是去救人,倒像是参加一场战争,而那两匹"神马"其实就出自《伊利亚特》。它们是阿基琉斯的战马,"众所周知我

---

① Seth Benardete, *Achilles and Hector: The Homeric Hero*, Edited by Ronna Burger & Preface by Michael Davis, St. Augustine's Press, 2005, p.124.

② 《伊利亚特》卷19,第23—27行。罗念生、王焕生译文。

那两匹战马最俊美,它们是不死的神马,波塞冬把它们送给我父亲佩琉斯,我父亲又把它们送给我。"①《伊利亚特》第 16 卷,在帕特洛克罗斯身着阿基琉斯的盔甲出征前,他也乘上了阿基琉斯的由两匹神马驾辕的战车:

> 奥托墨冬给他驾起两匹捷速的快马,克珊托斯和巴里奥斯,快如风驰,风暴神波达尔革拉当年在环海边的牧地吃草时为风神泽费罗斯生育了它们。奥托墨冬又驾上纯种的佩达索斯作骖马,阿基琉斯攻下埃埃提昂时夺得它,它虽是凡马,却能与神马并驾齐驰骋。②

我们注意到,风暴神所生的神马与冲击乡村医生所有感官的"风暴般"的激流有某种联系;乡村医生的那匹在寒冬里过度劳累而死的马指向了"纯种的凡马"佩达索斯,后者死于帕特洛克罗斯与萨尔佩冬的战斗,这场战斗就发生在帕特洛克罗斯被杀死之前,乡村医生家里原来的那匹马死于被病人"召唤"之前的头天晚上,或许并非偶然;还有,根据医生的判断,病人身上如今已化脓生蛆的伤口是被"斧头呈锐角砍了两下"形成的,颇像是帕特洛克罗斯在被杀死之前杀死萨尔佩冬时荷马所用的一个"荷马式比喻":"萨尔佩冬当即倒下,有如山间橡树或白杨或高大的松树倒地,被伐木人用新磨的利斧砍倒准备材料造船。"③赫克托尔杀死帕特洛克罗斯之后又被阿基琉斯杀死,这一"杀人者也被杀"的模式在帕特洛克罗斯被赫克托尔杀死之前杀死了萨尔佩冬这件事上已经得以构建,荷马通过文学比喻对死亡之残酷的"诗化或美化"(美好的树被用来造船,似乎是树的生命的延伸)在卡夫卡笔下的乡村医生以同样的比喻安慰濒死的病人这一情形中被模仿,同时也因高度压缩和变形而造成了某些结构上的扭曲;但透过这种扭曲,我们或能更好地理解帕特洛克罗斯与阿基琉斯的关系。在伯纳德特看来,这一关系在《伊利亚特》中就是以凡马佩达索斯为中介而建立起来的:

> 佩达索斯就是帕特洛克罗斯,佩达索斯的死显示出,神义与人的责任不能被捆绑在一起。佩达索斯只是神马的附加物,帕特洛克罗斯只是阿基琉斯的骖马;受伤的佩达索斯能轻易地被从它的挽套中

---

① 《伊利亚特》卷 23,第 276—278 行。
② 《伊利亚特》卷 16,第 148—154 行。
③ 《伊利亚特》卷 16,第 482—484 行。

解脱,阿基琉斯却不能如此轻易地将死了的帕特洛克罗斯抛开。帕特洛克罗斯只是阿基琉斯的延伸,尽管他的死全然切断了他与自己的联系,这死却把他与阿基琉斯更切近地联系在一起,这切近超过了阿基琉斯之前所能够发现的程度。①

在医生探查病人时,两匹马从外边顶开了窗户,"每一匹马都从一扇窗户探进头来注视这病人",之后又开始嘶叫哀鸣,这一场景看起来就像是两匹神马哀悼死去的帕特洛克罗斯情景再现:

> 埃阿科斯的后裔的战马这时站在远离战祸的地方哭泣,当它们看见自己的御者被赫克托尔打倒在尘埃里。……有如一块墓碑屹立不动,人们把它竖在某位故世的男子或妇女的墓前,它们也这样默默地站在精美的战车前,把头低垂到地面,热泪涌出眼眶,滴到地上,悲悼自己御者的不幸……②

《伊利亚特》中,"神马"与"诸神"有直接的联系,紧接上引文就是宙斯对自己也对神马说话:"可怜的畜生啊,你们本是永生不老,我们为何把你们送给了有死的佩琉斯?为了让你们去分担不幸的人们的苦难?在大地上呼吸和爬行的所有动物,确实没哪一种比人类更艰难。……"③后来当阿基琉斯严厉吩咐它们要把自己安全载回时,赫拉让其中的克珊托斯开口说话:"勇敢的阿基琉斯,今天我们会把你平安载回,但你命定的期限已经临近……即使我们奔跑得像北风一样快捷——据说世间它最快速——命中注定你还是要死在一个神和一个人手下。"④

卡夫卡笔下的乡村医生先是"不知道"马夫和马从哪里来,而后在第一次检查病人时又猜测这是诸神的礼物:"在这种情况下,诸神还真是肯帮忙……"在第二次检查病人时则将马的嘶鸣视为来自"高天"⑤的安排。与荷马的《伊利亚特》不同的是,"诸神"在卡夫卡的这一文本中被封闭、压缩和内化在医生的意识或无意识层面,"诸神"因而不能走出医生的意识

---

① Seth Benardete, *Achilles and Hector: The Homeric Hero*, St. Augustine's Press, 2005, p.108.
② 《伊利亚特》卷17,第426—438行。
③ 同上书,第443—447行。
④ 《伊利亚特》卷19,第399行。
⑤ 原文中 höhern Orts 直译为"更高的位置",英译为 heaven(天),中译为"上帝",比较起来,笔者觉得理解为诸神所在的"奥林波斯山"更切合文脉些。

而获得"知道问题所在"的自我解释能力,这似乎对应了前述卡夫卡信中对"诸神"的理解以及"医生"所感到的这一理解自身携带的"亵渎性"。在《乡村医生》的最后部分,时态转为永恒的"现在时",①没有结束也没有回归,应该是"诸神"被"封闭"而无法走出医生的意识/无意识的一个自然结果。卡夫卡的阿基琉斯救不了"美颊的布里塞伊斯"或罗莎,也救不了作为他的自我的延伸的帕特洛克罗斯或正在死去的病人,他甚至也救不了自己,因为"诸神"在他的"里面"。

7. "非历史的命运":拯救与爱欲

据说,早在少年时代的想象世界里,卡夫卡就对这种"救人的战争"进行过不止一次"军演":"在他的脑海,已经有一些影影绰绰面目粗俗的怪物出没。虽然还是个孩子,但为了摆脱中学平淡无奇的生活,他在进入梦乡之前想象自己带着大队人马,开进犹太人街区,'发出一个威严的手势,救出一个遭受鞭笞的美丽少女',然后带着她乘坐马车离去……"②看起来,《乡村医生》是对这一早年想象的更为复杂的模仿和更为幽深的推进。但我们要试着理解其中的差异:这里还没有"病人","病人"的出现与《乡村医生》"拯救少女"的失败似乎有必然联系——那么,少女和"病人"什么关系?这个问题难以直接回答,因为从小说情节设置来看,如果没有"病人",就不会有少女需要"被拯救"——尽管长期以来,少女没有得到医生的"关心",但平静的生活显然也不需"拯救"。一种可能的情况是,"病人"早就存在了,此时才需要"被救",少女被救的需要显得"后于"病人被救的需要,只不过是因为在医生和少女组成的共同生活中"需要被救"的某种东西还没有获得"自我意识",病人不过就是这种"自我意识"的"人格化";一旦这种东西获得"意识"或"知道"自己需要"被救",它就要"先于"少女的"被救"了;少女在发现猪圈里的马夫和马时所说的"不知道"由她和医生组成的"家"里"还有什么东西"的"这种东西",似乎与"病人"有着难解的纠缠……让我们参照《伊利亚特》理解这一困难。

对应《乡村医生》中少女和病人的关系问题,我们不妨这样问:布里塞

---

① 对《乡村医生》叙述时态变换的研究,参见 Dorrit Cohn, "Kafka's Eternal Present: Narrative Tense in 'Ein Landarzt' and Other First Person Stories," *PMLA*, 83, No, 1(1968), pp. 144-150.

② 达尼埃尔·代马盖斯:《卡夫卡与少女们》,管筱明译,郑州:河南人民出版社,2005,第33页。

伊斯与帕特洛克罗斯什么关系？荷马对这一关系的叙述可谓"不吝笔墨"：

> 黄金的阿佛洛狄忒般的布里塞伊斯看见帕特洛克罗斯被锐利的铜枪戳杀，肢体残损，立即扑上去放声痛哭，两手抓扯胸脯、颈脖和美丽的面颊。她美丽如同不朽的女神，边哭边诉："帕特洛克罗斯，不幸的我最敬爱的人，我当初离开这座营帐时你雄壮地活着，人民的首领啊，现在我回来却看见你躺在这里，不幸一个接一个地打击我。我曾经看见父母把我许配的丈夫浑身血污，被锐利的铜枪戳杀城下，我还曾看见我那母亲为我生的三个亲爱的兄弟也都惨遭灾难。当捷足的阿基琉斯杀死我丈夫，摧毁了神样的米涅斯的城邦，你劝我不要悲伤，你说要我做神样的阿基琉斯的合法妻子，用船把我送往佛提亚，在米尔弥冬人中隆重地为我行婚礼。亲爱的，你死了，我要永远为你哭泣。"①

布里塞伊斯"最敬爱"帕特洛克罗斯，也就是说布里塞伊斯不那么"敬"也不那么"爱"阿基琉斯，甚至很可能"最憎恨"阿基琉斯。布里塞伊斯是阿基琉斯"在毁灭吕尔涅索斯、特拜的城墙，射死塞勒波斯的孙子、欧埃诺斯的儿子、强大的枪手米涅斯和埃皮斯特罗福斯的时候，辛辛苦苦从吕尔涅索斯把她抢到手。"②米涅斯就是布里塞伊斯的父亲为其指定的丈夫，布里塞伊斯在被阿伽门农"不义地"从阿基琉斯手里抢走之前，先是被阿基琉斯从她的合法"丈夫"手里抢去的。因此，从源头来说，阿基琉斯充满义愤的复仇行动，源于不义的爱欲，并且这爱欲还可能是虚假的——在帕特洛克罗斯死在沙场后，阿基琉斯甚至诅咒他所抢来的布里塞伊斯，"愿当初攻破吕尔涅索斯挑选战利品时，阿尔忒弥斯便用箭把她射死在船边。"③阿基琉斯的"杀人"先于"救人"，并且在"救人"之前，他甚至还要召唤一个神来杀死他在不久前还声称"我从心里喜爱她，尽管她是女俘"④的布里塞伊斯；这不禁让我们怀疑，阿基琉斯"救人的爱欲"和"杀人的血气"是否就是一回事？

---

① 《伊利亚特》卷19，第282—300行。
② 《伊利亚特》卷2，第690—693行。
③ 《伊利亚特》卷19，第59—60行。值得提及的是，赫克托尔也参加了那场战斗并与阿基琉斯交了手，赫克托尔有些后怕地回忆说："他曾举着锐利的长枪，把我赶下伊达山，夺走了我的牛群，疯狂地蹂躏了吕尔涅索斯和佩达索斯……"参见《伊利亚特》卷20，第90—92行。
④ 参见《伊利亚特》卷9，第343行。

把"杀人的血气"与卡夫卡的乡村医生联系起来有些怪诞也有些残酷，但仅就"救人的爱欲"而言，阿基琉斯"救"帕特洛克罗斯的行动倒也是个难得的参照，这个参照之所以难得，是因为柏拉图《会饮》恰好涉及这个问题。

《会饮》中两次直接引述阿基琉斯"救"帕特洛克罗斯的例子。① 第一次出于斐德若的讲辞：在论证爱神（Eros）有使相爱的人"肯替对方去死"的力量时，斐德若举了三个例子，其中两个有异性恋背景，分别是阿尔刻斯提替自己的丈夫去死和俄耳甫斯走入冥府救妻子，阿基琉斯救帕特洛克罗斯的例子是第三个，有同性恋的背景。第二次出于苏格拉底的讲辞：讲辞中的第俄提玛使用了斐德若的第一个和第三个例子，但认为其真实动机是爱不朽的声名，有自爱或自恋欲的背景。值得注意的是，第俄提玛略去了斐德若讲辞中诗人俄耳甫斯的例子，但接下来就把诗人归入"凭灵魂生育"一类，似乎诗人的"爱欲"属于更高"级别"，尽管这种爱欲所爱欲的，仍是不朽声名。

乡村医生的"爱欲"是什么性质？我们不知道阿基琉斯与布里塞伊斯是否有"婚礼"，但卡夫卡笔下的乡村医生和病人倒像是在进行一场"婚礼"；在这场"婚礼"之前，乡村医生曾隐晦地提及"写作问题"："写一个处方是容易的，但与人们达成理解却是难事。"②莫非，为了"与人们达成理解"，诗人"凭灵魂生育"的写作活动也需要某种"结婚"？

8. "非历史的命运"：自我起源与爱欲秩序

在谈到"历史性的命运"和"非历史的命运"之前，卡夫卡把自己的状况与刚结了婚的布洛德、菲利克斯和奥斯卡的情况进行了比较："跟你们相比，我就像一个在成人森林中流浪的孩子。"③考虑到他曾说自己的一生就是"出生前的犹豫"，④他的"流浪之旅"似乎并不指向某个终点，倒是对于自我起源的困惑："如果有灵魂的轮回，那我就还没有进入最初的那一轮。"⑤我们现在可以说，卡夫卡在"理论上"把父母的房间用一道"门槛"隔开，似乎就是为了避免自己的"出生"和"轮回"，以便让自己永久地停留在自我那个"起源处"。

---

① 这两次提及分别参见：柏拉图《会饮》179e—180c；208b—208e。
② Franz Kafka, *The Complete Stories*, Schocken Books, 1971, p. 223.
③ Franz Kafka, *Letters to Friends, Family, and Editors*, p. 270.
④ Franz Kafka, *Dairies*, p. 405.
⑤ Ibid.

但如果某个具体的"自我"有"一"个起源,那这个起源必定不在这个"自我"所能够理解的空间(有没有时间以及怎样的时间倒是另一回事)。从犹豫着要不要出生但最终出生了的"孩子"(在此不妨在想象里进入一个赤裸灵魂的视角)所走的方向看,它被孕育的瞬间就是"二"成为"一"的时刻,但它在自觉到成为"一"之后,又会从"一"而不是从"二"去理解作为这一理解之效果的"一"的起源,也就是说,它会觉得,在它由"二"成为"一"之前,在它"现实地"成为"一"之前,就是"一"了;它因此会对"人是什么"这个问题给出"一"个答案;但这个作为来源的"一"有着难以解释身体和灵魂的二分性,这个二分性仍需借助"生出"了"自我"的父母二元性背景或这样的一个次级来源来进行理解——尽管"父-母"二元性显然并不对应"身体-灵魂"的二分性。但这就颠倒了最初的理解方向。

俄狄浦斯从科任托斯走向忒拜,这一行走方向和他行走中的感觉或可说明这种颠倒。俄狄浦斯自觉地恐惧和逃避"杀父娶母",可以理解为他所恐惧的其实是自我起源的这个"二分性",他不接受这种"二分性",想要逃避这样一个"二分性",这种恐惧和逃避所显明的,可以被理解为一个纯粹的心智或"赤裸裸"的灵魂理解自我的方式:他所走向的那条道路通向他的起源,这个起源是一个"二"。如果他只能看到这个起源又恐惧于这个起源,就只能让"纯粹的理智"抽离其中;但他若不能从这个二元世界的现实性中也现实地抽身出去,这种"纯粹的心智"的要求将进一步要求一个单一的起源,这个单一的起源将需要预先排除和母亲相联系的"父亲"以及和父亲相联系的"母亲",他要求一个作为自身单一起源的单一的"父亲"或"母亲",也就是要求"自己生出自己";"自己生出自己"的欲望就是"对于(成为自己的)母亲或父亲的爱欲"……显然,实现这一欲望需要一个"爱(欲)神"。

《会饮》中的苏格拉底针对之前阿伽通所作的赞美"爱神"的讲辞,提出了一系列相互联系而又不断进行修正的问题:爱神是否对某人(某种东西)的爱欲抑或不是?爱神是否就是某个人对母亲或者父亲的爱欲抑或不是?父亲是否就是某个儿子的父亲,而父亲本身也意味着他自己是某个父亲的儿子?[1] 刘小枫教授注意到,苏格拉底把问题引申到母亲兄妹的语词含义上绕过一圈后,又回到了第一个问题:"由此可见第二个问题是认真的,针对兄妹的爱欲当然也是乱伦。苏格拉底对阿伽通的提问实

---

[1] 参见柏拉图:《会饮》199c—200a。

际上是对前面所有讲辞的立论基础的质疑,一针见血地点出他们赞美爱欲的颂词展示的都是爱神的丑相:从同性恋、乱伦到自恋欲。"①可以理解的是,"爱神"的诸种丑相与"赤裸裸的灵魂"想要把"自己生出自己"的欲望进一步加以"肉身化"的欲望有着内在的联系;这种"赤裸裸的灵魂"一旦出生,其"赤裸裸"的爱欲不但将不能忍受自己的"肉身"的限制,也无法忍受社会的"肉身"对自己"肉身"的限制。②

但仍有一个"出路":有了身体的俄狄浦斯所理解的作为自我起源的那个"纯粹的一",其实也可以是他的灵魂所"生出"的"纯粹的理智",而非某个"有身体"的俄狄浦斯;但这样一来,他就不能"现实地"统治,更极端地说,他甚至就不能"现实地"生活——对于卡夫卡来说,最适合这种不现实、非历史"生活的"生活方式"就是"隐身"在"宽阔、锁闭的地窖的最里面的那个房间里"进行写作。③

生育、爱欲、拯救,是《俄狄浦斯王》、《伊利亚特》和《乡村医生》的共同关注。理解这三个作品的这三个问题,最好的参照应当是柏拉图的《会饮》:从爱欲的"阶梯"或"自然秩序"看,以异性间生育为自然目的的性爱为基础,《伊利亚特》处理的是爱欲的次高层面,重点爱欲与血气的关系;《俄狄浦斯王》将爱欲主题向下延伸到生育问题,向上则延伸到哲学问题——俄狄浦斯以斯芬克斯的方式追问起源,最后问到自己的起源即"出生"问题,最高的问题和最低的问题联系在一起,但斯芬克斯式的哲学对"生育"和"诸神"视而不见,④这同时造成了哲学和爱欲的悲剧;《会饮》一方面提出了对爱欲的整全理解,在这种理解视野里解释了《伊利亚特》和

---

① 刘小枫:《从〈会饮〉看后现代审美文化的品质》,载《文艺研究》,2011(9),第 13 页。

② 刘小枫《沉重的肉身》对现代文艺中的爱欲和身体叙事进行了考察,其书名的英译 *Unbearable Body* 似可从这一角度加以理解:"难以忍受的肉身";该书谈论米兰·昆德拉《生命中不能承受之轻》的"性感 死亡 歌声"的第一小节"是否有谁睡在萨宾娜身边",似乎与卡夫卡的问题有关系,萨宾娜的床像"剧院里的舞台"和"讲台"——昆德拉显得像是把卡夫卡的"地窖"变成了"剧院和舞台",把卡夫卡的"写字台"变成了"讲坛"。

③ Franz Kafka, *Letters to Felice*, p.156.

④ 伯纳德特指出,在《俄狄浦斯王》开场所描写的由"三"类人组成的请愿代表团("有的还没有力量高飞;有的是祭祀,老态龙钟,其中我身为宙斯的祭祀;有的是从还没有成婚的选来的。"《俄狄浦斯王》〈行 16—19〉)与俄狄浦斯所解答的斯芬克斯之谜构成了潜在的对照,前者强调的"神—性(生育)"显示了城邦—政治视野对"人"的理解,而斯芬克斯与俄狄浦斯所据以理解"人"的自然-哲学视野则具有"非神-非性"特点。参伯纳德特,"索福克勒斯的《俄狄浦斯王》",刘小枫、陈少明主编《索福克勒斯与雅典启蒙》,北京:华夏出版社,2007,第 138—154 页;Seth Benardete, *The Argument of the Action*, The University of Chicago Press, 2000, pp.71-83.

《俄狄浦斯王》的问题,也指出了同时拯救爱欲和哲学的途径,即最高的爱欲是对智慧的爱欲即"哲学",最高的哲学应对自然爱欲的人世结构和宇宙秩序有政治智慧,最高的哲学应是政治哲学——在"个人主义"层面上,这一哲学应如何看护"自我"的不同层次的爱欲,在"宇宙论"层面上,这一哲学看护的是人世不同群体及灵魂类型的爱欲秩序。如此来看,《会饮》已经预先回答了《乡村医生》的核心问题:如何"拯救"成问题的"爱欲"(乱伦欲、同性欲和自恋欲)?

阿基琉斯的马车拖曳着曾穿着自己衣服的赫克托尔,他穿进皮带拖曳赫克托尔尸体的位置正是刚出生的俄狄浦斯被父母刺穿的地方;卡夫卡笔下的无名希腊人或乡村医生赤身露体骑在松松垮垮的由神马驾辕的战车上,车后挂着他的尘世衣服,他在用脚踢开的尘世"猪圈"中看到了成问题的"生育",而后又在"冥界"看到了成问题的爱欲的可怕伤口,他"急迫"的拯救之旅就被封闭其中。毕竟,他已不是那个荷马笔下的阿基琉斯,他没有赫淮斯托斯为后者所造的新盔甲和盾牌,而那面在其上标划了人世边界的盾牌,本来也可以为他抵挡绵延无尽的空虚暗夜的袭来,如今,他只能"肉搏"之。

第四章
文学里的人生故事

一 卡夫卡与哈姆雷特

1. 卡夫卡的"哈姆雷特问题"

美国学者哈罗德·布鲁姆有言:"莎士比亚成为西方经典的中心至少部分是因为哈姆雷特是经典的中心",①在谈到莎士比亚对卡夫卡的影响时,他特别提到了卡夫卡小说的主人公与哈姆雷特之间的精神联系,一方面是存在于小说主人公中的"莎士比亚-弗洛伊德式的无意识的负罪感",②另一方面则是主人公人生态度的变化,卡夫卡的作品"将主人公的脆弱转变为咄咄逼人的寻衅,在面对法庭和城堡时,约瑟夫·K和土地测量员K就是持此态度的"。③ 在布鲁姆看来,正是这两个方面之间的张力造就了卡夫卡及其文学的一个"不可摧毁性";这种"不可摧毁性"也是卡夫卡通过其包括书信、日记等在内的所有作品表达出来的对其深层自我的某种悖论性的认知——"对卡夫卡而言,我们感到愧疚正是因为我们最深层的自我是不可摧毁的"。④

布鲁姆的看法后文将进一步分析,他这么说不能认为是随随便便的,他的看法为我们提供了进入卡夫卡作品的一条可能性路径。事实上,莎士比亚的哈姆雷特是理解卡夫卡及其作品的一个重要参照。在1911年的一则日记里,卡夫卡叙述了自己独特的"清醒地做梦"的状态,足以表明他对哈姆雷特确是"心有灵犀":

> 无眠之夜。连续第三天了。我睡得很香,但一个小时后就醒来

---

① 哈罗德·布鲁姆:《西方正典》,江宁康译,南京:译林出版社,2005,第53页。
② 同上书,第365页。
③ 同上书,第364页。
④ 同上书,第365页。

了,就好像我曾把脑袋放到了一个错误的洞穴中。……我的确睡着了,与此同时生动的梦境使我保持清醒。可以说,我睡在我的旁边,而我还得与那些梦作战。……我醒来,所有的梦聚集在我的周围,但我十分小心地不去反思它们。拂晓的时候我把脸埋在枕头里叹息,因为在这些夜晚,所有的希望都离去了。我思量着那些夜晚,在那些夜晚的尽头我被从深眠中唤起并醒来,就好像我曾被封闭在果壳里一样。①

这段文字与《哈姆雷特》的关系是显而易见的,其中的几个核心意象"洞穴"、"睡眠""与梦作战"、"果壳"都指向哈姆雷特。《哈姆雷特》第二幕第二场中,王子和罗森格兰兹及吉尔登斯吞的对白所提及的"牢狱"实际上就是指柏拉图意义上的"囚洞"②,哈姆雷特所言"倘不是因为我总做噩梦,那么即使把我关在一个果壳里,我也会把自己当做一个拥有无限空间的君王的",也表明卡夫卡与哈姆雷特是在同一个象征和隐喻框架内思考着各自的问题;当哈姆雷特说"在我的心里有一种战争,使我不能睡眠"时,他与之作战的对象也可以理解为他前面所提及的"噩梦"。

但哈姆雷特不是一个"贵族时代"的经典作家创造的"王者"形象吗?怎么与这个"混乱时代的核心作家"所关注的"个人存在"问题有着这么多的纠葛?这种自我内部的混乱从"贵族时代"就已经开始了?或许并非偶然的是,尼采就从《哈姆雷特》中认出了现代人的"首个代表者形象"③:"他们的心本质上已经破碎和无可救药——这是哈姆雷特的例子……"④

若是如此,"哈姆雷特王子能做好丹麦的国王?"⑤康托尔(Paul A. Cantor)在《哈姆雷特:世界主义的王子》一文的开头提出了这个问题。康托尔的回答似乎是否定的,因为哈姆雷特并不具有或者并不满足于寻常的政治视野,他是一个"世界主义者",这个世界很大,"他想把整个宇宙看做是自己的城邦",另一方面,这个世界又可以很小,"他可以满足于自己

---

① Franz Kafka, *Diaries*, Max Brod ed. New York: Schocken Books, 1976, p.60.
② 参见张沛:《"囚牢"、"胡桃壳"、"无限空间的君王"和"噩梦"》,载《国外文学》,2005(1),第67页。
③ 尼采:《快乐的科学》,黄明嘉译,上海:华东师范大学出版社,2007,第171页,注释3。
④ 尼采:《瓦格纳事件/尼采反瓦格纳》,卫茂平译,上海:华东师范大学出版社,2007,第151页。
⑤ 康托尔:《哈姆雷特:世界主义的王子》,刘小枫、陈少明主编《政治哲学中莎士比亚》,北京:华夏出版社,2007,第114页。

个人脑海中那个小小的世界,因为在他的脑海中,他的思想可以漫游在整个宇宙中"①,他的悲剧也在于此——"哈姆雷特在他的世界里之所以能卓尔不群,原因不在于任何传统灵魂的伟大,而在于他视野的广阔,他对自己复杂的文化所包含的东西的加深了的意识,以及他对其对立的道德要求的回应的深度和真实性",这样深刻的矛盾和冲突就使得"哈姆雷特的心灵成了一个十字路口、一个战场,在这个战场上,异教徒和基督徒、古典的和现代的价值观在此狭路相逢并展开战争,直到战争停止,留下哈姆雷特,让他不能够对任何一套价值观保持一种纯粹的态度,因而不能够进行他的具体所要求他去完成的特殊任务"。② 但康托尔暗示,或许有一个更高的世界可以让哈姆雷特称王,那个世界可以满足"哈姆雷特更为兼容并包的心灵的更高渴望"③。

但可以设想存在着这样的一个更高的、可以兼容所有种种分裂的世界吗? 我们今天所处的世界看起来就像是这样一个更为兼容并包、更为宽容自由的世界,该如何想象哈姆雷特式的人物在这样一个世界中做一个"贤明君王"呢?

在 1915 年的一则日记中,卡夫卡其实也早有一问:"福丁布拉斯怎么能说哈姆雷特必能证明最适合做王呢?"④ 显然他也认为哈姆雷特不适合做一个丹麦的"王者",但他似乎也不会同意康托尔的更为乐观的看法,认为存在着一个适合于哈姆雷特做王者的更高的或者更好的世界;就做一个好的"王者"而言,问题会不会出在哈姆雷特自己身上? 卡夫卡没有直接回答这一问题,但他此后写了一个剧本《墓园看守人》,似乎是对这一问题的回答。

---

① 康托尔:《哈姆雷特:世界主义的王子》,刘小枫、陈少明主编《政治哲学中莎士比亚》,第117—118 页。
② 同上书,第 131 页。
③ 同上书,第 132 页。
④ Franz Kafka, *Diaries*, Max Brod ed. New York: Schocken Books, 1976, p.343. 在此剧的最后一段台词中,福丁布拉斯高度评价了哈姆雷特做一个王者的潜力:要是他能够践登王位,他必能证明最适合做王(…he was likely, had he been put on,/To have proved most royally: …)。

2. 一个人的政治

卡夫卡的《墓园看守人》("The Warden of the Tomb")[①]大约写于1916—1917年的冬季,和卡夫卡的许多作品一样,在生前没有发表,最初由马克斯·布洛德收入《一次战斗纪实》,于1946年出版,英译文收入1958年出版的《一次战斗纪实》,[②]之后在1980年J·M·里奇曾将其收入《七部表现主义戏剧》一书。[③] 除此之外,研究者几乎忽略了这一作品的存在,中文版《卡夫卡全集》甚至没有收录。而卡夫卡对待这一作品的态度也看似漫不经心,同时代人奥斯卡·鲍姆(Oscar Baum)曾记下了与此相关的一桩轶事:一次他们曾"谈及他写的一个剧本——很可能就是《墓园看守人》——我们都很想听他朗读,他却说:'这个剧本唯一不那么业余的地方,就是我不打算读给你们听。'"[④]

剧本的中心事件是弗里德里希城堡的利奥王子打算在其先人的墓园再增加一个看守人,后者的职责是更为直接地看守墓穴。围绕这一事件的主要有王子和内务大臣的谈话、现任墓园看守人与王子的谈话、总管大臣和内务大臣的谈话,话题涉及各方对王子的提议以及王子天性的不同反应和理解。内务大臣对王子的想法深有疑虑,但仍然表达了他对王子的忠诚;墓园看守人向王子讲述了他每天晚上都要和那些先人的幽灵进行搏斗的情形,30年来他一直尽职尽责地看管着那些幽灵;总管大臣批评内务大臣对王子的纵容,认为王子在天性上存在着内在的分裂,要求内务大臣和他一起将王子和城堡引向一个正确的方向;王子意识到局势的危险,"事情变得越来越令人沮丧","所有事情都一触即发"(219),但他对各方的态度却很暧昧。

作品有不少细节能够和《哈姆雷特》联系起来,比如先人的鬼魂令人联想起老哈姆雷特的幽灵,他们存在于"冥界",都希望能够把"冥界"的信

---

① Franz Kafka, "The Warden of the Tomb", Nahum N. Glatzer ed., *The Complete Stories*. New York: Schocken Books, 1971, pp. 206—219. 有关该作品的引文出自该版本,后文只在文后标明出处页码,不再另行做注。

② Franz Kafka, *Description of a struggle*. New York: Schcken, 1958.

③ James McPherson Ritchie ed., *Seven Expressionist Plays*. London: John Calder; Dallas: Riverrun, 1980.

④ Max Brod, *Franz Kafka*, trans. Humphreys Roberts and Richard Winston. New York: Schcken, 1960, p. 74.

息带给王子,以助其统治,只不过哈姆雷特和幽灵直接沟通,而利奥王子则通过看守人这一中介;再比如《哈姆雷特》中那个掘墓人已经和坟墓打了整整30年的交道了(这也是当时哈姆雷特的年龄),而墓园看守人的工龄也恰是30年;此外我们也不难看出《墓园看守人》中的两个大臣身上有着理性而忠诚的霍拉旭和颇富世俗智慧的波洛纽斯的影子。

政治或统治的问题显然也是《墓园看守人》的核心问题,这个问题和《哈姆雷特》一样,是由于"鬼魂"的出场而成为一个问题并变得复杂起来的,因此也可以说,理解该剧中的政治问题的一个关键就是各方看待"鬼魂"的态度问题。从和"鬼魂"的距离和对其信任的程度来看,墓园出口处的看守人最为切近,他每夜和它们搏斗,累得筋疲力尽,他对鬼魂的态度严格来说不是态度,而是切身的经验,这种经验不是梦,而是现实,正是这种经验使他在某种意义上也成为一个"鬼魂"——总管大臣后来就是这样称呼他的;王子次之,和哈姆雷特一样,他相信鬼魂的真实存在,坟墓或者鬼魂对他来说"代表着人类和其他存在的边界"(207),他认为一个稳固的统治恰恰需要这个边界之外的事物,需要来自冥界的经验,因此他"非常重视"看守人,他对后者说:"我怎能没有你的经验呢?"(211)为使这种经验更为可靠和真实,他甚至打算在每个墓穴都安排一个看守人,作品开头谈论的就是这个问题;内务大臣与鬼魂的距离更疏远一些,鬼魂对他来说属于"超越人类领域的某种不真实的事物"(207),由于其意图暧昧不明,因此需要对其进行"警察式的监管",这种警察式的监管也是向死者"表达敬意的形式"(207),以使其能够"安息在平静里"(206),显然他对鬼魂的态度里有着更多的习俗和常识意义的理解;总管大臣和内务大臣都能理解目前宫廷里政治局势的复杂性,但总管大臣显然更深刻地意识到了和鬼魂打交道的危险,他更具政治家的远大视野,他认为"正确的道路只能经由理性得到,理性首先必须做出决断"(215),他说:"开开合合的眼睛总是看到那些复杂的事,始终睁着的眼睛在最初的时刻就已经清楚地看到了那种在一百年之后也不会变的永恒的真实"(216);他并不否认鬼魂可能具有某种真实性,但认为这种真实性恰恰是令人沮丧的,因此要维护或重建城堡的统治秩序,就必须制止王子的打算,全力驱除鬼魂,首先是要驱除看守人,因为"他不仅仅是魔鬼的工具,而且还是魔鬼的一个诚实、积极的助手"(218)。

总管大臣对王子的评价尤其值得注意,这里似乎包含着对卡夫卡上述"哈姆雷特问题"的初步回答。总管大臣认为王子有着伟大而危险的双

第四章 文学里的人生故事

重本性,"其中一个忧虑着他自身的统治,因此在公众面前表现得心不在焉、失魂落魄、摇摆不定。另一个则非常痛苦地要为自身寻找一个根基。他从过去中寻找它们,挖掘得越来越深"(216),王子实际上要从居住在地下深处的幽灵们那里"谋取全部能量,他要为某种类似于巴别塔的东西建立基础"(217)。

巴别塔就是《圣经》中通天塔,卡夫卡在大约写于同一时期的小说《中国长城建造时》也使用了这一意象,①这一意象使得王子作为世界主义者的形象呼之欲出。但总管大臣指出,危险也正在于此,兼容并包的世界主义的冲动与现实世界对稳定的政治秩序的要求难以相容:"实际上王子不需要加强他的基础了。如果他能够利用全部现有的力量,他将发现,这些力量对于实现所有摆在神和人面前的责任就已经足够了。但他破坏生命的平衡,他正走在通向暴君的道路上。"(216—217)

这一点通向了传统上对于哈姆雷特的一种理解:哈姆雷特非但做不了贤明的君王,反而有做"暴君"的极大潜力。法国诗人马拉美早就指出,哈姆雷特不但亲手杀人,而且他所到之处都会带来死亡,美国诗人、批评家马克·凡·多伦(Mark Van Doren)也说,哈姆雷特"把死亡像流行瘟疫一样散播",②他杀死了普洛纽斯、雷欧提斯、克劳狄斯以及罗森格兰茨与吉尔登斯吞,奥菲利娅、乔特鲁德的死也都与他有关。应当说,哈姆雷特也有一双力图"始终睁着"的"朝臣的眼睛",但这双眼睛最终连自己的疯狂都没能"看住",从而陷入自我的分裂。在与雷欧提斯比剑之前,他实际上承认了这一点。③ 哈姆雷特最终也没有分离出他的疯狂,他与他的

---

① 小说中写道:"巴别塔的倒塌在于基础不牢,因而必然失败",小说中提及的一个补救方案是先建长城,而后建塔,"在人类历史上只有长城才会第一次给一座新巴别塔创造一个稳固的基础",当然,"这只能从精神角度去理解"。参见叶廷芳主编:《卡夫卡全集》(1),第378—379页。小说的长城是有缺口的,笔者的一个牵强猜测是:缺口是人性缺陷的比喻,也是任何政治制度与生俱来的缺陷的比喻,长城以及建立在其上的巴别塔是卡夫卡对人性和政治制度的世界主义想象物——由于"人的本质是轻率的,天性像尘埃,受不了束缚",所以作为巴别塔之基础的长城才需要缺口;另一个更为牵强的猜测是:缺口是为修建长城而死去的人预留的活动空间,是为"人间冥界",有某种宗教意味。

② 马拉美和多伦的评述参看袁宪军:《〈汉姆雷特〉的批评轨迹(上)》,载《北京第二外国语学院学报》,2007(2),第45页。

③ 参见《哈姆雷特》第五幕第二场:"要是哈姆雷特在丧失他自己心神的时候,做了对不起雷欧提斯的事,那样的事不是哈姆雷特做的,哈姆雷特不能承认。那么是谁做的呢?是他的疯狂,他的疯狂是可怜的哈姆雷特的敌人。"朱生豪译文。

疯狂同归于尽。

　　柏拉图笔下的克利尼亚在与雅典人谈论城邦的统治时说："人与人是敌人。同样，在个人生活中，每个人也是自己的敌人！……在我们每个人内存在着一场针对自己的战争。"①在与自己的战争中，哈姆雷特所走的无疑是一条自我毁灭之路，在走向暴君的道路上，他毁灭了自己，因而对哈姆雷特来说，他首先是一个对自己失败、自己毁灭了自己的"暴君"，其次由于他将自己的国家奉献给宿敌福丁布拉斯，因而也是国家的"暴君"。或许正是这样的"前尘往事"让《墓园看守人》中的利奥王子感到非常"沮丧"和"忧郁"。

　　卡夫卡的"哈姆雷特问题"可以这样理解：无论是否存在某种城邦可以适合哈姆雷特做一个贤明的君王，哈姆雷特都必须首先赢得对自己战争的胜利，②也就是说，哈姆雷特的政治首先应该是"一个人的政治"，对哈姆雷特这样一个兼容并包的"世界主义"者来说，"重整乾坤"的大政治的胜利只能建立在"取得对自己的个人政治/战争的胜利"的基础之上。

　　在这一方面，卡夫卡笔下的利奥王子显得明智了许多。在世界主义倾向上，他和哈姆雷特并没有什么不同，但他对构成自身统治的空间秩序显然具有更好的层次感和更明晰的自觉意识。首先，他虽然也要从更"深处"为自身的统治寻找基础，为此需要和那些"幽灵"保持某种直接联系——墓园里的看守人的经验似乎还不够，他需要更直接更深入的经验，为此他还要在墓穴里安置看守人，但不同层次的看守人角色的设定也可以理解为他开始有意识地为自身内部的存在划分边界，而这一边界在哈姆雷特那里却常常被抹去，他因为父亲那"可怜的亡魂"的一番"告诫"，就立刻要"从记忆的碑版上"拭去一切过去的印象，这分明表现出疯狂、冲动和缺乏理性和智慧；③其次，他也要在"高处"维护好自己的统治，剧本中的总管大臣就是理性的化身，总管大臣知道，必须驱赶幽灵和鬼魂，这对

---

① 引自卡斯代尔·布舒奇：《〈法义〉导读》，谭立铸译，北京：华夏出版社，2006，第 68 页。
② 柏拉图笔下的克利尼亚说："在所有的胜利中，对自己的胜利是最重要的和最漂亮的胜利，而在所有的失败中，对自己的失败是最让人耻辱和最令人沮丧的失败……"引自卡斯代尔·布舒奇：《〈法义〉导读》，第 68 页。
③ 柏拉图笔下的克利尼亚说："最美丽最伟大的和谐毫无疑问地是一种伟大的智慧，按理性生活的人分有这种智慧；同样，缺乏智慧的人将会倾家荡产，他绝对不可能成为城邦的救世主，他的一举一动都会显出他在这方面的愚昧无知。"参见卡斯代尔·布舒奇：《〈法义〉导读》，第 89—90 页。

第四章　文学里的人生故事

于维护城堡的政治秩序是必需的,在他看来,和鬼魂亲密接触的看守人显然也是必须消失的鬼魂:"你,悲惨的鬼魂,你竟真的敢在王子的城堡露面!你难道不害怕我这只巨大的靴子么?它会把你踢出门外。"(215)王子说自己"永远需要"其效忠,承认后者比自己"看到的要多些"(219)。

3. 鬼魂、负罪感与道德迷宫

但利奥王子显然无法也不愿摆脱看守人的"经验",这种经验把我们带向了卡夫卡文学空间的中心地带。在大约同期的一篇短文中,卡夫卡记述了"我"在阁楼里一次类似的"经验":

> 这时响起了敲打窗户的声音,我从沉醉中惊醒,镇静了一下,大声说:"没什么,是风在撼动窗户。"当敲门声再次响起时,我说:"我知道,那只不过是风。"但第三次敲打时响起了一个请求放他进来的声音。"那确实只是风。"我说着拿来放在箱子上的灯,点燃了它,把窗帘也放了下来。这时整个窗子开始颤抖,一种卑屈、无言的哀求。①

这段文字与《墓园看守人》的联系是明显的,此处的"我"似乎是利奥王子和墓园看守人的混合。《墓园看守人》中隐匿于闹剧氛围的鬼魂们的不幸和痛苦——"附身"或"化身"为窗子的鬼魂形象所包含的"卑屈"和"无言"——在这段文字中被"释放"了出来。反之也可以理解为:《墓园看守人》中的王子借助看守人这一中介,拉开了与"卑屈无言"的鬼魂所引发的负罪感的距离,因此在某种意义上可以说试图压制、掩盖这种负罪感。

卡夫卡早就意识到他的写作和幽冥世界的密切联系以及由这种联系所引发的"罪感",1903年,他在写给奥斯卡·波拉克的信中写道:"我的处境是:上帝不愿我写,然而我偏要写,我必须写。这是永恒的拉锯战,而最终上帝毕竟更强大,这里边的不幸之多超过你的想象。"②"上帝"不愿人写的东西肯定具有某种"魔鬼性",或者至少包含某种"上帝"不愿人知晓的某种秘密——是不是正是为了知晓这种"秘密",卡夫卡才义无反顾地以写作的方式下降到死者和"鬼魂"那里,亦即如他所说"在死人那儿作客"?③ 这自然是危险的,对此晚年的卡夫卡愈加清楚了,他在给马克

---

① 叶廷芳主编:《卡夫卡全集》(1),石家庄:河北教育出版社,1996,第527页。
② 叶廷芳主编:《卡夫卡全集》(7),第17页。
③ 叶廷芳主编:《卡夫卡全集》(1),第552页。

斯·布洛德的信中说:"作家生活的本身是怎样的呢？写作乃是一种甜蜜的美妙报偿……是报偿替魔鬼效劳。报偿这种不惜屈尊与黑暗势力为伍的行为,报偿这种给被俘幽灵松绑以还其本性的举动,报偿这种很成问题的与魔鬼拥抱和一切在底下还正在发生、而如果你在上面的光天化日之下写小说时,对此却一无所知的事情。"① 卡夫卡现存的最后一则日记(1923年6月12日)像是对自己写作的最后判决:"写作的时候变得越来越恐惧。这是可以理解的。每一个字词皆由幽灵之手扭结而成——那手的扭结是其特有的姿态——字词变成刺向说话者的矛。"②

在卡夫卡所营造的幽冥世界里,包含生命全部可能性的"鬼魂"徘徊其中。在此意义上,卡夫卡堪称现代哲人海德格尔"向死而生"观念的先行实践者。海德格尔论证了"向死而生"的"生"才是最本真、因而也可以认为最"美妙"的生。但最严格意义的"向死而生"已经预先关闭了"生"的大门,"生"同时也意味着"虽生犹死"的"冥界"。卡夫卡所说的"我一辈子都是作为死人活着的"由此可以得到更直观的理解,而其中的"罪"就在于:作为作家的卡夫卡必须先行"谋杀"作为非作家的卡夫卡(们),卡夫卡成为一个作家的过程就是谋杀自身之"生"的一个又一个可能性并使之成为"鬼魂"的过程。卡夫卡曾这样描述与被谋杀的"自己们"的幽灵们进行搏斗的经验:"他们来自所有的门,关着的门被他们推开,那是成群的,巨大的、瘦骨嶙峋的无名的鬼魂,你可以同其中之一斗,可不能同你周围的所有的斗,你要是写,那么他们就是些很好的神灵,你要是不写,那么他们就是些鬼怪……"③

因此,卡夫卡终其一生的写作行为可以被看做他与自己的幽灵们所进行的"战斗纪实"——他第一篇小说的篇名《一次战斗纪实》其实就已经预示了他一生的主题——而这场战斗的一方,亦即作为作家的卡夫卡,从一开始就决心要取得决定性的胜利。他的写作行为,同时也就是对那些已被预先封闭在"冥界"的幽灵们的拜访、抚慰和哀悼,而至于那些幽灵们,它们既是给予卡夫卡写作以帮助的"神灵",也是吸食他生命和鲜血的

---

① 叶廷芳主编:《卡夫卡全集》(7),第485页。
② Franz Kafka, *Diaries*, Max Brod ed. New York: Schocken Books, 1976, p.423.
③ 叶廷芳主编:《卡夫卡全集》(9),第601页。

第四章　文学里的人生故事

"鬼怪"。① 卡夫卡对写作行为的忏悔和临终的焚稿遗嘱，首先是为向被谋杀了的自己（们）赎罪。

另一方面，作为自由精神的漫游者，卡夫卡在否定自己生命诸种可能性的同时，也在"使用"他人生命的可能性来对自我的自由边界和道德边界进行试探，他与之订婚而又解除婚约的菲莉斯、朱莉就可以看做此类试探，他对自身"罪恶"的理解也与之相关。刘小枫指出，在与菲莉斯的关系中，"卡夫卡自觉到陷入自己制造的恶：他为了重返自己的天堂，在自己的永恒之旅途中，他不得不欺骗一个女人……欺骗一个女人的生命是自主的恶，是自己的意志自由犯下的恶"，而卡夫卡的小说所使用的"暗示性叙事话语"就是为了掩盖这一罪恶，"为了欺骗善的程度最低，为了在欺骗菲莉斯时心里觉得好受些"②。有意无意之间的罪恶于是化作为作品中那些善恶难辨的幽灵。其深层意蕴正如尼采所说：

　　艺术唤起亡灵——艺术还有一个附带的任务，就是保存，给逐渐黯淡、褪色的东西再涂上一点油彩。它完成了这个任务，也就是编织了一条连接古今的纽带，使各个时代的幽灵得以复归。虽然，由此而来的生命是虚幻的生命，犹如墓园上空的生命，或者犹如与亡故的亲友在梦中重逢，但是，至少暂时以前的感觉又活跃起来了，心又按照久违的节奏跳动了。（《人性的，太人性的》144）

卡夫卡或许也会同意尼采的下述看法：艺术家只能在艺术世界中将幽灵们复活。虽然他们"不得不像俄底修斯一样，在某些时候下降到死者

---

① 海德格尔式的"最本己的可能性的死"的"良知的呼唤"同样具有这双重的背景和性质，当"良知的呼唤"来自"最本己的生的可能性"并逼迫自我实现它所呼唤的可能性时，它就显得像是"神灵的启示"；当"良知的呼唤"来自"非本己的生的可能性"，而这些可能性事实上已经或正在被消灭时，它就显得像是"鬼怪的诅咒"。由于"本己的"和"非本己的"都来自于"此在自我"根据此在的现实状况所做出的"自由"决断——这种决断因而是必然地带有某种偶然性的——因此自我在现实层面上的处境更可能是多种"本己的"和"非本己的"可能性之间的生死搏斗。卡夫卡终其一生在"钢琴、小提琴、语言、德国学、反犹太复国主义、犹太复国主义、希伯来语、园艺、木工、写作、结婚尝试、拥有一套自己的房间"等诸多存在可能性的"半径"里徘徊却始终画不成一个"美好的圆"，就是这一搏斗的"纪实"。海德格尔关于"良知"和"死"的论述，参看海德格尔《存在与时间》第五十六节"良知的呼声性质"至六十二节"生存上的此在的本真整体能在即先行的决心"，陈嘉映、王庆节译，北京：三联书店，1999，第312—354页；卡夫卡的描述参看 Franz Kafka, *Diaries*, Max Brod ed. New York: Schocken Books, 1976, p.404。

② 刘小枫：《沉重的肉身》，第206页。

中间,安慰他们的痛苦,抚慰他们的忧伤"①,但若将其解放出来就会反被其控制,从而导致自我的毁灭:"许多东西,我们必须让它们留在半知半觉的冥府,不要想着把它们从那种阴暗状态下解救出来。不然的话,它们就会作为思想和言辞,魔鬼般地控制我们,还要残酷地吸食我们的鲜血"②。这半知半觉的冥府确实就像是卡夫卡的文学世界,而半明半暗状态下的幽灵们就像是用文字构筑而成的"道德迷宫"里的罪疚之化身。

"罪疚"正是《哈姆雷特》与《墓园看守人》这两部作品中最大的"鬼魂"。玛格丽特·阿特伍德对《哈姆雷特》的解读别具慧眼,尽管她的表述看起来像是一个玩笑:"与其说这是一个复仇者的悲剧,哈姆雷特世家的故事讲的是潜意识的罪疚——哈姆雷特意识到哈姆雷特家族做了对不起福丁布拉斯氏族的事,便以惊天动地的自毁方式,除掉自家亲族,勾销了遗产"③。至此,不难发现,前述布鲁姆所说的那个包含了"莎士比亚-弗洛伊德式的无意识的负罪感"的"不可摧毁性",在其结构上恰是"自我摧毁"的;对于这一问题的进一步反思,将把我们引向对现代灵魂的生态分析。

4. 现代灵魂生态的解剖

1888 年,尼采写下了一段可能会对卡夫卡深有触动的话:"我们大家的肉身中,(那些)背离我们的认识和意愿,都有着截然不同的价值观,词语,规则和道德,——从生理学角度看,我们是虚构的……对现代灵魂的一个诊断——应该如何着手?通过对这本能矛盾体的果断切入,通过对其对立价值观的清理分解,通过对其最富教益之事件施行活体解剖"。④

"灵魂的活体解剖"或"对其对立价值观的清理分解"也可以看做卡夫卡写作事业的一个注脚。卡夫卡的表述则是:"它就像一种内部的腐败,这种腐败如果我只想观察而无视其令人不快的一面的话,其给我的印象就像是教科书上的大脑横切面,或者就像对活体进行的几乎无痛的解剖,手术刀——有点冷漠地、小心翼翼地停下又回来,有时静静地不动——剥

---

① 尼采:《朝霞》,田立年译,上海:华东师范大学出版社,2007,第 431 页。
② 尼采:《人性的,太人性的》下卷,魏育青译,上海:华东师范大学出版社,2008,第 580 页。
③ 玛格丽特·阿特伍德:《帐篷》,张璐诗译,南京大学出版社,2008,第 121 页。
④ 尼采:《瓦格纳事件/尼采反瓦格纳》,卫茂平译,上海:华东师范大学出版社,2007,第 84 页。

第四章 文学里的人生故事

开了那层比薄纸还要薄的、紧靠着还正在工作的那部分大脑的覆盖膜"。①

但卡夫卡的写作对各种"对立价值观的清理分解"是以一种极其复杂的方式进行的,这种复杂达到了这样的程度,即这种"分解"看起来并不像是在"分解",而是在进行更为复杂的价值观念的"编织"。麻烦就在这里:我们要深入理解卡夫卡的文学,就必须先完成对他用充满暗示性的文学语言编织的"价值观织体"进行"清理分解"这一难以完成的任务……

或许更好的选择是:果断地"切入"卡夫卡的灵魂生态而"无视其令人不快的一面"。卡夫卡对自身灵魂生态的描述可以被看做是其作品生态的描述,而作品生态既是他对自身灵魂生态的"模仿",也是对这一生态的重新组织,其作品的深层结构与他灵魂的生态结构既有着某种同构性,也有着叙述层次的差异性——卡夫卡的灵魂生态更像是一个叙述学意义上的"底本"。在此我们将目睹一架(作为作家的卡夫卡及其文学事业隐喻的)"时间机器"的构建与崩溃。就在上引 1911 年的那则日记里,卡夫卡感到了"那种正在迫近的某种伟大时刻就要来临的可能性",这一时刻既是成为"作家"的时刻,也是"清理-编织"价值世界、因而具有启示性的"恩典时刻"。其意义堪比法国大革命:纷乱的人群"在几个月的时间里通过互相连接在一起的街道进入巴黎市中心,就像慢慢移动的钟表的指针"②。1913 年,已经写出了《失踪者》、《判决》、《变形记》等作品的卡夫卡描述了一架成型的"时间机器":"内部存在一组滑轮。某处一个小杠杆秘密启动,起初几乎不能觉察,而后整个机器运动起来。它服从于一种不可思议的力量,就像钟表服从于时间,它这里响一下,那里响一下,于是所有链条都按照预先规定好的路径一个接一个地发出叮当声。"③但这一能够制造"恩典时刻"的"时间机器"运行状况并非总是良好。1917 年的日记中写道:"我仍能从诸如《乡村医生》等作品中获得满足,前提是我仍能写出此类作品(这是非常不可能的)。但只有我能将世界提升到纯净、真实和永恒中我才会感到幸福"④。而《乡村医生》所描述的更像是一个欺骗性的"恩典时刻":"受骗了! 受骗了! 一旦对深夜时钟的一次错误报时做出应

---

① Franz Kafka, *Diaries*, Max Brod ed. New York: Schocken Books, 1976, p. 71.
② Ibid., p. 61.
③ Ibid., p. 225.
④ Ibid., p. 387.

答,事情就永远没法弄好"①1922年卡夫卡写出了《城堡》等作品,但也就在这一年,他经历了四次大规模崩溃。"时间机器"的运转状况堪忧。1月的日记详细记录了其内部进程的"疯狂节奏":"钟表们并不能保持和谐;内部的那个以魔鬼般的疯狂速度运转,或者说这种速度是非人类所具有的,外部的那个以惯常的速度蹒跚而行。除了两个世界之间的分裂之外还能够发生什么呢?它们确实分裂了,或至少以一种可怕的方式撞击在一起"②。

其实机器"分解"的情形,在1916年的小说《在流放地》中就被详细地描述过。那台既是"行刑机"又像是"打字机/写作机"的神秘机器在执行最后一次"要公正"的任务时"化为碎片":

> 绘图器的盖子缓缓升起,接着又啪嗒一声地完全打开。一只齿轮的牙齿露了出来,逐渐升高,不一会儿,整个齿轮也露了出来,仿佛有一股巨大的力量在挤压绘图器似的,以致齿轮不再有搁置的地方,它旋转着升到了绘图器的边缘,接着掉了下去,在沙子上还滚了好长一段,然后停着不动了。但马上又有另外一个齿轮升了起来,后面又随着升起了许许多多、大大小小、几乎无法区分的齿轮,它们一一从绘图器的边缘上掉了下来,人们总以为,这下子绘图器一定可以倒空,然而又出现了一组新的、数目特别多的齿轮,升了起来,掉了下去,在沙里滚动,然后停着不动。③

机器的解体莫非早已暗示了卡夫卡通过写作对"对立的价值观"进行清理分解重任的失败?那掉在地上的"许许多多、大大小小、几乎无法区分的齿轮"莫非就是无法被结构为整体的、如今这个时代的"道德碎片"的隐喻性图像?无论如何,那一股使得机器解体的"巨大的力量"总给人某种邪恶的印象。现代世界的"伦理混乱"④状况、世界主义者卡夫卡的灵魂生态及文学世界的"道德迷宫"都在此种疯狂混乱的形式中汇聚了。

但另一方面,即便如哈姆雷特所说,"世上的事情本来没有善恶,都是个人的思想把它们分别出来的",我们仍然需要在这世上的每一件错综复

---

① Franz Kafka, "A Country Doctor", Nahum N. Glatzer ed., *The Complete Stories*, Schocken Books, 1971, p. 225.
② Franz Kafka, *Diaries*, p. 398.
③ 叶廷芳主编:《卡夫卡全集》(1),第103页。
④ 聂珍钊:《〈老人与海〉与丛林法则》,《外国文学评论》,2009(3),第80—89页。

杂的事情中,用"个人的思想"分别出"善和恶",仍然需要分别出作为病人的卡夫卡和作为医生的卡夫卡。其实也可以认为,卡夫卡已经做出了这一区分。在《乡村医生》这个自传性文本中,化身为"医生"的卡夫卡为了救治另一个化身为"病人"的自己,动用了某种邪恶的力量(尤其是住在猪圈里、长着蓝眼睛的马夫),光着身子和病入膏肓的病人躺在一起,从而使得自己也像是一个病人,但他的救世冲动也是明显的。

在以写作为武器对善与恶的道德边界进行冲击的过程中,卡夫卡有一个明确的梦想:"无论如何他有这么一个梦想:有朝一日,在一个无人看守的瞬间,比如一个空前黑暗的夜间,他得以一跃离开战线,由于他的斗争经验而被提拔为判决他那两个还在互相搏斗着的对手的法官"[①]。这个"无人看守"却"看守"着作为交战对手的"善"和"恶"的法官看起来很像是柏拉图笔下的那种"优秀的法官":"他控制着这个纷争不断的家庭,但他并不消灭这家中的任何一人,而是在他们之间进行调解,给他们立下面向未来的法律,这样,这位法官就能确保这些兄弟彼此相待以友了"[②]。

《墓园看守人》中的利奥王子或卡夫卡不就像一个"优秀的法官"么?他看守着世界城邦中的所有的人,以及那些暧昧的鬼魂,也看守着他自身的疯狂和混乱,看守着这种似乎陷入疯狂和混乱的"看守"举动本身。这种"看守"就如他另一篇短文中所说:"你在看着,你是一个看守人,你发现身边还有另一个人,他挥舞着从旁边树枝堆上取来的一根燃烧的棍子。你为什么要看守呢?据说,必须有人看守,必须有人守在那里。"[③]或许这种多层次的"看守"本身就是卡夫卡所制定出的"面向未来的法律"?无论如何,重要的是,他提出了每一个"倒霉的"现代人必须认真思考的问题:重整自我灵魂的"乾坤"。

---

① 卡夫卡:《卡夫卡散文》,叶廷芳、黎奇等译,杭州:浙江文艺出版社,2001,第93页。
② 卡斯代尔·布舒奇:《〈法义〉导读》,第70—71页。
③ Franz Kafka, "At Night", *The Complete Stories*, Schocken Books, 1971, p. 436. 叶廷芳主编:《卡夫卡全集》(1)第510页对这段话的翻译漏掉了"另一个人"(the next one),这就把看守人对自身的看守——这"另一个人"可理解为看守人的"另一个自我",那个由于看守而可能陷入疯狂的"自我"——这一层意思漏掉了。

二　余华与卡夫卡的文学缘

1. "文学之外"的拯救

余华与卡夫卡的相遇称得上他所说的"文学里最为动人的相遇"和"文学里最为奇妙的经历"之一。① 余华的文学创作先于他对卡夫卡的阅读,但根据他多次回忆,他在文学道路上一次决定性"新生"却源于卡夫卡:"在我即将沦为文学迷信的殉葬品时,卡夫卡在川端康成的屠刀下拯救了我。我把这理解成命运的一次恩赐。"②"拯救"和"恩赐"都是分量很重的词,在其后的岁月里还将有无数作家的名字陆续出现在余华的回忆中,但这么有分量的词没有再次出现过。余华说卡夫卡从川端康成的屠刀下拯救了他,但他没说是谁从卡夫卡的屠刀下拯救了他——敏锐的余华不可能感受不到卡夫卡式"屠刀"的危险。这是不是可以理解为:对"命中注定"将要成为一个作家的余华而言,卡夫卡的写作给了他自我拯救的力量?理解这种"拯救"或许应该成为探讨余华与卡夫卡之间文学缘分的一个起点。

为恰当地理解这种"拯救",最好获得一种理解卡夫卡的恰当方式,但做到这一点太过困难。对于我们的问题而言,直接进入余华对卡夫卡的理解或许是一个更方便的选择,但这一点也令人困惑:在首次表达了对卡夫卡感恩之情的10年之后,阅读了更多"文学"的余华似乎意外地发现卡夫卡在"文学之外":"卡夫卡没有诞生在文学生生不息的长河之中,他的出现不是因为后面的波浪在推动,他像一个岸边的行走者逆水而来。很多迹象表明,卡夫卡是从外面走进了我们的文学。"③卡夫卡的文学是一种"文学之外"文学?

"文学之外的文学"也正可以看做是余华对他所尊敬的许多作家的理解角度(他也曾这样猜测博尔赫斯的写作:"博尔赫斯是否也想使自己成为文学之外的作家?"),"从文学的外面进入文学"既是他进入文学的方式,也是他理解文学的方式,而这种方式,按照我的理解,也正是余华从卡

---

① 余华:《温暖和百感交集的旅程》,上海文艺出版社,2004,第123—124页。
② 余华:《没有一条道路是重复的》,上海文艺出版社,2004,第193页。
③ 余华:《温暖和百感交集的旅程》,第94页。

夫卡那里获得"拯救"的方式:"卡夫卡教会我的不是描述的方式,而是写作的方式。"①——"在文学外面的"作家卡夫卡教会了余华进入文学内部的写作方式,当余华以这种方式成为一个作家时,他自己也就在有意无意中学会了这种从"外面"进入"内部"的卡夫卡式的自我拯救方式。

可以认为,10年后的余华对于这种从"自己的外部"进入"自己的内部"的自我拯救方式更清楚的发现,得益于他对卡夫卡日记的阅读。他觉得日记中的卡夫卡"在面对自我时没有动用自己的身份","或者说他就是在自我这里,仍然是一个外来者。"②"他的日记暗示了与众不同的人生,或者说他始终以外来者的身份走在自己的人生之路上,41年的岁月似乎是别人的岁月。"③余华进而发现,"自己在自己的外面"也是卡夫卡文学的一个重要特征,这一独特的"自我位置"使得卡夫卡的文学获得了惊人的深度和复杂性:像日记中的卡夫卡一样,《城堡》中的"外来者K就像是一把熏肉切刀,切入到城堡看起来严密其实漏洞百出的制度之中,而且切出了很薄的片,最后让它们一片片呈卷状飞了出去"。④

"自己外面的自己"或"文学之外的文学"自然是一个比喻性或寓言性的说法,或者说"文学外面的文学"本身就已经是一个有着充盈张力结构的文学寓言。⑤ 这一包含巨大张力甚至分裂的自我拯救结构其实也寓言着文学和现实的张力——《城堡》及"城堡"就是这样的一个有着复杂张力层次的文学寓言。对于这一点,汪晖有精到的分析:"'文学之外'是一个疆域无限辽阔的现实,倘若文学与生活的界线无法分割的话,那么,文学之外的疆域一定是一个独立于写作和生活的现实,它只能用比喻才能抵达。"⑥

在一则题为《论寓言》⑦的寓言里,卡夫卡真的用比喻/寓言抵达了这

---

① 余华:《没有一条道路是重复的》,第113页。
② 余华:《温暖和百感交集的旅程》,第95页。
③ 同上书,第96页。
④ 同上书,第97页。
⑤ 对余华小说的叙事张力结构的分析,亦参见王侃:《论余华小说的张力叙事》,《文艺争鸣》,2008(8)。
⑥ 汪晖:《无边的写作——〈我能否相信自己〉序》,洪治纲编《余华研究资料》,天津人民出版社,2007,第489页。
⑦ Franz Kafka, The Complete Stories, ed. Nahum N. Glatzer. New York: Schocken Books, 1971, p.457. 笔者对这一寓言的解读,参看本书第三章中"卡夫卡的死亡想象"第4小节的相关段落。

个"文学之外的文学（疆域）"。在这个寓言内部所处理的"寓言/文学世界"和"现实世界"的关系以及两个人关于这一关系的"赌赛"，对于理解余华与卡夫的文学姻缘颇有启发意义。若将这个寓言应用在余华与卡夫卡之间的关系上，那么可以说，在由余华和卡夫卡构成的这个寓言世界里，作为后来者的"第二个人"，余华显然越来越感到了在现实世界中"成为卡夫卡式寓言"却在寓言世界里"输掉"的某种"忧虑"——尽管他感受和表达这种忧虑的方式十分暧昧："我对那些伟大作品的每一次阅读，都会被它们带走。我就像是一个胆怯的孩子，小心翼翼地抓住他们的衣角，模仿着它们的步伐，在时间的长河里缓缓走去，那是温暖和百感交集的旅程。它们将我带走，然后又让我独自一人回去。当我回来之后，才知道它们已经永远和我在一起了。"①——卡夫卡这个"在文学外面"的文学寓言曾将余华带走，余华曾跟随这个寓言，然后他又回来，而他之所以能够回来，是因为卡夫卡的寓言已经包含了让他能够回来的力量，有了这种力量，余华就走在了成为自己的道路上，在这条道路上，卡夫卡将以独特的方式与他在一起。

2.《十八岁出门远行》：跟随卡夫卡

对卡夫卡的最初阅读使余华的文学观念和想象力获得了极大的解放："1986年，我读到了卡夫卡，卡夫卡在叙述形式上的随心所欲把我吓了一跳……在卡夫卡这里，我发现自由的叙述可以使思想和情感表达得更加充分。"②卡夫卡文学的想象性和梦幻性特点让余华开始反思文学的"真实性"："文学的真实是什么？当时我认为文学的真实性是不能用现实生活的尺度去衡量的，它的真实里还包括了想象、梦境和欲望。"③1986年以后余华陆续写下了《十八岁出门远行》、《四月三日事件》、《西北风呼啸的中午》、《一九八六年》、《往事与刑罚》等一系列作品。当我们心里想着卡夫卡去阅读这些作品时，不免会看到余华当年心里想着卡夫卡时所写下的这些作品所留下的卡夫卡式幻影。在某种意义上，是余华和卡夫卡强劲的想象将他们的想象所牵引出来的幻影变成真实，而余华的上述作品则在很多方面借助了卡夫卡的想象，包括想象的形式和所想象出来的影像；余华一方面在想象和回忆里重组自己对自我和世界的理解，另一方

---

① 余华：《温暖和百感交集的旅程》，第19页。
② 余华：《没有一条道路是重复的》，第112—113页。
③ 同上书，第113页。

第四章　文学里的人生故事

面也在重组卡夫卡的文学想象。于是我们看到,在余华的上述作品里游荡着卡夫卡的幽灵,而透过卡夫卡这双幽灵之眼,或许能对余华的作品有更好的理解。

我打算把《十八岁出门远行》和《四月三日事件》结合起来考察,其理由是这两个作品都是描写的某种"成人仪式",是少年穿越成年之门所经历的不安梦境,这梦境既是对青春的回眸与纪念,也是对青春的预先哀悼;这两部作品其实可以被看做一部作品内部的两部作品,一个梦内部的两个梦,其中《十八岁出门远行》是《四月三日事件》梦境的延续和展开:《四月三日事件》写的是"我"的十八岁生日,这一天既象征着作为"男孩"之"我"的死,又标志着"成人"之"我"的新生,但这个"生"的过程又显得像是一场"冥府之旅"的历险;而《十八岁出门远行》写的则是这个新生的"我"在成人世界中所再次遭受的"遍体鳞伤",是"第二次的死"。从这一角度看,20世纪80年代的余华作品所充斥的死亡和暴力可以说都源自对这种死亡和伤害的预先回忆和召唤。这种回忆的基本结构还在他以后的写作,特别是在《在细雨中呼喊》中延伸到了童年——卡夫卡写于1921年的一则日记似乎是对余华式呼喊的预先回应:"永恒的童年,生命又在呼喊。这是完全可以想象得到的,生命的壮丽始终在它完全的充实中等待着我们每一个人,但它被遮蔽着,在深处,看不见,在很远的地方。但它并非心怀敌意和抗拒、装聋作哑地在那里。如果你用正确的言辞、正确的名字呼喊它,那它就会到来。这是魔术的实质,这魔术不是创造,而是呼喊。"①

《十八岁出门远行》和《四月三日事件》就是这样一种对过去梦境的召唤,这两部作品在基本构思上和卡夫卡的《审判》以及被视为《审判》缩影的《一场梦》的联系是十分明显的;以一种简化的方式去理解,余华的这两部作品甚至可以被看做是对卡夫卡的这两部作品的交错模仿,正是在这里留下了卡夫卡影响余华的清晰刻度。《审判》写约瑟夫·K在30岁生日早晨被捕,31岁生日晚上被处死,由生日为开始的人生旅程最终通向了"冥界",在这一基本结构的设计上,余华的《四月三日事件》与之相似;《一场梦》的开头写"约瑟夫·K正在做梦",②《四月三日事件》的主人公

---

① Franz Kafka, *Diaries*, ed. Max Brod. New York: Schocken Books, 1976, p. 393.
② Franz Kafka, *The Complete Stories*, ed. Nahum N. Glatzer. New York: Schocken Books, 1971, p. 399.

在生日的那天晚上也"躺在床上几乎一夜没合眼",开始"思考他明天会看到些什么",这就预示了接下来发生的事其实是他的想象或清醒状态下的梦。《十八岁出门远行》的开头写主人公行走在河流般道路上("柏油马路起伏不止,马路像是贴在海浪上。我走在这条山区公路上,我像一条船。")对应的恰是《一场梦》开篇部分的句子:"那儿的道路蜿蜒曲折,设计精巧、不切实际,可是他就在其中一条道路上以一种泰然自若的姿势保持着平衡向前滑行,就像滑行在一条湍急的河流上。"①"我像一条船"的比喻则出现在《审判》中,走在法院走廊里的 K 觉得自己"好像置身于一条在大浪中颠簸的船"。②

笔者曾分析过《一场梦》与《审判》的内在联系,认为《审判》可以看做《一场梦》中的梦。在这个梦中之梦里,在 30 岁生日那天早晨 8 点时分("早晨 8 点"也是余华《四月三日事件》的叙述起点),约瑟夫·K 的时间发生了一次断裂,他由此进入到另一种时间或梦中,他起床后所发生的被捕"事件"其实就发生在时间的这个裂缝地带(梦)。虽然卡夫卡"设计精巧、不切实际"的叙述小心翼翼地掩盖了这个时间的裂缝,但小说中的约瑟夫·K 对此有清楚的认识:"倘若我头脑清醒一点儿,后来的事就不会发生。"③"被捕事件"可以理解为"走了神"的约瑟夫·K 的一个梦或幻觉,但小说后来所描述的事却越来越像是对这个幻觉的证实。《四月三日事件》中主人公所听到的阴谋事件其实也是这样一个发生在时间裂缝中的幻觉,但被这个幻觉所推动的行动也越来越像是对这个幻觉的证实:《审判》中约瑟夫的最后幻觉在《一场梦》中被证实,《四月三日事件》中的主人公的最后幻觉被《十八岁出门远行》所证实——在《审判》中死去的约瑟夫·K 感觉"耻辱应当留在人间",④《一场梦》则写道:"而在上面,他的名字正以巨大的花体字疾书在那块墓碑上。"⑤《四月三日事件》中主人公决定在半夜爬上一列运煤车离家出走,《十八岁出门远行》中则是父亲让他出门:"你已经十八了,你应该去认识一下外面的世界了。"⑥

余华的这两部作品还大量使用了带有鲜明卡夫卡印记的细节,这些

---

① Franz Kafka, *The Complete Stories*, p.399.
② 叶廷芳主编:《卡夫卡全集》(3),河北教育出版社,1996,第 60 页。
③ 同上书,第 18 页。
④ 同上书,第 183 页。
⑤ 同上书,第 196 页。
⑥ 余华:《世事如烟》,上海文艺出版社,2004,第 11 页。

细节之所以被认为是"卡夫卡式"的,主要是由于读者对卡夫卡的熟悉;但借助于这些细节,也使我们看到余华在这一时期所受卡夫卡影响的深广度。《四月三日事件》中,"眼前这个粗壮的背影让他想起某一块石碑,具体是什么时候看到的什么样的石碑他已经无心细想",①但我们却可以想起《一场梦》中的墓碑;弥漫在这一作品中的"涂满灰尘的楼房"、"阴森森的黑暗的楼梯"、"一个姑娘的背影"也都同时是《审判》中的典型意象;"朱樵与汉生则在两旁架住了他的胳膊"看起来就像是约瑟夫·K被拉去受死的情景再现;最后一节中,主人公"站起来首先看到的是一座桥,桥像死去一样卧在那里,然后他注意到了那条阴险流动的小河,河面波光粼粼,像是无数闪烁的目光在监视他"②。这在卡夫卡的《桥》中也有着相似的描写:"我既僵直又冰冷,我是一座桥,跨卧在一条深涧上。这边是脚尖,那边是双手,都被钻入地下,松碎的黏土将我牢牢咬住,我的上衣的下摆在我的两肋飘动。在我身下很深的地方,哗哗地流淌着那条盛产鲟鱼的冰冷的溪流。"③

"门"在《四月三日事件》和《审判》中都是一个重要的象征。包含在《审判》中的《在法的门前》(这一作品卡夫卡在生前单独发表过)显然给余华留下了深刻的印象,乡下人等待了一辈子终不得入的那道门在其临死前才被告知是只为他所开的,这一难以理解的故事似乎暗示了命运的难以理解性。《四月三日事件》开篇就写钥匙,是否暗示了余华要解开命运之谜的雄心?小说中关于"门"的一段对话堪称经典,颇有卡夫卡寓言之神韵:

> "屋里没人。"他又说。
> 那人像看一扇门一样地看着他,然后说:"你怎么知道没人?"
> "如果有人,这门已经开了。"他说。
> "不敲门会开吗?"那人嘲弄地说。
> "可是没人再敲也不会开。"
> "但有人敲下去就会开的。"④

当然余华并不像卡夫卡那样死脑筋,故事中的"门"最后还是开了,同

---

① 余华:《我胆小如鼠》,上海文艺出版社,2004,第131页。
② 同上书,第163页。
③ 叶廷芳主编:《卡夫卡全集》(1),河北教育出版社,1996,第367页。
④ 余华:《我胆小如鼠》,第132页。

时敞开的还有主人公的想象和回忆之门。在主人公的回忆里浮现出的男孩"走在一条像绳子一样的小路上"在此值得一提,这一意象其实是对卡夫卡一则箴言的化用:"真正的道路(刘小枫教授译为'正道')在一根绳索上,它不是绷紧在高处,而是贴近地面。它与其说是供人行走,毋宁说是用来绊人的。"①将要步入成人世界的主人公"目送那清秀的男孩远去,而不久他就将与他背道而驰"②。——他将要走的就是《十八岁出门远行》中的那条看起来更为宽广的柏油马路。

和《十八岁出门远行》及《四月三日事件》一样,《西北风呼啸的中午》、《一九八六年》、《往事与刑罚》等作品也是余华跟随卡夫卡的明证,限于篇幅,且已有论者将其与《乡村医生》、《在流放地》等作品进行过比较研究,此处不赘。③ 就余华与卡夫卡的关系而言,倒还有必要谈谈很少有人论及的《鲜血梅花》——10年后的余华仍然对《乡村医生》中那个致命的伤口记忆犹新:"他看到了一朵玫瑰红色的花朵"。④ 我认为这一作品在某种意义上既包含着余华向卡夫卡的致敬,也是对卡夫卡的某种仪式性的告别。

3.《鲜血梅花》:告别仪式

卡夫卡曾说自己的所有写作"都是对界限的冲击",是对"世界最后界限的冲击",⑤前述《论寓言》所描述的现实世界和寓言世界之间捉摸不定的界限其实也是文学和现实之间的界限。其实,文学与生活之间界限的"捉摸不定"也是余华文学的一个重要特点,汪晖就不断发现"余华在写作线索上突破文本与生活界限的冲动:作家、人物和评论者生活在同一个世界里,写作决定了人的命运,面对作品的评论又成了对生活过程的叙述。"⑥

---

① 叶廷芳主编:《卡夫卡全集》(5),第3页。刘小枫对"正道"的分析参见其《沉重的肉身》,上海人民出版社,1999,第187—188页。
② 余华:《我胆小如鼠》,第113页。
③ 主要参见孙彩霞:《刑罚的意味——卡夫卡〈在流放地〉与余华〈一九八六年〉的比较研究》、《余华〈西北风呼啸的中午〉与卡夫卡〈乡村医生〉的比较研究》,分载于《当代文坛》2003(3)、《中州大学学报》2006(1)。
④ 余华:《温暖和百感交集的旅程》,第10页。
⑤ Franz Kafka, *Diaries*, ed. Max Brod. New York: Schocken Books, 1976, p.399.
⑥ 汪晖:《无边的写作——〈我能否相信自己〉序》,洪治纲编《余华研究资料》,天津人民出版社,2007,第482页。

第四章　文学里的人生故事

　　在此意义上,《鲜血梅花》中阮海阔对自己"很久以前离家出门时的情景"①的思索就成为余华对自己走向文学道路并成为作家的生活过程的回忆:"他闭上双目之后,看到自己在轮廓模糊的群山江河、村庄和集镇之间漫游"②,而余华在《我为何写作》一文中对这一生活过程的评论读来就像是在解读《鲜血梅花》:就如阮海阔迷失于"江湖",余华也曾迷失于文学世界:"就像一滴水汇入大海一样,我一下子面对了浩如烟海的文学,我要面对外国文学、中国古典文学和中国的现代文学,我失去了阅读的秩序,如同在海上看不见陆地的漂流。我的阅读更像是生存中的挣扎,最后我选择了外国文学。"③似乎是命运的有意安排,在这条路上他先后遇到了川端康成和卡夫卡("谢天谢地,我没有同时读到他们"④),就如阮海阔先后遇到了"散发着草木的艳香"的胭脂女和惯于在黑夜里射出"坚硬如一根黑针"的暗器且"每发必中"的黑针大侠——以这种方式,余华向川端康成和卡夫卡分别致敬:他曾评论说川端康成"如同盛开的罂粟花使人昏昏欲睡"⑤,而卡夫卡"思维异常锋利,可以轻而易举地直达人类的痛处"⑥。余华在文学世界的漂流过程中面对着外国文学、中国古典和现代文学的种种诱惑,《鲜血梅花》所糅合的各种文学元素或许也包含着他未来文学道路将要展开的种种可能性。

　　卡夫卡的《城堡》是理解这一作品的一个入口,而这个入口正是余华提供的。在《卡夫卡和K》一文中,余华写道:"弥漫在西方文学传统里的失落和失败的情绪感染着漫长的岁月,多少年过去了,风暴又将K带到了这里,K获得了上岸的权利,可是他无法获得主人的身份。"⑦K的命运其实也是阮海阔命运的注脚:"阮海阔行走了半日,虽然遇到几条延伸过

---

　① 余华:《鲜血梅花》,上海文艺出版社,2004,第21页。笔者猜测,"阮海阔"这一人物命名暗含着余华和卡夫卡两个名字,"阮"在南方方言中一般读作Yuan,这样"阮海阔"拼音的首字母就是"YHK",即"余华与卡夫卡"或"余华与K"。有意思的是,10年后余华写了一篇论《城堡》的随笔就叫做《卡夫卡与K》。将这篇随笔和《鲜血梅花》结合起来阅读,可以大略看到文学与现实、作家与作家、作家与作品、作品与作品、作品与人物、人物与人物等诸多关系镜像般摇摆不定的层次和结构。
　② 余华:《鲜血梅花》,第21页。
　③ 余华:《没有一条道路是重复的》,第118—119页。
　④ 余华:《温暖和百感交集的旅程》,第9页。
　⑤ 同上书,第9—10页。
　⑥ 余华:《没有一条道路是重复的》,第194页。
　⑦ 余华:《温暖和百感交集的旅程》,第93页。

来的路,可都在河边突然断去,然后又在河对岸伸展出来。他觉得自己永远难以踏上对岸的路。"①小说中还写道:"他在木桥消失的地方站立良久,看着路在那滔滔的河流对岸如何伸入了群山。"②读者不免会联想起《城堡》的开头:"K 站在一座从大路通向村子的木桥上,对着他头上那一片空洞虚无的幻景,凝视了好一会儿。"③

在《鲜血梅花》中,余华将卡夫卡带给他的写作"自由"发挥到了极致,他曾说这一作品是其"文学经历中异想天开的旅程",其"叙述在想象的催眠里前行"。④ 但同时在这里也开始了对卡夫卡有意无意地告别,因为他似乎意识到这一写作的"自由"也正在成为新的"文学迷信"。他回忆里的"想象、梦境和欲望"似乎永远在卡夫卡式的"城堡"中来回游荡,就如阮海阔"一旦走入某个村庄或集镇,就如同走入了一种回忆","他经过的无数村庄与集镇,尽管有着百般姿态,然而它们以同样颜色的树木,同样形状的房屋组成,同样的街道上走着同样的人。"⑤

卡夫卡与余华的分野或许就在这里伸展开来。余华从卡夫卡那里获得了写作的自由,但后来他又发现卡夫卡的写作其实并不自由。卡夫卡式的写作毋宁说标志着写作之自由神话的终结:真正的文学道路和生活道路一样,是用来绊人的。卡夫卡的几部长篇小说都没有写完,就是被他所谓"真正的道路"所绊住的结果。卡夫卡的这条道路显然也绊住了余华,他笔下疲倦的阮海阔在木桥中央"突然跪倒了很久之后都无法爬起来,只能看着河水长长流去"⑥,这或许可以看做是余华拒绝继续跟随卡夫卡的隐晦表达。阮海阔在"美妙的漂泊之旅"结束的时刻,"感到内心一片混乱"⑦,而曾从卡夫卡那里获得拯救的余华还得继续自己的漫游。

其实余华在谈到卡夫卡对他的拯救的时候,就已经开始了对卡夫卡遗产的陆续清点。他指出卡夫卡的缺陷和他的光辉"一样明显":卡夫卡"始终听任他的思想的使唤",《审判》对 K 的处理上"过于随心所欲";⑧卡

---

① 余华:《鲜血梅花》,第 21 页。
② 同上书,第 15 页。
③ 卡夫卡:《城堡》,汤永宽译,上海译文出版社,1997,第 1 页。
④ 余华:《温暖和百感交集的旅程》,第 155 页。
⑤ 余华:《鲜血梅花》,第 6 页。
⑥ 同上书,第 14 页。
⑦ 同上书,第 20 页。
⑧ 余华:《没有一条道路是重复的》,第 194 页。

夫卡"充溢着死亡的气息",他等待着死亡,"就如等待着一位面容不详的情人,或者说是等待黑夜的到来";①"卡夫卡是内心的地狱"②;卡夫卡的叙述"如同深渊的召唤","在卡夫卡的作品中,没有人们习惯的文学出路,或者说其他的出路也没有,人们只能留下来,尽管这地方根本不是天堂,而且更像是地狱,人们仍然要留下来。"③耐人寻味的是,余华对他曾跟随的卡夫卡的这些批评是不是也可以理解为他的自我批评——通过反对"自己反对自己"、"自己在自己外面"的卡夫卡,余华觉得自己需要走出一条新路?无论如何,余华已经决定离开这里,在《鲜血梅花》中告别仪式已经完成,"现在白雨潇已经离去了。"④

进入 20 世纪 90 年代,余华的写作发生了变化。这种变化一方面被他解释为自己写作道路的自然延伸,另一方面似乎也回应着他对卡夫卡"缺陷"的分析。卡夫卡的"思想"过于随心所欲地"使唤"人物,而余华则"写着写着突然发现人物有他们自己的声音……在此之前我不认为人物有自己的声音,我粗暴地认为人物都是作者意图的符号……"⑤;似乎是为了克服压倒性的死亡感,他写了《活着》,而在《许三观卖血记》中,他试图用"在空中伸展"的"音乐的道路"⑥来飞跃卡夫卡式、也曾是余华式的生存深渊。

指认这两部作品及其后的《兄弟》中卡夫卡的正面影响会显得牵强,其意义也不大,毕竟余华已经从卡夫卡的"窄门"走向了史诗般的"宽阔"。⑦ 但这不意味着余华与卡夫卡文学缘分的终结,而更可能是某种完成。仍需要指出的是,余华从卡夫卡那里获取的东西目前还难以充分估计,毕竟,根据余华的描述,卡夫卡的力量"仿佛匕首插入身体,慢慢涌出的鲜血是为了证实插入行为的可靠,……如同匕首插入后鲜血的回流。"⑧我们在余华上述三部长篇小说中不难感受到这种残酷而温暖的

---

① 余华:《没有一条道路是重复的》,第 69 页。
② 余华:《温暖和百感交集的旅程》,第 9 页。
③ 同上书,第 106 页。似乎是呼应着余华的论断,卡夫卡现存的最后一则日记像是对自己写作的最后判决:"每一个字词皆由幽灵之手扭结而成。"Franz Kafka, *Diaries*, p. 423.
④ 余华:《鲜血梅花》,第 21 页。
⑤ 余华:《没有一条道路是重复的》,第 114 页。
⑥ 余华:《音乐影响了我的写作》,上海文艺出版社,2004,封底页。
⑦ 参见王嘉良:《从"窄门"走向"宽阔"——余华创作转型的"历史美学"分析》,《文艺争鸣》,2008(8)。
⑧ 余华:《温暖和百感交集的旅程》,第 13 页。

"鲜血回流"。其实,和余华一样,卡夫卡也有一个非常高尚的文学理想:"只有我能将世界提升到纯净、真实和永恒中我才会感到幸福。"①这样,当我们在《兄弟》的开头和结尾看到"在地球的外面"的李光头"俯瞰壮丽的地球如何徐徐展开"的辉煌想象时,②这一但丁式提升世界的叙述位置不禁让我们对余华生出更大的期待,也隐约感到他正在逼近卡夫卡的高尚理想。

三 福楼拜与《萨朗波》的欲望

福楼拜在《包法利夫人》出版后不久就宣称:"对丑恶的事物和肮脏的环境感到万分厌倦——也许我要花几年工夫生活在一部光辉壮丽的小说里,而且远离现代世界。"③这部小说就是《萨朗波》。《萨朗波》在我国学界一般被认为是一部历史小说或史诗小说。这种观点认为,小说复活了古迦太基的历史,反映了历史发展的某种本质与规律,④"小说描写了迦太基的贫富差距,展示了残忍的战争场面,写出了人与人之间的险恶关系"⑤,作品用"实证"的方法,"再现了两千年前非洲一座城池的氛围,谱写了一首壮烈的史诗"⑥。另外,福楼拜为创作这部小说参阅了大量的历史资料,特意到北非迦太基旧址游历,寻访遗迹。小说发表后,当时的大诗人、小说家雨果在给福楼拜的信中赞美小说取得的成就:"你复活了一个以往的世界。"⑦

这部小说的成就是否就表现在对于古代历史及其精神的复原呢?其主题是历史主义的吗?还有,福楼拜是否真的关心一个公元前三世纪的世界呢?在给圣勃夫的信中,福楼拜曾谈及这部小说:"或许你对于关注古代遗迹的历史小说的观念是对的,而在这方面我是失败了。但是,根据种种迹象以及我自己的印象,我想我毕竟创造出了某种类似于迦太基的

---

① Franz Kafka, *Diaries*, ed. Max Brod. New York: Schocken Books, 1976, p.387.
② 余华:《兄弟》上,上海文艺出版社,2005,第1页。
③ 李健吾:《福楼拜评传》,长沙:湖南人民出版社,1980,第34页。
④ 参见郑永慧:《萨朗波》"前记",福楼拜《萨朗波》,郑永慧译,上海译文出版社,1983。《萨朗波》中译文出自该书,在文中标明页码,不再另注。
⑤ 郑克鲁主编:《外国文学史》,北京:高等教育出版社,1999,第226—227页。
⑥ 李赋宁总主编:《欧洲文学史》(第2卷),北京:商务印书馆,2001,第240—241页。
⑦ 李健吾:《福楼拜评传》,长沙:湖南人民出版社,1980,第118页。

东西。可问题根本不在这里。我不关心什么考古学!"①由此出发,我们必须对《萨朗波》进行重新思考。

1. 破碎的历史图像

《萨朗波》对历史环境的描绘是非常风格化的。在某种意义上,这部小说实现了福楼拜在文体方面的追求,即"从日常语言中创造一种散文:模糊,无固定的轮廓,'硬似青铜,闪烁如黄金'。"②"硬"和"闪烁"十分准确地概括了《萨朗波》在环境描写上的特点,前者表现为精确的甚至沦为琐碎的细节描写,后者则表现为一种印象主义风格。小说对于光、色、味、形,大到自然风景和战争场面,小到房间布局、衣着服饰,都一一加以详细描绘,充满了"精雕细琢的工艺"③。但正如乔纳森·卡勒指出,和巴尔扎克的细节描写不同,福楼拜的细节并不致力于构造一种典型环境,福楼拜"刻画细节的癖好的结果却是一个空虚的主题","福楼拜笔下的描述似乎完全出于一种表现纯客观的愿望,这就使读者以为他所架构的世界是真实的,然而它的意义却难以把握。"④在《萨朗波》里没有解释性的评论,相反,"叙述者的淡出让读者独自面对并解释叙述的意义"。⑤ 没有了解释的细节描写实际上延宕、分解甚至断裂了小说叙述的意义关系,从而使环境的典型性和历史感丧失了。

除了无目的的精确描写以外,《萨朗波》中还充满大量感官印象式的描写。例如描写太阳初升:"地上的一切都在大量扩散的红光中蠢动,因为太阳神仿佛要将自己撕开,把血管中的金丝雨光华煜煜地倾注在迦太基城中。"(20)类似这样的印象主义描写在小说中比比皆是。法国批评家让-皮埃尔·理查指出,福楼拜在这方面具有明显的印象主义风格,他"把总体的感觉化成许多纯净而又相互对照的小感觉"⑥,小说中这些无数的

---

① Cited in Deppman Jed. "History with style: The impassible writing of Flaubert", *Style*, Spring 96, Vol. 30 Issue 1. p.22.
② Victor Brombert, *The Novels of Flaubetr: A Study of Themes and Technique*, Princeton University Press, 1966, p.103.
③ Ibid., p.104.
④ 乔纳森·卡勒:《结构主义诗学》,盛宁译,北京:中国社会科学出版社,1991,第291页。
⑤ David Danaher, "Effacement of the Author and the Function of Sadism in Flaubert's Salammbo", *Symposium*, Spring92, Vol. 46 Issue 1. p.22.
⑥ 让-皮埃尔·理查:《文学与感觉》,顾嘉琛译,北京:三联书店,1992,第258页。

传记视野与文学解读

"小感觉"形成了一个个流动的漩涡,在总体上令人眩晕而使读者丧失了历史环境的确定感。

我们再看小说中的"历史解释"或"历史的真理"问题。事实上,历史叙事往往隐含着一种历史解释,隐含着某种历史哲学,"历史小说"要叙述的也不是毫无联系的历史事件的碎片,它应通过具体的人和事体现出历史事件之间的某种联系和历史发展的意义,即应表达某种"历史的真理"。然而我们在《萨朗波》这部小说中却看不到这一点。在《萨朗波》中,最明显的是,正义与非正义的界限是模糊的。福楼拜悬置了道德判断,他并不意在表现某种历史理念,也并非再现特定历史环境下人的悲剧命运。有论者认为正义的一方是雇佣军(Mercenary army),因为他们是被压迫者,作者的同情也是在他们的一方。但事实上,雇佣军本身的性质就说明了其从事的战争性质的模糊性,替政府或是为反政府或是外来势力卖命都和某种历史进步的观念无关。西方马克思主义批评家卢卡契正是由此认为,《萨朗波》代表着历史小说的衰落,因为"它将精神的不朽价值非人化,突出事物的图画般的美而不是强调人的境况,充斥着无关紧要的社会和历史语境。"①

我们还注意到,主人公缺乏一种历史主体意识,他们意识不到其行为的"宏大"意义,其结果是历史主体与事件本身缺乏一种动力关系。男主人公马托除了孔武有力,实在是没有多少优良条件可以作一支 30 万大军的领袖。他混混沌沌,智力甚至有些低下。"他自己经常优柔寡断,而且处于一种无法克服的麻木不仁的状态中。"(34)他参加战斗,担任雇佣军的首领的唯一目的就是能够进入迦太基,得到萨朗波。他的几乎所有的行动都是由他对萨朗波的欲望激发出来的,对她的幻想成为他唯一的行动指南。他甚至认为,对迦太基的战争是他个人的私事,而他的私事即是得到萨朗波。他把自己封闭在幻想与欲望之中,忘记了战争的目的与意义,或者,战争的目的和意义根本未曾进入他的视野。他对萨朗波说:"难道我关心迦太基吗?它的人群熙来攘往,仿佛消失在你的鞋子扬起的尘埃中……"(240)

女主人公萨朗波的几次似乎有着重大"意义"的政治性活动,也因行动主体沉没在狂热的宗教玄思与肉体渴望的感觉之中,其意义也被消解。作为一部"历史小说",《萨朗波》并不缺少历史的"行动",而恰恰缺少对行

---

① Georg Lukács, *The historical Novel*. London: Merlin Press, 1962, p.199.

动"意义"的意识。这种意识的缺失,"如果归结到它与历史发展或时代的关系上,就是指主人公并不实际介入到历史事变中去,而仅仅将自己封闭在个人的视觉、听觉或内心世界之中。"①

但这并不意味着,《萨朗波》缺少"历史观",而只是说它的历史观并非我们通常所认为的有关历史发展动力和规律的历史观。在这一问题上,美国批评家弗雷德里克·詹姆逊的观点对我们颇有启发。他区分了两种历史观,一种是"关于表征的固定观念"或某种"对历史的洞察力的信念",另一种则是对于历史的欲望投注(a libidinal investment in the past)。他认为,福楼拜恰恰属于后者,他就是一个地地道道的"欲望历史主义者"。② 福楼拜并不致力于表征历史的真实,也不相信关于历史进步的某种观念。他在1846年给情人路易丝·高莱的信中自称是"宿命论者","在为人类进步贡献一切与什么都不做之间,我认为没有什么选择的意义"。而"至于提到进步本身,这种模糊的观念对我来说尤其难懂。"③詹姆逊进而指出,《萨朗波》"对于历史的欲望投注实际上仅仅造成了一种(与历史的)变动不居的关系,其内容是不确定的,尽管其表征框架……仍然试图通过赋予这种关系以某种更为恒定的、似乎是肉体性的象征价值来固化这种流动性。"④

2."欲望"起舞

詹姆逊所谓这种"更为恒定的、似乎是肉体性的象征价值"实际上就是指《萨朗波》的欲望叙述。欲望是这部小说的真正主角。小说的第一章即为《盛大的宴会》,写的就是大肆铺张的吃的场面:"桌子上摆的全是肉食,有带角的羚羊,带羽毛的孔雀,用甜酒煮的全羊,母骆驼和水牛的后腿,……鱼鳖腌刺猬,飘浮在藏红花的调味粉中。一切都被卤汁、块菰、阿魏淹没,只露出头来。堆成金字塔形的水果倒塌下来压着蜜糖糕点,而且人们也没有忘记放上几只小狗,这种小狗大肚子,毛色粉红,是用橄榄渣喂肥了的,迦太基人视为美味佳肴,别的民族则嫌恶不敢食用。新鲜的食

---

① 王钦峰:《从"主题"到"虚无"》,载《外国文学评论》,2000(1),第88页。
② Fredric Jameson, "Flaubert's Libidinal Historicism: Trois Contes", *Flaubert and Postmodernism*, eds. Naomi Schor and Henry F. Majewki. Lincoln: University of Nebraska Press, 1984, p. 77.
③ Ibid., pp. 76–77.
④ Ibid., p. 77.

品让人惊异,也刺激了食欲。把头发高高的挽在头顶的高卢人,只顾抢夺西瓜和柠檬,拿过去连皮放在嘴里大嚼。黑人从来没有见过龙虾,被它们红色的尖刺划破了脸皮。……有些酒已经流成水洼,使人滑跌。各种肉食冒出来的热气同人口里呼出来的气息,一起蒸腾到树叶中间。"(4—5)这场宴会给人的记忆如此深刻,以致到小说的结尾,人们又想起了它:"有些人回忆起雇佣军的那次大宴;人们都陶醉在幸福的梦幻中。"(368)自始至终,食欲的表演成了一个狂欢化的梦幻。

过度的食欲暗示出道德、理性崩溃之后原欲的膨胀。迦太基的元老们表面上宰马敬神,实际上每夜都到庙里来偷吃马肉;被困在绝境的雇佣军,先吃马肉,后吃俘虏,再吃伤病员,"只要有一个人踉跄一下,所有的人立刻嚷起来,说现在这个人没希望了,应该贡献出来为别人服务。……假装不注意,踏到他们身上,弄得那些濒死的人为着表示自己的精力充沛,勉力伸出胳膊,或者站起来,或者哈哈大笑。有些昏迷过去的人痛醒过来,发觉人们正用破损的铁片在锯他们的肢体……"(329)这真有一种黑色幽默的味道。

小说中人物的情欲也是旺盛的,甚至是歇斯底里式的。萨朗波的身体点燃了马托的情欲:"她的胸前除了项链上的钻石以外,凡是裸露的地方都闪闪发光;在她的身后可以闻到一种庙宇特有的香味。从她的整个人身上流溢出来的那点东西,简直比酒更甘美,比死更可怖。"(37)当他触摸到她的时候,食欲与色欲奇妙的融为一体,"他的整个人翻腾起来。他真想搂抱她,吞下她,喝了她。"(238)在生死攸关的行军途中,马托想到的也仅仅是萨朗波带给他的迷醉和痛苦:"一种陶醉的微笑使他的脸上大放光明,仿佛有强烈的光线直射到他的身上;他伸开双臂,在微风中送去无数飞吻,同时喃喃地说:'来吧!来吧!'"(267)

萨朗波也有无尽的欲望和烦恼:"从我的内心喷出一股热气,比火山口上的烟雾更浓重。有许多声音在呼唤我,一只火球在我的胸中滚动和上升,使我窒息,我快要死了;然后一种甜蜜的东西从我的头上一直流到我的脚下,通过我的肌肉,……这是拥抱我全身的一种爱抚,我觉得全身被压,仿佛有一个天神压在我的身上。啊!我恨不得沉沦在夜雾中,在泉水的波涛中,在树干的汁液中,脱离自己的身体,变成一丝气息,一缕光线……"(56)萨朗波融入了马托的欲望之舞,她感到仿佛被暴风吹走了,被太阳神的威力占有了。她恐惧马托,但对他的渴望与日俱增;她仇恨他,但又觉得这种仇恨可以看做是一种神圣的东西;他强暴了她,但这种强暴使她目眩神迷。卢卡契指出,在《萨朗波》中,陷入爱情的人缺乏"甜蜜和伤感这些恋爱中的人的起码的资质",尤其是马托,他杀人如麻,只有一个残忍的野兽的性格。而笔者倒认为,《萨朗波》中的爱情模式是很独特的,"甜蜜和伤感"的爱情模式在福楼拜的另一部小说《包法利夫人》中已经被当做虚假的、自欺欺人的浪漫主义幻想而被加以讥讽和抛弃了,福楼拜在《萨朗波》中要寻找的或许正是一种更为本能,更为强烈,同时也更为本真和真实的情感模式。在小说的最后,萨朗波因看到马托之死也倒地而死,似乎正是以情感的强烈程度来保证情感反应的本真和真实。

小说中还处处充斥着一种死亡的气氛。作者似乎陶醉于对杀戮与对丑恶事物进行展览的欲望之中,一种幻灭的、世界末日的情调漂浮于文本的表层。据粗略统计,出现于小说中的杀戮场面,包括钉十字架、群体杀戮、折磨然后屠杀、喝人血、吃人肉、烧人、动物杀人、人杀动物等这些赤裸裸的的血腥场面不少于30处。① 这对于一部只有20余万字的作品(中译本)来说是极为惊人的。此外,还有许多对于丑恶事物的不厌其烦的描绘与展览。迦太基军队统帅之一的阿农残忍恶毒,他的麻风病使他的身体溃烂得目不忍睹。小说对他的已烂成一团的身体津津有味地描绘着:他的脸上都是疮,发紫的嘴角里喷出比死尸的臭味更叫人恶心的气息,眼睛烂得没了睫毛。当他最后上绞刑架的时候:

> 他们把他的身上剩下的衣服剥掉——于是他的怕人的身体就显露了出来。烂疮布满了这个叫不出名字的肉堆;大腿上的肥肉把脚趾都遮没了;指头上悬挂着暗绿色的碎肉;眼泪在他双颊的肿块中间流着,使他的脸上蒙上一层十分可怕的悲惨神情,似乎眼泪在他的脸上比在别的人脸上占据更多的地方。(347)②

小说中的这些对于各种欲望以及丑恶的过度描写,一方面使历史的

---

① 有论者据此认为在这部小说中存在着非常明显的虐待狂倾向。See David Danaher, "Effacement of the Author and the Function of Sadism in Flaubert's *Salammbo*", *Symposium*, Spring92, Vol. 46 Issue 1, pp. 3 - 22.

② 玛丽·奥尔似乎有些牵强地认为,《萨朗波》中的这段对于男性的破损身体描写具有某种政治寓言的意义,它"是福楼拜对当时法国社会病患的解剖,也是对包括全球化帝国主义在内的从古至今的所有帝国权力病态基础的解剖"。See Mary Orr, "Costumes of the Flesh: The Male Body on Display in Flaubert's *Salammbo*", *Romans Studies*, Vol. 21(3), November, 2003, p. 176.

"真实"隐没在欲望的阴影与暗流中,另一方面也营造出一种浓浓的幻灭情调与虚无色彩。在这个意义上说,"欲望之舞"也是"死亡之舞"。

3. 象征意义的构建

在《萨朗波》中,欲望本身还呈现了一种新的意义结构,这种意义结构是由水、蛇和神衣这三个象征性形象组建起来的。柔软、飘忽不定、危险、神秘,是其共同特点。欲望自身所具有的生命力特征及其神秘性、创造性和毁灭性,在其中得到了很好的体现。

水作为欲望的象征首先是因为它是欲望之源。月神庙里的大祭司沙哈巴兰这样告诉萨朗波:"在众神面前,只有黑暗,一股气息在荡漾,这股气息同人在梦中的意识一样,又重浊,又朦胧。气息凝固起来,创造了'情欲'与'裸女',从'情欲'与'裸女'中产生了'原始物质'。那是一团混浊、漆黑、冰冷、深沉的水。"(59)

水既是生命之源,欲望之源,同时也有恐怖之处:它混浊、冰冷、漆黑、深沉,把生命置于一片死亡与毁灭阴影的笼罩之中。在小说被称为最令人感到意外的插叙中,马托与庞迪尤斯进入迦太基狭窄的供水管道以进入被困的迦太基城,装水的管道被比作坟墓,水带来了窒息、粉碎、坠入黑洞的感觉:"流水又把他们冲着走,一种比坟墓还要沉闷的空气压迫着他们的胸部,他们把脑袋埋在肩膀下面,膝盖碰着膝盖,尽可能的伸长身体,像箭一样在黑暗中向前冲去;他们感到窒息,气也喘不过来,差不多要死去了。"(82)

有论者指出,《萨朗波》通篇都沉浸在水的象征主义中。① 在此,水即欲望。欲望泛滥带来死亡之感,正如水能淹没生命;而欲望自身渴望被超越,正如水的本性也倾向于平衡与稳定。"水"即是欲望的能指符号,欲望需要在无穷尽的、令人疲倦的、毁灭性的漂移中被超越,被赋予某种恒定的所指意义。

蛇在小说中象征着欲望生动的波涛,也暗示着死亡的黑暗与危险,似乎又有着来自于彼岸的神圣与神秘。它的走路的方法使人想起江河的蜿蜒,它的体温使人想起古代膏腴的黏稠的黑暗,它咬着自己的尾巴构成的天体轨道使人想起全部星辰和埃斯克穆斯神的智慧。另外,蛇的表现与萨朗波的生命状态之间有一种神秘的对应关系。萨朗波的生命状态大致

---

① 让-皮埃尔·理查:《文学与感觉》,顾嘉琛译。北京:三联书店,1992,第199页。

经历了三个阶段:充满了歇斯底里的欲望——欲望满足且被升华——激情焚毁了她的生命;相应的,蛇则表现为:莫名其妙的生病——充满活力——死亡。蛇的变化既象征了萨朗波的命运,又隐喻了欲望与死亡的关系。而在下面这段文字中,福楼拜更是把欲望充满死亡气息的诱惑力与一种唯美主义①的迷人氛围融为一体:

> 蟒蛇的脑袋在悬挂着挂毯的绳索上面出现。它徐徐地落下来,像一滴水沿着墙壁流下来一样,在散乱的衣服堆中爬行,然后,把尾巴紧贴地面,笔直地立起身来;它的眼睛,比光彩夺目的深红宝石更炯炯有光,向着萨朗波射过来。……蟒蛇倒折下来,把身体的中间一段搭在她的后脖子上,头同尾巴垂下来,像一条断掉的项链,两端下垂到地上。萨朗波拿它绕在她的肋部,胳膊底下和两膝之间;然后抓住它的下额,把它的三角形的小嘴一直凑到她的牙齿边,并且半闭上眼睛,在月光底下把头向后仰。月亮的白光仿佛一层银色的雾把她裹住,她的湿脚印在石板上发着亮光,星星在水底颤动;它的有金斑点的黑身体更紧地绕住她,萨朗波在过度的重压下喘息不止,她的腰弯下来了,她觉得自己快要死了;蛇用尾巴轻轻地拂打着她的大腿;接着音乐停止了,它也跌了下来。(225—226)

"神衣"在小说中一方面是一种决定战争的胜负与历史进程的神秘象征,神衣被迦太基人视为月神的衣服,而月神则是迦太基人的灵魂。迦太基人丢失了神衣就连吃败仗,得到神衣就反败为胜。另一方面,神衣也是一种决定生命活动的神秘力量的象征,是情欲的"语言",经由它,情欲从潜意识上升到意识,一种盲动的本能力量就可以上升到精神的领域。大祭祀沙哈巴兰这样说:"月神是鼓动和操纵人们的爱情的。"(60)看过月神神衣的萨朗波,一方面觉得这是渎神行为而有种罪感,另一方面却又因为从中读出了自己心底的欲望而又有种愉悦之情,一个美妙神奇的世界正在向她打开:在月神光辉灿烂的皱褶中,隐藏着神秘的事物:那就是环绕中泰神的云霞,宇宙生存的秘密。在福楼拜的笔下,神衣具有一种魔咒般的力量,这种力量不仅决定着战争的胜负,而且作为一个语言符号赋予了

---

① 法国学者丹尼斯·波特甚至认为,《萨朗波》在某种意义上是一部唯美主义的宣言书。Dennis Porter, "Aestheticism Versus the Novel: The Example of *Salammbo.*" *Novel: A Forum on Fiction* 4, No. 2 (winter 1971): 101-106。

男女主人公盲动的欲望以一种精神意义——爱情,使让人恐惧不安的本能欲望得到了超越,同时也使它成为一种致命的激情。在小说的最后,当萨朗波看到血肉模糊的马托走过来时,她觉得"所有外界的东西都消失了,她所看见的只是马托。她的灵魂深处一片静寂。"(371)马托死了,而萨朗波"因为接触过月神的神衣"(373),也倒地而死。"死亡"在这里证明着情感的本真,显示了神衣——爱情的魔力。

在一种内在气质上,《萨朗波》可以"被看成一首诗",它"超越了一般的想象力,它与一种热切的内心音乐相回响,以一种复杂的韵律表达自身,在其语言中,词语自身成为可感知的、色情化的现实。"①在这部小说中,欲望不仅充满了人物与环境,在历史世界之外营造了一个充满绚烂色彩与流动意蕴的象征世界,欲望还成为弥漫在文本世界的一种情调,使小说的叙述风格在整体上体现为一种欲望化的倾向。福楼拜的欲望叙述消解了小说的历史主义主题,从而使欲望的"色情化的现实"成为小说的真正主角。《萨朗波》是一首欲望的诗,欲望激荡起生命的狂欢舞蹈,又在一种死亡的氛围中传达了生命的空虚与绝望。正如萨特指出,"福楼拜的句子既聋又瞎,没有血脉,没有生气,一片深沉的寂静把它和下一句隔开;它掉进虚空,永劫不返,带着它的猎物一起下坠。"②

福楼拜曾说:"我爱人间的两种东西:第一,物,物的本身,肉;其次,高而稀有的热情。这就是为什么,我喜欢隐居生涯,也喜欢玩世不恭。"③在《萨朗波》中,福楼拜一方面用汪洋恣肆的欲望之舞淹没了历史的"客观真实";另一方面,作者试图以一系列精神与热情的象征来超越这个在他看来毫无意义的世界,试图赋予这个如此混乱不堪的世界以某种精神上的深度。如此看来,萨朗波因马托之死而死,这一充满浪漫激情的死亡,反倒拯救了小说意义的虚无,使得这部小说也发出了一些"高而稀有"的精神微光。

最后还是回到开头。一般认为福楼拜的北非之行是为新的小说作实地考察,但实际上北非之行与《萨朗波》的关系相当复杂微妙。在北非,他一方面感受到了某种特殊的古代异域氛围,另一方面他更在其中投射了

---

① Victor Brombert, *The Novels of Flaubert: A Study of Themes and Technique*, Princeton University Press, 1966, p. 102.

② 萨特:《什么是文学》,载《萨特文论选》,施康强译,北京:人民文学出版社,1991,第183页。

③ 李健吾:《福楼拜评传》,长沙:湖南人民出版社,1980,第34页。

自身的欲望和想象。"在埃及,福楼拜见证了人类经验的更为广大的范围:面对那些废墟、腐烂和堕落,他写下了他的恐惧;在超凡的美景和声色之乐那里,他写下了他的迷恋。作为整体经验现实的组成部分,迷恋和恐惧相伴而行;这种种经验的强度和反差,都远比他在自己的国度所能够发现的更为动人。"① 北非之旅使福楼拜感到了强烈的快乐,使他从现实的压力中解放出来,从而获得了对欲望的更自由的表达。这一点也为我们的看法提供了佐证。

四 《日瓦戈医生》中的拉丽莎

当拉丽莎对日瓦戈表示她"不仅不爱"科马罗夫斯基,而且"简直仇视他",试图安抚日瓦戈那"妒火三丈"的心时,日瓦戈说了一段令拉丽莎震惊不安的话。他说:"你未必那么了解你自己。人的秉性,特别是女人的秉性,难以捉摸而且充满矛盾。你对他反感,但也许由于厌恶而在某种程度上更会屈从于他,胜过对于你真心所爱的另一个人。""……我由于你而妒忌某种模糊不清的东西,某种下意识的东西,妒忌某种无法解释、无法想象的东西。……"② 也就是说,他真正为之恐惧不安的东西存在于拉丽莎心灵的深处,是拉丽莎心中那些与科马罗夫斯基相契合的那些东西。它无以名状,不好"理解",但又像以某种确定不移的物质的形式存在着,让人感受到它那恐怖的权力。日瓦戈感到这种力量既"神秘莫测",又"袒露无遗","使他心碎"。(74)它是一种异己性的力量,是人的心灵异化之源,正是它使拉丽莎不能按自己的意志成为"她自己"。这种力量或许可称之为"卑贱"。③ 在小说中,科马罗夫斯基就是这种力量的人格外化。

---

① Anthony Zielonka, "Flaubert in Egypt: Confronting the Exotic", *Romance Quartely*, Winter 2004, Vol. 51. No. 1, p.33.
② 帕斯捷尔纳克:《日瓦戈医生》,顾亚玲、白春仁译,长沙:湖南人民出版社,1987,第480—481页。小说引文均出自该版本,下文只注明页码,不再另注。
③ 根据朱莉娅·克里斯蒂瓦在其《恐怖的权力——论卑贱》中的论述,可将"卑贱"分解为以下三个层面:1.心理层面,可以认为卑贱是"原始压抑的'客体'",卑贱逼近着主体身份界线,它威胁着主体的身份,使主体感到"禁止的无力",从而"不能以足够的力量去承担某种强制性排斥行为"(巴塔伊语);2.语言层面,"卑贱实际上在宗教代码、道德代码、意识形态代码的另一边",是对不能为这些象征性代码所吸纳的东西的命名;在上述这两个层面上,卑贱不属于伦理范畴,不接受道德秩序的审判,只是到了3.行为层面,卑贱才进入了伦理领域,才可能成为主体与另一主体的关系,在这一层面上,它表现为在道德意识观照下呈现出"邪恶"面貌的事物和人。

他明白,"他是无可挽回、伤透人心地毁了她的一生。她竭力想按照自己的意志改变命运,重新开始生活,为此她拼命奔突,不断地向命运抗争!"(111)

1. 拉丽莎的"卑贱感"

其实,早在科马罗夫斯基把还未成年的拉丽莎"罪恶地变成了女人"(478)之前,拉丽莎就感受到了一种内在的分裂和异化,感受到了某种"剩余物"的存在。16岁的拉丽莎是"一个纳入苗条体态、热情憧憬未来的灵魂",这时她似乎还处在一种浑朴自然的、身心和谐的、未被异化的人的状态,而这是"她的本质"。然而即使在这种近乎"完美"的状态中也似乎有着不能被"本质"所吸纳的"剩余物":"拉丽莎躺在床上迷迷糊糊,只是从左肩和右脚大拇指这两点上,感受到了自己的身材和躺在床上的姿势。除了这肩头和脚趾两点外,其余一切几乎就是她本身了,……"(28)

这就是少女拉丽莎的身体感觉,而当我们把她的这种感觉同她落入科马罗夫斯基一手设计的"情欲陷阱"后她的身体感觉相比较时,它所表达的意义就很清晰了。在深深的悔恨和难以自拔的痛苦中,拉丽莎梦到自己"安息在大地下面,她身上除了左肋、左肩和右脚掌外,别的已荡然无存。左边乳房下长出一束蓬草。"(58)这里,她的"本质"不见了,相反,那异己的、"剩余"的东西(即左肩、右脚所指代的东西,而长出蓬草的乳房则无疑象征着对异化的性爱的恐惧)反倒成为主宰她的东西,成为她唯一的真实。这怎么能不令她恐惧呢?乱伦的性爱(拉丽莎的母亲与科马罗夫斯基关系暧昧,后者与拉丽莎实际上已构成了父女关系)使伦理代码崩溃,身份感与主体地位摇摇欲坠。和科马罗夫斯基的这段经历对拉丽莎的一生有重大的影响,由此性爱在拉丽莎的意识中被赋予了一种恐惧和邪恶的意义,乱伦恐惧的心理生物因素所指向的"恶心"和社会伦理因素指向的邪恶一起,深深地写入了她对性爱以及科马罗夫斯基的想象之中;同时拉丽莎的自我想象也被涂上了邪恶的底色,这使她在其一生的身份建构中表现出无法解脱的焦虑和痛苦。

拉康的理论或许可以从另一个角度解释科马罗夫斯基给拉丽莎造成的异化感。按照他的说法,人的身体由现实、想象和象征相交而成,现实与想象相交形成他人享受,现实与象征相交形成阴茎享受,而想象与象征相交形成意义。对现实生活浮华虚荣一面的隐秘向往和渴望,对未知的情欲世界微妙朦胧境界的憧憬与陶醉,使拉丽莎接受了科马罗夫斯基这个"引起欲望的客体"的调情。科马罗夫斯基满足了拉丽莎上述前两种享受,却恰恰在意义这一享受空间让她如临深渊,科马罗夫斯基没有给她"意义",或者说没有给予她能够接受的意义:他让她"从最丑恶的方向接触了生活"(478)。拉丽莎悲痛欲绝,感到"卑贱"。小说这样描写她的心理矛盾:"每当她清醒过来回想一切,不禁毛骨悚然。夜里癫狂时的矛盾就像巫术一样不可解释。一切都适得其反,不合逻辑;撕心般的痛苦迸发为银铃般的狂笑,反抗和挣扎却意味着许诺,占有者的手上竟落下感激的亲吻。"(86)虚荣和情欲满足之后的失落与焦虑所指向的不过是"意义"的缺乏。而如果她能通过某种方式将这一难以言说的卑贱投射到某种象征意义的语集中,卑贱感和异化感或许将能得到消解。

2. 象征代码与身份构建

拉丽莎无法直面内心的卑贱物,那么"怎样对待这个卑贱物呢? 使它偏向力比多并为之形成一个欲望的客体吗? 或是引向象征性,把它变成一个爱情的符号,仇恨的符号或诅咒的符号吗?"①此后她一生的行动可归结为寻找与建立这一象征意义空间的不懈努力。纵观其一生的经历,我们可以将其建立的符号概括为"仇恨代码"、"婚姻代码"、"爱情代码",而拉丽莎在日瓦戈灵前的哭诉可视为对自己卑贱命运的"诅咒"。

在斯文季茨基家的圣诞舞会上,拉丽莎向科马罗夫斯基开枪了。枪声是拉丽莎心中对科马罗夫斯基的因而也是对自身那暧昧不明的"卑贱物"仇恨的能指符号,这一枪不仅射向科马罗夫斯基,而且射向她自身,为的是划出一个界线以确立自己"主体"的身份。当拉丽莎振奋地听着街上的枪声时,她已经做出了这一决定,拉丽莎感觉枪声在祝福着苦难:"枪声响得多带劲儿,……祝福被侮辱的人们! 祝福被欺骗的人们! 枪声啊,愿你们更威风! ……"(64)拉丽莎的枪虽然没能击中科马罗夫斯基,但枪声毕竟在震颤的空气中划出了一条界线。一边是被压抑的卑贱,一边是新生的、有着万丈雄心的"主体"身份。现在,拉丽莎似乎有信心消除异化。科马罗夫斯基暂时从她的生活中消失了,一直到小说的最后部分才出现;拉丽莎现在也暂时摆脱了心中"卑贱物"的纠缠,试图把握自己的命运。

拉丽莎同帕沙的婚姻可视为前者建立新的、正常的伦理秩序的一次尝试。拉丽莎希望婚姻能吸纳、净化她内心的创伤和痛苦,从而完成向

---

① 朱莉娅·克里斯蒂瓦:《恐怖的权力》,张新木译,北京:三联书店,2001,第71页。

"美好"、"善"的生活平台的一跃,脱离深渊。

但他们新婚之夜那无法合拢的窗帘已成为一个失败的预兆与暗示:"在拉丽莎窗子对面的院子里,有一盏路灯,拉丽莎无论怎么拉紧窗帘,中间总留着一条缝隙,像锯开了的木板一般的细光带,从中间投射过来,这道光另帕沙不安,似乎有人在暗中窥视。帕沙吃惊地发现,他这会儿尽想路灯了,至于他自己、拉丽莎以及自己对她的爱情,却降到了次要地位。"(117)卑贱物似乎在不远处徘徊,准备伺机发动一场突然袭击。其实,正如小说中的杰明娜所说:拉丽莎嫁给帕沙是"出于理智,不是因为爱情"。(245)从某种意义上说,嫁给帕沙是拉丽莎自救的一个"手段",是通过婚姻这一带有神圣性的代码借以摆脱内心危机的一种"策略"。早在拉丽莎准备刺杀科马罗夫斯基之前,拉丽莎就对帕沙说:"如果你爱我,要救我不让我毁灭,那就不要拖延。咱们快点儿结婚吧。"(95)"毁灭",按笔者的理解就是沉湎于没有彼岸的欲望之海,下坠于无底的黑暗深渊,是放弃意义的漂泊之旅,是对异化命运的沉沦与沉醉。"救她"即是在她正在疯狂下坠的虚空中置放一块坚实的土地,掷给她一条她正在摸索的绳索,是帮助她完成向生活平台跳跃所需的一个推力,是把她写入某种神圣的伦理语集的一个动作。概言之,是给她的生活一种意义,这也是她把帕沙看做"最后靠山"的原因。而拉丽莎"允许帕沙爱自己",除了女性的虚荣外,还因为帕沙身上所浸透的那种纯洁的理想主义的气质。拉丽莎认为他就是"纯洁的化身"(482)在她绝望痛苦的时候,他无疑是帮助自己完成从沉沦世界到意义世界之决定性一跃的最佳人选。但是拉丽莎没有想到,恰恰是他的这种具有乌托邦性质的理想主义的纯洁气质使得他后来成为一种具有极端思想的人,因为他"把世界的秩序简单化了",他想要"成为一个法官",而"失望使他变得凶狠。革命给了他武装"(303),他觉得有理由对世界进行报复。这样,他自然也就不能容忍拉丽莎这样一个充满异质性和矛盾性的女人,她内心深处的复杂性和尖锐的冲突自然也就不能为他那"纯洁"的心灵所包容。应当说,一种预设的纯洁境界对两人都造成了压抑,潜在地圈定了两人的爱情空间。没有"自然"的激情表达,只有不自然的"敬慕"和"责任"。但需要提及的是,尽管两人的共同生活已属不可能,但这一共同生活的理想仍遥远地存在于他们的期待视野中。

拉丽莎被抛出了婚姻生活的伦理秩序,帕沙的离去"是她受到的最致命的打击。她最美好的、最光明的希望破灭了。"(131)拉丽莎通过婚姻来固定自身的努力失败了,她在伦理代码中实现、升华自己的希望破灭了。

与日瓦戈医生的相遇使她进入了另外一个意义空间,使她找到了又一种生命形式,这就是由日瓦戈编织的爱情代码。

在拉丽莎身上,吸引日瓦戈的因素恰恰就是那种异质性的东西,那种异国他乡色彩的东西,就像日瓦戈医生的妻子冬尼娅不无妒忌和伤感地评价:"不同寻常的女人"、"一生离奇曲折"(157)。在小说中,他是唯一理解拉丽莎的心灵苦难、真正欣赏她的性格魅力的男性。他深深地陶醉于她多层次的心灵构造与充满张力的灵魂空间。他把她形容为"带电的女人":"如果走近她或用手指触动她,就会迸发出火花照亮房间,要么把人击死,要么给人充上电,使人终生怀着磁铁般的回忆和忧伤。……如果爱一个人,吞进电去是多么痛苦,那么做女人,做电,引起人爱慕,多半会更加痛苦。……"(512)而日瓦戈也正是由于洞悉了拉丽莎内心深处的隐秘与痛苦而赢得了她的心。法国学者朱莉娅·克里斯蒂瓦指出,面对卑贱物,男人"用承认的方式表现卑贱,并通过这一方式进行净化"。① 日瓦戈医生实际上什么也没有"做",他只是用一种充满隐喻色彩的抒情话语道出了拉丽莎心中无以名状的卑贱物,换言之,他通过这种方式给拉丽莎心中的"魔鬼"命了名。在此我们得承认,语言的命名具有一种超越的功能。日瓦戈获得了拉丽莎的信任与爱情。借助于爱情代码,拉丽莎可以肆无忌惮地释放自己的全部身心能量,并获得了实际上包含着千百种矛盾的"同一性"幻觉,在这种幻觉中,在这种对于卑贱物的认同中,似乎异化真的被消除了,压抑物真的消失了。在爱情代码中,似乎两人真的得到解放和超越。拉丽莎兴奋、感动而又得意地夸奖日瓦戈:"你真聪明啊!你什么都知道,你什么都理解得了,你是我的堡垒,是我的后盾,是我的知音。我是多么幸福啊!"(512)

3. 压抑物的回归

两人的"爱情"真的那么完美吗?答案是否定的。种种矛盾从不同的方向撕扯着这一似乎不可撼动、与最完美的精神相联系的爱情:

首先,在这里爱情代码与伦理代码有着剧烈的矛盾。作为一个有妇之夫并与妻子有着深厚感情基础的人,日瓦戈内心的挣扎自不待言,而以另一个女性的深重痛苦为底色的爱情也必定因而减弱了其光芒。和拉丽莎相处时的这种"双重态度","总在折磨着他"。(488)日瓦戈即使在危险

---

① 朱莉娅·克里斯蒂瓦:《恐怖的权力》,第123页。

时期也不忍心住在他瓦雷基诺的家里；另外，就二人的情感本身的性质而言，也与平静的、"正常"的家庭生活格格不入。拉丽莎坦言："在这近乎野性的时刻迸发的柔情中，有某种孩子般的固执，某种不容于人的东西。这是一种任性的破坏的力量，同家庭的平静水火不容。我的义务，该是提防这种力量，不为它所左右。"(521)

其次，拉丽莎和日瓦戈的感情中有着某种焦虑的东西，它来源于对内心卑贱物的莫名其妙的妒忌。如前文所述，与科马罗夫斯基的关系令拉丽莎对性爱有一种恐惧，它似乎有一种邪恶的力量，这种力量使她不能控制自己的意志；同样，日瓦戈也惧怕这种力量，他用"妒忌"来描述自己的感觉，而妒忌也会转化为恐惧。这种共同的恐惧使他们在感受他们的爱情，特别是性爱时显示出一种焦虑，即总是迫不及待地将其升华，将其纳入到某种更高的秩序中去，似乎爱情尤其是性爱本身是恐怖的。在他们看来，"欲火如同永恒之风"，而即使"在最销魂的欢乐时刻，他们也没有忘却最崇高最诱人的感受：共同塑造世界的乐趣、自己同整个世界画面息息相关的亲热感、融于整个画面的壮美之中和属于整个宇宙的感觉"。(599)他们总是渴望着某种纯粹爱情之外的东西，而这种东西只靠爱情是得不到的，他们的渴望实际上只是一种没有所指的渴望：一种焦虑的挣扎。

最后，笔者在读这部小说时一个最大的疑问是：日瓦戈为何在关键时刻没有跟拉丽莎一起去国外？笔者认为，既然他和拉丽莎的爱情是如此紧密地和"宇宙精神"联系在一起，日瓦戈就没有充分的和正当的理由不和拉丽莎一起走。日瓦戈这样做固然有外部的原因，比如说政局的动荡以及他对自己祖国的热爱，但我认为这些理由毋宁被理解为提供给日瓦戈作出选择的一种契机和一个对其真实意图的貌似必然的掩饰。日瓦戈作此选择的真正原因正是上文谈到的那种"妒忌"，他似乎在进行一个"灵魂的试验"，以验证他在前面所提到的那种可怕的预感。日瓦戈尽管区分了两种情敌，并把科马罗夫斯基归于一种低劣的等级，但他内心深处的恐惧仍在于：拉丽莎可能在下意识里，在一切象征代码均难以涵纳与超越的暧昧不明处渴望着科马罗夫斯基。他处在这个矛盾之中：要么保持一种"悬浮"的姿态，在一种得到强化的和带有某种虚幻性质的同一性中坚守同拉丽莎的爱情这一并不稳定的结构；要么干脆把拉丽莎交给科马罗夫斯基。选择后者有三个"好处"：其一是可以证明他对于拉丽莎的判断是正确的，从而获得某种认知上的"确定性"和判断的"优越感"，从一种悬而不决的状态中解脱出来——实际上，拉丽莎刚走，日瓦戈就意识到了后来发生在拉丽莎身上的事:"……我抛弃了她,拱手让给了别人……"(539);其二是可以在死亡冲动的驱使下获得一种受虐快感;其三是可以对这次创伤体验做出艺术性的升华,为自己写出"传世之作"提供丰厚的精神土壤。① 在此意义上或许我们可以说,日瓦戈欺骗了拉丽莎。

可以说,《日瓦戈医生》是一部"世界末日式"作品。小说充满了时局动荡、战争和杀戮、天灾人祸,传达出一种死亡和世界结束的氛围。克里斯蒂瓦特别指出,这种作品"还宣告了一种神圣的恐怖,即对女人、魔鬼、性欲的恐惧",它是"一种隐藏物的哲学揭示,或是这种隐藏物的理性展示"。② 而这如果不能说是小说的最重要的主题,至少也是其重要主题之一。科马罗夫在小说的最后部分出现了,似乎那卑贱的压抑物、人类心中的"魔鬼"又回归了,他和他的时代一起破坏了拉丽莎与日瓦戈的爱情。那爱情曾"得到周围人们的喜欢,那程度恐怕胜过了他们自己对爱情的欣喜"(598—599),因而这爱情就是沉沦于"世界末日"的人的希望。科马罗夫斯基带走了拉丽莎,也带走了世界的希望。拉丽莎嫁给了科马罗夫斯基,她感到"犯了天大的罪过"(600)。克里斯蒂瓦断言,"压抑物的回归将构成我们的'世界末日',在这上面,我们无法逃脱宗教危机的悲剧性痉挛。"③在此意义上我们可以说,《日瓦戈医生》是一部启示录式的作品,它反映了那个时代的深刻的焦虑与莫名的恐惧。

五 《林中之死》:美及讲述美的方式

美国小说家舍伍德·安德森(1876—1941)作品的一个突出特点就是他与普通人的认同感以及由此表现出的同情。欧文·豪这样评价他:"许多美国小说家都把现代世界里爱的缺失当做自己作品的主题,但很少有人——如果不是根本没有的话——在一种充满爱的笔调里如此深刻地认

---

① 可参见小说第542页日瓦戈的内心独白。另外,刘亚丁先生曾谈到,日瓦戈将死亡的感受审美化,将其变成审美的对象,这与其说是对死亡的超越,毋宁说是对本真死亡的逃避。而在这里,日瓦戈也同样将苦难审美化了,出于同样的理由,我认为日瓦戈也逃避了对拉丽莎的情感,尽管这种逃避/超越未能最终实现。刘亚丁的论述可参见其著作《苏联文学沉思录》,成都:四川大学出版社,1996,第126—127页。
② 朱莉娅·克里斯蒂瓦:《恐怖的权力》,第294—295页。
③ 同上书,第299页。

识到这一点。"①评论家弗朗西斯·海克特认为安德森是一个"带着风笛乐声的自然主义作家"②。安德森以一种充满爱的同情来写处于社会下层人的苦难。他爱恋他们,深切同情他们的遭遇。但他并没有在此止步,他进而把他们的苦难当做一种生存的普遍的象征,当做生存意义的根基来领悟。他的短篇小说《林中之死》就表现了他的这一看法。和同样写下层女性的作品——像福楼拜的《一颗纯朴的心》、鲁迅的《祝福》——比较起来,安德森的这篇小说没有福楼拜的冷漠与嘲讽,也没有鲁迅的鲜明的社会文化批判姿态,它写得"美",写得透脱,既没有成为某种人生哲学的图解,又穿透了种种意识形态的笼罩而获得了一种形而上的意味。而当作者把其创作过程也一并和盘托出时,这篇小说同时也成了关于小说创作的小说,从而使这篇小说具备了元小说的某种意味。

1. 受苦与美

这篇小说讲述了一个背着沉重的口袋的老妇人在归家途中的森林的雪地里悄然死去的故事。小说用夹叙夹议的方式讲述了老妇人的一生。她生下来就不知父亲是谁,母亲不久也离她而去。还是一个孩子时,她就成为一个契约女仆。但"像这样的契约孩子通常受到很残酷的虐待。他们是没有父母的孩子,实际上是奴隶。"在德国人的农场,除了沉重的劳动外,她还得时刻提防农场主的性骚扰;农场主的老婆恨她,时不时拿她出气。在嫁人后,她也没有得到幸福,那男人从一开始就猜忌她。当她告诉他她实际上和农场主之间什么都没有发生时,他"却不知道自己是否相信。"男人并不爱她,"他第一次约她出来时就轻易地勾引了她。要不是德国农场主对他大发雷霆,他才不会娶她呢。"婚后尤其是生了孩子后对她更是冷漠,省略了夫妻的恩爱,"那种事在他们结婚与生了孩子之后就没维持多久。"他几乎不干活,有时偷马,不满意时还要虐待她。她要维持一个家的运转,而她所有的就只是几只鸡。她到镇上把鸡蛋卖掉,换些生活必需品。老妇人——她慢慢就变老了——就这样艰难地生存着。最后她在林中的雪地里死去的时候,她的身体却似乎奇怪地恢复了青春,变得和

---

① 转引自万培德主编: *An Anthology of 20th Century American Fiction* (Vol.1),上海:华东师范大学出版社,1981,第107页。《林中之死》(*Death in the Woods*)引文亦据该书译出,不另注。

② 转引自秦小孟主编:《当代美国文学》上册,上海译文出版社,1986,第28页。

一个小姑娘一样了。

小说存在着多层意义空间。我们可以认为小说展示了农村女性那无声无息的、沉默的但又是动人心魄的苦难以及对待这种苦难的坚忍态度。小说中有很多地方暗示老妇人的生活遭遇和人生命运具有一种普遍性和典型性。"所有的乡村和小镇都能见到这样的老妇人","她是一个几乎没人认识的无名妇人中的一个",这些暗示给小说中的想象世界抹上了一层大地般坚实而宽广的沉甸甸的苦难底色。另外,这篇小说也可以从宗教象征的角度来理解,在老妇人穿过森林来到空地时,这里似乎注定要上演一场惊心动魄的悲剧:

> 那里有一条小路,但却十分难走。就在山顶的那边——在那儿森林最茂密——有一片小小的空旷地。有人曾想过在那儿建一座房子吗?这片空地有镇里规划的房子所占的空间那么大,能建一座房子与一个花园。小路沿空地的一边延伸开去,到达那里时,老妇人在一棵树下坐下来,想休息一会儿。
>
> 这是一件很傻的事情。她坐了下来,袋子靠着树干,感觉很好,但再起来时会怎样呢?有一会儿她有些担心这事,但后来就平静地合上了眼睛。

在这里,老妇人像一个受难者,她让人想起基督耶稣。后者是在十字架上被钉死的,而老妇人则是在袋子的重负下靠着树死去的。树在西方文化中有浓厚的宗教象征意义,它一方面是神恩的象征,因为人吃了智慧之树上结的智慧果就变得像上帝一样,它让人想起人类曾经有过的伊甸园世界;另一方面树又是原罪的标志,亚当和夏娃就是吃了智慧之树上的智慧果而被逐出伊甸园的,它提醒着人类的原罪。基督为人类赎罪而在十字架上被钉死就提醒着人类的堕落,"据说基督的十字架的木料来自'智慧之树'"。[①] 而老妇人的坚忍(她的儿子不把她放在眼里,她"没感到震惊,没感到大的震惊。她在早年已经经历了太多的震惊了。")、孤独("她一个人都不认识。在镇上没有人同她讲话。")、爱心(当屠户诅咒她的丈夫"饿死"时,她心里想,"饿死,啊?嗯,东西总得喂。人总得喂。马也得喂,尽管它们也不是什么好货色,……")以及对苦难的承受(屠户对她的苦难表示关切、对她的丈夫表示愤怒时,"老妇人注视着他,眼睛里流

---

① 汉斯·比德曼:《世界文化象征辞典》,刘玉红等译,桂林:漓江出版社,2000,第314页。

露出一丝淡淡的惊奇。")等都让人想起耶稣。在这个意义上,老妇人死在树下就获得了深远的宗教文化内涵,她就是经受了人间苦难的基督的化身。

笔者认为小说同时也在"存在"层面上展开了其意义空间,小说以一种象征的方式展示了"文明"与"自然"、"世界"与"大地"之间的冲突。小说的美就在这种冲突中发生,并在小说的艺术世界中得到保存。小说中的那个"袋子"就是文明的象征,也是老妇人用全部生命建立起来的"世界"的象征,它既是人的生存的标志,又意味着"重负";狗们处在自然与文明、"大地"与"世界"之间,在一种死亡本能的驱动下,在大地的充满原始野性的神秘氛围的诱引下,它们向野性、向"大地"复归,用神秘的圆形奔跑为老妇人的死举行了一个隆重的原始死亡仪式。它们撕去了老妇人背上的袋子,意味着为她卸去了文明的重负;老妇人最后被狗们拖到林中空地里裸体而死,意味着她向原始生命的还原。林中空地就是小说中世界与大地、文明与自然互相冲突、互相彰显的场所。

小说中最美的是森林中的那个画面,它后来成为——作者说——他所讲述的"这个真实的故事的基础":

> 男人们站立着,裸露的、女孩子似的身体,脸朝下趴在雪地里,奔跑的狗弄出的轨迹,以及上方清冷的冬季的天空。云朵的白色碎片掠过天空,它们匆匆飞过树间那一小片开阔的空地。

这个画面是沉默的,画面中的一切都是沉默的。那粘上了雪花的、非常洁白、可爱、像大理石一样的身体是沉默的,清冷的冬季的天空以及那匆匆飞过的云朵的白色碎片也是沉默的,站立着的男人也是沉默的,那恢复了原始的神秘和野性的疯狂的曾经围着圆圈奔跑的狗们的喧嚣也已经沉默了,只留下一个淡淡的痕迹在顽固而宽容地表达着某种不可表达的东西,发出无声的但却又是动人心魄的呐喊。那是人,苦难的人用自己苦难的生命建立的世界在与像死亡一样温厚、像黑暗一样永恒、像深渊一样幽深的大地作拥抱与搏斗、亲吻与厮杀。在森林里,狗用神秘的奔跑为老妇人举行死亡仪式,这一仪式既是庆祝和欢呼,又是恐惧和绝望,一方面是原始生命的复归的狂喜,另一方面则是对世界塌陷的恐惧:

> 现在我们不再是狼了。我们是狗,人的仆人。要活着,人!如果人死了,我们就会又变成狼。

在这个画面中似乎有一束纯粹的光把整个小说里的世界照亮了,在这束光的照耀下老妇人的苦难似乎变得晶莹剔透了,像她死后忽然显得年轻的身体。苦难把世界从大地上支撑起来。同时这束光也把被遮蔽的大地照亮了(但并非穿透了大地),使大地成为大地,成为迷乱和阴森,大地就是那些将要变为狼的狗们的恐惧。也正是从这恐惧发出了这束纯粹的光,"如此这般形成的光亮,把它的闪耀嵌入作品之中。这种被嵌入作品之中的闪耀就是美。"[①]这也就是老妇人之死所昭示的存在之"真"。

2. 讲述"美"的方式

这篇小说的叙述方式是耐人寻味的。它由两个层面的叙述组成。一个层面即小说的故事层面,故事是用第一人称讲述的,在叙述者还是一个孩子时,他目睹过这个事件中的许多部分,然后他又以一个成人和艺术家的身份对这个事件进行重构。另一个层面就是小说的"元"层面或说"解构"的层面,叙述者在这个层面上写了自己收集材料的过程("我年轻时在一个德国人的农场工作。那个雇佣女孩害怕她的雇主,农场主的妻子恨她。"他还从"小镇的故事"中借取素材:"后来,我一定听到过老妇人故事的片断。"),并指明了他依据自己的某些经历进行虚构的部分("晚些时候我经历了一次关于狗的半是离奇半是神秘的冒险,那事发生在伊利诺伊州森林里,那是一个明亮的、月光如水的夜晚。"),说出了自己写这篇小说的动机("或许是因为我不满意他["我"的弟弟——引者注]讲这件事的方式。""我认为他没有抓住要点。")。第一层叙述和第二层叙述构成了文学"文本"与生活"底本"之间的建构与解构关系;同时,这个内在地蕴含着建构和解构矛盾的文本恰好也说明了艺术作品与人的存在之间的关系。艺术对生活"底本"的理想的、绝对的建构是不可能的或者说任何建构都是不能令人满意的,但另一方面,对生活"底本"的建构又是绝对必要的,建构一个作品就是建构一个世界;生活的"底本"尽管会以它本身的无意义——或者在另一种意义上说它本身的无限丰富的含义——来否定建构的这种自以为是的完美性,来解构这种人为的对生活"底本"意义的强加,但它的力量也只有在进行这种否定的时刻才能够显现出来,而艺术作品对生活"底本"建构的局限性也只有在面对生活"底本"的本真性时才能够显现出来,二者的一方相对于另一方都是不可或缺的,恰如上文分析所显

[①] 海德格尔:《林中路》,孙周兴译,上海译文出版社,1997,第40页。

示的,美就显现在这本真性的建构和解构、世界与大地的冲突中,就显现在这本真性的冲突中所显露出来的对世界的关怀。"世界"就是面对沉默无言的大地的一种建构性力量,在小说的故事层面,老妇人就是这种力量;在我们所处的生活"底本"的层面,这篇小说就是这种力量,它显示了存在的真,并把真升华为一种让人心动的美。

在小说的最后,作者说:

> 我弟弟那天夜里讲述了这件事,我妹妹坐着听,我认为他没有抓住要点。他太年轻,我也如此。一件如此完整的事有自己的美。
>
> 我不想试图强调这一点。我仅仅解释那时我为什么不满意而且从那时起就不满意。我提到这一点仅仅因为你可能会明白为什么我被迫又把这个简单的故事再讲一遍。

作者并没有认为现在的他讲这件事时已经抓住了"要点",相反,他强调,相对于有着无限丰富的意义——或者从另一种角度看来根本没有什么意义——的生活的"底本",相对于每一件"如此完整的事"独特的"自己的美",任何人为构建的世界,都是让人"不满意"的,因而必须"再讲一遍",然后,"再讲一遍",一点儿一点儿地接近那个不可捉摸事件的核心。

六 跟随伯纳德特读荷马史诗(上)

伯纳德特(Seth Benardete,1930—2001)《弓弦与弦琴:从柏拉图解读〈奥德赛〉》[①]一书被认为是"诗歌与哲学的关系问题上最伟大的学者"所撰写的"一本无比博学和深刻的著作"[②];若说伯纳德特"当得起荷马笔下主人公的那种荣誉"[③],这本书无疑是一个见证。

笔者无意也无力证明这一点,深有感触的倒是,伯纳德特在此书中示范了一种解读古代经典的思路。对于解读经典来说,如何读至关重要。

---

① 引文参考了程志敏教授的中译本《弓弦与竖琴——从柏拉图解读〈奥德赛〉》(华夏出版社,2003),特向译者致以谢意。因不少引文据笔者的理解做了修改,为免繁琐,只列原文出处,不一一说明。关于该书的译名,刘小枫教授说应该译为《弓弦与七弦琴》(参见刘小枫:《重启古典诗学》,华夏出版社,2010,第289页),但考虑到该书书名与《奥德赛》第21卷中的一段诗的关系,笔者觉得译为《弓弦与弦琴》为宜。详后。
② 程志敏中译本附录,第189页。
③ 同上。

第四章　文学里的人生故事

一种恰当的解读方式首先就应是经典试图引导我们的方式而不是相反——假如经典有一种自我理解的话,我们就必须首先以这种方式去理解经典。但这是可能的吗？如果我们能够已经以这种方式去理解,那我们就不必阅读经典了。如何才能被引领上一条能够避免持续地滑脱出解释轨道的解释之路呢？在笔者看来,伯纳德特已经找到了这一道路。因此也可以说,理解这本书也就是理解一种解读古代经典的更好方式。

1. 哲诗张力中的《奥德赛》

本书副题已经显明了作者的解读方式:在柏拉图的"引导"下进入《奥德赛》。伯纳德特在该书的序言中说得明白:

> 柏拉图好像一个地图和坐标,使我能据以追踪到那些更古老作家的依稀行迹——尽管那些作家并没有出错,他们自身却并不能像柏拉图那样好地引导我。对我而言,柏拉图好像为荷马、埃斯库罗斯、索福克勒斯仅仅显明出来的东西提供了论证。可以说,逻各斯开启了理解模型的道路。①

在此,"显明出来的东西"与"论证"之间的区分对应着"模型"和"逻各斯"的区分,这种区分也是诗与哲学的区分。在伯纳德特看来,荷马的"诗"提供了据以理解自身的"模型"但自己却无法对此进行"论证",亦即"不会给个有道理的说法"②;柏拉图的"哲学"则提供了一种更好的理解"诗"的方式。这一"哲学"的理解方式是更好的,是因为它能更好地理解"诗"据以理解自身的方式,因此这种方式也就是"诗"试图引导我们的方式。如此看来,柏拉图已经提供了一条走出不断滑脱出解释之路的道路,这另一条道路既是"厚描"经典自身的道路,也是引导我们始终走在经典道路上的道路。

但是,如果我们已经能懂得柏拉图,为何还要读《奥德赛》？可能的是,伯纳德特从柏拉图解读《奥德赛》,但此处的柏拉图已经从荷马的角度被解读过了。他曾这样解释他所理解的"柏拉图":"我认为,柏拉图式的

---

① Seth Benardete, *The Bow and the Lyre: a Platonic Reading of the Odyssey*, Rowman & Littlefield Publishers, 1997, p. xi.
② 参见《会饮》202a:"要是有恰当的看法,却不会给个[有道理的]说法,就叫做既非有识——因为,道不明何以算有识？——也非不明事理——既然明白了一点事情,何以算是不明事理？"(刘小枫译文,《柏拉图的〈会饮〉》,华夏出版社,2003,第73页)

比喻一般有如下特征：他把一项原理切开，从一衍生出二，直到二重新被吸收到某东西中去，此东西看起来是、其实已不再是一。"①伯纳德特从这样的"柏拉图"来解读《奥德赛》，就是对这个柏拉图式比喻的模仿和展开：他切开了柏拉图，从柏拉图衍生出荷马，又把荷马吸收到某种东西中，这东西看起来是、其实已不再是柏拉图；他也切开了荷马，从荷马衍生出柏拉图，又把柏拉图吸收到某种东西中，这东西看起来是荷马、其实已不再是荷马……

书名正题就出自荷马。在该书第七章第二节"女仆"中，伯纳德特分析了《奥德赛》卷20前21行。荷马在这些诗行中将奥德修斯的心（heart）和心灵（mind）并置，并使奥德修斯对自己的心说话："心啊，忍耐吧，你忍耐过种种恶行，肆无忌惮的库克洛普斯曾经吞噬了你的勇敢的伴侣，你当时曾竭力忍耐，心灵让你逃出了被认为必死的洞穴。"②奥德修斯在此将他眼下面临的选择困境（是否要立即对女仆进行报复）与之前逃出库克洛普斯洞穴的经验并置，并从后者那里获取了行为的模型。心和心灵的分裂对应了充满血气（spiritedness）的奥德修斯与富有智慧及自我意识的奥德修斯之间的分裂，这一经验和思想之间的分裂在库克洛普斯洞穴经历中有一个含混的起源。奥德修斯在与库克洛普斯的斗争经验中所反思到的"心灵带他出洞穴"看似已被提炼成出来的某种"知识"，其实仍是某种混合物；这种东西的含混性在奥德修斯对和求婚人厮混的女仆的反应中又一次出现了。也就是在对奥德修斯形象的这种分解和混合中，伯纳德特在全书唯一一次提到了"弓弦与弦琴"："荷马或许正是以这种方式把弓弦从弦琴中区分了出来。"③根据伯纳德特的引导，我们找到了《奥德赛》中的"弓弦与弦琴"：

> 足智多谋的奥德修斯立即举起大弓，把各个部分查看，有如一位擅长弦琴和歌唱的行家，轻易地给一个新制的弦柱安上琴弦，从两头把精心搓揉的羊肠弦拉紧，奥德修斯也这样给大弓安弦。他这时伸开右手，试了试弯弓弦绳，弓弦发出美好的声音，有如燕鸣。（卷21

---

① 伯纳德特：《柏拉图的〈会饮〉义疏》，《柏拉图的〈会饮〉》，第355—356页。
② 参见《奥德赛》卷20，第18—21行，王焕生译文。但笔者将译文中的"智慧"替换成了"心灵"，以更好地对接上伯纳德特的解释；出于同样的理由，下文将"见识过不少种族的城邦和他们的思想"中的"思想"也做了同样处理。
③ Seth Benardete, *The Bow and the Lyre: a Platonic Reading of the Odyssey*, p.126.

行 404—411,王焕生译文)

细查之下,可以发现伯纳德特首先是在模仿《奥德赛》中的奥德修斯这个"模型":他把《奥德赛》"各个部分查看","从两头把精心揉搓的羊肠弦拉紧"。伯纳德特从柏拉图与哲学出发的解读,其最后的出发点其实是《奥德赛》与诗。这也正是他所试图理解的柏拉图:他猜测荷马可能早已以某种"诗式辩证法"(奥林匹亚诸神正是这种辩证法巅峰的化身)告知了柏拉图他所发现的东西,而柏拉图所恢复的也就是这种"诗化哲学"的思想方式。这种思想方式"不是通向哲学,而本身就是哲学"①。

2.《奥德赛》被"拉紧"的方式

《奥德赛》是如何"被拉紧"的呢?我们从开端看。《弓弦与弦琴》第一章的标题就是"开端"(The Beginnings),伯纳德特用的是复数——开端不止一个,至少有两个,有两个才能被"拉紧":这就"拉紧"了对于"开端"的"唯一性"的通常理解。据此,这"开端"也至少可从两个方面去理解,一是指《奥德赛》的"情节"开端,二是伯纳德特的"论证"开端。但往下读会发现,伯纳德特是按照《奥德赛》的叙事顺序结构自己的论证的,论证的开端和情节的开端有差别,但由于其顺序是一致的,因此从"开端"意义上讲,又没有多大差别。这样,在"开端"处被拉紧的既是情节,也是论证——伯纳德特似乎要与荷马共奏一曲"奥德赛"。

伯纳德特展开"论证"的真正开端是"开端"下的第一个小标题:"神义论"(Theodicy)。这一节开头谈"受苦"(suffering)。这是两部荷马史诗的共同主题:"《伊利亚特》与《奥德赛》都是关于受苦的。"②接着谈"正义":"荷马诗歌的力量在很大程度上就包含在这样的说服中:选择的道德性——阿基琉斯将阿开奥斯人从可怕的境地中解救出来也好,奥德修斯救了儿子的命并使佩涅罗佩停止流泪也好——被笼罩在这一选择的命定性之下。我们被迫从一个超越正义的视角去凝视正义……"③最后提到了"神义论"。他认为《奥德赛》在"受苦-正义"的背后隐含着某种"神义论"的论证。尽管不无矛盾,伯纳德特还是觉得有理由这样猜测:"宙斯在证明奥林波斯神义的压倒性地位方面,选择了奥德修斯为他的中介。奥

---

① Seth Benardete, *The Bow and the Lyre: a Platonic Reading of the Odyssey*, p. xiv.
② Ibid., p. 1.
③ Ibid., p. 2.

德修斯正是通过自我伪装和自我显示才使得拉埃尔特斯断言:奥林波斯诸神依然存在。"①

"被迫"、"猜测"显示出论证进程的"拉紧"状态。就"神义论"的论证而言,《奥德赛》中这种"超越正义的正义视角"自身也是被"拉紧"的,其两端分别是荷马和奥德修斯:奥德修斯或许做了宙斯的中介,但他对此不一定有自我意识,因此在"奥德修斯的自我理解和荷马对这一自我理解的理解之间"②也存在着某种紧张或差异。

这种差异是否可以被理解为"人义论"和"神义论"的差异?在将奥德修斯与阿基琉斯进行比照时,伯纳德特认为荷马在《奥德赛》开头的处理"使得奥德修斯的选择成为一个谜":这个"无名人士"(obscurity)"到处漂泊,见识过不少种族的城邦和他们的心灵(mind)",其自身起源模糊不清;这些特点"使他成为属于自己的那种人,并使他和父亲及邦国的联系变得松弛"③。如果考虑到返家后不久他又要去往"无数的人间城市漫游",那么奥德修斯倒是有点儿像我们所熟悉的现代文学寓言中的主人公:他们或被动或主动地与"传统"相脱离、失去了自我"身份",成为"无名人士",或主动或被动地走上一条自我成长之路。这是否意味着,西方现代文学"人义论"视野中的"灵魂之旅"能够在《奥德赛》找到源头?

但伯纳德特在对奥德修斯经历的"论证"中只使用了"神义论",这在暗示文学的古典与现代的分野的同时,也显示了他解读方式的"古典"取向。或许在伯纳德特看来,即便"神义论"也不大容易清楚地重述荷马所讲述的以及奥德修斯所讲述的奥德修斯的故事,但"人义论"肯定难以完成这一任务。伯纳德特在论证的开端处强调的,可能就是单纯的"神义论"与"人义论"面临的这种困难。奥德修斯和荷马的差异可能只是"神义论"内部的差异。伯纳德特所理解的荷马式"神义论"似乎并不等同于后世基督教思想所理解的"神义论",而是他对荷马所采取的理解人生经验方式的一种描述性命名。至少,就目前的"论证"而言,荷马的"神义论"尚包含着某种难以解释清楚的不透明性。

这种不透明首先源于荷马所采取的叙说方式的不透明和对人性理解方式的不透明。"神义论"的不透明性体现在天神宙斯的话中:"可悲啊,

---

① Seth Benardete, *The Bow and the Lyre: a Platonic Reading of the Odyssey*, p. 6.
② Ibid., p. 2.
③ Ibid., p. 3.

第四章 文学里的人生故事

凡人总是归咎于我们天神,说什么灾祸由我们遣送,其实是他们因自己丧失理智,超越命运遭不幸……"(卷 1 行 32—34)。似乎是在呼应宙斯的看法,奥德修斯在对同伴丧命的解释里就把责任推给同伴,在对自己"受苦"的解释里则把责任推给诸神——以这种方式,奥德修斯在双重意义上模仿了宙斯的看法。但神的看法以及奥德修斯的看法,看起来在成为"看法"之前就已经被荷马塑造了。在《奥德赛》的开篇,在荷马呼求缪斯为他叙说奥德修斯的故事之前,荷马其实已经预先规定好了叙说的内容和角度。正如伯纳德特所评述的,荷马对于奥德修斯命运的理解与奥德修斯的自我理解之间存在着差异。但深究起来,即便荷马的理解甚至也处在荷马之外。伯纳德特就从荷马的叙述里看到:

> 奥德修斯虽已知道自己的命运,但还不知道那意味着什么。……奥德修斯最先试图在他给费埃克斯人所讲的前五个故事中理解自我,但正如特瑞西阿斯向他讲明的,他的命运不是自我理解。……奥德修斯试图与他的命运达成妥协的第一次努力,就显示在他为自己创造了另一种生活。在这种生活形式中他从没待在家里。①

"与命运达成妥协"就是"神义论"和"人义论"的混合。奥德修斯为自己所创造的"另一种生活"其实就是他所讲述的那些混合了谎言和真实的"人生故事",这种故事混合了他走出洞穴的经验和身处洞穴的经验,但这种混合起来的经验从来不会与他"现实人生"中的"洞穴经历"相重合,但却会与他讲述的"人生故事"中的"洞穴经历"相重合。比如,在他对库克洛普斯洞穴经历的讲述中,神义论和人义论、预感和经验、谎言和真实的"混合"就成为"重合":在进入洞穴之前奥德修斯就"预感到可能会遇到一个非常勇敢,又非常野蛮、不知正义和法规的对手"(《奥德赛》卷 9 行 214—215),这里的"预感"就是"人义论"版本的"神义论"和自我神化的"谎言"。它看似将后面将要发生的真实事件重合了起来,其实只是"混合"了起来。这"另一种生活"也已经、正在、并将要构成他真实的人生道路,这条人生道路不断地成为讲述对象,以这种方式,这"另一种生活"就一直向前延伸,也不断地和延伸出去的经验的道路相混合。

在诗人荷马的视野中,诗人奥德修斯的形象出现了——就讲述奥德修斯的故事而成为一个诗人而言,奥德修斯就是制作了自己生活的诗人;

---

① Seth Benardete, *The Bow and the Lyre: a Platonic Reading of the Odyssey*, p.111.

在这另一种混合了真实和谎言的生活中,他将持续地流亡,并在不断地返回"洞穴"中一再建立起与"洞穴"的真实联系。或许也就是在对于奥德修斯的这种理解中,柏拉图式的比喻开始入侵,并从诗人奥德修斯的形象中切分出哲人奥德修斯的形象:若说柏拉图在《王制》(《理想国》)中塑造了一个哲人模型苏格拉底,荷马也在《奥德赛》中塑造了一个诗人模型奥德修斯。

为理解这个比喻,有必要"侵入"《王制》中的"洞穴"看个究竟。一般说来,在"洞穴比喻"或寓言中可以辨认出若干人性类型或灵魂类型:观看影像并对其辨析的一般人,"回头"看到影像背后的"人造模型"并走出洞穴、认识"自然模型"的哲人,以及制作模型并将其投影在洞穴中的"立法者和诗人"。① 但寓言内部所呈现出来的这三种类型之间的关系又不是可以清楚地切分开的。

首先,哲人是在观看影像的经验中"回头看"才"成为"一个哲人的,因此每个拥有"观看"经验的人都是潜在的哲人;成为哲人的开端或起点本来就是影像经验和对影像进行反思的混合,这样哲人走出洞穴以获取纯粹知识的努力就很可能是徒劳的——他可能走进一个更具欺骗性的洞穴。其次,当哲人意识到这种欺骗的可能性时,他可能就会重新回到洞穴,并根据他曾走出洞穴的"知识"做一个制作新模型的"诗人"。再次,这样一来,洞穴里就有了至少两类诗人:原先就在洞穴里的诗人和从洞穴外面回来的哲学诗人;但作为一个模型分析,也不能排除这种可能:原先就在洞穴里的诗人在更早先的时候也是从洞穴外面返回的哲人。就《王制》中苏格拉底与荷马之间的关系而言,更可能的是,早在苏格拉底想要以一种哲学诗人的身份取代荷马之前,荷马就已经是一个哲学诗人了——尽管其中的差异可能在于:二者对于"哲学诗人"的理解不一样。

伯纳德特选择从可能同时理解了荷马与苏格拉底的柏拉图入手解读《奥德赛》,可能就是要得到某种苏格拉底与荷马的混合物。从这一角度看,"依靠心灵(智慧)出洞穴"的奥德修斯像是一个弱化版本的苏格拉底,而选择重返洞穴这一"第二次远航"的苏格拉底也像是一个弱化版本的奥

---

① 阿兰·布鲁姆说:"立法者和诗人是这些前景(horizons)的制造者;或者,用洞穴形象中象征来说,他们是举着模型和其他东西的人,囚徒们看到的就是这些模型的影像。"Allan Bloom, *The Republic of Plato*, Basic Books, 1968, p.404. 若将其中立法者和诗人区别开来的话,就是四种;但我们若又想到雪莱"诗人是隐蔽的立法者"的论断,这两种似乎又可以合并为一种,因此仍是三种。

德修斯。① 伯纳德特选择了要让哲人柏拉图和诗人柏拉图这个"作为二的一"成为"一",也就是选择了要让这个"一"来分别切分苏格拉底和奥德修斯这对"作为一的二"。

根据帖瑞西阿斯的指点,在"第一次远航"中已经历过诸多"洞穴"之后的奥德修斯的"第二次远航"将要包括"无数的人间城市",其终点将是"返家园"、"献祭",奥德修斯最后将在享受福祉的人民中间幸福地死去。奥德修斯的两次远航可以粗略地对应起苏格拉底从自然哲人到政治哲人的"转向",但荷马笔下奥德修斯与柏拉图笔下苏格拉底之间命运的差异其实也彰显了二者对于"哲学诗人"理解的差异。刘小枫教授所说"柏拉图的作品塑造了一个并非历史的、而是诗化的苏格拉底形象"(《重启古典诗学》,288),在此意义上就可以解释为柏拉图对苏格拉底的自我理解所进行的"诗化"表述:柏拉图对苏格拉底的理解与苏格拉底的自我理解存在着差异,正如荷马对奥德修斯的理解与奥德修斯的自我理解存在着差异——柏拉图对苏格拉底的理解或许模仿了荷马对奥德修斯的理解。

"足智多谋"的奥德修斯在自己的人民中有一个幸福的死,被阿波罗的祭司认为"最智慧"的苏格拉底却因"渎神罪"被自己的人民处死。对这一问题有着精深思考的列奥·施特劳斯认为,柏拉图《会饮》中阿尔喀比亚德曾隐晦地提及阿波罗击败了苏格拉底,因为他拿来和苏格拉底相提并论的那个马尔苏亚的萨图尔就是被阿波罗击败的——这其实就可以看做柏拉图对苏格拉底命运的反思:"就我们所知道的来说,苏格拉底如何会被阿波罗击败呢?阿波罗在何处介入了苏格拉底的人生呢?就是德尔菲的神谕。神谕说苏格拉底是最智慧的人,然后苏格拉底就在雅典检验他遇到的每一个雅典人。当然你可以说,阿尔喀比亚德喝醉了,不能把他的每句话都当真,但是柏拉图并没有喝醉。"②

3. 柏拉图及其"灵魂学"

虽然程志敏教授认为《弓弦与弦琴》"没有高深或艰深的理论"③,但

---

① 伯纳德特解读柏拉图《王制》的书名《第二次远航》就源自于《奥德赛》,苏格拉底也用这个说法来指称其思想上的转变,即"放弃自然哲学的直接方法而转向言辞"。伯纳德特认为在这场转变中"诗人超越了苏格拉底"。See Seth Benardete, *The Bow and the Lyre: a Platonic Reading of the Odyssey*, p. xii.

② Leo Strauss, *On Plato's Symposium*, The University of Chicago Press, 2001, p. 264.

③ 程志敏:"译后记",伯纳德特:《弓弦与竖琴》,第 200 页。

该书显然有"理论"。施特劳斯是伯纳德特的老师,伯纳德特在"序言"中也特别提及这本书就是为探究施特劳斯"所指明的那种可能性"而写的。理解施特劳斯所理解的柏拉图,应能使我们看得更确切些。

但据说施特劳斯深谙"隐微写作",恐怕也不容易读懂。笔者找来了他于1959年在大学课堂讲授《会饮》的录音整理稿(2001年出版,伯纳德特编辑整理并写了前言)来看,估计好懂些。果然,在"引言"部分,施特劳斯就讲到了他对"柏拉图的哲学"的理解:

> 柏拉图从没有弄过一个哲学体系。……柏拉图只写对话。柏拉图作品的对话性质与柏拉图所探究东西的特殊开放性是联系在一起的。但这就产生了一个很大的困难。在对话中柏拉图从未以某个人物或角色出现。柏拉图从没有说一句话。苏格拉底说了,其他人说了,但我们有什么权利认为苏格拉底所说的就是柏拉图的观点呢?……换一种说法:没人会梦想着要把莎士比亚作品中的某个角色所说的每句话都归于莎士比亚本人,不管这个角色是多么迷人。①

柏拉图是一个"诗人",更确切地说,柏拉图比通常意义的诗人"更诗人"……那么柏拉图的"诗"又是如何理解"诗"的呢?施特劳斯说:

> 诗根据人性的东西(human things)的固有秩序表现或解释人的经验,也就是说,高的是高的,低的是低的。但诗也必定会承认,人性的东西并不简单地就是最高的东西或最重要的东西,必定会承认那些真正的原则(true principles)已经不再是人性(human)。②

这"不是人性"的"真正的原则"是否就是某种"神义论"?似乎是,因为"真正的原则"显得高于"人性";但似乎又不是,因为施特劳斯谈的仍是"人的灵魂":

> 柏拉图声称,借助对这一原则(the principle)的理解,他能够让这些原则在人的存在(human beings)、人的行动和人的性格中成为可见的。他能这样声称的原因就在于他关于人的灵魂的独特意见。对柏拉图来说,人的灵魂——在某种意义上也就是人——其实就是那些最高原则(principles)的增生、聚合。因此,如果你从根本上理

---

① Leo Strauss, *On Plato's Symposium*, The University of Chicago Press, 2001, p. 5.
② Ibid., p. 7.

解了灵魂,你就能在所有人的存在以及所有类型的人的存在中使这些最高原则成为可见的。①

这样,在施特劳斯对"人性"和"人的灵魂"的解释中就出现了某种有趣的东西:"人的灵魂"作为"真正的原则"显得不是"人性"但又属于"人性"——就人性最广阔的范围而言,对于人的灵魂的理解当然属于对于人性的理解。但如果联系"真正的原则"和"这一原则"所分别使用的复数形式和单数形式,以及对"人的存在"和"所有类型的人的存在"所做的区分,似乎可以更恰当地将施特劳斯对"人性"和"人的灵魂"的区分理解为对"人的灵魂"这一领域所进行的"类型学"意义上的划分。这也解释了"真正的原则"所采用的复数形式:每种人性类型都有属于自身的"真正的原则";也解释了"所有类型的人":这一说法对应的就是"灵魂类型学"。

将施特劳斯对于柏拉图的这一总体理解用于诗歌与哲学之间的竞争,二者竞争的实质将得以呈现:诗歌能呈现"各种类型的人的存在"即各种灵魂类型的"真正的原则"(the true principles),但无法呈现"所有人的存在"的"这一原则"亦即最高意义上的"灵魂学"。

如果伯纳德特在这一问题上与施特劳斯的理解相一致,那么这一"灵魂学"就是伯纳德特所理解的"神义论"。这种"灵魂学/神义论"认为,有各种类型的灵魂,而每个类型的灵魂都有自己"灵魂学/神义论",因此这一"原则"不再是"人性",而是某种与自身不同的"人性论";就此而言,"神义论"也是某种"人义论",最后也是某种"灵魂学"。因此,若要坚持诗歌和哲学的区分,就要坚持"神义论"和"人义论"在"灵魂学"意义上的区分,亦即在对灵魂的总体理解上,哲学和诗歌不同且哲学高于诗歌;但若不再坚持诗歌和哲学的区分,"灵魂学"意义上的"神义论"和"人义论"的区分却仍有必要,因为根据施特劳斯所理解的柏拉图,即便诗歌也显明了这种区分:"高的是高的,低的是低的"……

在《弓弦与弦琴》之前出版的《生命的悲喜剧:柏拉图的〈斐勒布〉》导言部分,伯纳德特对人类灵魂的某个具有"神性"的领域进行了"灵魂学"意义上的描述:

> 人类经验的某个范围不可救药地是虚假的,灵魂认识到了这一点,它就总是推测(占卜)何者对它自身是真正的好。这样苏格拉底

---

① Leo Strauss, *On Plato's Symposium*, pp. 7–8.

就发现了灵魂的某个领域,这个领域能避免诗歌的蛊惑,因为诗歌仅仅关心灵魂就其起源而言独立于身体的那些经验。这些经验在悲剧和喜剧中找到了其诗式的表达方式。①

柏拉图的"灵魂学"所发现的"真正原则"就是灵魂的"增生、聚合":它所聚合的就是那些不断"增生"的"经验",而正是这种不断增生的"聚合"使它能够"占卜"出自身的"真正的好";仅仅关心"灵魂的起源"就试图聚合所有经验的"诗歌",在此就构成对灵魂自身之"好"的最大诱惑。《奥德赛》中歌女塞壬的承诺——"我们知晓丰饶的大地上的一切事端"(卷12行191)——就是这种诱惑力量的一个集中表达。灵魂从"经验"中聚合出"思想",又用思想处理不断"增生"的经验,这一"灵魂学原则"或"灵魂的神义论"就成为这一诱惑的对抗力量。如果说诗歌和哲学都是对生活的模仿,那么柏拉图的"灵魂学"所模仿的就是这种思想和经验的混合状态:

> 柏拉图的对话是模仿,因为它们模仿这个双重结构。它们向你展示人们如事物理解自身那样来理解事物意味着什么,但同时表明还有一种理解,它与那种自我理解根本不一致,然后又就这两种理解如何联系起来进行了一番描述。柏拉图似乎已经走到了他自己对这种双重性质进行描述的外面。②

可以说,经验层面的自我理解的增生和聚合就是思想层面的非自我理解的增生和聚合。在对经验和思想这一"混合"过程的描述中,"灵魂学"似乎也已经站到了这种描述的"外面"。这一位置是思想史中某种"神义论"的位置,也是哲学史中柏拉图的位置。而根据伯纳德特的解读,荷马其实早已站在了这个位置上。

七 跟随伯纳德特读荷马史诗(下)

《阿基琉斯与赫克托尔:荷马式英雄》(下称《阿基琉斯与赫克托尔》)

---

① Seth Benardete, *The Tragedy and Comedy of Life: Plato's Philebus*, The University of Chicago Press, 1993, p. xi.

② 萝娜·伯格编:《走向古典诗学之路——相遇与反思:与伯纳德特聚谈》,肖涧译,华夏出版社,2007,第251页。译文略有改动。See Ronna Burger ed., *Encounters & Reflections: Conversations with Seth Benardete*, The University of Chicago Press, 2002, p. 184.

第四章　文学里的人生故事

是伯纳德特于1955年撰写的博士论文,曾于1985年在《圣约翰评论》(*St. John's Review*)分两期刊出,2005年又经伯纳德特的学生萝娜·伯格教授编辑整理出单行本。① 该书解读荷马史诗《伊利亚特》,是伯纳德特解读古典作品的第一次大规模实践,与其40多年后解读《奥德赛》的《弓弦与弦琴:从柏拉图解读〈奥德赛〉》(1997)遥相呼应。

在戴维斯教授为该书所写的"序言"中,他先谈的就是《弓弦与弦琴》,似乎要以后者为参照才能更好地理解《阿基琉斯与赫克托尔》。《阿基琉斯与赫克托尔》与《弓弦与弦琴》构成了姊妹篇,就如同《伊利亚特》与《奥德赛》是姊妹篇。就主题而言,《伊利亚特》之于《奥德赛》,通常被认为是"战争"之于"和平",而在主人公展开其行动的层面上,则是"行动"之于"思想"——和"足智多谋/诡计多端"的奥德修斯相比,阿基琉斯显然更多"行动"而更少"思想",而奥德修斯同时擅长"思想"和"行动":"奥德修斯既是行动者,也是《奥德赛》中关于他自己行动的叙述者"(vii)。戴维斯据此认为,两部史诗的联系实际上远为内在和复杂:"荷马在他的两部诗中将行动和思想分离开来,又在关于思想的诗中区分出行动和思想","《伊利亚特》与《奥德赛》只是看起来像是'二'的'一'"。(vii)

戴维斯的评述为我们进入伯纳德特的解读提供了重要提示。《阿基琉斯与赫克托尔》分为两个部分:第一部分"风格"(Style)分析"荷马式英雄……所具有的最大的共同性"(3);第二部分"情节"(Plot)解读"《伊利亚特》的情节"(3)。如果说,在《奥德赛》中,奥德修斯"叙述"了自己的许多行动,那么在对《伊利亚特》的解读中,伯纳德特就将在某种意义上占据奥德修斯式的位置来"解释"阿基琉斯的行动。在伯纳德特看来,《伊利亚特》的"情节"就是"阿基琉斯的悲剧"(3),而这同时也是"荷马式英雄"所具有的"最大的共同性";"最大的共同性"这个说法一方面暗示出《阿基琉斯与赫克托尔》所处理问题的广度,另一方面也暗示出,由阿基琉斯所代

---

① Seth Benardete, *Achilles and Hector: The Homeric Hero*, Edited by Ronna Burger & Preface by Michael Davis, St. Augustine's Press, 2005. 后文出自该著的引文,将随文在引文出处的括号内标出页码,不另作注。荷马《伊利亚特》的引文除特别说明外,采用罗念生、王焕生译文(人民文学出版社,1994),随文在括号内标明该著卷数和行数,不另作注。此外需说明的是,对伯纳德特解读《伊利亚特》的论述主要以本书为对象,同时也参照了伯纳德特的论文"The Aristeia of Diomedes and the Plot of the *Iliad*"[原载 *Agon* 2(1968):10-38,后收入其论文集 *The Argument of the Action: Essays on Greek Poetry and Philosophy* (The University of Chicago Press, 2000: 34-61)]。

表的荷马式英雄还不能代表"荷马式英雄"的某种"更高的可能性"。

第二部分的"导论"就是对本书副标题"荷马式英雄"的解释:以阿基琉斯为代表的"荷马式英雄"对现代读者而言其实十分陌生,伯纳德特选择了以莎士比亚的悲剧《科利奥兰纳斯》为参照来更切近地考察这一问题。他认为,像《伊利亚特》一样,"这个剧本的主线是科利奥兰纳斯从人到神的转变,这个转变可以看做一个进入不朽的实验"(72),"阿基琉斯就是科利奥兰纳斯:在其愤怒中,二者都成为神"(76)。因此,对于理解《伊利亚特》的"情节"或"阿基琉斯的悲剧"来说,"神"与"英雄"的关系是关键所在。我们就从这里进入《伊利亚特》以及伯纳德特的解读。

1. 英雄与诸神的张力

《阿基琉斯与赫克托尔》第二部分第一章的标题就是"诸神"(The Gods)。这让我们想起《弓与琴》第一章"开端"(The Beginnings)第一节的小标题"神义论"(Theodicy)。正如"神义论"是《弓与琴》情节论证的开端,"诸神"的"意愿"也是《阿基琉斯与赫克托尔》情节论证的开端:"诸神"开启了"英雄的悲剧"。从而,伯纳德特展开论证的开端方式是对荷马史诗情节开端方式的"模仿"。①

可以说,"神意"与"英雄的悲剧"既交织在一起,也是二者据以交织在一起的那个"一"。根据伯纳德特对苏格拉底半是玩笑的说法——苏格拉底曾说英雄(heros)源于爱欲(eros)——的解释,在英雄的"起源"处,"英雄"就与"诸神"交织在一起:

> 英雄或英雄的祖先,都是诸神和有死之人之间爱欲关系的产物;他们在其自身之中保留了一种神圣的渴望,尽管这种渴望有身体方面的起源,但却并不局限于身体方面,而是促使他们产生了一种超常的希望:将他们唯一的弱点转化成为最好的品质。……如果女神再度和英雄恋爱,英雄也只能延续其谱系而已;如果他们将这一无望的

---

① 刘小枫教授指出,荷马的两部史诗其实也共有一个"开端",即"神"(的话)——《伊利亚特》:"愤怒呵,女神哦,歌咏佩琉斯之子阿基琉斯的愤怒罢……"《奥德赛》:"这人游历四方,缪斯哦,请为我叙说……"如果将两部史诗的开头几行联系起来读,可以发现史诗的叙述本身已经提供了某种"神义论的论证"。把两部诗作开篇几个相同的词("人"、"心魂"、"许多"、"苦痛"、"宙斯")连起来看,几乎就可以构成一个句子:人的心魂因宙斯而经受许多苦痛。这其实已经点出了"神义论"的问题。参刘小枫:《奥德修斯的名相》,《古典诗文绎读:西学卷·古代编》上册,华东师范大学出版社,2008,第31页。此处中译采用刘小枫的译文。

第四章 文学里的人生故事

期待放在一边,转而依靠自身,他们将获得一种不受诸神影响的不死性。(87)

问题是:既然"荷马式英雄"最终要获得的是"依靠自身"(的自然)而"不受诸神影响"的不朽,我们又如何在"自然"的意义上理解荷马笔下的"神意"? 我们所遇到的第一个理解上的困难、也是伯纳德特注意到的第一个悖论在于:"神意"的问题似乎恰恰抵消了"荷马式英雄"的"自足性"或"自然性"。《伊利亚特》中神的大规模介入似乎使得"英雄的卓异德性"(heroic virtue)没有意义:"宙斯的偏向使得其卓异德性的实践几乎没有可能"(77)。埃阿斯说:"天哪,现在一个人即使非常愚蠢,也能看出父宙斯在亲自帮助特洛伊人。他们的枪矢都能命中,不管是由劣者或能手投出,宙斯在帮助瞄准,我们的枪矢却全部白白地掉到地上。"(卷17行629—632)

但伯纳德特解释说,这个悖论并非如初看起来那样是一个悖论。一方面,神的介入使得英雄的"自然差异"无法辨认,但另一方面,史诗也展示了若无神的介入(即便这种介入看起来是易变的、间歇性的,因为何时介入、帮助哪一方或眷顾谁都随神的意思),英雄们对于他们自身的"优秀等级"(order of excellence)甚至将无从辨认:"若没有诸神那不稳定、间歇性的意图,他们将把能被辨认的优秀等级全然模糊掉;但即便如此,他们有时也会退出以让英雄们凭靠自身。"(77)

按照史诗中埃阿斯或我们的通常理解,诸神的"不稳定、间歇性的意图"已经"全然模糊掉"了"优秀等级",但一个否定性假设句"若没有……"又使得"诸神的意图"(神意)变得扑朔迷离。这个句子中的两个"他们"先后出现,中经一个转折,但又被一个分号并置在一起,这不禁让我们思考这两个"他们"之间的关系:是谁在辨认"优秀等级"或者为"优秀等级"划定"尺度"? 是作为诸神的"他们"还是作为"英雄"的"他们"? 在这个理解的分岔口,我们暂且不知道伯纳德特要把我们引向何方。

好在接下来伯纳德特为我们提供了理解这一问题的"模型"。与借助莎士比亚的理解模型不同,这一次的分析模型就在《伊利亚特》这一作品"里面"——这可以看做伯纳德特跟随诗来读诗、跟随荷马来读荷马的一个更好的例证:当面对解释之路的"岔口"①时,走任何一个岔口都只能更

---

① 参见 Seth Benardete, "Sophocles's *Oedipus Tyrannus*"一文对索福克勒斯《俄狄浦斯王》中"三岔路口"的分析。Seth Benardete, *The Argument of the Action*: *Essays on Greek Poetry and Philosophy*, The University of Chicago Press, 2000, p. 79.

深地走入困惑,更好的选择是返回到道路开始分叉的地方。伯纳德特让我们再次回到荷马的作品。

2. 竞赛叙事中的"神意"

《伊利亚特》卷23中,阿基琉斯焚化了帕特洛克罗斯的尸体之后,又安排了一系列比赛项目。阿基琉斯宣布自己不参赛,但在此之前首先宣布自己是最优秀的:"如果我们今天为别的人举行竞赛,我定然会夺得第一名带着奖品回营"(卷23行249—262)。这次比赛是阿基琉斯专为"其他"阿开奥斯人设置的,可以说有"辨认"其"优秀的等级"的意图。一方面,阿基琉斯在此似乎占据了"神的位置",另一方面,他毕竟不是神,在某种意义上,他是神性与人性的混合。这个特殊的、不确定的二元身份颇适合于伯纳德特的分析。荷马在这一竞赛叙事中将阿基琉斯和其他阿开奥斯人隔开,显示了他的特殊性;他在叙事中让阿基琉斯确定英雄们的"优秀等级",但等级的最后确定则显示了各种因素的复杂关系,其中最重要也最值得注意的因素就是神的介入。

伯纳德特从荷马的叙述中看出三种"顺序"(order,或译为"等级"、"秩序"、"名次")。第一种"顺序"就是英雄们接受挑战或者报名参赛的顺序:欧墨洛斯、狄奥墨得斯、墨涅拉奥斯、安提罗科斯和墨里奥涅斯。荷马所安排的这一顺序其实也是与英雄们"优秀程度"相一致的"自然"顺序。第二种"顺序"就是实际比赛结果的"名次":狄奥墨得斯、安提罗科斯、墨涅拉奥斯、墨里奥涅斯和欧墨洛斯——在比赛中阿波罗打掉了狄奥墨得斯的马鞭,而雅典娜出于报复"狠狠地砸断了"欧墨洛斯战车的辕轭,而安提罗科斯听从了老父涅斯托尔的"计谋",在拐弯处采取逼迫墨涅拉奥斯的战术从而超过了后者。伯纳德特注意到:

> 有两个因素干扰了"自然"的顺序:技艺(art)与神意(providence)。如果阿波罗没打算帮助欧墨洛斯,雅典娜既不会砸断他的马轭,也不会给狄奥墨得斯的马增加力量。神让那该是第一的成了最后的,让那该是第二的成了第一的。安提罗科斯的技艺使他居于墨涅拉奥斯之前;但人的技艺并非长久有效,他的马毕竟天生就慢,这一点最终将出卖他。这样来看,神意和技艺彼此站得非常近:二者都改变了"自然"的次序,代之以某个无法预测的顺序。技艺的优越性是短暂的,加以足够的时间,"自然"将胜出;但诸神是否也将

第四章 文学里的人生故事

臣服于时间,则是一个邈远的问题。(78)

第三种顺序是由抓阄或抽签决定的:"阿基琉斯把头盔摇动,安提罗科斯的阄儿首先跳出,接着是欧墨洛斯的阄儿,然后是阿特柔斯之子枪手墨涅拉奥斯,墨里奥涅斯排位第四,最后一个阄儿,属于他们中最杰出的车手提丢斯之子。"(卷23行353—357)

至此,就与英雄的"自然"的关系来说,在英雄们展现其"自然"的过程中,有三种因素介入了:技艺、神意和偶然的机运(chance)。与英雄的"自然"看似构成对立项的"神意",在荷马的竞赛叙事中裂变为三个因素——"一"成了"三"。这一次我们走到了"神意"的"三岔口":

我们先是跟随伯纳德特考察《伊利亚特》中"诸神"或"神意"的问题,但"神意"的问题随即裂变为"英雄"和"诸神"两个因素或两个问题;为解决这变成两个问题的问题,伯纳德特选取了一个包含了这两个问题的"故事/模型"来加以分析,在这个故事模型中"神义"问题进一步裂变成三个问题:技艺、神意和偶然的机运。我们一方面逐步进入问题的核心,另一方面这个核心又已经不是一个核心了,一变成三——诸神似乎也没有与自己的"意"走在一起……

或许可以这样来解释:我们难以看到或根本看不到作为"一"的"神意",我们所能够看到的只是作为"神意"的分岔的"技艺"和"偶然的机运"——正如我们难以看到"自我",我们所能理解的只是作为"自我"的分岔的"身份"和"影像"。① 但另一方面,我们又能从可以看到的"二"推断出那个看不见的"一"的功能和意义;"二"在意义和功能上就为我们理解难以看见的"一"("神意")提供一个理解的"模型"。伯纳德特就从"技艺"和"偶然的机运"这两个"模型"看到:

> 诸神一方面像偶然的机运一样抑制自然优秀的等级,另一方面又像技艺一样提升自然优秀的等级;但他们对于平凡和低的东西全然不关心:宙斯从未被称作牧羊人。②

---

① 一个人的自我"身份"可以说由"技艺"所塑造,而"影像"的"偶然性"则可借由"拍照"来说明:一个人何时要拍个照片,看一下自己的"样子",这个纯属"偶然",不同时期的照片也都不同。

② 这句话只出现在伯纳德特"The Aristeia of Diomedes and the Plot of the *Iliad*"一文中,其位置紧接着对上述竞赛叙事的分析。See Seth Benardete, *The Argument of the Action*, p. 35.

容易理解的是，分号前面的部分与前面对"神意"之易变性和间歇性的描述有呼应，但更具体地解释了诸神干预"自然等级"的两种方式，亦即既"抑制"又"提升"；分号后面的部分则是对诸神干预人事之意图的解释——诸神关心的是人的"优秀的部分"或人的"属于英雄的部分"。而从分号后面的部分往前看，则可以认为分号前面的部分其实才是对诸神意图更完整的解释：诸神之所以要"提升"自然的等级，或许是为了避免"英雄"堕落为"平凡的和低的东西"；诸神之所以要"抑制"自然的等级，或许是为了避免"英雄"上升为"诸神"——荷马以及荷马笔下的诸神显然"关心/忧虑（concern）"那"过高的东西"。

可以认为，伯纳德特的这个句子也在模仿"神意"，他的"解释技艺"既"提升"我们对于"神意"的"自然理解"，也"抑制"我们对于"神意"的"神学理解"。如此来看，荷马的"诗艺/意"是否就是要区分"神"与"英雄"以及"英雄"与"平凡的人"？——这个问题一直通向了陀思妥耶夫斯基笔下的拉斯科尔尼科夫，虽然拉斯科尔尼科夫通过基督教来接近这一问题，但问题的结构并没有变。

那么，神为什么要阻止英雄成为"神自身"？或许正是为了避免"有死的"英雄因追求"不死"而成为比那"平凡和低的东西"更"低"的东西亦即"非人"的东西。在神的"关心"下，阿基琉斯最终归还了赫克托尔的尸体。伯纳德特评述说："诸神并不关心作为尸体的尸体，但却关心这一点：尸体应该成为人的关心。"①关心"尸体"似乎就是"英雄"保持其"英雄性或英雄身份"的底线：再厉害的"英雄"（比如说阿基琉斯）也必须关心人的"尸体"。

3. 阿基琉斯的"罪疚"

伯纳德特认为，《伊利亚特》的情节依托于荷马对神与人之间关系的逐渐揭示，这一揭示在荷马的"竞赛叙事"中最终被提炼成一个模型；《伊利亚特》的"情节"即阿基琉斯的悲剧性行动即在这一背景下展开。对于阿基琉斯悲剧的"情节论证"可以说是《阿基琉斯与赫克托尔》的重头戏，而就其所依托的"分析模型"来看，也更有"哲学意味"。伯纳德特认为，《伊利亚特》的情节以三场"单挑"为标志，经历了三个阶段：从阿基琉斯与

---

① Seth Benardete, "The Aristeia of Diomedes and the Plot of the *Iliad*", *The Argument of the Action*, p. 56.

阿伽门农的争吵到墨涅拉奥斯与帕里斯的对决是第一阶段,这标志着战争的初始原因——由海伦所代表——在获得最清晰的表达之后开始变得模糊;第二阶段是英雄对"荣耀"的渴望取代海伦而成为战争的动因,其标志是埃阿斯与赫克托尔的对决;最后一个阶段是对前两个阶段的某种综合:"比起埃阿斯与赫克托尔的对决来,阿基琉斯与赫克托尔的对决和墨涅拉奥斯与帕里斯的对决具有更多的共同之处。"(100)

伯纳德特在对阿基琉斯悲剧的分析中,凸显了阿基琉斯的"罪疚":阿基琉斯对帕特洛克罗斯之死怀有某种罪疚感。阿基琉斯早就知道帕特洛克罗斯的命运(卷18行9—11),但选择了有意无意地遗忘。他半是有意识地让帕特洛克罗斯去送死,在伯纳德特看来,其实有一个更为"低下"的动机:通过帕特洛克罗斯的死,他得以把他的"盔甲"和他自身区别开来(也就是区分"身份"与"自我"):"他让他的影子穿着他的盔甲,去证明他的荣耀。他渴望帕特洛克罗斯的死的程度,与他(对自己荣耀的)的焦虑程度相当。"(112)因为如果帕特洛克罗斯能够战胜赫克托尔,阿基琉斯自己的荣耀将大打折扣。① 这样来看,阿基琉斯就"和所有的悲剧英雄一样,他经受着一种暧昧的审判,他一方面抗拒有罪的意识,另一方面又被对自己无辜的怀疑所折磨。他分有了赫克托尔的罪过,赫克托尔就是他的行动代理人;但他也分有了赫克托尔的无辜,后者只不过实现了宙斯的意志"。(112)

按照通常的看法,"荷马社会不是一个'罪恶感文化'(guilt-culture)的社会,制约英雄行为与行事的是羞耻感,可以说,荷马社会是一个'羞耻感文化'(shame-culture)的社会"。② 但伯纳德特对阿基琉斯之"罪感"的分析显然不是在一般意义上的"文化"层面进行的,而是基于对柏拉图作品尤其是《会饮》的理解。在许多年以后的谈话中,伯纳德特提到了柏拉图《会饮》中苏格拉底所转述的第俄提玛的教诲对他理解《伊利亚特》的启发。当年他为写博士论文做了大量笔记,但"一无所获",之后他决定快速

---

① 伯纳德特评述说:"假定帕特洛克罗斯这个现在还缺乏活力的小家伙突然被自我的雄心点燃了呢?他的成功会不会太过耀眼以至于使阿基琉斯陷入更大的不荣誉中?如果帕特洛克罗斯所能做到的,比保证布里塞伊斯的回归更多,或者是杀死赫克托尔,或是攻陷特洛亚,那么阿基琉斯就会被自己的设计弄得灰头土脸。" Seth Benardete, *Achillies and Hector*, pp. 107 - 108.

② 刘麒麟:《开端之思——〈伊利亚特〉卷一行1—7义疏》,载《古典研究》(香港)2010(1),第5页。

地阅读整部作品以获得整体印象,结果就有了惊人的发现:"天啊,它是《会饮》!"他发现,《伊利亚特》恰对应了第俄提玛对爱欲结构的展示:"《伊利亚特》有前两层的结构,从海伦到荣耀,中经赫克托尔。"①

伯纳德特后来翻译并解读过《会饮》,但没有对第俄提玛所言的"爱欲结构"进行特别处理,倒是他的老师施特劳斯阐述过这一问题。在《〈会饮〉讲疏》中,施特劳斯将《斐德若》、《王制》中的"灵魂的三分"与《会饮》中的"爱欲结构"联系起来:

> 在《斐德若》和《王制》中有对灵魂的三分:有一个低的爱欲,还有一个高的爱欲,在其上是理性。《斐德若》中的低的爱欲在《王制》中被称为欲望,高的爱欲在《王制》中被称为血气(spiritedness)。这种三分没有出现在《会饮》,但可以看到一种对爱欲的三分:以繁殖为目的的异性爱;对于荣耀的爱,这与血气有联系,但并不与其一致;还有就是对智慧的爱。②

施特劳斯的看法不能说就是伯纳德特的看法,但施特劳斯此处对《会饮》爱欲结构的理解却有助于我们理解伯纳德特从《会饮》出发对《伊利亚特》的解释。对照施特劳斯的理解,《伊利亚特》情节的第一阶段阿伽门农与阿基琉斯的争吵以及帕里斯与墨涅拉奥斯的对决都与"异性爱"有关,第二阶段则与"对荣耀的爱欲"有关,但第三阶段并不对应爱欲结构的最后一层。也就是说,由阿基琉斯与赫克托尔的对决所标志的"爱欲"只是对前两层爱欲的一种综合,却并没有指向"智慧"。这是否在暗示:阿基琉斯的"悲剧"及"罪疚"与他缺乏"对智慧的爱欲"(哲学)有某种内在的联系? 可以作为佐证的是,《会饮》中对"智慧"同样没有"爱欲"的阿尔喀比亚德在苏格拉底面前也"像是一个罪人"。③ 进而,这是否意味着:"哲学"可以消除"罪疚"和"悲剧"? "悲剧"是"诗"的模型,伯纳德特若暗示阿基琉斯的"罪疚"就在于缺乏"哲学",就无异于说"哲学"高于"诗"……

施特劳斯接着说:"这两种三分法是如何联系起来的是一个问题,谁要是能对此有一个真实的答案,那他就可以宣称理解了柏拉图关于人的

---

① See Ronna Burger ed. , *Encounters & Reflections: Conversations with Seth Benardete*, The University of Chicago Press, 2002, p. 67.
② Leo Strauss, *On Plato's Symposium*, The University of Chicago Press, 2001, p. 57.
③ Ibid. , p. 265.

看法。"①施特劳斯在开设关于《会饮》的课程(1959年)之前,看过伯纳德特的博士论文。② 他这么说时,心里所想的那个"谁"或许就是伯纳德特;当然,既然施特劳斯这么说,他自己对这一问题或许也已经有了"一个真实的答案"。

4. 爱欲、血气与宙斯的"意愿"

《伊利亚特》的主题是(阿基琉斯的)血气或愤怒,居于施特劳斯所说的第一个"三分"的中心,而《会饮》的主题是爱欲。从而,伯纳德特从《会饮》解读《伊利亚特》,就是要从"爱欲"解读"血气";"血气"与对荣耀的"爱欲"相关,但"并不与其一致",二者之间的最重要的差异在于:"血气"除了包含对荣耀的"爱欲"这一和"英雄的德性/卓越"密切相关的东西,还包括对"正义"的要求——"血气"产生"道德义愤"。根据施特劳斯的看法,"血气"与"爱欲"的"关系"并不止于"对荣耀的爱欲";从这一"高的爱欲形式"到更基础性的或"更低的爱欲形式"存在着某种难以觉察的过渡或运动:"对于不义的正当的愤怒在没有被意识到情况下变为对于没有得到回报的爱的不正当的愤怒,或许是血气最深的秘密"。③ 伯纳德特要从"爱欲"解读"血气",就必须解释"血气"与"爱欲"的这种差异或"秘密"。那么,"阿基琉斯的罪疚"是否源于这种差异,或更准确地说,源于对这种差异的"无知"?

伯纳德特后来在对《王制》中勒翁提俄斯轶事的解读中似乎与这一问题相关,不妨将其与阿基琉斯的问题对照起来看。故事中的勒翁提俄斯渴望看到被公开处决的罪犯的尸体,"尸体"被其人格化了的"愤怒"称作"美景",这种渴望看到"被实现出来的正义"的行为被称为"爱欲"行为;但同样被人格化了的"眼睛"又被"愤怒"训斥,"观看尸体"被比作"眼睛"的

---

① Leo Strauss, *On Plato's Symposium*, The University of Chicago Press, 2001, p. 57.
② See Ronna Burger ed., *Encounters & Reflections: Conversations with Seth Benardete*, The University of Chicago Press, 2002, p. 69.
③ 施特劳斯:《古典政治理性主义的重生》,郭振华等译,华夏出版社,2011年,第235—236页。施特劳斯认为,对这一点最直接的陈述是莎士比亚笔下哈姆雷特的独白,"哈姆雷特列举了七种让生活几乎无法忍受的东西。这些东西几乎都是道德义愤的对象,例如压迫者的恶行等,但在核心之处他提到了受鄙视之爱的种种痛苦。"按照萝娜·伯格的看法,"血气"与"爱欲"的关系也是理解伯纳德特所理解的"柏拉图灵魂学"的要害。See Ronna Burger, "The Thumotic and Erotical Soul: Seth Benardete on Platonic Psychology", *Interpretation*, 1 (2004), pp. 57 – 76.

"吞噬行为",眼睛因此成了"有罪的食人兽"(a guilty beast)。在那里,伯纳德特评述说:"只有愤怒能创造一个全然独立的活物(living being),来使自己获得满足而同时保持无辜(innocent)。"①但《阿基琉斯与赫克托尔》中的伯纳德特却让我们注意到,"阿基琉斯"单凭自身的"愤怒"并不能在满足自己的同时也保持"无辜"。

让我们回到《伊利亚特》的开篇:"阿基琉斯毁灭性的愤怒"使阿开奥斯战士的"尸体"成为"野狗和各种飞禽的肉食",就这样"实现了宙斯的意愿"……阿基琉斯的"愤怒"既与其受损的"对荣誉的爱欲"相关,也与其受挫的"异性爱欲"相关,②阿开奥斯人的"尸体"就是阿基琉斯所渴望看到的、将被充分地实现出来的"正义"——阿基琉斯在想象中看到:"那时候许多人死亡,被杀人的赫克托尔杀死"(卷1行241)。这是阿基琉斯的"意愿",但荷马说的是"宙斯的意愿",因此阿基琉斯的意愿与宙斯的意愿存在着差异。伯纳德特注意到:当阿基琉斯向宙斯祈祷"让帕特洛克罗斯把特洛亚人驱往他们的城,并且让他安全地返回到快船边"时,宙斯"允准了前一个,拒绝了另一个",这"标示着阿基琉斯与宙斯之间关系的第一次断裂"(111)。

在伯纳德特看来,阿基琉斯所"意愿"看到的"正义"覆盖范围如此巨大,以至于"他愿意所有阿开奥斯人和特洛亚人都死去,只要他和帕特洛克罗斯能幸存,以便'让我们独自去取下特洛伊的神圣花冠'"。(107)"让我们独自"的说法暗示了阿基琉斯与帕特洛克罗斯之间关系的特殊性,实际上,后者只是阿基琉斯"自我的延伸"(107);帕特洛克罗斯的"尸体"并非阿基琉斯"意愿"看到的"被实现出来的正义",却是宙斯所意愿阿基琉斯能够看出的这一"正义"在被充分实现之时所呈现出来的可怕外观。

或许阿基琉斯就是以这样半知半觉的方式,"实现了宙斯的意愿":他杀死了赫克托尔,而"赫克托尔的死全然是超自然的",阿基琉斯其实"并没有证明自己高于赫克托尔,而只是证明了诸神同时高于其二者"(123)。杀死赫克托尔之后的阿基琉斯"在折磨赫克托尔的尸体或吞噬他自己之中,他的悲伤和他的罪疚交替出现,他无力逃离他自己的地狱"(131)。伯

---

① See Seth Benardete, *Socrates' Second Sailing: On Plato's Republic*, The University of Chicago Press, 1989, p.99.
② 阿基琉斯后来对奥德修斯控诉阿伽门农"鄙视"他的"爱欲":"他占有我心爱的侍妾,和她取乐同床","我从心里喜爱她,尽管她是女俘"。参见《伊利亚特》卷9,第336、343行。

纳德特认为,从荷马的描写来看,随着帕特洛克罗斯的死,阿基琉斯也死了,之后他便"属于死者的世界,他的每个行动看起来都将是梦游症患者那样机械,就像在梦中一样无能为力"(114),"只是凭着技术/艺术(art)和诸神的刺激他才得以复活"(113)。而正是宙斯的"愤怒"(卷24行136)才使得阿基琉斯再次成为一个"活物":他让阿基琉斯归还赫克托尔的尸体,从而"拯救了阿基琉斯,他又能吃、睡,甚至能和布里塞伊斯躺在一起了"。(130)凭靠了宙斯的"愤怒",阿基琉斯才"获得了(爱欲的)满足而同时保持无辜"。也可以说,在这一时刻,"阿基琉斯的悲剧"转变成宙斯的神意所导演的"肃剧"。①

在《阿基琉斯与赫克托尔》的"结语",伯纳德特比较了奥德修斯与阿基琉斯:阿基琉斯"不会使用艺术/技艺。他既不会告诉波吕斐摩斯他的名字是'无人',也不会控制杀死他的冲动。肃剧英雄永远陷入库克罗普斯的洞穴之中"。(134);与"肃剧英雄"阿基琉斯不同,奥德修斯是一个"谐剧英雄",他"精心算计每一步,并没有给偶然留下什么东西"(135)。在这一比较中,伯纳德特显得像是被富有智术/智慧、诡计多端的奥德修斯"骗"了。四十多年后,伯纳德特将重返荷马的"英雄"与"神意(义)"这一主题:"宙斯在证明奥林波斯神义的压倒性地位这一方面,选择了奥德修斯为他的中介。"②看来,神义/神意是否臣服于"时间",确是一个"邈远的问题"。

---

① 刘小枫教授建议改古希腊 tragedy 的通行中译名"悲剧"为"肃剧":"Trag-edy 的前半部分 Trag 的原义是'雄兽',与-edy[祭歌]合拼就是'雄兽祭歌',意思是给狄俄尼索斯神献祭雄兽时唱的祭歌,形式庄严肃穆。Trage-dy 的恰切译法当是'肃剧'——汉语的'肃'意为'恭敬、庄重、揖拜',还有'清除、引进'的意思,与古希腊 Trag-edy 的政治含义颇为吻合。"出于相同的理由,他建议改译"喜剧"为"谐剧"。参刘小枫:《"古希腊悲剧注疏"出版说明》,见戴维斯:《古代悲剧与现代科学的起源》,郭振华、曹聪译,华东师范大学出版社,2008,第1—2页。此处及下文"肃剧"、"谐剧"的用法即吸纳了这一观点。但以笔者浅见,"悲剧/喜剧"与"肃剧/谐剧"译名差异彰显的其实是 Tragedy 所内含的"人义"与"神义"这一双重视角的差异,不妨适应不同语境选择使用。

② Seth Benardete, *The Bow and the Lyre: A Platonic Reading of the Odyssey*, Rowman & Littlefield Publishers, 1997, p. 6.

参考文献

北京大学历史系中国近现代史教研室编辑整理:《义和团运动史料丛编》(上),北京:中华书局,1964。
残雪:《灵魂的城堡:理解卡夫卡》,上海文艺出版社,1998。
残雪:《最后的情人》,广州:花城出版社,2005。
陈平原:《从文人之文到学者之文》,北京:三联书店,2004。
邓晓芒:《新批判主义》,北京大学出版社,2008。
郭宏安、章国锋、王逢振:《二十世纪西方文论研究》,中国社会科学出版社,1997。
洪治纲编:《余华研究资料》,天津人民出版社,2007。
李赋宁总主编:《欧洲文学史》(第 2 卷),北京:商务印书馆,2001。
李健吾:《福楼拜评传》,长沙:湖南人民出版社,1980。
李祥年:《略论传记文学的伦理学因素》,《学术月刊》,1994(9)。
林纾:《林琴南书话》,吴俊标校,浙江人民出版社,1996。
林纾:《冷红生传》,参看许桂亭选注《铁笔金针》,百花文艺出版社,2002。
康有为:《我史》,南京:江苏人民出版社,1999。
梁启超:《梁启超家书》,张品兴编,北京:中国文联出版出版公司,1999。
柳鸣九主编:《"存在"文学与文学中的"存在"》,社会科学文献出版社,1997。
刘大鹏:《退想斋日记》,山西人民出版社,1990。
刘德隆等编:《刘鹗及〈老残游记〉资料》,成都:四川人民出版社,1985。
刘麒麟:《开端之思——〈伊利亚特〉卷一行 1—7 义疏》,《古典研究》(香港),2010(1)。
刘小枫:"中译本前言",梅列日科夫斯基《宗教精神:路德与加尔文》,杨德友译,学林出版社,1999。
刘小枫选编:《古典诗文绎读西学卷·古代编(上)》,北京:华夏出版社,2008。
刘小枫:《重启古典诗学》,北京:华夏出版社,2010。
刘小枫:《沉重的肉身》,上海:人民出版社,1999 。
刘小枫:《拯救与逍遥》,上海:三联书店,2001。
刘小枫:《从〈会饮〉看后现代审美文化的品质》,《文艺研究》,2011(9)。
刘小枫、陈少明主编:《政治哲学中莎士比亚》,北京:华夏出版社,2007。
刘小枫、陈少明主编:《诗学解诂》,华夏出版社,2006。
刘小枫:《沉重的肉身》,上海:人民出版社,1999。
刘小枫、陈少明主编:《索福克勒斯与雅典启蒙》,北京:华夏出版社,2007。

刘亚丁:《苏联文学沉思录》,成都:四川大学出版社,1996。
鲁迅:《野草》,北京:人民文学出版社,1995。
鲁迅:《鲁迅著译编年全集》,王世家、止庵编,北京:人民出版社,2009。
罗以民:《日记与史学(代序)》,《书屋》,2002(12)。
马忠文:《康有为自编年谱的成书时间及相关问题》,《近代史研究》,2005(4)。
聂珍钊:《〈老人与海〉与丛林法则》,《外国文学评论》,2009(3)。
桑地:《"历史巨骗"康有为》,《博览群书》,2000(6)。
史晓风整理:《恽毓鼎澄斋日记》,杭州:浙江古籍出版社,2004。
谭嗣同:《仁学·自叙》,北京:华夏出版社,2002。
王大鹏选编:《百年国士:自述·回忆·专访》,北京:中国文联出版公司,1999。
汪丁丁:《知识,为信仰留余地》,《读书》,2000(3)。
王嘉良:《从"窄门"走向"宽阔"——余华创作转型的"历史美学"分析》,《文艺争鸣》,2008(8)。
王侃:《论余华小说的张力叙事》,《文艺争鸣》,2008(8)。
王钦峰:《从"主题"到"虚无"》,《外国文学评论》,2000(1)。
吴无忌编:《王国维文集》,北京:北京燕山出版社,1997。
解志熙:《生的执著:存在主义与中国现代文学》,人民文学出版社,1997。
谢地坤:《走向精神科学之路:狄尔泰哲学思想研究》,南京:江苏人民出版社,2003。
熊哲宏:《心灵深处的王国——弗洛伊德的精神分析学》,湖北教育出版社,1999。
袁可嘉等选编:《外国现代派作品选》第三册(上),上海译文出版社,1984。
杨慧林:《圣言·人言——神学诠释学》,上海译文出版社,2002。
杨慧林:《宗教社会学研究的"意义建构"》,《基督教文化学刊》第16辑,北京:宗教文化出版社,2007。
杨正润:《现代传记学》,南京大学出版社,2009。
杨正润:《传记文学史纲》,南京:江苏教育出版社,1994。
杨正润:《论忏悔录与自传》,《外国文学评论》,2002(4)。
杨正润:《人性的足迹》,江苏人民出版社,1992。
杨念群:《康有为的乌托邦世界》,《光明日报》2006年9月24日。
叶廷芳:《〈乡村医生〉:"内宇宙"幻化的神话》,《外国文学评论》,2001(4)。
余华:《温暖和百感交集的旅程》,上海文艺出版社,2004。
余华:《没有一条道路是重复的》,上海文艺出版社,2004。
余华:《世事如烟》,上海文艺出版社,2004。
余华:《我胆小如鼠》,上海文艺出版社,2004。
余华:《鲜血梅花》,上海文艺出版社,2004。
余华:《音乐影响了我的写作》,上海文艺出版社,2004。
余华:《兄弟》(上),上海文艺出版社,2005。

传记视野与文学解读

袁宪军:《〈汉姆雷特〉的批评轨迹(上)》,《北京第二外国语学院学报》2007(2)。
曾艳兵:《卡夫卡与中国文化》,北京:首都师范大学出版社,2006。
曾艳兵:《卡夫卡研究》,北京:商务印书馆,2009。
郑克鲁主编:《外国文学史》,北京:高等教育出版社,1999。
张旭东:《全球化时代的文化认同·绪言》(第二版),北京大学出版社,2006。
钟叔河主编:《康有为〈欧洲十一国游记二种〉、梁启超〈新大陆游记及其他〉、钱单士厘〈癸卯旅行记·归潜记〉》,长沙:岳麓书社,1985。
张鸣:《世纪末的看客》,《读书》,1999(2)。
张沛:"囚牢"、"胡桃壳"、"无限空间的君王"和"噩梦"》,《国外文学》,2005(1)。
赵白生:《传记文学理论》,北京大学出版社,2003。
赵毅衡:《当说者被说的时候——比较叙述学导论》,北京:中国人民大学出版社,1998。
周何法:《夜诊铃"误响"之谜——卡夫卡〈乡村医生〉的传记式解释》,《解放军外国语学院学报》,2010(6)。
祝勇编:《重读大师》,人民文学出版社,1999。
邹华:《审美裂变的逻辑复制》,兰州大学出版社,1994。
阿里安:《亚历山大远征记》,李活译,北京:商务印书馆,1979。
阿特伍德:《帐篷》,张璐诗译,南京大学出版社,2008。
艾(阿)特伍德:《与死者协商》,严韵译,上海:三联书店,2005。
利昂·艾德尔:《文学和心理学》,《比较文学研究资料》,北京师范大学出版社,1996。
奥古斯丁:《上帝之城:驳异教徒》(下卷),吴飞译,上海:三联书店,2009。
汉斯·比德曼:《世界文化象征辞典》,刘玉红等译,桂林:漓江出版社,2000。
柏拉图等:《柏拉图的〈会饮〉》,刘小枫等译,华夏出版社,2003。
柏拉图:《理想国》,张竹明译,译林出版社,2009。
柏拉图:《苏格拉底的申辩》,吴飞译/疏,北京:华夏出版社,2007。
莫里斯·布朗肖:《文学空间》,顾嘉琛译,北京:商务印书馆,2003。
萝娜·伯absolute编:《走向古典诗学之路——相遇与反思:与伯纳德特聚谈》,肖涧译,华夏出版社,2007。
伯纳德特:《弓弦与竖琴——从柏拉图解读〈奥德赛〉》,程志敏译,华夏出版社,2003。
布赖恩·博伊德:《纳博科夫传》,刘佳林译,桂林:广西师范大学出版社,2009。
哈罗德·布鲁姆:《西方正典》,江宁康译,南京:译林出版社,2005。
哈罗德·布鲁姆:《体现在作家身上的作品》,张龙海译,《南方文坛》,2002(3)。
马克斯·布洛德:《卡夫卡传》,汤永宽译,漓江出版社,1999。
阿伦·布洛克:《西方人文主义传统》,董乐山译,北京:三联书店,1997。
卡斯代尔·布舒奇:《〈法义〉导读》,谭立铸译,北京:华夏出版社,2006。
达尼埃尔·代马盖斯:《卡夫卡与少女们》,管筱明译,郑州:河南人民出版社,2005。

戴维斯:《古代悲剧与现代科学的起源》,郭振华、曹聪译,华东师范大学出版社,2008。
吉尔·德勒兹:《哲学与权力的谈判》,北京:商务印书馆,2000。
威廉·狄尔泰:《体验与诗:莱辛·歌德·诺瓦利斯·荷尔德林》,胡其鼎译,北京:三联书店,2003。
蒂洛:《伦理学——理论与实践》,孟庆时等译,北京大学出版社,1985。
弗洛伊德:《弗洛伊德后期著作选》,林克明译,上海译文出版社,1986。
弗洛伊德:《弗洛伊德论美文选》,张唤民等译,知识出版社,1987。
弗洛伊德:《梦的解析》,赖其万等译,北京:作家出版社,1986。
海德格尔:《存在与时间》,陈嘉映、王庆节译,北京:三联书店,1999。
海德格尔:《林中路》,孙周兴译,上海译文出版社,1997。
卡夫卡:《卡夫卡全集》(10卷本),叶廷芳主编,石家庄:河北教育出版社,1996。
卡夫卡:《卡夫卡散文》,叶廷芳、黎奇等译,杭州:浙江文艺出版社,2001。
乔纳森·卡勒:《结构主义诗学》,盛宁译,北京:中国社会科学出版社,1991。
克里玛:《布拉格精神》,崔卫平译,作家出版社,1998。
朱莉娅·克里斯蒂瓦:《恐怖的权力》,张新木译,北京:三联书店,2001。
考夫曼:《存在主义》,陈鼓应等译,商务印书馆,1987。
米兰·昆德拉:《被背叛的遗嘱》,孟湄译,牛津大学出版社、上海大学出版社,1995。
菲力浦·勒热讷:《自传契约》,杨国政译,北京:三联书店,2001。
让-皮埃尔·理查:《文学与感觉》,顾嘉琛译。北京:三联书店,1992。
卢梭:《忏悔录》,黎星译,北京:商务印书馆,1986。
华莱士·马丁:《当代叙事学》,伍晓明译,北京大学出版社,1990。
安东尼·J·马塞拉等编:《文化与自我——东方与西方的比较研究》,九歌译,江苏文艺出版社,1989。
让-弗朗索瓦·马特:《论柏拉图》,张竝译,华东师范大学出版社,2008。
麦格拉思:《基督教文学经典选读》(上),苏欲晓等译,北京大学,2004。
尼古拉斯·默里:《卡夫卡》,郑海娟译,北京:国际文化出版公司,2006。
尼采:《快乐的科学》,黄明嘉译,华东师范大学出版社,2007。
尼采:《瓦格纳事件/尼采反瓦格纳》,卫茂平译,华东师范大学出版社,2007。
尼采:《朝霞》,田立年译,华东师范大学出版社,2007。
尼采:《人性的,太人性的》(下卷),魏育青译,华东师范大学出版社,2008。
J·贝尔曼-诺埃尔:《文学文本的精神分析》,李书红译,天津人民出版社,2004。
埃利希·诺伊曼:《深度心理学与新道德》,高宪田等译,东方出版社,1998。
欧内斯特·欧南:《耶稣的一生》,梁工译,北京:商务印书馆,2000。
平野嘉彦:《卡夫卡:身体的位相》,刘文柱译,河北教育出版社,2002。
艾·阿·瑞恰兹:《文学批评原理》,杨自伍译,百花洲文艺出版社,1992。
萨特:《萨特文论选》,施康强译,北京:人民文学出版社,1991。

传记视野与文学解读

利奥·施特劳斯:《古典政治理性主义的重生》,郭振华等译,华夏出版社,2011。

马丁·赛莫尔·司密斯:《欧洲小说五十讲》,罗显华、魏素先译,成都:四川文艺出版社,1991。

利顿·斯特拉奇:《维多利亚时代四名人传·前言》,逢珍译,广州:花城出版社,2003。

克劳斯·瓦根巴赫:《卡夫卡传》,周建明译,北京十月文艺出版社,1988。

沃格林:《希腊化、罗马和早期基督教》,谢华育译,上海:华东师范大学出版社,2007。

耀斯:《审美经验与文学解释学》,顾建光等译,上海译文出版社,1997。

优西比乌:《教会史》,保罗·L·梅尔英译,瞿旭彤译,北京:三联书店,2009。

保罗·约翰逊:《知识分子》,杨正润等译,南京:江苏人民出版社,2000。

威廉·詹姆斯:《宗教经验种种》,尚新建译,北京:华夏出版社 2008。

Anderson, James W. "Introduction", *The Annual of Psychoanalysis*, Vol. 31. New Jersey: The Analytic Press, 2003.

Anderson, Mark. "Introduction", Franz Kafka, *The Sons*. New York: Schoken Books, 1989.

Baron, Samuel. & Pletsch, Carl, ed. *Introspection in Biography: The Biographer's Quest for Self-Awareness*, The Analytic Press, 1985.

Benardete, Seth. *The Bow and the Lyre: A Platonic Reading of the Odyssey*, Rowman & Littlefield Publishers, 1997.

——. *Achilles and Hector: The Homeric Hero*, St. Augustine's Press, 2005.

——. *Socrates' Second Sailing: On Plato's Republic*, The University of Chicago Press, 1989.

——. *The Tragedy and Comedy of Life: Plato's Philebus*, The University of Chicago Press, 1993.

——. *The Argument of the Action: Essays on Greek Poetry and Philosophy*, The University of Chicago Press, 2000.

Bloom, Allan. *The Republic of Plato*, Basic Books, 1968.

Boswell, James. *The Life of Johnson*, Vol. 3. New York: The Macmillan Company, 1900.

Brombert, Victor. *The Novels of Flaubetr: A Study of Themes and Technique*. Princeton University Press, 1966.

Brancato, John J. "Kafka's 'A Country Doctor': A Tale for Our Time", *Studies in Short Fiction*, Spring 1978, Vol. 15 Issue 2.

Bridgwater, Patrick. *Kafka's Novels: An Interpretation*, Amsterdam-New York, NY 2003.

Burger, Ronna, ed. *Encounters & Reflections: Conversations with Seth Benardete*, The University of Chicago Press, 2002.

——. "Seth Benardete (1930—2001): A Remembrance", *The Political Science Reviewer*, Vol. 31(2002).

——. "The Thumotic and Erotical Soul: Seth Benardete on Platonic Psychology", *Interpretation*, 1 (2004).

Campbell, Karen J. "Dreams of Interpretation: On the Sources of Kafka's 'Landarzt'", *German Quarterly*, 60:3, 1987.

Canning, Perter M. "Kafka's Hierogram: The Trauma of the 'Landarzt'", *German Quarterly*, 57:2, 1984.

Clifford, James L. *Young Sam Johnson*. New York: McGraw-Hill Company, 1955.

Clifford, James L. , ed. *Biography as an Art: Selected Criticism 1560—1960*. New York: Oxford University Press, 1962.

Cohn, Dorrit. "Kafka's Eternal Present: Narrative Tense in 'Ein Landarzt' and Other First Person Stories", *PMLA*, 83, No, 1(1968).

Danaher, David. "Effacement of the Author and the Function of Sadism in Flaubert's *Salammbo*", *Symposium*, Spring 92, Vol. 46 Issue 1.

Davenport, Guy. "The Hunter Gracchus", *The New Criterion*, 14(1996).

Davis, Michael. *Wonderlust: Ruminations on Liberal Education*. Indiana: St. Augustine's Press, 2006.

Deppman, Jed. "History with Style: The Impassible Writing of Flaubert", *Style*, Spring96, Vol. 30 Issue 1.

Edel, Leon. *The life of Henry James*, Vol. 2, Penguin Books, 1977.

——. *Stuff of Sleep and Dreams*. London: Chatto & Windus Ltd, 1982.

Ellis, David, ed. *Imitating Art: Essays in Biography*, Pluto Press, 1993.

Ellmann, Richard. *Golden Codgers: Biographical Speculations*. New York: Oxford University Press, 1973.

Elms, Alan. *Uncovering Lives: The Uneasy Alliance of Biography and Psychology*. New York: Oxford University Press, 1994.

Elovitz, Paul H. et al. , eds. "Psychoanalytic Scholarship on American Presidents", *Annual of Psychoanalysis*, 2003, Vol. 31.

Engelstein, Stefani. "The Open Wound of Beauty: Kafka Reading Kleist", *The Germanic Review*, 2006(4).

Frye, Lawrence O. "Reconstructions: Kafka's 'Ein Landarzt'", *Colloquia Germanica*, 16, 1983.

Freud, Sigmund. *Art and Literature: Jensen's Gradiva, Leonardo da Vinci and Other Works*. London : Penguin Books, 1985.

Gastel, A. V. "Franklin and Freud: Love in the *Autobiography*", *Early American*

Literature, Vol. 25, 1990.

Gilman, Sander L. "A Dream of Jewishness Denied: Kafka's Tumor and 'Ein Landarzt'", *A Companion to the Works of Franz Kafka*, James Rolleston ed., Camden House, 2002.

Goldstein, Von Bluma. "Franz Kafka's 'Ein Landarzt': A Study in Failure", *Deutsche Vierteljahrsschrift für Literturwissenschaft und Geistesgeschichte*, 42: Sonderheft, Nov., 1968.

Golomb-Bregman, Etti. "No Rose without Thorns: Ambivalence in Kafka's 'A Country Doctor'", *American Imago*, 46:1, 1989.

Gray, Richard T. et al., eds. *A Franz Kafka Encyclopedia*, Greenwood Press, 2005.

Guth, Hans P. "Symbol and Contextual Restraint: Kafka's 'Country Doctor'", *Publications of the Modern Language Association of America*, 1965(4).

Hanlin, Todd C. "Franz Kafka's Landarzt: 'Und heilt er nicht…'", *Modern Austrian Literature*, Volume 11, No. 3/4, 1978.

Harroff, Stephen. "The Structure of 'Ein Landarzt': Rethinking Mythopoesis in Kafka", *Symposium*, Spring 1980.

Harris, Adrienne. "The Analyst as (Auto)biographer". *American Imago*, 54:4, Winter 1997.

Hoddeson, David. "Introduction", *American Imago*, 54:4, Winter 1997.

Holland, Norman N. "The Mind and the Book: A Long Look at Psychoanalytic Literary Criticism"(1998), http://web.clas.ufl.edu/users/nnh/mindbook.htm.

Jameson, Fredric. "Flaubert's Libidinal Historicism: Trois Contes", *Flaubert and Postmodernism*, eds. Naomi Schor and Henry F. Majewki. Lincoln: University of Nebraska Press, 1984.

Janouch, Gustav. *Conversations with Kafka*, Goronwy Rees trans. New York: New Directions Publishing Corporation, 1971.

Jolly, Margaretta, ed. *Encyclopedia of Life Writing: Autobiographical and Biographical Forms*. Londen/Chicago: Fitzroy Dearborn Publishers, 2001.

Jones, Ernest. *The Life and Work of Sigmund Freud*, Vol. 1—3, New York: Basic Books, 1953—1957.

Kafka, Franz. *Diaries*, ed. Max Brod, New York: Schocken Books, 1976.

——. *The Trial*, trans. Breon Mitchell. New York: Schocken Book, 1998.

——. *The Castle*, trans. Mark Harman, Schocken Books, 1998.

——. *The Blue Octavo Notebooks*, ed. Max Brod, trans. Ernst Kaiser and Eithne Wilkins, Cambridge: Exact Change, 1991.

——. *The Complete Stories*, ed. Nahum N. Glatzer, New York: Schocken Books, 1976.

——. *Das erzählerische Werk I*, Berlin: Rütten & Loening, 1983.

——. *Letters to Friends, Family, and Editors*, trans. Richard & Clara Winston, London: John Calder Ltd. , 1978.

——. *Letters to Felice*, eds. Erich Heller & Jügen Born, trans. James Stern Elisabeth Duckworth, New York: Schoken Books, 1973.

——. *Diaries*, New York: Schocken Books, 1976.

——. *Tagebücher 1910—1923*, Ficher Taschenbuch Verlag, 1989.

Kendall, Paul Murray. *The Art of Biography*, New York: Norton, 1965.

Kligerman, Charles. "A Psychoanalytic Study of the 'Confessions' of St. Augustine", *Journal of American Psychoanalytic Association* 5 (1957).

Kligerman, Charles. "Goethe: Sibling Rivalry and *Faust*", *Psychoanalytic Studies of Biography*, Connecticut: International Universities Press, 1987.

Lainoff, Seymour. "The Country Doctors of Kafka and Turgenev", *Symposium*, 16: 2, Summer 1962.

Lukács, Georg. *The Historical Novel*. London: Merlin Press, 1962.

MacKinnon, Barbara. *Ethics: Theory and Contemporary Issues*, Beijing: Peking University Press. 2003.

Malcolm, Janet. *The Silent Woman*. New York: Alfred A. Knopf, 1994.

Mandell, Gail Porter. *Life into Art: Conversations with Seven Contemporary Biographers*, The University of Arkansas Press, 1991.

Marson, Eric & Keith Leopold. "Kafka, Freud, and 'Ein Landarzt'", *German Quarterly*, 37:2, 1964.

Moraitis, George. et al. *Psychoanalytic Studies of Biography*. Connecticut: International Universities Press, 1987.

Nadel, Ira Bruce. *Biography:Fiction,Fact, and Form*. London: Macmillan, 1984.

Neider, Charles. *Frozen Sea: A Study of Franz Kafka*. New York: Oxford U. Press, 1948.

Nicolson, Harold. *The Development of English Biography*. London: The Hogarth Press, 1968.

Novarr, David. *The Lines of Life: Theories of Biography, 1880—1970*, Purdue University Press, 1986.

O'Connor, Ulick. *Biographers and the Art of Biography*, Wolfhound Press, 1991.

Olney, James. *Memory & Narrative, the Weave of Life-Writing*. The University of Chicago Press, 1998.

Orr, Mary. "Costumes of the Flesh: The Male Body on Display in Flaubert's *Salammbo*", *Romans Studies*, Vol. 21(3), November, 2003.

Painter, George. *Marcel Proust*, Penguin Books, 1983.

Plutarch. *The Lives of the Noble Grecians and Romans*, trans. by John Dryden and rev. by Arthur Hugh Clough, New York: Modern Library, 1932.

Polizer, Heinz. *Franz Kafka: Parable and Paradox*. Ethaca: Cornell, 1966.

Porter, Dennis. "Aestheticism versus the Novel: The Example of *Salammbo*?" *Novel: A Forum on Fiction* 4, No. 2, Winter, 1971.

Pawel, Ernest. *The Nightmare of Reason: A Life of Franz Kafka*. New York: Farrar Straus Giroux, 1984

Rhiel, Mary. & and Suchoff, David, ed. *Seductions of Biography*, New York: Routledge, 1996.

Rolleston, James, ed. *A Companion to the Works of Franz Kafka*, Camden House, 2002.

Runyan, W. M, ed. *Psychology and Historical Interpretation*, Oxford University Press, 1988.

Runyan, W. M. *Life Histories and Psychobiography: Explorations in Theory and Method*, New York: Oxford University Press, 1982.

Sarup, Madan. *Jaques Lacan*. New York: Harvester Wheatsheaf, 1992.

Shahar, Galili. "Fragments and Wounded Bodies: Kafka after Kleist", *German Quarterly*; Fall 2007.

Stanley, Alessandra. "Poet Told All; Therapist Provides the Record", *New York Times*, July 15, 1991.

Steinberg, Erwin R. "The Three Fragments of Kafka's 'The Hunter Gracchus'", *Studies in Short Fiction*, 15, 1978.

Strauss, Leo. *On Plato's Symposium*, The University of Chicago Press, 2001.

Struc, Roman S. "The Doctor's Predicament: A Note on Turgenev and Kafka", *The Slavic and East European Journal*, Vol. 9, No. 2, Summer, 1965.

Silvera, Kelly. "Scientific Meeting of the American Institute for Psychoanalysis", *the American Journal of Psychoanalysis*, Vol. 63, No. 3, 2003.

Stauffer, Donald A. *English Biography before 1700*. Cambridge/Massachusetts: Harvard University Press, 1930.

Thayer, William Roscoe. *The Art of Biography*. Folcroft, Pa.: Folcroft Library Editions, 1920.

Whittemore, Reed. *Whole Lives*, The John Hopkins University Press, 1989.

White, William M. A. "Reexamination of Kafka's 'The Country Doctor' as Moral

Allegory", *Studies in Short Fiction*, Spring, 1966.

Wisdom, John Oulton. *The Metamorphosis of Philosophy*. Basil Blackwell, 1947.

Woolf, Virginia. "The Art of Biography" (1939), *Death of the Moth and Other Essays*. New York: Harcourt, Brace and Company, 1942.

Zielonka, Anthony. "Flaubert in Egypt: Confronting the Exotic". *Romance Quartely*, Winter 2004, Vol. 51. No. 1.

Ziokowski, Theodore. *Dimensions of the Modern Novel: German Texts and European Contexts*. Princeton: Princeton University. Press, 1969.

后　记

　　2002年秋,我考入南京大学杨正润教授门下攻读博士学位,专业是比较文学与世界文学。这个专业为中国语言文学"一级学科"下属的8个"二级学科"之一。即便现在想来,要在这个充满各种争论的学科里找到一个有意思的题目、要写出至少十多万字的毕业论文并拿到学位,仍是一件让人感到畏惧与后怕的事情。那时我就整天担心毕不了业。特别是,我暗中希望继续的卡夫卡"研究"在一开始就被老师叫停了,理由很简单:我不懂德语,难以达到专业要求。老师在传记文学研究领域颇有建树,就问我对传记有无兴趣。我说我对传记研究一点儿也不懂,老师说没关系,传记研究本来也不需要多么深奥的理论。几次交流过后,《精神分析与西方现代传记》的题目就这样定下来了。

　　现在想来,"传记"还是很深奥的,老师说不深奥,或许是为了让我多些"入门"的勇气。后来我似乎有些明白:传记的复杂性或深奥性就在于它所面对问题的整体性,它的对象是一个或若干个具体的、真实而复杂的"人生",研究传记就意味面对自身已身在其中的"人生"所包含的全部复杂性——一旦真正面对并进入了这种"研究",谁又能够不被纠缠而全身而退呢?"传记研究"就在"传记"之中,"人生研究"就在"人生"之中。当然反过来说或者交叉起来说也一样。

　　写完毕业论文并毕业后的几年中,在经历人生的同时也在研究传记(本书的第二章就是参与老师主持的"中国现代自传研究"所取得的"成果"),传记经验和人生困惑在不觉间彼此缠绕不清地生长。塞缪尔·贝克特笔下的戈戈和狄狄(一不小心就会读成哥哥和弟弟)说:"他们全都同时说话,而且都跟自己说话。他们谈他们的生活。光活着对他们来说不够。他们得谈起它。光死掉对他们来说并不够……"诚哉斯言。

　　2007年暑假,在清华大学举办的"首届文化素质通识教育核心课程讲习班"的课堂上,我有幸听了刘小枫教授讲尼采。虽然基本上没听懂,但也依稀记住了几个较多重复的词语,如"灵魂学"。但"灵魂学"在哪里呢?或许并不在精神分析的"无意识心理学"或其他"心理学"里——刘教授特别指出,不能把尼采使用的"灵魂学"(Psychologie)理解为现代的"心理学"。除了尼采及其"敌基督",他提到最多的是柏拉图、荷马,最后一次课就以《奥德赛》的"还乡"作结。估计他所说的"灵魂学"就在这里面。

和卡夫卡有关的文字占了本书的小半篇幅,按时间顺序来说,从卡夫卡的"存在之路",到卡夫卡的"死亡想象",再到卡夫卡日记的"文学空间",跨度有十多年,可以说是一个自然生长过程的记录,至少,以这种方式,生命里的一部分得以成为观看的对象。对卡夫卡的兴趣始于在青岛大学课堂听曾艳兵老师讲"法的门前",但迟至去年才想起来要好好学习德语,希望若干年之后对卡夫卡的理解能够更切近些。此外,这两年阅读西方古典作品及相关解读的经验带给笔者的一个感觉是:对于卡夫卡的更好理解,需要参照西方古典资源,尤其是希腊的传统。卡夫卡所受的八年中学教育有浓厚的古典氛围,古希腊语文是必修的功课,卡夫卡的文学甚至在文本细节上有不少与荷马史诗、希腊悲剧及柏拉图作品相互沟通之处,恐非偶然。当然,对于此一问题的深入探讨,在理解卡夫卡的同时,也需要更长时间来理解古典作品。

书名中的"文学解读"其实也就是"传记视野"中的"文学解读",所"解读"的"文学"也大都与具体的人的"传记"相关;之所以将本是涵纳和包容关系的两个词并列起来,或许是为了想要强调这种"视野"的整体性和涵纳性:我所理解的传记与文学说到底其实都是"传记视野"中的"传记"与"文学"。在这个意义上,传记-文学研究确实如我的老师所说,不需要什么深奥的理论,只需要有"好的"看的方式。

本书稿大部分内容曾在《东方论坛》(青岛大学学报)、《南京师范大学文学院学报》、《浙江师范大学学报》、《国外文学》、《外国文学研究》、《外国文学评论》、《外国文学》、《文艺争鸣》、《古典研究》(香港)、《东吴学术》、《荆楚理工学院学报》、《艺术广角》、《俄罗斯文艺》等刊物上发表过,中国人民大学书报资料中心《外国文学研究》转载过其中若干篇什,特此说明并向上述刊物表示衷心的感谢。

最后,向将要为本书稿的顺利出版付出心血的编辑老师道一声:谢谢!

2012 年 4 月